Sara Sota

PAPA OÙ T'ES

PUBLIBOOK

Retrouvez notre catalogue sur le site des Éditions Publibook :

http://www.publibook.com

Éditions Publibook
Immeuble Le Cargo, 157 boulevard Mac Donald – 75019 Paris
Tél. : +33 (0)1 84 74 10 24

Imprimé en France

Cet ouvrage a fait l'objet d'une première publication aux Éditions Publibook en 2023

Je ne remercierai jamais assez mes amies :
Pour leurs conseils, soutiens et encouragements.

juin 2023

A Nathalie et Jean-Noël
en souvenir des merveilleux
passés ensemble
Bonne lecture
Avec toute mon
affection
Sara SOTA

Va-t'en, ô enfant de l'homme,
Vers les eaux et la nature sauvage,
Main dans la main avec une fée.
Car le monde est saturé de larmes,
Plus que tu ne peux le concevoir.

William Butler Yeats

PAPA OU T'ES ?

Ce récit est imaginaire, toute ressemblance avec des événements vécus ne serait que fortuite. » *Papa où t'es* n'a rien à voir avec le verbe : Papaouter peu connu et presque jamais utilisé, moi je cherche vraiment où est mon papa, j'ai toujours besoin de lui. Je ne peux rien faire sans son accord.

À QUOI TU JOUES ? ON NE TOUCHE PAS

« *Nous avions beaucoup de points communs :*

Je l'aimais et il s'aimait »

Shelley WINTERS

Il n'y avait rien à dire, ce n'était pas mortel, quoi que… On faisait avec… Bienvenue en « Absurdie », ce que je vous raconte ici est décousu, ne cherchez pas de fil conducteur. Il n'y en n'a pas. Pourquoi comprendre, ce sont tout simplement les aberrations des journées de Bella qui vivait avec mon papa : Comment faisait-elle face au quotidien à une folie ordinaire.

Bella passait chaque jour devant ce miroir, perdait dix kilogrammes et trouvait dommage de les récupérer de l'autre côté de la porte… Pas difficile à comprendre. Un oncle de son mari était autrefois tailleur à Genève. Son magnifique et immense miroir qui remplissait tout un pan de mur, transformait la silhouette de ses clients, heureux de se contempler amincis et très contents du résultat de son travail. Déformation rentable, efficace… Ce magnifique miroir arrivé là par héritage, lui montrait un autre aspect d'elle-même, elle n'hésitait pas à dire à ses proches :

— Je ne pensais pas que l'on puisse être ainsi, je passe devant ce miroir comme je passe dans la vie… Dans l'illusion, toute ma vie n'est qu'illusion… J'y trouve mon compte, je m'écrase, je suis lâche et j'assume.

Dans cette optique, elle acceptait tous les compromis, même le manque de respect qu'elle qualifiait en son for intérieur d'insolence, du moins elle donnait cette impression. Quant à moi je ne m'en privais pas… Cela faisait maintenant vingt ans qu'elle vivait auprès de mon père qui était à la fois attachant et horrifiant, dont elle n'aimait pas les paroles, mais la formule suivante lui permettait de faire face :

— C'est pathologique, il y a pire, je le sais, je gère.

Elle avait le réel sentiment que papa nous détruisait tous à petit feu… Qu'il fallait se protéger et ne pas être aveugles… Jamais, au grand jamais, sa famille, ses amis ou relations devinèrent un seul instant sa réalité. Les apparences souvent trompeuses faisaient illusion. Combien de fois avait-elle entendu ceci :

— Quelle chance vous avez ! Avoir épousé un tel Homme !

Avec un grand H s'il vous plaît.

Nous étions quatre enfants dans ma famille, une fille et trois garçons. Je suis Béné en troisième position, la « fille à mon papa ». Mes frères portaient des prénoms américains car papa vécut en 1945 la libération de Paris, il était fan de l'Amérique ! A l'heure où je vous parle, il n'y a plus grand monde dans la maison, mes frères prirent la fuite, Doug est mort il y a fort longtemps, il quitta le port de St Malo un jour de grand vent en direction des Iles Scilly. Son bateau disparut en mer corps et biens. Matt vit dans une région inaccessible pour papa, de ce fait il ne risque pas de le voir débarquer et de l'avoir sur son dos lui répétant à longueur de journée « à qui parles-tu, qu'est-ce que tu dis, qu'est-ce que tu fais ou à quoi tu joues ». Nick ne nous fréquente plus, je suis la seule qui rende visite à mon papa… Ma belle-mère, Bella, n'a pas connu Doug elle entra dans notre vie bien des années après le drame.

Je ne venais pas souvent chez mon père, deux fois l'an… Bella, que j'appelais aussi ma belle-doche, aurait préféré des visites plus nombreuses mais de courte durée, un week-end par ci, un week-end par là… C'était sans compter sur ma radinerie. Lorsque je prenais la peine de rendre visite à mon père, j'employais le mot « profiter ». Je voulais en avoir pour le prix de mon billet d'avion et le prix du taxi. Je restais au minimum huit jours et si possible dix jours. L'hypocrisie de ma belle-mère, n'avait d'égale que celle qui mène notre société : « Tout le monde il est beau, tout le monde il est gentil » Surtout pas de vagues, pas de rébellion, pas d'opposition. Elle ne se mêlait jamais de nos affaires, elle entendait, regardait, ne disait rien. Un jour, bien des années après le début de leur relation elle s'adressa à mon père :

— Tu arrêtes de harceler ta fille en lui répétant sans arrêt qu'elle devrait s'acheter une voiture. Elle va vers la soixantaine tout de même, elle sait ce qu'elle doit faire.

Mon père n'a pas manqué de me le répéter aussitôt et je répondis :

— Mais pas du tout, tu es un bon Papa, tu montres que tu t'occupes de moi... Tu as parfaitement raison...

Eh, oui ! Elle avait oublié que cela ne la concernait pas. Elle n'avait rien à dire. Mon père et moi inversions les rôles, à mon âge et au sien. Je ne m'en rendais pas compte, j'étais toujours le bébé qui attendait que son Papa agisse à sa place. J'arrivais à « l'âge sans raison » je n'avais jamais atteint le « seuil de maturation ». Bella considérait que nous étions tous infantiles mon père et nous ses propres enfants. Nous n'avions pas sept ans d'âge mental, l'âge de raison ce n'était pas pour nous. Je n'avais pas dépassé le conflit œdipien, jamais pris conscience de mes propres valeurs, jamais affirmé ma personnalité. Pour Bella nous étions Matt, Nick et moi, des bébés et elle pensait que pour elle c'était mieux ainsi... Plus longtemps nous demeurerions des « petits » plus aisée serait sa tâche. Nous ne risquions pas d'intervenir dans la façon dont elle organisait sa vie avec notre père... Mais notre mode de fonctionnement étonnait, surprenait, ou scandalisait celle qui était devenue envers et contre tout, la seconde épouse de mon père. Elle ne disait rien, elle observait... Lorsqu'elle entra chez nous, elle fut avertie, ma cousine lui dit ceci :

— Tu y resteras si sa fille t'accepte car les autres femmes sont parties à cause d'elle.

C'est tout.

Je pense que Papa était affectivement immature, il ne supportait pas la contrariété, ni la discussion. Il n'acceptait que la position dominante, sa toute-puissance. Tout ce que nous faisions était mal, aussi étions-nous devenus des adultes incapables de prendre une décision, des refoulés, toujours frustrés, sans spontanéité. Nous mettions de la distance entre notre père et nous afin d'essayer de nous sentir libres, car il faisait tout pour nous, ses enfants qui étions ses objets, ses choses, ses propriétés. Il agissait à notre place ! Dès que Bella le rencontra, elle l'appela : « Magic John » car elle avait tout de suite vu qu'il était magique. Pour elle il était Aladin et sa lampe merveilleuse, le conte préféré de son enfance. Elle l'aima tout de suite. C'était la première fois de sa vie, qu'elle voyait quelqu'un tout faire pour elle. Elle le trouvait littéralement magique. Sitôt dit, sitôt fait. Il organisait tout, arrangeait tout, payait tout : Vous vouliez changer de four, en voici un. La réponse était là comme par miracle : la couette était achetée, l'imprimante laser commandée, les volets de bois si beaux mais si difficiles à fermer étaient remplacés tout de suite par des volets électriques, la vieille climatisation faisait place à une clim-réversible flambant neuf qui plus est silencieuse. Il vous faut une voiture, la semaine prochaine elle était devant la porte. Et tout ça sans qu'elle bougeât le petit doigt ! Comme par magie. Peut-on trouver un individu aussi extraordinaire ! Elle n'avait jamais vu ça. Il faisait tout pour nous et pour elle… Elle adorait cela. C'était mieux que le Père Noël. Rien ne pouvait plus faire plaisir à mon père que le surnom qu'elle lui donna : « Magic John » car papa s'aimait lui-même, ce qui lui importait c'était le regard admiratif et approbateur de Bella, son propre triomphe, il manifestait son contentement en étant encore plus généreux… Moi, je qualifiais mon père de généreux, Bella, elle, au fil du temps comprit qu'il s'agissait de ce qu'elle appelait une fausse générosité. Il fonctionnait au mérite, il ne donnait pas véritablement, il exigeait une contrepartie… De plus elle vit tout de suite le danger de ce côté magique… Elle réalisa qu'en agissant ainsi il nous avait handicapés… Elle disait qu'il avait « coupé nos ailes ». Nous étions complètement bloqués, arrêtés, incapables de prendre notre envol, aucun de nous n'avait passé l'âge de la maternelle, nous agissions comme des bébés, nous étions dans l'attente que l'on fasse tout pour nous, c'est à dire à notre place. Nous étions sans liberté, sans spontanéité, complètement irresponsables. Lorsqu'elle fit notre connaissance, nous étions proches de la quarantaine, mon père divorcé depuis une vingtaine d'années vivait seul. A ce jour, nous sommes encore incapables de prendre une décision sans l'accord de notre père, je dirai même plus, c'est encore lui qui décide pour nous. Il nous avait tellement mis en garde contre tout, qu'il avait fait de nous des angoissés permanents, des indécis, des dépendants. Nous n'avions aucune confiance en nous. Elle faillit un jour lui dire qu'il s'était trompé en voulant nous protéger de cette façon mais elle se rétracta rapidement et se tut, car persuadé qu'il avait donné à ses enfants tous les atouts pour réussir il ne pouvait supporter une remise en question. A nos âges il était trop tard, le mal était fait. Personne ne nous avait appris qu'à partir de sept ans l'enfant est à même de comprendre que l'on est partie prenante d'une décision, que tout n'est pas la faute d'autrui, que l'on a sa part de responsabilité. Si l'enfant fait une bêtise, ce n'est pas le problème du grand frère, du cousin, du voisin. Commencer à se poser des questions sur ce que l'on devrait faire et ne pas faire. Avoir en grandissant son libre-arbitre, son libre-choix, son esprit critique. Elle savait que nous n'avions aucune conscience de cela… C'était simple, mon père pensait que si Bella prenait une décision à l'encontre de ses idées à lui, c'était qu'elle était soit influencée, soit mal conseillée, soit manipulée par l'une de ses copines, amies ou connaissances. Dans ma famille, c'était toujours la faute de l'autre. Je n'étais pas seule à être concernée, mes frères aussi avaient beaucoup de difficultés à devenir adultes. Mon père abusait de son autorité sur ses fils. Un poids trop lourd, une pression psychologique trop forte, un langage violent plein de contradictions, une attitude trompeuse, déstabilisante, avaient fait de Matt son préféré après le décès de Doug un « looser ». Matt était parvenu à se soustraire aux désirs du patriarche. Il renonça à une vie facile pour ne pas perdre sa liberté, mais à quel prix !

« Moi je me laissais porter par le courant d'une vie sans écueils apparents mais aussi sans espoir, sans objectifs si ce n'est celui d'attendre notre héritage tout en sachant que je ne ferai rien de mon argent ». En réfléchissant, il y avait de quoi déprimer. Papa exerçait sur nous et sur Bella, une pression psychologique de tous les instants. Vous téléphoniez vous alliez tout de suite entendre :

— Dis-lui ceci ou cela.

Vous lui faisiez signe de se taire. Impossible. Alors vous raccrochiez.

— Pourquoi tu raccroches ? Elle n'entendait pas bien ? Rappelle tout de suite.
— Oui, oui, je rappellerai plus tard, il y avait des grésillements sur la ligne.
— Rappelle tout de suite.
— Non, tu arrêtes de me dire ce que je dois faire.
— On ne peut rien te dire quelle prétention.
— Pourquoi tu te mêles de ce qui ne te regarde pas.
— Bon je me tais, bouche cousue.

Il n'y a que Bella qui pouvait lui parler ainsi, elle lui tenait tête, elle ne craignait aucun conflit, voilà la guerre était déclarée dès le matin. Mais nous, ses enfants nous ne voulions pas nous mettre sur cette pente dangereuse… Alors vous comprenez il vaut mieux téléphoner quand il n'est pas là. D'ailleurs avant l'invention du « mobile phone » Bella avait une carte téléphonique et n'appelait jamais de son domicile, car non content des commentaires tout au long de votre conversation papa épluchait la facture et elle devait décliner l'identité de ses correspondants et justifier la dépense pour des sommes ridicules. Tout en vous disant :

— Ce n'est pas pour le prix, juste pour savoir.

Cela se produisit une fois, elle ne recommença jamais ! Elle allait donc à l'extérieur… En hiver elle n'aimait pas sortir, la température était très basse, mais elle n'avait pas le choix, elle allait dans une cabine, debout durant tout le temps de sa conversation, elle se gelait, appelait son frère et, ou, sa belle-sœur, qui vivaient à dix mille kilomètres, jamais elle ne se plaignit… Personne ne savait qu'avant l'invention des appareils modernes elle ne pouvait même pas téléphoner de chez elle. Il écoutait, contrôlait, surveillait, c'était ainsi. Toujours prêt à poser des questions intrusives, papa ne pouvait changer, il resta inquisiteur jusqu'à son dernier jour. Elle appelait quelqu'un au téléphone, elle raccrochait la personne était en ligne. Le regard scrutateur pointé sur elle il posait sa question :

— C'est elle que tu as eu ?
— La ligne est occupée, je rappellerai plus tard.

Qu'est-ce que cela pouvait lui faire ? Cela ne le regardait pas, ne le concernait pas, et ne le dérangeait pas. Pourquoi se mêlait-t-il ? Il ne pouvait s'en empêcher. Si vous essayiez d'argumenter, il vous disait que c'était pour votre bien qu'il agissait ainsi, qu'il voulait vous rendre service, il savait mieux que vous ce qui était bon pour vous (il ne vous le disait pas mais il le pensait). Elle s'arrangeait pour ne jamais téléphoner à ses propres enfants en sa présence. Ne jamais discuter avec eux. Eviter de cette façon les pourquoi, les reproches, les remarques cyniques, les réflexions désobligeantes. Papa était excellent en jugements de valeur abusifs :

— Les biographies sont ridicules, les gens n'ont plus d'imagination !

Elle se taisait mais pensait tout à fait l'inverse, elle lisait les biographies des hommes ou des femmes célèbres, car sa seule certitude, c'était que la réalité non seulement dépassait la fiction mais vous ouvrait les yeux et la route. Si elle avait pris conscience de cela très jeune, à l'âge où elle avait le temps de dévorer un livre par jour, elle aurait lu les biographies de femmes qu'elle admirait… Aujourd'hui cela lui manquait, elle trouvait qu'elle avait laissé s'échapper des informations qui auraient pu influer sur le cours de sa vie…

Un jour, il y a bien longtemps, dans un éclair de lucidité, je parlais ainsi à mon père :

— Aurais-tu infantilisé le Général de Gaulle ?
— Non ! Bien entendu !
— Et pourquoi Non ? Parce que tu le respectes ! Combien de fois dois-je te répéter qu'infantiliser quelqu'un, c'est lui manquer de respect, c'est l'humilier.
— Pourquoi me dis-tu cela ! Qu'est-ce qui te passe par la tête ?

— Tu veux vraiment savoir ce qui me passe par la tête ? Souviens-toi lorsque nous étions réunis à Noël devant la cheminée, je t'ai dit, mais papa à mon âge, tu me parles comme si j'étais une enfant ! Tu m'as répondu, J'aimerais bien, moi, avoir auprès de moi quelqu'un qui me parle comme si j'étais un enfant ! Et Nick (mon frère cadet) de rajouter : Moi aussi, je l'aimerais bien !
— Où veux-tu en venir là ?

Je pensais : Comment pouvons-nous ne pas nous rendre compte des dégâts causés par tout ça ! Nous en redemandons. J'essayais de m'exprimer :

— As-tu réfléchi un seul instant aux conséquences du fait d'infantiliser quelqu'un ?
— Je n'aime pas que tu prennes le ton d'un professeur !

Mon père ne voulait surtout pas recevoir de leçon. Il cherchait alors soit un bouc émissaire, soit à détourner la conversation…

— Tu passes ton temps à te plaindre du fait que tes enfants n'arrivent pas à vivre en couple, encore moins à fonder une famille et du mariage n'en parlons plus. Comme depuis notre naissance tu t'adresses à nous comme à des bébés, c'est obligatoire de ne rien pouvoir construire.
— Je vous interdis de porter un jugement sur la façon dont je vous ai élevés !
— Je ne juge rien, le passé, c'est le passé, je souhaite un changement disons maintenant, tout de suite, tu arrêtes de nous traiter comme des bébés !
— Mais je ne vous traite pas comme des bébés.
— Comment ? Tu viens de dire à Nick « Au revoir mon bébé » là maintenant.
— Alors là tu fabules, je n'ai jamais dit ça !
— Je fabule, mais bon sang il faudrait que je t'enregistre pour que tu saches ce que tu as dit ? C'est fou ça !
— Mais qu'est-ce que tu as aujourd'hui pour me pourrir le seul moment de la semaine que je passe avec vous ?

A ce moment précis, je sentis que je ne devais pas prolonger la conversation sous peine de voir se déclencher une crise de nerfs… Une colère dont il était seul capable… Il allait péter les plombs !

— Tu sais infantiliser c'est imprimer dans l'esprit du jeune qu'il est petit donc dans l'impossibilité de prendre une décision, incapable d'agir : Fonde-t-il une famille ? Non. Achète-t-il un logement ? Non. A-t-il une réussite professionnelle ? Non. Ce qui permet à Nick de s'en sortir, c'est qu'il doute, mais Matt et moi, nous te faisons tellement confiance que nous ne pouvons pas nous positionner dans la vie…Tu nous as donné une éducation de looser et tu oses nous dire que tu aurais aimé avoir un champion dans la famille !
— Parce que tu as une idée toi de la façon d'élever un enfant pour en faire un champion ?

Heureusement que le mot « looser » lui a échappé dans le cas contraire une bordée d'injures me serait tombée dessus…

— Je n'ai pas cette prétention, mais écoute le vocabulaire que tu utilises constamment : C'est horrible, c'est dégueulasse, c'est nul, Qu'est-ce que c'est mauvais, c'est une catastrophe, c'est la honte. On ne touche pas ! A quoi tu joues ! Quelle horreur ! Attention ! Fais attention ! Méfie-toi… Ne fais pas ci, ne fais pas ça, à nos âges !… C'est trop loin, c'est interdit, c'est dégoûtant, c'est trop difficile. C'est grotesque, c'est ridicule. Tu ne le feras pas, tu n'y arriveras jamais, on n'y arrivera jamais !

Avec papa c'était systématique, si nous entreprenions quelque chose il y avait toujours à changer la donne car notre père faisait tout mieux que nous, il nous bombardait de :

— C'est impossible. Vous ne pouvez rien faire. C'est trop difficile. On vous demande l'impossible.

Lorsqu'il lui parlait de cette façon, ma belle-doche avait du mal à utiliser l'humour, cela la mettait en colère, mais, elle se contrôlait et lui disait calmement :

— Mais voyons, pas du tout. C'est à la portée de tous ! Il faut juste avoir le sens de l'effort ! Mais chez toi c'est devenu viscéral.
— Comment ça viscéral !
— Partout où l'on va, tu démolis tout ce qui est autour de nous.
— Moi, je démolis quelque chose ?
— C'est simple, tu commences tes phrases par non… Ce n'est pas destructeur ça ?

Elle remarqua très vite que mon père commençait toujours ses phrases par : Non. Trop sympa ! Même s'il avait l'intention de dire oui. Elle trouvait cela frustrant. Il faisait partie de ceux qui savaient utiliser les autres, mais de quel droit. Moi, soumise à sa volonté, à ses opinions, comme lui je commençais mes phrases par « Non ». Bella entendit toute notre conversation et, prit la relève :
— Allez vite, sale gosse, « en route mauvaise troupe ». A mon avis ils vont en faire un bide… Ou alors, c'est bidon. C'est un bide total, ça va mal finir ! Quand je pense que ceux qui vivent dans ton entourage doivent se complaire là-dedans. Et surtout, j'oubliais l'incontournable « Méfie-toi » ça c'est quotidien ! Il faut se méfier du couteau à pain, du café chaud, du four, de la prise de courant… C'est bon pour un enfant de trois ans tout ça, pas pour des adultes. Les mots, et les formules toutes faites que tu emploies sont négatifs et moches… Ce n'est pas un langage qui permet à celui qui est en face de toi de donner le meilleur de lui-même. Celui qui t'écoute est voué à l'échec ! Malgré les années, tu gardes le langage de celui qui infantilise son interlocuteur, tu répètes toujours : Tu n'y arriveras pas, Tu ne le feras pas. Tu es décourageant. Tu exprimes le doute, le manque de confiance en toi-même et dans ceux qui te sont proches. A mon sens, pour en faire un champion le minimum serait de lui dire : Courage. Vas-y, fonce ! Aie confiance ! N'aie pas peur ! Tu sais quoi ? Tu parles comme si tu n'avais jamais entendu dire que « La parole est créatrice » ou encore « Le verbe s'est fait chair » !

Ma chère belle-mère se demandait où, quand, comment, il avait pu apprendre un tel vocabulaire… Comment pouvait-il utiliser ces mots et expressions sans éprouver de la gêne… Je dirais même, de la honte. Ce dont elle était certaine, c'est qu'il lui était impossible de prendre dans ses bras, de cajoler, de couvrir de baisers quelqu'un qui s'exprimait de cette façon. C'était un vocabulaire qui faisait fuir l'amour, la tendresse, la joie, le bonheur, le vocabulaire de la désolation et du malheur… Il était difficile de passer un moment agréable en la seule compagnie de mon père car même s'il commençait sa phrase par un hommage à un spectacle, à un homme célèbre il la terminait par une parole dévastatrice, qui assassinait… Et du coup le petit moment de bonheur, de joie, de plénitude ou d'allégresse que vous aviez entre-aperçu disparaissait. Aussi évitait-elle de regarder une émission de télévision en sa compagnie. Si ce n'était pas le présentateur qu'il dénigrait, des paroles horribles visaient le patron de la chaîne, le décor ou l'assistance. Elle fuyait vers ses activités, lecture, peinture, cuisine… Pourquoi n'en prenait-il pas conscience ?

Elle continua son monologue :
— Tu n'arrêtes pas. Il faut être fort en face de toi. Tu crois que les gens sont prêts à vivre un combat permanent… La femme qui acceptera cela finira avec un ulcère d'estomac puis un cancer ! Ce n'est pas vivable ! Je ne veux pas faire de courses avec toi parce que tu fais sans arrêt des remarques désobligeantes sur les vitrines, sur les prix trop élevés ou au contraire, au moment des soldes sur les prix trop bas. Au fond, qu'est-ce que tu veux ? Tu te plains de tout. Toujours critiquer ce qui se présente semble être ton seul objectif. « Ici, on ne peut jamais stationner, tu te rends compte, les bonnes femmes si elles pouvaient entrer avec leur voiture dans le marché elles le feraient ». Et tu déverses et tu déverses des paroles désagréables, si bien que je ne t'écoute plus et tu finis par me dire qu'il faudrait pour te satisfaire déplacer le marché !
— Tu es folle !

Il essayait de la rabaisser pour s'éviter tout conflit intérieur…
— C'est toi qui es fou ! Parce que moi le marché il me plaît bien là où il est. Je t'ai déjà proposé d'y aller à pied !
— Mais qui va porter le panier ?
— Très drôle ! Pour une botte de carottes, quatre poireaux et une baguette tu ne crois pas que l'on peut s'organiser…Tu allais à

Genève l'autre-jour, il a fallu qu'avant de partir tu me dises : Je déteste les Suisses. Tu te rends compte, il faut payer pour faire dix minutes d'autoroute, une taxe annuelle énorme. Pour qui se prennent-ils ? Ils se pensent supérieurs aux autres ? Moi, je te dis ceci, si tu as un problème dans la vie, il ne faut pas le voir chez le voisin. Le problème est au-dedans de toi. Personne ne t'oblige à aller en Suisse, si tu n'es pas content tu restes chez toi. Les Suisses ont droit au respect comme tout le monde ni plus ni moins.

En plus de ses paroles blessantes qui faisaient très mal, qui provoquaient frustrations et humiliations, il y avait chez papa une liste d'interdits, des choses qu'il ne supportait pas : les bâillements, la toux, les éternuements… Pourquoi ? Dès son arrivée chez nous, enfin non, chez lui, car il vivait seul, Bella lui dit :
— Avec moi, il est interdit d'interdire.

La pauvre ! Elle ne pouvait imaginer la suite. Vous ne deviez pas bâiller, car si vous le faisiez en sa présence, vous lui signifiez qu'il était ennuyeux, vous étiez incapable de l'admirer de rire de ses calembours, bref, Narcisse était foutu. C'était un crime de « lèse-Majesté » ! Bella avait la réponse, elle lui disait :
— On voit que tu ne connais pas le yoga ! Bâiller est un signe de détente, de confort, de bien-être.

Elle en rajoutait un peu. Après deux ou trois reprises et autant de réponses similaires il n'avait plus rien dit…

Vous ne deviez pas tousser non plus. Et encore moins éternuer ça c'était un comble ! Si vous éternuiez, vous provoquiez chez lui un sursaut, une sorte de peur. Elle remarqua qu'il était hypersensible au bruit, mais c'était à vous de trouver l'explication. Bella pensait que c'était parce qu'il vécut une partie de son enfance durant la guerre de 39-45 la peur au ventre sous les bombes… Lui, ne se remettait jamais en question, il était parfait. Il n'avait aucun problème, n'avait jamais voulu consulter un psychiatre :
— Ce ne sont pas des gens fréquentables, ces gens-là sont dangereux.

Il ne savait pas que sa grande sensibilité aux bruits n'était pas normale. Ayant toujours refusé son hyperacousie, si vous éternuiez vous étiez hors normes à ses yeux.

Interdiction de suspendre des rideaux dans son intérieur. Elle ne sut jamais si c'était pour ne pas dépenser son argent ou pour toute autre chose, elle se débrouilla pour en acheter, les installa en son absence et mit mon père devant le fait accompli. Comme ils étaient modernes, très chics, très classe et que les invités faisaient des remarques élogieuses en les voyant, il ne prononça pas un mot à leur sujet et donna tacitement son accord. Interdiction d'écouter de la musique qui ne soit pas celle de son choix, si par inadvertance il survenait au moment où vous étiez en train d'écouter un bon disque, il ne pouvait s'empêcher de briser le charme donnant son avis par de grandes phrases inutiles gâchant le moment présent. Il ne pouvait se concentrer sur aucune image, histoire, où mélodie. C'est pour cela qu'il parlait souvent inutilement. Il chantait faux mais il chantait ou sifflait pour vous ôter un moment de plaisir… Bella aimait le silence, le calme, elle enrageait intérieurement. Papa était un homme agité toujours bruyant, souvent énervé, qui ne pouvait s'empêcher de faire des commentaires dès que vous passiez un disque, dès que vous écoutiez une émission de radio ou de télévision. Savoir se taire. Son mari en était incapable. Il ne fallait donc pas rêver. Il était impossible d'apprécier une quelconque émission en sa présence. Il critiquait tout : les vêtements des gens, leur coiffure, leurs chaussures, leur voix, leur style, la couleur de leurs cheveux et vous entendiez :

— Ils sont toujours là ceux-là. Je déteste celui-là ! Qu'est-ce qu'il fait là ? Je trouve que le niveau baisse. Il y a moins de grandes personnalités. Ce ne seront pas les vedettes de demain. Ce sont vraiment des charlots.

C'était comme ça tous les jours ! Les silences étaient inexistants… Debussy disait « La musique commence quand les mots s'arrêtent » avec papa impossible d'arrêter les mots, il n'y avait donc pas de place pour la musique, impossible de se concentrer, il allait de ses commentaires insipides du genre :

— Il chante bien, tu entends cette voix superbe.

Ou bien :

— Super ! Qu'est-ce qu'elle chante bien ! Tu as vu avec quel orchestre elle se fait accompagner.

Quand il se mettait à siffler, Bella hors d'elle, avait envie de le gifler. Comprenait-il qu'il la gênait. Elle n'en savait rien car si vous aviez le malheur de le lui faire la moindre remarque, c'était la guerre déclarée. Il se vexait « très fort », se mettait en colère et parlait tout seul :
— On ne peut rien dire avec toi. Tu es prétentieuse et pense toujours avoir raison. Eh bien, c'est fini. Je me tais.

Donc vous coupiez le son. Elle aurait tellement aimé qu'il puisse se taire plus souvent... Ces fâcheries « gâchaient » les moments de joie, d'allégresse, de bonheur, qu'elle pouvait trouver dans la musique et transformaient les journées en un temps de bouderies pour lui et de stress pour elle... Ils ne passaient pas à table, s'installaient devant leurs ordinateurs, oubliant l'autre. Heureusement que la maison était grande, chacun occupait un étage en attendant l'événement qui débloquait la situation. Eh bien, justement, une fuite d'eau par exemple ! Alors tout changeait, Magic John était efficace, opérationnel, adorable avec le plombier « Tout baigne » c'est le cas de le dire... La paix elle la trouvait quand il dormait ou était assis devant un match quelconque, durant ces moments elle pouvait profiter d'un bon livre ou travailler dans son atelier de peinture. Leur ami Anglais disait devant un match en compagnie de Magic John : « H's shouting » ! Mais cela ne gênait pas Bella qui était dans son ailleurs...

Interdiction de regarder une série télé ou une émission qu'il n'avait pas choisie. Que de frustrations ! Installer un enfant devant une bande dessinée, impossible. Un petit de leurs amis avait en mains un DVD et demanda s'il pouvait le regarder. Il répondit :
— Nous n'avons pas cela ici.

Ce n'est pas parce qu'il était vieux et qu'il ne voyait pas. Il avait tout faux et ne le réalisait pas. Il fut toujours ainsi. Il ne voulait pas voir ce qui le contrariait.

Mario quatre ans, le fils d'une amie demanda à Bella : Dis-moi pourquoi ton mari est le chef de la télé ? Elle mourait d'envie de lui répondre : Parce qu'il est le chef de tout. Il a le pouvoir de l'argent, mais il n'a plus le pouvoir de la jeunesse, c'est un vieux, il a plus de quatre-vingts ans ! Mais bien sûr, elle se tut… Son Magic John était contre tout ce qui n'était pas Sa Décision, mais, chose étrange, complètement aberrante, absolument folle, même si vous le preniez sur le fait il s'écriait :
— Moi, je n'ai jamais dit cela ! Je n'interdis rien du tout. Je ne peux pas dire mieux, tu fais ce que tu veux !

C'étaient les lambeaux de phrase qui la blessaient le plus, car, dit sur un ton agressif et méchant, cela signifiait que vous l'aviez acculé à renoncer à ses choix, à ce qu'il considérait comme ses prérogatives. Elle restait bouche bée, anéantie, brisée, cela lui ôtait toute envie de continuer… Elle renonçait, était dégoûtée… Il en fut de même pour nous durant toute notre enfance, tout était interdit. Au fil du temps, afin de ne pas subir ses critiques véhémentes, qui l'obligeaient à sortir de son calme, occupée à faire quelque chose qu'elle aimait : lire, regarder un documentaire télévisé enregistré à l'insu de son mari, écouter un disque, dès qu'elle entendait son pas, avant même la critique, elle changeait d'activité, fermait son livre, éteignait la télévision… Elle dissimulait ses pensées, ses actes, ses démarches. A la longue il s'en aperçut et finit par dire :
— Pourquoi tu ne continues pas à regarder ton émission ?

Comment répondre :
— J'éteins car je ne veux pas entendre de critiques négatives, je ne veux pas subir tes remarques acerbes, je ne veux pas t'entendre…

Impossible ! Car alors elle ouvrait la porte pour un pugilat. Elle préférait jouer la comédie et, gardait pour elle les choses dont ils auraient pu discuter dans une relation normale de couple. Ce que Bella ne comprenait pas, c'était que les parents de Magic John, suffisamment instruits, pouvaient lui conseiller un thérapeute. Mais il se maria, eut des enfants, attendit leur majorité pour divorcer et personne ne lui dit : Tu devrais te faire soigner.

En fait Bella se demandait si cela se soignait ! Dès le début de leur relation elle fût choquée mais étant sûre d'elle, elle ne perdit pas du tout son calme, aucunement déstabilisée lorsqu'il s'exclama en la voyant signer un document :

— Ce n'est pas une signature ça !

Elle le regarda droit dans les yeux lui signifiant « Va te faire foutre ». Vous vous rendez compte, il fallait signer comme il voulait ! Au fond d'elle-même, je mettrais ma main au feu, qu'elle se disait « Pauvre con !» Et faisait à sa guise. Sans discuter.

Il critiquait tout, tout le temps, mais jamais de façon constructive. En deux minutes, il était capable en entrant dans votre lieu de travail de vous « descendre en flamme » tout ce que vous aviez organisé pour votre confort, tous les efforts que vous aviez faits, tout ce que vous aviez mis en place, sans aucun respect pour la personne que vous êtes :

— Le bureau est de mauvais goût, la chaise inconfortable, le fauteuil disproportionné, les rideaux trop sombres, les lampes ridicules, le tapis grotesque, la moquette démodée.

Il déclarait tout ça, comme ça, tout d'un coup alors que vous ne demandiez rien ! N'essayez pas de l'interrompre. N'essayez pas de vous justifier. Pour le coincer et arrêter sa diatribe, il fallait être très très fort, avoir des arguments massues du genre : Tu es daltonien donc tu n'as rien à dire quant' aux couleurs ! Mais encore fallait-il savoir qu'il était daltonien, ce n'était pas lui qui viendrait vous le dire, lui n'avait pas de faille, il était parfait. Sa nouvelle femme mit des années pour lui faire admettre qu'il avait droit à la différence et par conséquent le droit d'être daltonien… Et ajoutez que c'était Starck qui avait décoré votre bureau alors là, vous lui « boucheriez un coin ».

Papa essayait parfois de jouer avec nous en posant des questions tantôt idiotes, tantôt étranges du genre :

— Que vais-je prendre entre mes deux tranches de pain de mie ?

Et moi comme une conne je répondais :

— Du jambon de Parme !
— Qui a introduit en France la pomme de terre ?
— Parmentier !
— Qui était le précepteur d'Alexandre le Grand ?
— Aristote !

Misère ! Eh Oui ! Je vous assure nous jouions à cela ! Elle lui répondait sèchement :

— Si tu ne le sais pas, regarde sur internet. Moi je ne suis pas à l'école primaire.

Elle refusait d'entrer dans son jeu enfantin. Ne comptez pas sur elle pour rire… Nous, on répondait et attendions ses bravos suivis de ses rires de contentement… On se comportait devant lui comme des idiots… Car nous savions qu'il ne pouvait supporter ni l'indifférence ni la contradiction. Il voulait être brillant et admiré. Vous me direz : qu'est-ce qu'il y a de brillant là-dedans ? C'est nul ! Complètement débile ! Eh oui ! Si vous vous comportiez comme nous vous auriez ses faveurs, sinon gare à vous… Cette attitude était favorable en public à mon père pour amuser la galerie. Il avait souvent le mot pour rire. Il pouvait dire au rayon boucherie :

— Vos cailles ont-elles pondu des œufs ? Je cherche des œufs de caille mais je ne les trouve pas !

En sortant de la boulangerie :

— Ici ils ne savent pas faire cuire du pain. On a acheté une baguette en pâte à modeler !

Chez le marchand de fringues :

— Que l'on achète une chemise à cinq euros ou à cent euros, il y a le même nombre de boutons, ce n'est pas normal !

Tout le monde riait et pensait : Comme il est drôle. Le gros Narcisse, tellement Narcisse qu'il n'éprouvait aucune gêne lorsqu'il vous disait qu'un praticien était plus aimable avec lui qu'avec ses autres patients. Narcisse et infantile. Il se faisait remarquer par des formules à l'emporte-pièce qui non seulement faisaient rire les serveurs dans les restaurants, les caissières au supermarché, l'épicière dans sa boutique, même le dentiste qui lui dit un jour :

— Je vais voir ce qui se passe au niveau des molaires en bas à droite ?

Il répondit :

— Une à moi ou une à vous ?
— En effet, il y en a plusieurs qui sont à moi !

Je ne pouvais nier que papa avait le don de la répartie : Il racontait à Bella que lors d'un contrôle fiscal l'Inspecteur lui signala qu'il n'avait pas le droit de déduire de ses revenus ses notes de frais tels que : Avions, hôtels, restaurants…
— Mais comment lui dit-il vous voudriez que dans ma profession je vous présente des tickets de métro comme frais de transports ? Si c'était le cas il y a longtemps que je serai au chômage !

Que voulez-vous répondre à cela ! Dans ce domaine il était imbattable, vraiment drôle. On pouvait aimer cette facette de sa personnalité, et pouffer de rire. Magic John adorait surprendre, amuser. Il aimait parler fort, montrer son savoir, se donner en spectacle. Je me suis souvent demandé ce qu'il ferait s'il était une « star »… Les serveurs devaient dire : Mr X par-ci, Mr X par-là, on lui réservait la meilleure table « of course ». En entrant dans un lieu il voulait être connu et reconnu. Il lançait à haute voix une phrase qu'il croyait spirituelle… Tout ce qui agaçait sa femme. Au début de leur relation sans doute réagissait-elle comme nous malgré la lourdeur de ses plaisanteries. Mais après quelques mois, lorsqu'elle vit le revers de la médaille, cela ne l'intéressait plus, Bella préférait s'en aller, quitter les lieux. Cela ne l'amusait plus, parfois elle en avait honte.

Lorsqu'elle parlait de nous elle disait :

— Que de frustrations ces pauvres enfants ont subi.

Elle ajoutait aussi :

— J'ai beaucoup d'admiration pour ma belle-fille, je me demande comment elle a pu réussir ses études en vivant auprès d'un père qui a constamment demandé à ses enfants d'échouer.

Cela l'avait frappée, en plus de la liste exhaustive des paroles destructrices que papa utilisait au quotidien, il répétait :

— Tu n'y arriveras jamais. On n'y arrivera jamais. Je n'y arriverai jamais.

Elle avait lu que ces formules sont porteuses d'un message d'échec transmis inconsciemment par le parent à son enfant… D'ailleurs elle était convaincue que notre père nous demandait d'échouer afin d'être toujours le plus grand, le plus beau, le plus fort, le plus riche, le plus tout. Surtout ne jamais être de toute notre vie mieux que lui ! Bella pensait que chaque vie correspondait à ce que les parents attendent de leurs enfants. Elle aimait discuter de ce genre de choses avec ses copines, à qui elle disait :

— Je vis une relation tellement intéressante, j'apprends tant de choses, que j'en oublie les désagréments !

Elle était à la fois effrayée et intéressée par son personnage de mari, elle voyait en lui quelqu'un capable de la faire progresser dans la connaissance humaine. Elle s'intéressait beaucoup à la psychologie et avait lu « que nous sommes prisonniers de notre milieu familial et de la société dans laquelle nous naissons, comme façonnés dans un moule, nous avançons pour la plupart d'entre nous de la vie à la mort sans rien remettre en question, l'esprit complètement formaté ». Ceux qui sortent de ce moule sont des exceptions. Elle trouvait une sorte de plaisir à observer notre mode de fonctionnement. Elle savait que nous dépendions de notre père pour tout, elle savait que même en nous éloignant de lui comme l'avait fait mon frère Matt rien ne changerait et qu'après sa mort il continuerait à nous diriger… Bien-entendu elle faisait abstraction du fait que tout un chacun est manipulé dès avant même sa naissance par la société où il naît et par sa famille. Ce qu'elle voyait chez nous c'était la dépendance pour toute action, une incapacité de décision. Elle connaissait nos peurs et nos sentiments d'impuissance et d'insatisfaction. Aussi malgré nos diplômes et notre intelligence nous n'étions responsables de rien.

Elle avait écrit sur un carton :

« Libre arbitre. Libre choix. Liberté individuelle. Responsabilité ». Elle voulait l'afficher sous nos yeux et surtout sous ceux de papa. Prétentieuse ! Mais elle comprit que cela serait vain. Nous étions aveugles, il nous était plus commode de ne rien changer et formions un petit groupe d'éternels insatisfaits. Elle savait que nous n'étions pas les seuls à vivre ainsi. Nombre de jeunes de notre milieu socioculturel « bénéficient » si on peut dire de parents magiques, fournissant tout, apportant tout, ayant réponse à tout, omniscients et omniprésents. Tout était fait à notre place, coupé, mâché, il ne nous restait plus qu'à avaler et à essayer de bien digérer. Tout était choisi, décidé par notre cher père. Vivant maintenant avec lui, elle en bénéficiait aussi et le vivait au quotidien… Les parents indiquent le chemin par la parole : « Mon fils fera polytechnique, ma fille fera Normale Sup » A l'époque de papa, aujourd'hui les désirs parentaux sont les mêmes pour les deux sexes… Du moins je l'espère ! Mon père installait partout des sens interdits, nous dissimulait le chemin, ne nous permettait pas de « nous approprier les clés » du monde adulte… Pour accéder à une connaissance, au maniement d'un appareil, à une notice explicative Bella devait attendre son absence car Il s'appropriait tout, s'arrangeait pour « étudier » le mode d'emploi, le jeter puis laisser l'autre dans l'ignorance… Cela lui permettait de rester magique, de nous épater tous ! Quand elle le voyait, barrant de tout son corps de « squat figure » l'ordinateur vous empêchant de voir comment il a réussi à placer une application dans ses favoris, une banalité, elle se demandait si c'était inconsciemment qu'il vous privait d'un accès à la connaissance. Elle, tout de suite, le contrait :

— Tu recommences, je note ce que tu fais !

Il ne pouvait pas ne pas lui donner la clé. Nous, nous n'aurions jamais osé. Nous n'étions que des « petits enfants » dans l'impossibilité d'agir et de contrer cette grande figure paternelle… À nos âges devant notre père nous faisions à Bella l'effet de « poules mouillées » Nous avions peur de lui. Bella disait :

— Manque de chance, ses fils ne sont pas baraqués, si en face de lui il avait eu deux gars de deux mètres de haut lui barrant la route et obtenant gain de cause par la seule force de leur regard, il n'aurait pas pu toute sa vie les dominer, les écraser ?

Eh oui, nous ne faisions pas le poids… Elle savait que nous étions tous anxieux dans la famille, elle nous entendait dire que nous étions stressés, angoissés. Ces mots négatifs n'étaient pas dans son vocabulaire. Je me demande encore si elle savait ce que cela signifiait avant de nous connaître… Notre caractère anxieux, notre certitude dès le départ que toutes nos entreprises étaient vouées à l'échec, ne nous empêchaient pas d'avoir le sort enviable de fils ou « fi-fille » à papa. Aux yeux de tous, au lieu d'être des « looser » nous étions des privilégiés. Nous roulions en Porsche, BMW mais elle nous voyait comme des minables. Elle ne nous enviait pas, se demandait seulement comment nous pouvions être dans ce mode de vie sans révolte… Après Doug, Matt choisit d'être le « looser » de grande envergure. Papa faisait l'autruche, la tête dans le sable, il racontait à qui mieux mieux l'histoire de notre frère en une phrase :

— En fin d'études dentaires, études qu'il a choisies car il était dans les premiers au concours de la Fac de médecine et a laissé sa place pour la dentisterie, Matt m'a dit, plutôt que de gratter dans les dents, je préfère gratter la guitare !

Puis, il en parlait à qui voulait l'entendre, comme si la réussite de son fils était là, présente, brillant musicien et navigateur hors pair effectuant par exemple en solitaire la route du Rhum. La réalité était tout autre. Matt était devenu marginal, sombrant dans l'alcool, fumant du cannabis, ne mangeant pas à sa faim, tout en étant un bon musicien et un excellent navigateur. Le bateau était le seul espace où mon père donna à ses fils le droit de réussir. Matt et Nick étaient d'excellents marins. Matt vivait cependant à l'autre bout du monde, le plus loin possible de papa. Notre père critiquait sans arrêt l'éducation que les autres parents donnaient à leurs enfants et trouvait celle qu'il nous avait donnée parfaite.

Un comble ! Bien des années plus tard Bella osa lui demander :

— Aurais-tu aimé voir tes fils réussir brillamment ?

Sa réponse l'avait laissée interloquée…

— Bien sûr, j'aurais aimé être fier d'eux comme je le suis de ma fille qui a bien réussi !

Il ne s'était jamais rendu compte des entraves qu'il plaçait chaque jour sur leur route, c'était inconscient. En vérité la réussite ne risquait pas de nous arriver. Dès que nous entreprenions quelque chose, il voyait l'échec :

— C'est impossible, vous n'y arriverez pas !

Bella était certaine que s'il disait qu'il avait tout fait pour que notre position sociale soit excellente, en revanche, par ses paroles, ses actes il nous demandait d'échouer, et moi, je suis convaincue qu'il aurait mal vécu le succès d'un de ses fils, encore moins leur célébrité : Cela lui aurait ôté la première place.

Matt eut un enfant qui ne portait pas notre nom, il ne s'en occupa jamais, incapable de se prendre personnellement en charge, il n'allait pas se « mettre un problème de plus sur le dos ». Il eut une attitude diamétralement opposée à celle de papa. Si le petit Alexis n'avait pas eu sa mère il aurait grandi aux frais de l'Assistance Publique… Betty sa maman comprit qu'il ne fallait pas compter sur Matt pour assumer sa paternité. Elle gardait cependant des liens avec nous un jour elle crut bien faire en venant passer une semaine de vacances chez papa avec son enfant. Dès le premier jour Bella se rendit compte que Magic John n'appréciait pas son petit-fils qui commença par demander un Monaco au bar où toute la famille s'était installée. Papa intervint tout de suite :

— Qu'est-ce que c'est que ça ? De l'alcool ?

Bella lui fit signe de se taire…

A peine rentrés à la maison les problèmes commencèrent, Betty appela à l'aide : Alexis était en train de se tailler les veines du poignet, c'était de l'automutilation. Bella s'occupa du pansement et de l'apaisement général. Elle réalisa combien la vie de Betty devait être difficile, élevant seule un ado dans un tel état de mal être et de dépression. Pendant qu'elle s'occupait d'Alexis il lui posa cette question :

— Mon père est alcoolique n'est-ce pas ?

Elle répondit :

— Oui, mais tu sais ce n'est pas une exception, il y a beaucoup d'alcooliques et c'est très difficile de changer la donne.

Que pouvait-elle dire ? Malgré toute son empathie pour ce gamin, il était impossible pour elle de jouer l'ignorante.

Magic John n'apprécia pas du tout ce qui se passa. Ce n'était pas le jeune et sa maman qu'il plaignait, c'était lui que l'on dérangeait beaucoup, que l'on contrariait, que l'on agaçait. Il se contrôla durant la journée tout en faisant une tronche de grand offensé mais quand vint le soir, dans la chambre Bella eut droit à des paroles odieuses contre son petit-fils. Aucune compassion, aucun sentiment, mais un rejet total. Il fut en dessous de tout. Comme d'habitude lorsqu'il en avait contre quelqu'un, il entra en diarrhée verbale et débita tout son vocabulaire horrible et toutes ses formules toutes faites, plus méchantes les unes que les autres. Elle se boucha les oreilles, au sens propre, elle était la Reine des boules EAR. Il termina sa tirade par cette phrase :

— Je le foutrai à la porte à grands coups de pieds dans le cul !

C'était l'été, on dormait portes et fenêtres ouvertes, la mère d'Alexis entendit tout ou partie du monologue, le lendemain elle déclara à Bella :

— Nous allons partir aujourd'hui. Nous écourtons notre séjour, on ne parle pas de cette façon de son petit-fils.

Magic-John refusa de les accompagner à la gare. Vous vous rendez compte, un grand-père à ce point immature ! C'est Bella qui s'en chargea. Depuis ce jour il ne revit jamais cet enfant, son seul descendant. Il ne supportait pas les problèmes. Dans ce cas il ne voyait rien et n'entendait rien, son fils plongé dans l'alcool et la drogue, son petit-fils au plus mal avec des troubles psychiatriques, il avait l'audace ou l'inconscience de s'écrier si quelqu'un lui demandait des nouvelles de ses enfants :

— Matt navigue sur le fleuve Niger !

Un son de fierté dans la voix ! Bella se pinçait en se disant « Je rêve ! ». Et pas un mot d'Alexis, qui n'existait plus pour son grand-père.

Betty ne téléphona plus. Le frère de cette dernière qui chaque année venait en vacances dans le Sud avec femme et enfants, leur rendait assidûment visite. Tous réunis ils passaient une soirée de rêve chez papa, faisaient la fête jusque tard dans la nuit, le vin Argentin d'un ami producteur à Mendoza coulait à flots et Bella préparait d'excellents repas. Mis au courant de l'attitude de papa vis-à-vis de son neveu il ne donna plus signe de vie. Ce ne fut pas un problème pour Magic-John, il n'était pas du tout offensé loin de là, il ne se rendait même pas compte de leur absence… Car pour Magic-John s'il y a quelqu'un d'important sur la planète Terre, c'est lui ! Betty ne pouvait absolument pas trouver un soutien auprès du grand-père d'Alexis et encore moins auprès de son père biologique. Mais la vie peut réserver de bonnes surprises le petit-fils de Magic-John adulte et en bonne santé, se maria, fonda une famille. Mis à la porte de la maison de son grand-père il n'osa pas reprendre contact avec lui et ne revint jamais. Papa ne s'inquiéta pas de son sort, ne souhaita pas lui tendre la main, ne fit jamais le premier pas : Hors de question. Son petit-fils n'existait plus pour lui, il ne correspondait pas à l'enfant modèle qu'il souhaitait avoir. Croyez-vous qu'il soit le seul sur terre à fonctionner de cette façon ? Bella constatait qu'elle côtoyait, deux générations d'hommes et deux comportements extrêmes Magic John surprotecteur, ayant constamment un regard sur ses enfants, décidant pour eux, agissant pour eux, Matt, son propre fils ayant oublié sa paternité, rejetant son enfant, complètement absent, n'ayant pas donné son nom à sa descendance. Et imbroglio étrange, deux attitudes complètement inverses mais qui aboutissaient finalement au rejet par ces deux hommes de leur seul héritier…

« On ne touche pas », la formule que l'on utilise pour un enfant jusqu'à trois ans ! C'était ce qu'utilisait mon père constamment, le principe de base de la famille, Bella était sidérée ! Et « Méfie-toi ». Il lui parlait de cette façon et de suite elle répliquait en éclatant de rire :

— Quoi ? Répète ce que tu viens de dire ! Non seulement je le touche mais tu le prends dans la tête !

Elle prenait sa remarque comme une plaisanterie et agissait à sa guise… Lui, très surpris par son audace, jamais de sa vie quelqu'un s'était permis de dire le contraire de sa pensée, ne plaisantait pas, et répondait qu'elle avait mauvais caractère.

— C'est épouvantable ! Tu n'es jamais satisfaite ! Chaque fois que je prononce un mot tu m'agresses !

C'était lui qui se plaignait, c'était elle l'agresseur. Inouï.

Chez nous on ne touchait à rien, ainsi on était responsable de rien : Si problème il y avait, il fallait le chercher chez le voisin ou la voisine, c'était risible. Pour mon père aussi le coupable c'était le voisin. Le cadenas était bloqué c'était un de nous qui l'avait touché hier. Ce n'était pas lui. Mais nous, nous savions que c'était lui le dernier à l'avoir manipulé. La cafetière avait débordé, c'était vous, oui, vous là ! Vous l'aviez mal positionnée… L'électricité était restée allumée dans le garage ! C'était encore vous. Et si par-dessus le marché c'était son miroir de rasage qui était resté sous tension vingt-quatre heures, alors toute cette chauffe ! C'était vous. Une mauvaise foi plus grande ! Tu meurs ! Nous, les jeunes, nous ne prenions pas de décision, notre bénéfice net, c'était que si quelque chose n'allait pas, si vous n'étiez pas content, vous alliez voir ailleurs, nous nous en lavions les mains… Nous étions sans liberté, sans spontanéité, et complètement irresponsables…

Sa maturité, la cinquantaine, au moment où Bella démarra sa vie commune avec mon père lui permit de mettre tout de suite ses propres barrières devant certaines choses qui lui paraissaient incompatibles avec son regard sur la vie et protéger tant soit peu son autonomie…Il était le chef de tout, elle en était surprise : C'était lui qui décidait du menu, qui donnait les directives pour la table et le service… C'était lui qui disait où et comment éplucher les légumes et sur quel plateau déposer les pelures. Et attention vous deviez obéir ! N'allez pas mettre vos pelures ailleurs ! C'était lui qui faisait les courses de la maisonnée. Tant mieux disait-elle, ce qu'il achète il le paie… S'il était présent, c'était lui qui mettait le couvert, qui décidait s'il fallait mettre une rallonge à la table ou pas, qui plaçait les gens. C'était lui qui choisissait la couleur de la nappe. Intérieurement, elle enrageait bien sûr. Mon père étant Daltonien apportait une nappe de couleur marron à la place de la verte demandée. Finalement cela lui donna un argument solide pour modifier les choix de Magic John ! Mais il avait toujours été un despote, il n'allait pas vraiment changer…

Bella avait une grande force intérieure. Elle dit « Stop » pour :

Premièrement : Le courrier. Domiciliée récemment chez lui, j'allais dire chez nous, alors que j'habitais mon propre logement ; elle vit tout de suite que papa allait chaque matin prendre le courrier dans la boite aux lettres et qu'allègrement il ouvrait toutes les enveloppes, celles qui m'étaient destinées à moi sa fille et même celles qui étaient à son nom à elle. Elle mit tout de suite le : holà !

— Tu n'ouvres pas mon courrier, depuis l'âge de sept ans mon père me donnait les lettres envoyées de Madagascar par ma Marraine et c'était ma grande fierté d'enfant de les lire à haute voix pour mes parents… Ce n'est pas aujourd'hui que quelqu'un le fera à ma place. (Elle était outrée !) Je n'ai pas été élevée de cette façon.

Elle lui demandait un minimum de respect… Qu'à cela ne tienne, la fois suivante, mon père, ayant de la suite dans les idées, ouvrit l'enveloppe. Bien sûr elle s'en offusqua et il trouva le moyen de lui dire :

— C'est pour te rendre service.

Elle sortit de ses gonds et donna de la voix :

— Non mais ! Tu te fiches de ma tête là ! Quel service tu me rends ! Je ne suis pas handicapée ! Je te préviens, je refuse de lire tout courrier ouvert, tu le prendras en charge, impôts, factures ou toute autre chose ! Je ne veux pas le savoir, tu en feras ce que tu voudras, je ne le lirai pas !

Elle mit la lettre à la poubelle. Il ne recommença jamais… Elle avait compris qu'il fallait le mâter. Mais quelle vie allait-elle mener ? Quels seraient ses combats au quotidien ?

Bella remarqua que mon courrier, de femme adulte, arrivait encore chez papa, tout ce qui concernait mes économies était dans ses mains, il fallut attendre qu'ils déménagent et quittent la région tous les deux pour que cela cesse : Que mon courrier arrive enfin directement chez moi ! Mais l'ingérence ne cessa jamais… Elle trouva cela très étrange, pas normal, mais ne fit aucune remarque… Cela dit, il garda jusqu'à la fin de ses jours l'habitude de se précipiter sur la boite aux lettres et de faire ce que font certains facteurs incorrects, une à une, il déposait les enveloppes en énumérant leur provenance :

— Impôts, facture d'électricité, facture encore, elle est épaisse ce doit être ta banque…

Rageant ! Elle mit dix ans pour comprendre pourquoi c'était toujours lui qui répondait au téléphone et pourquoi il se précipitait sur la boîte aux lettres dès qu'il entendait la mobylette du facteur… Il fut cocu durant toute sa vie avec ma mère, et ce, dès le premier jour ! Il voulait savoir qui correspondait avec sa femme.

Deuxièmement : le marché. Après quelques essais, elle refusa tout net de l'accompagner et déclarait :

— J'ai horreur de faire les marchés !

Elle lui accordait une faveur une ou deux fois l'an, pour des marchés exceptionnels. Il faisait ses achats seul. Y aller avec lui était une épreuve pour elle. Cette soi-disant convivialité qu'il instaurait dans sa relation avec les marchands l'agaçait, car il était prêt à critiquer de façon véhémente, d'une voix forte et assurée tout ce qui se présentait en l'absence de l'interlocuteur, et, dans la seconde qui suit passer à une extrême gentillesse avec les commerçants, bavardant avec l'un, avec l'autre, disant à la marchande :

— Je vous achète des carottes car d'en manger cela rend aimable !

La vendeuse lui répondait assurément :

— Vous n'avez pas besoin de manger des carottes pour être aimable !

Il en était fier :

— Ce n'est pas une déclaration d'amour ça !

En effet, il était adorable avec les vendeurs, avec tout le monde d'ailleurs, si bien qu'on lui offrait une tomate, un oignon, un bouquet de persil, des crevettes… Un jour une vendeuse lui demanda devant Bella s'il était célibataire ! Les gens lui disaient : Quel plaisir de traiter avec vous ! Vous êtes toujours de bonne humeur ! Tout se fait avec facilité, il n'y a jamais de problème. Vous avez le sens de l'humour ! Vous êtes drôle, sympathique ! Vous avez toujours le mot pour rire ! Il leur était impossible d'imaginer le côté odieux du personnage. C'était donc lui qui faisait les courses et jamais Bella ne laissa échapper une de ces phrases : Les échalotes sont pourries, les courgettes sont tachées de brun… Les bananes sont écrasées. L'ananas est marron ! Ou quelque chose du même ordre. Car il arrivait en s'exclamant :

— Regarde ce que je t'ai apporté !

Elle pensait : Il y a tant de femmes de part le monde qui rêvent d'entendre ces paroles, et disait :

— C'est parfait ! Magnifique !

Elle jetait tout ce qui ne lui convenait pas. Lui était content. Beaucoup de femmes agissent ainsi. Pardi ! Si vous vous mettez à critiquer tout ce que votre homme ramène, vous vous doutez bien qu'il ne voudra plus faire les courses. Il faut savoir ce que l'on veut…

Moi, j'adorais faire le marché, je tenais cela de mon père, j'y allais avec lui… J'avais la « riche idée » d'acheter des fringues pour ma belle-doche, payées par mon père évidemment, je ne faisais pas de cadeaux à Bella, je lui rapportais des horreurs ! D'ailleurs elle garda dans son atelier de peinture une sorte de grand sac en nylon gris anthracite, aux coutures toutes tire-bouchonnées, qu'elle montrait à tous les visiteurs en leur disant :

— C'est le genre de robe que Béné demande à son père de me payer !

Je me fichais d'elle, elle se fichait de moi.

Troisièmement : le Sport. Ah ! Le sport… A la télé.

Hors de question pour Bella de regarder le sport à la télévision. De cette façon elle se ménageait un espace de liberté… Car devant son écran, Magic John ne donnait pas non plus la paix aux gens. Elle :

— Je t'ai demandé de respecter les autres, respecte aussi leurs émotions. Tu n'as pas besoin de dire : Tu as peur, c'est du cinéma !
— Toi aussi tu parles devant l'écran !
— J'ai sûrement tort, c'est une réaction du fait que tu sois toujours en train de parler ! Tu me gênes et m'empêches d'entendre le discours.

Là, elle entrait en guerre. Vous ne deviez pas contrarier papa.

— Eh bien terminé ! Je ne parle plus ! Tu as toujours raison !

De sa grosse voix véhémente il la stressait mais il se tut… Pour elle tout s'écroulait, fini le bon moment, envolé, elle quittait la pièce. Soit, la rage au cœur, se promettant de se venger, soit tristement, en se disant il n'y a rien à faire…

Au début de sa relation avec lui elle était pleine d'enthousiasme et de bonne volonté. Aux yeux de tous, surtout des femmes, mon père passait pour un homme extraordinaire, riche, généreux, extrêmement gentil, plus que gentil, affable, serviable, convivial, drôle, très, très sympathique, amusant, jovial, beau, attentionné, n'hésitant pas à inviter l'une ou l'autre, au restaurant, dans sa maison de week-end… Il organisait des fêtes où venaient tous nos amis et relations, avec orchestre, traiteur, vins et spiritueux, champagne à gogo qui tombait en cascade dans des coupes placées sur le grand miroir du tailleur Suisse. Il se pavanait sous des tentes blanches rayées de bleu installées dans le jardin sous les palmiers et les orangers au bord de la piscine. Tout le monde l'adorait, tout le monde était sous son charme. Car comme tous les narcissiques c'était quelqu'un qui aimait séduire ! L'admiration de tous lui était indispensable… En réalité il achetait tout le monde, mais personne ne s'en rendait compte ou peut-être préféraient-ils ne pas s'en rendre compte…

Mais nous au quotidien on avait toujours droit à ceci :

— C'est nul. On n'en sort pas. Ce sont des attrape-nigauds. J'espère qu'ils vont en faire un bide. (Il souhaitait le pire aux autres) Ce sont des voyous ces gens-là. C'est scandaleux. C'est bien fait pour eux ces bandes de cons. L'autre abruti. Cette tête de lard, tête de cochon ! C'est mal foutu. Bon à jeter. Quel fumier !

Bella savait aussi que devant la moindre contrariété il criait ou bondissait et vous entendiez débouler une pluie d'injures :

— Putain de merde, merde, merde, saloperie de merde !

Coups de poing sur la table.

— Ces saloperies, ça me dégoûte !

Pour son ordinateur qui ne se plie pas à ses désirs

— Saloperie d'engin…

Pour autre chose :

— C'est bidon tout ça. C'est de la fumisterie. C'est un scandale. C'est dégueulasse. On s'est fait rouler. On a l'impression d'être des pigeons. C'est de la tactique !

Ou des injures envers une personnalité qui n'avait pas ses idées :

— Elle est vicieuse. Elle mériterait d'être en prison celle-là ! On devrait la fusiller ! C'est une honte. Quelle honte. On a tous honte. On est en train de sombrer. C'est le désespoir !

Ses paroles étaient si outrancières que parfois Bella avait envie d'éclater de rire, malgré la fureur ambiante. Pour des gens qui ne lui plaisaient pas :

— Ce sont des fumiers, je les déteste…

Ou bien :

— Quel connard. C'est un fantoche. Je vais acheter un fusil. Moi, il y a des têtes que je ne peux pas voir. Allez, interdit de séjour chez moi…
— Ah ! Celui-là ! L'allure qu'il a on dirait un bandit de grands chemins.
— Ceux-là ils ne travaillent pas le dimanche. Bien sûr, c'est le jackpot tous les jours de la semaine.

Lorsque c'était moins important à ses yeux :

— Ça devient ridicule ! C'est d'un grotesque, c'est la honte. Ça me dégoute !

Il continuait encore et encore.

Lorsqu'il était jaloux de la réussite de quelqu'un :

— Ça grenouille de partout, ça grenouille pas mal. Ces gens me dégoûtent. Ce sont des voleurs. Ce sont des voyous. Merde ! Ils nous font chier. Ils nous prennent pour des cons, des imbéciles. Ils se foutent du monde. Ils se prennent pour des vedettes. Ce sont des prétentieux ! Leur milieu est un panier de crabes. Ce sont des faux-culs.

Ou alors :

— Ces femmes sont des connasses ! Prétentieuses tout ça ! Méfie-toi !

Chaque jour il fallait se méfier de quelque chose. Inimaginable…

Il était excellent en petites phrases assassines :

— C'est un escroc ce mec il faut l'épingler ! C'est scandaleux on va lui foutre la trouille ! Je vais l'appeler tout à l'heure !

Si vous étiez nouveau, vous croyiez à tout ça, vous vous angoissiez, vous vous disiez cela se passera mal. Ne vous en faites pas il n'en sera rien.

Ou encore :

— Ça va gueuler ! Ils vont m'entendre ! Ils ont mal fait leur boulot ! C'est lamentable ! C'est épouvantable !

Toutes ces paroles pour rien, uniquement toxiques pour vous, stressantes, inquiétantes, il fallait s'échapper, ne rien entendre… Elle avait l'impression que le cerveau de mon père comme un ordinateur était capable en quelques secondes de sélectionner tous les mots les plus lamentables de la langue française et de les débiter ! A une vitesse incroyable…Il avait un débit fantastique. Il était impossible de l'arrêter.

En parlant des cent cinquante cardinaux en lice pour la papauté il disait :

— Ce sont des déchets humains !

Alors là ! Bella fut estomaquée, scandalisée et profondément meurtrie. C'était la première fois qu'elle entendait parler de la sorte et, pour la première fois de sa vie, elle eut envie de tuer ! Ces propos étaient ignobles…Il avait atteint l'inacceptable. Il se permettait de parler de cette façon et n'avait pas l'air de réaliser que ces hommes étaient des milliers de fois mieux que lui, cultivés, que dis-je, érudits, polyglottes, avisés, d'une intelligence hors du commun… Elle pensa à une autre de des expressions de son mari : « Quand l'un de nous deux disparaîtra je ferai » Elle se dit, je deviendrai « visiteuse de prison ». Ce fut sa décision ce jour-là, elle prit pleinement conscience que certaines paroles pouvaient réellement pousser au crime. Il disait de temps à autre :

— Je suis méchant.

Et il l'était. A son contact elle découvrit qu'elle pouvait perdre tout self-control… On dit qu'en chaque être humain il y a un tueur qui sommeille, elle se rendit compte de cela, elle eut peur d'elle-même. Cependant elle ne réagissait plus en face de lui car elle savait que dans l'instant de façon surprenante, complètement irrationnelle et déstabilisante il dirait : « Je n'ai jamais dit cela » et que ses propres arguments à elle, dans l'instant, allaient être terribles et qu'ils pouvaient atteindre un point de non-retour. Il était tellement odieux qu'elle en était atteinte profondément. Il portait sur les uns et les autres des évaluations personnelles violentes, sur un ton péremptoire. Lorsqu'il parlait d'une femme qu'il trouvait laide il disait : la guenon, d'une actrice très âgée : un déchet, d'une femme politique plantureuse : la grosse vache, et ceci de façon continue ! C'est-à-dire dès qu'il la voyait sur son écran de télévision, il la nommait ainsi. D'une autre qui ne lui plaisait pas : Cette espèce de vieille garce complètement gâteuse ! Bella en souffrait, elle n'en pouvait plus! Quel malheur d'entendre chaque jour des paroles avilissantes, quelle tristesse de vieillir avec un tel vocabulaire. Comment faire pour stopper tout ça ! A qui se confier ! Elle était troublée par sa bassesse… « La violence de son langage ôtait la réponse de sa bouche car elle sentait qu'il était préférable de se taire plutôt que d'entrer dans une joute verbale frôlant le pugilat et activant les blessures ». Il arrivait à papa de rire à la fin de ses tirades horribles. Elle, de le raconter cela lui faisait mal… Ils n'étaient vraiment pas à l'unisson… Bella était effrayée, on le serait à moins… Elle se demandait où il allait chercher tout cela ! Cependant, il y avait une certaine fulgurance dans ce langage, elle pensait à juste titre que cela avait favorisé la réussite professionnelle de son mari. Aussi, elle évitait tant que faire se peut les joutes verbales. Elle le laissait se dépêtrer avec ses formules toutes faites, les injures « atroces » qu'il « envoyait » aux uns et aux autres, tous absents bien entendu ! Je dirais qu'il fallut à ma belle-doche deux ans pour cerner le personnage. Elle s'acheta un ouvrage de psychologie « Comment gérer les personnalités difficiles ». Avec sérieux et application elle étudia tous les cas, elle surligna et relut tout ce qu'elle avait relevé concernant le nouvel homme de sa vie et arriva à la conclusion qu'elle avait à faire à un « pervers narcissique » Bon ! Ce n'est pas une injure ! C'est un caractère. Cela ne lui faisait pas peur… Elle disait :

— Il ne faut pas croire que pervers signifie que le gars montrera ses fesses ou son zizi à tous les passants. Pervers signifie que la personne qui est en face de vous saura utiliser tous les moyens en son pouvoir pour vous déstabiliser, vous faire douter de vous, vous manipuler et jouir de votre souffrance, de votre désarroi, de votre mal être…

Qu'à cela ne tienne ! Elle continuait ses investigations, trouvant intéressant, instructif, passionnant, pour elle qui n'avait pas fait d'études de psychologie, de décrypter les personnages qui composaient son environnement…Elle se faisait aider par un psychiatre qu'elle consultait de temps à autre car elle ne voulait pas divorcer. Elle aimait son Magic John. A posteriori, je pense qu'elle devait aimer le sentiment de puissance que lui donnait la connaissance des choses qui nous échappaient. Elle était d'une grande lucidité, et cerna la personnalité de mon père bien mieux que nous : ma propre mère, mes frères et moi-même. Son pervers de mari portait un masque attrayant à l'extérieur, en public, dans certaines circonstances et un masque terrifiant à la maison, dès qu'il était contrarié… Ces deux personnalités dans un même personnage donnaient un cocktail étonnant. Il pouvait être adoré, porté aux nues, ou détesté, haï ! Elle n'avait ni ses idées, ni ses goûts et surtout elle n'aimait pas ses paroles. Elle disait d'elle-même qu'elle était un vrai caméléon s'adaptant à toutes les situations, ne se plaignant jamais. Dormir à même le sol ou dans un lit à baldaquins, sous des lambris chargés d'or ou dans une grotte, ne la dérangeait pas. Bella avait l'art de « garder ses amis près d'elle et ses ennemis encore plus près ». Nous étions peu aimables avec elle, elle l'était vis à vis de nous. Elle se disait diplomate et jamais elle n'a prononcé une phrase négative à notre encontre. C'était sa force, certains disaient sa sagesse, moi son hypocrisie. Elle nous encensait devant papa, mais cela ne l'empêchait pas de penser ce qu'elle voulait…

Lorsque Bella fit sa connaissance, mon frère cadet Nick était célibataire (En fait nous l'étions tous les quatre) C'était un beau jeune homme, grand, élancé, élégant. Lors d'une invitation à dîner chez un couple de ses amis, elle s'arrangea pour que Nick soit présent, afin de lui présenter, pourquoi pas, une future femme… Elle était naïve au début. Le pauvre Nick ne put placer un mot. Mon père monopolisa toute l'attention. Lorsqu'elle vit l'attitude de son mari, qu'elle finit par appeler le « Gros Narcisse », elle ne pensa qu'à finir ce repas… Arrêter cette logorrhée, partir de là. Monsieur racontait son « très riche » passé et les anecdotes s'y rattachant :

— En Afrique du Sud, j'ai voulu aller visiter avec deux amies le Parc Kruger, on s'est arrêté pour se désaltérer dans un bar, impossible d'y entrer car ils n'acceptaient pas les femmes… C'était exactement comme dans le film : Out of Africa !

Rien que ça.

— Au Yémen, j'étais pourtant avec un dirigeant du GIGN mais nous n'avions qu'une crainte c'était de voir ces enfants de dix-onze ans porteurs de kalachnikovs nous tirer dessus.
— Je faisais avec une amie une balade en voiture dans le Colorado, quand tout d'un coup une trombe d'eau s'est abattue sur nous et nous sommes restés embourbés, complètement bloqués. Au bout d'une demi-heure nous avons vu avec bonheur les grands chapeaux des Marshals qui venaient nous sauver.

Oh ! la ! la ! Toutes ces anecdotes agrémentées de mille et un détails, mettant en relief son habileté, son talent, ses succès. Les Je, Je, Je, Moi je, Je et Moi, à n'en plus finir… Et Nick qui devait être la vedette du jour, de garder les bras en l'air, les mains placées derrière sa tête, dans une attitude déconcertante. Nous étions à table. Papa était ridicule et ne s'en rendait pas compte. Il n'y avait aucune place pour son fils. Bella ne renouvela jamais l'expérience, avec elle une fois suffisait, elle savait tirer les leçons de ses expériences… A la maison elle fit des découvertes tout aussi instructives mais dès le départ elle répliquait, elle s'opposait. Elle aimait beaucoup cuisiner et pensait qu'elle aurait pu être chef dans un restaurant. Prétentieuse ! En effet elle était « goûteuse » et disait que lors de tests d'odorat et de goût d'une vingtaine de poudres blanches, elle obtenait vingt sur vingt, sachant que le pourcentage de gens pouvant le réussir était faible. Elle avait goûté au café que préparait son mari le matin, elle le trouvait trop amer, le grain était trop torréfié à son goût, de plus elle préférait l'arabica au robusta, enfin, elle avait ses idées. Un jour, pressée par le temps elle se prépara un café lyophilisé. Mon père fit une réflexion mais elle avait toujours de la répartie :

— Quelle idée de boire un breuvage aussi dégueulasse.
— Je ne te permets pas de parler de cette façon. Je bois ce que je veux et ce n'est pas plus dégueulasse que le café horriblement amer que tu te prépares le matin.

Un autre jour elle préparait un plat, il arriva « bouche enfarinée »

— A quoi tu joues ?
— Tu te fiches de moi ou quoi ? Depuis quand se permet-on de dire à quelqu'un qui travaille « à quoi tu joues ». Tu n'es pas assez intelligent pour comprendre que tu me manques de respect et que je te prépare un bon plat.

C'était la grosse colère, il resta muet de surprise. Ce qu'elle réalisa plus tard, c'est qu'il nous traita de cette façon durant toute notre enfance, depuis toujours, notre mère ne nous protégea pas et nous ne nous étions jamais rebellés. Ses réactions brutales et coléreuses survenaient à juste titre dans la mesure où dès le départ il la choqua par ses remarques désobligeantes. Elle faisait la connaissance de sa personnalité petit à petit, comme au compte-goutte, en fonction des circonstances…

Elle vit le « faux-cul » lors d'un week-end. Ils se rendaient ensemble dans leur maison du bord de mer. Papa lui parla d'une jeune amie qu'il invita à passer le dimanche à la maison. Elle faisait partie de ces femmes qu'il admirait. Belle, intelligente, capable de gravir à la force du poignet les échelons dans sa

profession, elle occupait un poste de cadre supérieur dans une grande entreprise étrangère, sillonnait le monde entier et obtenait des contrats mirobolants. Il ne tarissait pas d'éloges à son sujet. En parallèle elle subvenait aux besoins de ses quatre enfants et entretenait un mari qui se contentait de faire des petits boulots à droite et à gauche, qui tenait plutôt du « baby-sitter », dixit Magic-John. Là commençait la litanie des paroles odieuses que papa énonçait à l'égard du mari. C'était un monologue désopilant :
— Je me demande comment elle fait pour vivre avec un type comme lui. Un connard. (Suivi d'un gros rire moqueur) Oh ! Oh ! Oh ! Un bon à rien. Ah ça, c'est certain qu'il peut s'occuper des enfants. Un nul, sans éducation, sans instruction, un rigolo, un vaurien qui bricole à la maison, mais le travail est tellement mal fait qu'elle doit payer un pro pour rectifier les erreurs ! Un profiteur qui n'a pas honte de se présenter chez les gens. Coureur de jupons en plus. Il exerce même de l'emprise sur les enfants qu'elle a eus de son premier mariage. Des mecs comme ça me dégoutent !

Il en rajoutait, il n'en finissait plus. Je vous assure, sans rire que cela durait facilement une heure. Dédain, ironie, mépris, persifflage, raillerie, sarcasmes. C'est ce qu'elle appelait ses diarrhées verbales ! Elle n'en pouvait plus de l'entendre. Vous ne pouviez pas placer un mot, il ne s'arrêtait pas. Bella ne bronchait pas car elle était sidérée. Un monologue effarant ! Devant son très long silence, comme pour justifier ses paroles il ajouta :

— Tous les gens qui la connaissent pensent comme moi.

C'est à cette occasion que Bella utilisa pour la première fois ce qu'elle appelait ses mantras : Elle récitait le Notre Père et le Je vous salue Marie sans discontinuer ! Elle trouva cette parade dès qu'il était prêt à jeter du discrédit sur quelqu'un. Elle se coupait du monde et de lui, et priait. Ce fut véritablement à cette époque de son existence qu'elle comprit l'intérêt des prières qu'elle récitait par cœur, l'intérêt des mantras ou des poèmes. Ils étaient protecteurs. Elle trouva dans ces textes récités sans fin un refuge, une sorte de paratonnerre. Elle se disait, les parents devraient apprendre des prières aux enfants, n'importe lesquelles, prières qui tournent sans fin dans votre cerveau, quel que soit votre religion, elles sont utiles, elles vous permettent d'échapper au réel infernal. Ainsi, elle était très loin de lui, ne l'entendait plus, il ne pouvait plus l'atteindre, elle était hors de portée… A sa grande surprise, le lendemain il accueillait « le cher ami » chaleureusement, il était a-do-ra-ble. Oublié tout le venin de la veille. Elle n'en croyait pas ses yeux, elle n'en croyait pas ses oreilles. Au début elle ne voyait pas comment qualifier ce comportement tout à fait aberrant d'un individu odieux, méchant aujourd'hui et tellement aimable le lendemain, terrifiant et déversant les pires paroles contre une personne et l'accueillant avec une gentillesse, une grâce, un sourire, extraordinaires. Au retour d'un voyage ce cher ami offrit à papa de magnifiques babouches blanches. Magic John demanda à Bella de les jeter. Elle ne le fit pas, les aimait bien, les trouvait belles, elle les cacha et des larmes lui venaient aux yeux lorsqu'elle les voyait en ouvrant le placard où elle les avait rangées. Cette personne était très loin de se douter des véritables pensées de Magic John… Dès que cet ami eut le dos tourné, il le ridiculisa tant qu'elle se demanda comment elle, Bella, pouvait vivre au quotidien avec un individu pareil. Comment pouvait-elle entendre toutes ces remarques acerbes, affligeantes, désobligeantes, adressées à ses soi-disant amis en leur absence ? Parfois elle pensait : Suis-je naïve ? Les gens sont-ils véritablement ainsi ? Qu'est-ce que cette société ? Afin d'éviter que ces monologues destructeurs ne se reproduisent, elle trouva : La Solution. Le week-end suivant, elle glissa dans le lecteur de la voiture des CD de Jazz. Elle passait les morceaux et questionnait Magic John car il était capable de donner non seulement le titre de la chanson, le nom du chanteur, mais aussi l'année de l'enregistrement. Il était incollable. Cet homme qui faisait tout ce qui était en son pouvoir pour vous empêcher d'écouter un disque de votre choix était féru de Jazz et n'acceptait que cette musique. Elle faisait d'une pierre trois coups : Il pouvait parler, elle flattait son ego et elle s'instruisait… Elle racontait qu'elle fit sa propre culture Jazz grâce durant ces trajets en voiture. Au bout d'un certain temps elle chantait scat avec Ella Fitzgerald, elle savait que familièrement Louis Armstrong s'appelait Satchmo et bien plus encore…

Ce problème de critique acerbe pouvait concerner n'importe qui. Toujours dans la voiture, s'il commençait avec les Anglais Bella avait droit à ceci.

— Il y a un match de rugby France-Angleterre, les Français doivent gagner.
— Que le meilleur gagne !
— Je ne sais pas pourquoi nous n'aimons pas les Anglais. Ils ne doivent surtout pas gagner.
— Pourquoi nous, moi j'aime bien les Anglais. Ce n'est pas sportif de dire ça.
— Là ce n'est pas pareil.
— Qu'est-ce que tu veux dire ? Si elle ne s'arrête pas il se mettra en colère…
— Les Français n'aiment pas les Anglais. Cela ne date pas d'hier, c'est depuis Jeanne d'Arc.
— Les temps ont changé, moi j'aime bien les Anglais.
— Tu te rends compte : Quand un Anglais parle d'un Écossais il dit « Nos ennemis ». Ils disent la même chose des Irlandais. Tu te souviens de James, il dit que sa fille a épousé un ennemi.
— Tu sais, tout ça parce que vous êtes du siècle dernier. Avec le XXIe siècle les choses vont changer. Si ennemi il y a, il viendra de beaucoup plus loin.
— Mais pas du tout ! Les Gallois non plus n'aiment pas les Anglais !
— C'est comme si on disait que les Bretons ou les Corses sont nos ennemis. On ne peut pas comparer. Les faits de guerre entre l'Irlande et l'Angleterre sont récents donc dans la mémoire de tous.

Si vous ne « lâchiez pas prise » vous en aviez jusqu'à demain… Et le ton va s'enfler, la violence souterraine faisant surface, vous gâcheriez votre soirée… Si ce n'était pas déjà fait ! Car vous deviez être de son avis… Vite, vite chercher autre chose, un sujet de conversation plus « soft » !

A la maison elle évitait tout sujet de discorde. Elle s'échappait, elle changeait de pièce. Quand il s'en apercevait il lui disait :

— Ne te sauve pas.

Parfois elle n'avait pas le choix, étant en voiture avec lui. Si par malheur on croisait des gens qui promenaient leur chien non tenu en laisse sur un chemin de campagne. (Ils avaient tort, c'était certain) Magic John entrait dans une colère folle, il accélérait afin d'effrayer tout le monde et surtout le chien. Il se rendait compte qu'elle aussi avait peur, c'est ce qu'il aimait :

— Rassure-toi, je ne l'aurais pas écrasé.

Elle n'avait qu'une envie, lui tordre le cou ! Dès que papa quittait la maison et était sur la route, il commençait :

— Tu as vu, le voisin n'a pas taillé sa haie, il est dans l'illégalité la plus totale. On n'y voit rien, une voiture peut arriver, elle devra se déporter pour passer, si elle roule vite, elle n'aura pas le temps de se ranger.
— « T'inquiètes ! » Il y a deux maisons en tout et pour tout par ici. Aucune voiture n'arrivera.
— Celui-là a sorti ses encombrants ! Ils ne sont pas gênés ces gens-là ! Ce n'est pas le jour ! Cela va traîner là longtemps ! Je vais appeler le service technique de la commune !

Elle ne disait rien, peut-être priait-elle.

— Et celle-là ! A-t-elle besoin de promener ses chiens ? Elle ne voit pas qu'il n'y a pas de trottoir et qu'elle gêne la circulation.
Bella en avait plus qu'assez :
— Et, toi ! Tu ne vois pas qu'il n'y a pas cinq minutes que nous sommes sortis de la maison, que tu commences déjà à polluer ma journée en t'occupant des uns et des autres ! Tu ne pourrais pas plutôt embellir les moments où nous sommes ensemble ! Voir qu'il fait un temps splendide ! Que le ciel est d'un « Bleu Klein » extraordinaire ! Que le vert des palmiers resplendît ! Que nous avons beaucoup de chance de vivre dans cette région merveilleuse, bénie des Dieux !

Là, elle atteignait son but. Il se taisait enfin… Cela ne va pas durer longtemps. Quand papa commençait à parler il était impossible de l'arrêter, il fallait un événement ou que Bella l'agressa à son tour… Et dites-vous bien que ce genre de situation et de conversation n'étaient pas exceptionnels ! C'était tout le temps comme ça ! Imaginez votre vie au quotidien avec un individu qui verbalement détruit tout votre environnement. Que feriez-vous, qu'en penseriez-vous ?

Le matin il était le premier levé, ce n'était pas le genre d'homme qui traînait au lit. Il avait une énergie incroyable pour son âge. Alors elle ne se manifestait pas, la seule chose qu'il respectait c'était le sommeil. Elle pensait que sa mère avait dû exiger de lui au moins ce respect, elle le laissait croire qu'elle dormait encore. Il était vite prêt. Sans bruit, il descendait préparer son café trop amer. Ce calme du matin, cette demi-heure qui suit le sommeil, ce temps de remise en route que l'on peut s'accorder lorsque l'on n'a plus les obligations de l'âge du travail, de la course contre la montre, ce temps qui pouvait être celui de la tendresse ou de l'intériorisation ne pouvait exister en sa compagnie. Il avait un rituel immuable. Il commençait la journée avec ce qu'il appelait « sa revue de presse ». Alors, il bombardait son entourage du récit de toutes les calamités du monde ! En commençant par celles de la France, les grèves, les manifestations, les trains qui déraillent, les tornades qui s'abattent sur le Nord, les inondations dans le Sud. En continuant par celles du monde, les guerres, les attentats, les tsunamis, les éruptions volcaniques, le crash d'un avion. Si elle avait le malheur d'être réveillée, elle le regardait d'un œil torve… Elle pensait au « pays du matin calme », elle rêvait de quiétude, de paroles tendres, amoureuses, heureuses… Afin d'échapper à cette surabondance de catastrophes, refusant d'avoir les pieds sur terre, refusant sa réalité, dès les premières heures de la journée elle ne l'écoutait plus, elle priait, elle répétait ses mantras, se dépêchait d'avaler son thé et s'en allait. Elle n'a jamais autant prié de sa vie. Si elle se levait en même temps que lui, elle avait droit à ce genre de chose avant même de quitter la chambre :

— Aujourd'hui Action. Lundi Action. Mardi Action….

Ainsi défilaient tous les jours de la semaine. Répétés d'une grosse voix tonitruante. Si elle essayait de glisser : Il n'est pas nécessaire de faire autant de bruit, Il lui répondait encore plus fort.

— Je ne fais pas de bruit je dis « ACTION »

Quand ce n'était pas le « Bingo » ! Bella avait droit à :

— Je vais voir si j'ai gagné. Le 1 je l'ai, le 4 je l'ai, le 7 je ne l'ai pas. Et ça continuait, continuait. Que faire ? Que dire ? Il s'approchait de quatre-vingt-dix ans ! Si cela se produisait alors qu'ils étaient dans la salle à manger, prêts pour le petit-déjeuner, elle se dépêchait et montait dans sa chambre, elle avait envie de le battre… Comment ne pas entendre ? Heureusement qu'ils n'habitaient pas un studio. Elle ne voulait surtout pas le vexer, il ne devait pas se rendre compte qu'elle fuyait ses paroles, donc elle déclarait :
— Il est tard, je vais me préparer.

Et elle allait ôter toute cette « pollution » sous une douche bienfaisante qu'elle visualisait en douche de lumière… Son mari était incapable d'apprécier un moment de paix, un instant de silence, de calme.

Tout d'un coup dans l'après-midi elle pouvait entendre :

— Ce n'est pas possible. Cette bande de fumiers. Et un grand coup de poing sur la table. Bruit et colère s'en suivaient parce que sur son écran de télévision apparaissait une équipe de Foot qui lui déplaisait…

Le langage négatif et l'attitude destructrice de mon père ne lui convenaient pas. Elle attendait de lui de l'amour, elle se rendait compte qu'aimer pour mon père, c'était « posséder », avoir en mains un objet manipulable, souple, facile à diriger. Il était adepte de la pensée unique, n'imaginant pas l'existence du mot « opposition ». Elle s'était acheté un T-shirt sur lequel était écrit en gros « Think different ». C'était sa façon de s'exprimer, tout en sachant que cela n'allait rien changer au comportement, et aux paroles trompeuses de papa, semant le doute dans l'esprit de son interlocuteur. Il avait une façon tellement véhémente de déclarer : Mais tu es folle, je n'ai jamais dit ça ! Qu'il lui arrivait de douter d'elle-même et de se demander à chaque fois s'il avait pu prononcer ces paroles. Après quelques années, elle commença à se sentir écrasée, à avoir honte de sa propre faiblesse, de sa lâcheté car elle n'osait rien dire, ne voulant surtout pas que ses amis découvrissent l'humiliation qu'elle ressentait. Il parlait souvent de douceur, il souhaitait vivre avec une femme douce. Lorsqu'elle l'entendait s'exprimer ainsi elle éprouvait de la haine contre lui. Qu'entendait-il par-là ? En fait il souhaitait vivre avec une femme soumise, une femme susceptible de dire Oui, à toutes ses demandes car il n'acceptait aucune contrariété et j'insiste, aucune contrainte… Il aimait asservir et exercer une très forte emprise sur autrui. Bella et Magic John passaient donc souvent des journées éprouvantes. Ne se parlaient plus. Elle disait : On demande le divorce, dès qu'il l'insupportait. Au mot divorce il partait dans une tirade insensée :

— J'en ai marre de ton langage grossier et vulgaire, de tes cris, marre, marre, marre. Il aboyait. Moi qui voulais épouser une femme pleine de douceur.

Ce qu'il disait-là était totalement faux, Bella s'exprimait tellement bien qu'un ami de longue date faisait remarquer qu'elle avait un langage châtié, c'est dire ! De son côté elle n'en pouvait plus de « son épouse pleine de douceur ». Ce qu'il désirait c'était la pauvre conne, l'échine courbée, taillable et corvéable à merci, toujours souriante, toujours admirative, tournant autour de lui comme la terre tourne autour du soleil. Il pensait être Le Soleil, l'astre que l'on adore. Il est Zeus. Le centre du monde, Dieu le père, tout à la fois Ré, Hélios et Sol et pourquoi pas Apollon : Le Soleil et la Lumière…

— Regarde cette chanteuse, elle est douce, on sent qu'il n'y a chez elle aucune agressivité. Elle répondait :
— Tu ne l'as pas vue en colère.

Elle savait très bien pourquoi il tenait à lui préciser cela, car de temps à autre lorsque sa « coupe était bien pleine » de frustrations, Bella piquait sa crise de colère. Promettant de tout casser dans la maison si elle n'obtenait pas gain de cause… Il s'arrêtait net. Car il était sûr qu'elle joindrait le geste à la parole, balayant d'un grand coup de main toute sa porcelaine et ses foutus vases de cristal. Et pourquoi pouvait-elle tout casser ? Parce qu'ils étaient mariés sous le régime de la séparation de biens. Tout ce qui était dans la maison appartenait à mon père qui de toute façon s'arrangea pour éliminer petit à petit les deux ou trois petits objets qui appartenaient à sa femme… Oh pas grand-chose… Elle avait un fauteuil qu'un tapissier avait recouvert d'un beau tissu bleu et blanc, elle aurait aimé l'avoir dans leur chambre, seul meuble de son passé… Eh, bien Non ! Il lui conseilla, quand j'utilise le verbe conseiller, entendez fortement et longuement manipulée, lui expliquant par A + B, que cet objet était inutile, qui plus était, encombrant, d'un design désopilant, que sais-je encore et qu'elle devait le vendre ou le donner à quelqu'un. Ce qu'elle finit par accepter de guerre lasse. Car mon père ne « lâchait jamais le morceau » tant qu'il n'atteignait pas son objectif, il vous harcelait… Elle ne s'était jamais vraiment sentie chez elle, il y avait trop d'interdits et rien dans cette maison ne lui appartenait. Et, surtout papa avait toujours dit : « Ma maison, mon jardin » et jamais notre maison… Tout était monacal, elle pensait que le style et la couleur marron des lieux étaient liés au daltonisme de Magic John. D'ailleurs elle fut désolée de constater qu'il était daltonien et qu'il chantait faux. Cela l'agaçait de m'entendre dire qu'au fil des ans cela allait mieux pour papa.

— Non ! S'exclamait-elle. C'est génétique.

Tout était parfait si vous abondiez dans le sens de Magic John, mais dans le cas contraire il entrait dans une rage folle. Pour comble de malchance, daltonien, il aimait cultiver les tomates, chaque année il était fier de sa récolte mais attention, il lui était impossible de les cueillir ne les voyant pas mûrir… Et pour Bella venaient les demandes :

— Es-tu sûre qu'elles sont mûres ?

— La question ne se pose même pas ! Lorsque les tomates sont mûres on les voit de loin ? Tu l'as bien constaté l'année dernière un voleur a sauté par-dessus le muret et les a toutes cueillies il avait vu qu'elles étaient rouges.

— Moi je pense qu'il faut attendre…
— Attendre quoi ?

Surtout ne pas s'énerver.

— Tu ne vois pas la différence entre le rouge et le vert.
— Tu es sûre que c'est le moment de les cueillir ?
— Tes parents ne t'ont jamais dit que tu étais daltonien ? Je te dirai une chose moi, j'aime les daltoniens et les gens qui chantent faux… mon premier mari est comme toi, il est daltonien et chante faux… D'ailleurs, il n'y a qu'un pas à franchir pour dire que, Tous les daltoniens chantent faux ! « Mes statistiques » le prouvent, cent pour cent de résultats positifs… Voilà comment on peut affirmer des erreurs…

Elle se moquait de lui, il ne fallait pas continuer longtemps… Elle le « mettait en boite » il n'aimait pas ça… Chaque année c'étaient des discussions à n'en plus finir sur les tomates vertes et les tomates mûres qui tournaient en guerre de tranchée car à la longue il l'énervait ! Elle devait faire un effort et réfléchir pour mettre fin au débat.

Elle essaya, tout au long de leur vie commune vingt ans et petit à petit, d'apporter des tâches de couleur dans leur intérieur, c'était très difficile, elle utilisait des ruses de sioux pour y arriver. Elle devait faire croire que c'était un cadeau qu'elle lui faisait pour qu'une lampe bleue et jaune soit acceptée, de plus elle la choisissait compatible avec son daltonisme, car s'il avait en main quelque chose de vert sapin, il vous disait que c'était noir… Elle riait mais essayait de ne pas le vexer. Attention à ce que l'on dit. De même pour l'achat d'une nouvelle cafetière, d'un miroir, d'un simple tabouret… Dès qu'il s'agissait du choix de l'autre, de l'intérêt de l'autre, rien ne se passait dans la paix, la joie, la sérénité… Le moindre objet déplacé ou placé par elle, était changé par lui, même dans les toilettes. Tout ce qu'elle trouvait génial, il le trouvait ridicule. Elle accrocha au mur un tableau représentant une série de lampes Art Déco, son objectif étant de mieux les connaître, le lendemain il l'ôta sans lui en parler et le remplaça par un tableau de son choix… Allait-elle en faire un drame ? Non. Cela faisait longtemps qu'elle pratiquait le « Lâcher prise ». Une maison dans laquelle elle ne trouva pas de famille, où elle ne pouvait recevoir ni sa famille, ni ses meilleurs amis. Très sélectif, s'il s'agissait de ses nièces, jeunes, belles, élégantes, le genre de nanas qui font se retourner d'un seul coup tous les hommes installés au bar : Pas de problèmes, Magic John leur réservait un accueil chaleureux, enthousiaste. Il s'empressait de les inviter dans les restaurants chics, dans les bars à la mode. Il était fier de « les sortir » comme il disait. Magic John n'exprimait pas son désaccord ouvertement quand il savait qu'il n'aurait pas gain de cause, il vous le faisait comprendre par son attitude. Le jour où elle voulut recevoir ses cousins et cousines avec qui elle gardait des liens étroits, profitant du passage exceptionnel de son frère et de sa belle-sœur qui avaient fait dix mille kilomètres pour leur rendre visite (ils devaient être une douzaine de personnes à déjeuner) elle avait prévu de faire un barbecue. Magic John qui à l'accoutumé était le chef de tout, organisait tout, prenait tout en mains, ne bougea pas le petit doigt. Cela signifiait : Je ne veux pas recevoir les tiens, il n'y a que les miens qui comptent ! Les siens ! Les siens façon de parler, tous les siens fuyaient, sauf moi. La veille de la réception, Bella et sa belle-sœur « ne voyant rien venir » de la part du maître de maison qui cette fois ignorait complètement ou du moins faisait semblant d'ignorer ce qui allait se passer (mais il ne vous le dit pas, c'est à vous de deviner ce qu'il a dans la tête) achetèrent un grand appareil électrique pour barbecue et l'installèrent toutes seules. Tout ce qui était nécessaire pour cette fête fut aussi acheté, viande, légumes, sauces, pain, verres et assiettes… Magic John lamentable, ne fut point gêné de se régaler le lendemain et comme à l'accoutumé, étant en public, ne montra pas son masque horrible, il fut adorable avec la famille de sa femme absolument comme s'il n'y avait aucun problème. Elle avait vu et compris. Les invités se doutèrent-ils de quelque chose ? Ainsi il lui montra quel comportement de goujat il pouvait avoir, mais elle et lui n'en parlèrent jamais car il savait qu'elle était assez intelligente pour ne pas les inviter deux fois… A quoi bon se mettre dans une telle situation ! Par lâcheté peut-être, pour éviter les conflits sûrement, elle entrait dans son jeu, elle acceptait ses exigences. Une maison qui lui était impossible de quitter car elle n'avait pas de toit. Elle était « fauchée ». Lui, n'avait jamais prononcé ces paroles magiques qui font qu'en arrivant chez quelqu'un, vous y sentez tant d'amour dans l'air, tant de bienveillance, que vous avez envie de rester… Bella resta par nécessité et par amour, aussi étrange que cela puisse paraître, sachant qu'elle était dans la maison d'Aladin le magicien qu'elle aimait depuis son enfance et qu'elle eut la chance de rencontrer sur son chemin de vie. Elle l'aimait envers et contre tout.

Le jour où elle lui demanda s'il voyait un inconvénient à ce que l'une de ses cousines passât vingt-quatre heures chez eux elle eut droit à ce dialogue :

— Ta cousine profite de toi !
— Mais ça ne va pas ? Comment peux-tu dire cela ?
— Tu es naïve !
— C'est la première fois qu'elle nous rend visite !
— Je dis qu'elle profite de toi.
— A nos âges si quelqu'un prend la peine de venir nous voir je dirai plutôt que c'est très aimable de sa part ! Qu'est-ce que tu entends par profiter ?
— Elle te demande d'aller la chercher à la gare à des heures impossibles !
— Et alors ? C'est ton point de vue, pour moi dix-neuf heures ce n'est pas un horaire épouvantable !
— Tu devras la reconduire et attendre !
Ce n'est pas ton problème, cela ne me gêne pas du tout !

Ce qu'il ne pouvait pas savoir c'est que ces rares moments de tête à tête en voiture avec un membre de sa famille étaient pour elle des instants privilégiés. Impossible de lui dire cela, il entrerait dans une colère folle. Vous oseriez lui dire que sa présence vous incommode ! Que vous préférez son absence ! Jamais ! Quand on a un ego disproportionné on se croit indispensable ! On ne s'efface pas ! On est là au centre, on occupe toute la place, on parle tout le temps et on attend la reconnaissance et les applaudissements de l'entourage.

— On ne peut pas dire un mot dès qu'il s'agit de ta famille, tu te mets en colère !
— As-tu dit un mot aimable concernant ma famille ? Toi personne ne vient te rendre visite ! Tu es fâché avec tout le monde !
— Je ne suis pas fâché du tout !
— Tu cherches toujours les poux dans la tête des gens, ce n'est pas étonnant que personne ne souhaite te voir !
— Si on ne vient pas me voir c'est que l'on ne peut pas se libérer.
— Eh bien ! Si pour toi c'est Non, pour moi c'est Oui ! Je prendrai une chambre d'hôtel et tu resteras seul !

Elle claqua la porte, regagna son atelier de peinture. Les voilà fâchés pour la journée...

Bien sûr elle obtint gain de cause mais de haute lutte, et, voici comment se passa quelques années plus tard la venue d'une de ses amies de jeunesse. Michèle devait arriver par avion. C'était Bella qui était au courant de tout, heure d'arrivée, de départ, numéro de vol. Manque de chance le jour du voyage il y a grève des transports. Son amie lui dit :

— Si je ne peux pas prendre l'avion, ma fille te téléphonera.

Aucun coup de fil à l'heure normalement prévue, Bella :

— Je vais à l'aéroport, à tout à l'heure.
— Non ! Elle n'a pas téléphoné pour annoncer qu'elle est montée dans son avion, elle n'a pas dû pouvoir voyager.
— Je ne pense pas comme toi. Si elle n'a pas appelé, c'est qu'elle n'a pas pu le faire. Je m'en vais.

Et il a l'audace et l'insolence de s'exprimer ainsi :

— Tu ne bougeras pas d'ici tant que le téléphone n'aura pas sonné !

Dit sur un ton plus qu'autoritaire d'une voix forte et dure, comme s'il s'adressait à un enfant détestable, phrase qui vous humilie et vous écrase... Elle eut envie de lui dire « Tu me prends pour une conne ! Tu crois qu'à mon âge je vais me comporter comme un enfant et t'obéir ? Franchement tu te fourres le doigt dans l'œil jusqu'au coude » ! Ce genre de comportement fonctionne avec ta fille qui approchant la soixantaine n'a pas encore compris qu'elle est adulte ! Mais elle se contrôla et déclara :

— Tu dis ce que tu veux, je n'ai pas besoin de toi, j'y vais toute seule.

Et le chantage commence :

— Si tu vas seule la chercher, je n'irai pas au restaurant avec vous.
— Et alors ? Je m'en fiche complètement !

En vérité elle préférait son absence… S'apercevant qu'il serait le perdant dans cette affaire se retrouvant à dîner seul d'un sandwich pendant que les deux copines s'éclateraient devant un « planteur » au Coco Loco, gonflé par la colère, il se leva, prit quand même le volant et ils se mirent en route. A quelques minutes de l'aéroport le téléphone sonna Michèle venait d'arriver. Elle n'avait pas pu téléphoner car à la surprise générale on avait demandé aux passagers de mettre leur mobile en soute !

Papa se rendit compte de ses torts, ne présenta pas d'excuses, mais se rattrapa. Elles passèrent une soirée de rêve au Palm Beach : Champagne, table en terrasse face à la mer, à gauche mur d'eau où défilaient des images de photographes célèbres, fin de soirée au casino dans la joie et l'allégresse. Le lendemain, idem, grand restaurant et tout et tout, il les invitait dans les lieux les plus chics… Sa copine n'en n'est pas encore revenue ! Elle non plus. Précision : Michèle était la Reine qu'on sort ! Elle avait le look, la classe… Et Magic John adorait ça…

Elle attendait de lui de la tendresse. Oh ! la la ! C'est quoi ça ? Il était trop anxieux, trop nerveux, trop épris de lui-même pour cela. Incapable d'entendre l'autre, de donner et partager. Seuls ceux vivant sous son toit pouvaient dire : C'est un personnage dur, intransigeant, sans affect. Trop préoccupé par son bien-être, il était devenu, un handicapé du cœur, uniquement capable de manipuler. C'était » le revers de la médaille » Elle prit conscience de cela très vite, mais décida de faire face et de s'en accommoder, de tout faire cependant pour ne pas se laisser formater l'esprit… Elle attendait du respect : C'était impossible. Si vous êtes intolérant, vous n'avez pas le sens du respect de l'autre. Vous n'acceptez pas la différence, vous ne la comprenez pas, vous ne l'imaginez même pas… Magic John avait plus de soixante-cinq ans quand elle le rencontra, et il n'avait jamais vraiment respecté l'autre. A son âge il ne changerait pas. Elle le savait… Il était xénophobe, l'étranger n'était jamais à son goût, ni par son style, ni par son accent et encore moins par ses idées. Elle en était « malade », en avait marre d'entendre : Il n'y a rien qui ressemble plus à un noir qu'un autre noir. Homophobe, c'est certain. Hors de question de regarder un film parlant de deux hommes qui s'aiment, hors de question de recevoir un homosexuel dans « Sa » maison. C'est ainsi qu'elle ne reçut qu'une fois un ami de longue date car Papa avait deviné en l'écoutant parler, en observant sa veste, sa chemise, sa gestuelle, qu'il était homo. Elle ne se confia jamais à son Magic John, elle n'avait aucune foi en lui, jamais elle ne lui avait ouvert son cœur, dévoilé ses rêves, ses pensées, ses doutes, ses goûts. Lui, la croyait forte, il n'avait jamais vu sa fragilité car elle s'était construit une carapace qui la protégeait.

Dans sa famille Bella comptait de nombreux fonctionnaires et cela n'effleurait pas mon père qu'il la blessait en lançant contre eux des invectives, répétant sans arrêt :

— Nous avons beaucoup trop de fonctionnaires, toujours en grève, incapables de faire leur boulot, trop souvent en congés, de plus, tous négligents et incompétents. Quelle bande de salauds, ces cons de fonctionnaires. Tous, des nuls payés à ne rien faire avec notre argent, des bons à rien, justes assis derrière leurs bureaux en attendant l'heure du café. Ils sont incapables de répondre à une question et vous baladent d'un service à l'autre…

À chaque congé scolaire elle entendait.

— Quoi encore des vacances ? Mais ils sont payés à ne rien foutre, pour être toujours en vacances. Ce n'est pas étonnant qu'ils puissent être à la fois écrivains et navigateurs, ils ont du temps à revendre.

Elle n'en pouvait plus. Elle bouillait intérieurement. Chaque phrase lui était une insulte. N'ayant aucun égard pour elle, elle se bouchait les oreilles au sens propre du terme. Ou alors, elle récitait ses mantras qui lui donnaient la force de vivre à ses côtés sans subir le venin des paroles déversées…

Je me demandais, s'il était apte à comprendre qu'il s'agissait là d'un ensemble d'insultes proférées envers sa femme depuis des années…Encore aujourd'hui je ne le pense pas, ou je ne le sais pas ! Bella encaissait. Lui se drapait de toutes les vertus. Le redresseur de torts. Était-il conscient que son mode de fonctionnement, que l'emploi de ses techniques déstabilisantes avec des mensonges, en nous prenant à témoin, c'est à dire en nous coinçant dans la bienséance qui ne nous permettait pas d'être authentique, de nous révolter, de le contredire nous démolissaient ? Bella décida de noter ce qu'elle vivait afin de lui demander pourquoi il éprouvait le besoin d'humilier les gens, ayant toujours bonne conscience, voulant toujours être le gagnant. Au fond il était méchant, eh oui, mon père était méchant par petites touches, et parfois il le reconnaissait, le disait à Bella. Mais elle ne put jamais lui parler à cœur ouvert, il entrait dans une colère folle dès qu'elle voulait aborder un sujet qui le remettait en question. Elle apprit en consultant un psychiatre qu'il était impossible d'essayer de confondre une personnalité narcissique. Le comportement exécrable, les mensonges, les litanies de critique se retournaient toujours contre vous, car lui disait-il :

— Le narcissique ne vous écoute pas, l'absence de résonnance émotionnelle ne lui permet pas d'admettre ses erreurs. Il cherchera à vous blesser avec toutes sortes d'arguments embrouillés, confus, et vous sortirez de là complètement anéantie par un total sentiment d'injustice.

Nick, mon plus jeune frère, beau garçon attirant facilement les femmes, profitait des week-ends passés chez papa pour nous présenter ses conquêtes, de véritables « canons ». Une année il tomba amoureux d'une magistrate, une fille splendide, élégante, distinguée, brune aux yeux verts, très sympathique. Tout le monde l'appréciait, elle était joyeuse, spontanée, craquante. Dès le début de leur relation Bella prédit :

— C'est une affaire foireuse, Il a été élevé contre les fonctionnaires, il a toujours entendu dire du mal de cette catégorie de population, il est toujours comme un toutou devant son père, il ne pourra pas construire sa vie de couple avec elle.

En effet cela dura à peine deux ans, Nick proposa à son amie de louer un appartement à côté du sien pour vivre ensemble mais chacun chez soi, elle refusa et le quitta. Du moins c'est le motif de rupture qu'il nous donna… L'année suivante il rencontra Lola, la quarantaine dynamique, volontaire, sachant donc parfaitement ce qu'elle voulait et surtout n'ayant rien à voir avec la fonction publique. Nick fit à Lola, la même proposition qu'il fit à la fille aux yeux verts, le studio d'à côté. Elle accepta de le louer en se disant : Si je sais m'y prendre, petit à petit je pénètrerai dans ses meubles et il ne s'en rendra même pas compte. Nick la présenta à papa. Lola parlait pour deux car Nick était complètement éteint devant son père :

— Nous avons deux projets communs. Tout d'abord nous allons acheter une maison de campagne et y séjourner durant tous les week-ends.

Nick lui ayant jeté un regard explicite, elle ne parla pas du second projet. Mon frère ne pouvait demander mieux, il voulait tout faire comme papa, et, grâce à Lola il allait être à l'identique de son papa. Évidemment à peine rentré chez lui, il téléphona.

— A ton avis est-ce que je peux mettre de l'argent dans cet achat ? Et papa fit sa « mise en garde » habituelle très positive :
— Ne mets pas un sou dans cette maison. Le jour où elle « se barrera » tu auras tout perdu.

Bon augure ! Pourquoi éprouvait-il le besoin de jeter du négatif sur l'avenir de Nick ? Il se trompait complètement, à l'heure où je vous parle, le couple est toujours uni, mais Nick et Lola ne mettent plus les pieds chez papa.

Ainsi fut fait, Lola acheta la maison, elle parlait à Nick avec l'autoritarisme de papa, le dirigeant aux yeux de tous. La famille s'en rendait compte et « Magic John » avait surnommé sa bru

« l'Adjudant-Chef ». Nick devait mériter la place qu'il occupait sous le toit de son Adjudant. Aussi travaillait-il tous les week-ends et durant ses vacances afin de restaurer la chaumière, maniant la scie, le rabot, la brouette. Il était jardinier, maçon, électricien, elle le dirigeait au doigt et à l'œil. Il adorait cela… Leur deuxième projet fut mis sous silence, ils gardaient le secret. Leur maison rénovée après un an de travaux, c'est moi qui mis papa au courant.

— Tu vas devenir grand-père, Nick et Lola veulent avoir un enfant !

Ma belle-doche m'arrêta :

— Il ne faut pas parler de cela avant au moins trois mois de grossesse. Tu sais mieux que quiconque qu'en Europe, pour des raisons qui nous échappent, beaucoup de gens sont stériles parfois dès quarante ans.

Elle avait raison. Le deuxième projet tomba à l'eau… Après quatre ans de vie commune, la cinquantaine approchait et pas de grossesse à l'horizon. Nick en parla à papa qui bien-entendu déclara :

— C'est la faute de Lola.

Ce qui fit bondir ma belle-doche !

— Mais voyons, il n'y a pas de culpabilité là-dedans. C'est la faute de personne. Penses-tu qu'ils voulaient vraiment un enfant.

Ma belle-mère voyait que nous étions trop bébés pour désirer véritablement une vie d'adulte avec toutes les responsabilités qu'elle implique. Elle nous écoutait raconter nos états d'âme, ne se permettait pas la moindre remarque mais n'en pensait pas moins. Bella appréciait Lola. Ce qu'elle percevait chez elle : De la naïveté d'accord, mais aussi du courage, de la générosité, de la force. Cette jeune femme donnait tout, elle apportait à Nick mille cinq cents mètres carrés de prairies, de fleurs, une nature splendide, une magnifique chaumière. Deux ans plus tard, Nick se retrouva au chômage et Lola le soutint avec amour. Elle l'aida à créer son entreprise et lui trouva des clients. Elle le portait à bout de bras dans les moments de déprime, essayait de le booster, de le motiver, vingt ans de psychanalyse n'empêchait pas mon frère d'être très déprimé. Il n'arrivait pas symboliquement à tuer le père… Lola donnait à longueur de temps. Elle louait un studio à côté de l'appartement de Nick mais lui, était incapable de déclarer :

— Je t'aime, il y a une place pour toi chez moi, comme dans mon cœur.,

Lola mit du temps mais elle finit par s'installer dans l'appartement de Nick…

Chaque été mon jeune frère avait coutume de louer un voilier pour naviguer en Méditerranée avec ses copains. Skipper émérite, habitué aux bateaux dès le berceau grâce à papa, Nick continuait la navigation de plaisance et bien-entendu, Lola voulait partager ce plaisir avec lui. Ayant toujours vécu sous la houlette de son père, Nick avait besoin de la gouverne de son Adjudant-chef. C'était elle qui choisissait et décidait d'inviter les uns et les autres pour ces voyages. Papa mit Nick en garde.

— C'est imprudent. Tu ne peux pas prendre la mer avec sept ou huit personnes à bord ignorant tout de la navigation étant le seul skipper, le seul capable d'agir en cas de problème.

Les deux premiers étés furent merveilleux, la mer était d'huile. Lola n'aimait pas la navigation, mais sa formule de base était : Je veux partager ce loisir avec lui. Elle nous raconta que la troisième fois, ils furent surpris par une mer démontée et passèrent une journée et une nuit terribles. Nick était le seul à la barre et aux voiles. Des vagues de six mètres de haut se déversaient sur le bateau. Ils étaient tous tremblants de peur dans les cabines, agglutinés les uns contre les autres, ne parlant plus tant leurs gorges étaient nouées… Et au petit matin le bateau se fracassa sur des rochers, ils étaient sains et saufs fort heureusement. Pendant qu'elle nous racontait cela Nick dit par trois fois :

— C'est de ta faute.

Lola ajouta :

— C'est de ma faute.

Nick avait cinquante ans, jamais il n'a été capable de dire.

— C'est de Ma faute. C'était à moi de prendre les décisions concernant mon équipage.

Il apparaissait dans toute sa splendeur de veule et de lâche. Bella n'en revenait pas. Et, cela ne semblait pas gêner Lola qui pouvait commander et décider. Ma belle-doche décrétait :

— Il y a des couples qui fonctionnent de cette façon, le mari soumis est heureux de l'être.

Ce fut la dernière navigation du couple, Lola ne voulut plus jamais entendre parler de voilier.

— Désormais il partira seul, dit-elle, puisqu'il aime ça.

Il n'est jamais reparti... Papa était un roc solide et fort, Nick était un faible.

Grâce à Lola, Nick fonda son entreprise il était maintenant architecte d'intérieur. Il gagnait très bien sa vie, il avait tout, bel appartement, belle voiture, pas marié, pas d'enfant à charge, maison de campagne. La réussite totale au regard de beaucoup de gens... Il téléphonait à son père pour lui raconter qu'il travaillait pour les grands de ce monde.

— C'est bien ! C'est bien ! Mais papa ajoutait :
— Architecte d'intérieur ça ne veut rien dire. Tu n'as pas fait architecture.

Nick était en quête d'approbation. Il avait dit à Bella :

— Papa ne m'a jamais dit que ce que je faisais était bien. Il ne m'admire pas, ne me félicite même pas.

Tout en trouvant sa remarque enfantine, elle l'avait un peu consolé.

— Il ne risque pas de le faire. Narcisse c'est lui. C'est lui que tu dois admirer.

Son fils aurait tant aimé entendre :

— Tu as bien réussi mon fils, je suis fier de toi.

Au contraire il lui disait :

— Ton métier n'a pas de signification.

Le fils acceptait la remarque désobligeante comme une évidence…

Nick lui parlait aussi d'un magazine pour lequel il travaillait. Par quête de reconnaissance et d'amour il le faisait parvenir à son père mensuellement par courrier postal et un jour Magic John lui déclara en éclatant de rire :

— Bientôt ton magazine va avoir le format d'un timbre-poste !

Papa se rendait compte qu'au fil des ans le magazine se réduisait et ajouta.

— Dans quelques mois il ne sera sans doute plus lu par personne.

Il glissait cela dans la conversation… Était-ce fait sciemment, cette démolition en phrases sibyllines, nul ne peut le dire ? En ayant l'air de rien, il lui disait que ce qu'il faisait était nul. Bella sortait de la pièce pour ne pas l'entendre. Elle se demandait si Nick était assez lucide pour faire la part des choses. Son père avait une piètre opinion de lui. Après son départ de la maison nous avions droit à ceci.

— Nick n'a aucune autorité.

Bella mourait d'envie de lui dire : « A qui la faute ? Mais elle se taisait et l'entendit ajouter :

— Il obéit. Ce n'est pas un homme, c'est un mollusque.

Elle quittait les lieux, trouvant ces paroles trop tristes…

Ma belle-doche sut dès le départ que sa vie avec papa allait être un combat, à tous les niveaux. Courage, sourires, confiance en son destin, étaient ses supports. Elle avait retenu du Bouddhisme Tibétain ces paroles : Il ne faut pas s'en prendre aux autres, il ne faut pas s'en prendre aux conditions extérieures, il ne faut pas vouloir changer quoi que ce soit, mais simplement y entrer et s'efforcer de voir, d'observer…

Il lui fallut de la patience, elle observa pendant vingt ans !

Elle attendait du nouvel homme de sa vie un soutien, alors ça, oui, à condition d'être sur la même longueur d'onde que Magic John, tout allait pour le mieux. Personnellement il me fallut attendre mes cinquante ans pour pouvoir m'acheter une voiture… Jusqu'à présent c'était lui qui choisissait la marque, le modèle, la couleur et il payait cash. Un matin Bella le lui fit remarquer.

— Tu t'es toujours occupé des voitures de ta fille ?

Il répondit :

— Mais pas du tout, elle a toujours acheté ce qu'elle voulait.

Le pire, il me prenait à témoin.

— N'est-ce pas Béné que c'était toujours toi qui choisissais tes voitures ?

De la grande manipulation combien de fois l'ai-je vu prendre ainsi à témoin des proches qui se trouvaient forcément coincés « dans le système », dans l'impossibilité de dire leur vérité… Impossible de dire devant les amis :

— Mon père est entrain de mentir. Je suis acculée et dois abonder dans son sens. Au secours !

Se rendait-il compte de sa manipulation ? Je pense que oui, il en jouait. Mais comprenez pourquoi il est difficile de refuser cette emprise. Il payait… Une grande partie de sa force venait de là. Il avait le pouvoir de l'argent… Personne ne se leurre quant à ce pouvoir là… Il se sentait tout puissant…Toute sa vie il considéra son entourage comme des êtres inférieurs, il bondirait sur son siège s'il entendait cela.

— Ma fille a réalisé le rêve de ma vie. Elle a fait médecine et j'en suis fier.

Mais j'étais une éternelle mineure, j'avais plus de cinquante-cinq ans et mon cher père gérait et contrôlait mes économies.

Pour un simple transfert bancaire, il écrivait la lettre sur son ordinateur, l'imprimait et me demandait de la signer avant de la poster. Même à mille kilomètres de distance. Il me l'envoyait pour signature. Absolument incroyable. Solution de facilité, je n'avais jamais dit « non ». En permanence soumise à ses influences, je devenais car je n'y prenais pas garde, le jouet de ses diverses pulsions mais cela m'arrangeait bien. Il y avait un net abus de pouvoir que je rendais possible par mon comportement. J'étais avant tout la fi-fille de mon papa, encore soumise à son autorité. Je téléphonais à mon père dès que j'avais une décision à prendre. Je n'ai jamais fait l'effort de modifier ma relation avec lui, au contraire, j'y participais activement. Bella disait que j'en redemandais. Elle avait de l'admiration pour moi, se demandait par quel mécanisme mental j'avais réussi à surmonter le handicap créé par un parent qui faisait tout pour moi. « Il était l'antithèse d'un éducateur, incapable de montrer le chemin pour atteindre un but. Au contraire, il s'arrangeait pour cacher la méthode, les outils, la technique, amenant directement au but ». D'ailleurs il avait la même attitude avec Bella. Au début elle fut enthousiasmée. Mais elle déchanta vite, agacée par ce qu'elle qualifiait de manque de respect, d'abus de pouvoir. Si elle voulait envoyer un courriel il voulait savoir le nom du destinataire, s'occupait lui-même de rechercher la page web, mettait tout en place et avec joie et fierté lui disait :

— Voilà tout est fait. Tu n'as plus qu'à écrire ton message.

C'est ce qu'elle ne voulait pas. Elle devenait enragée et ressentait la frustration que procure le sentiment de ne pas maîtriser la chose. Se sentant manipulée, elle osait dire avec aplomb :

— Non justement, je ne veux pas que tout soit fait. J'efface tout et je recommence.

Nous, ses enfants, jamais nous n'aurions osé. Trop peur de l'ogre en face de nous. Par chance le fils de Bella eut l'idée d'offrir à sa mère un ordinateur portable et à compter de ce jour Magic John n'eut plus droit de regard sur ses mails.

Au départ, Bella m'admirait vraiment. Je suis sûre qu'elle commença à avoir une piètre opinion de moi le jour où mon père organisa un barbecue dans le jardin de sa maison de week-end ou il avait invité un couple avec leurs enfants, nous étions dix en tout, mon père, étant le chef de tout, avait acheté ce qui était nécessaire pour le déjeuner, des viandes de toutes sortes. Durant le repas, prenant le ton d'une petite fille de l'école maternelle, dixit Bella qui raconta la scène à ses copines, je fis cette remarque à haute voix pour que tout le monde m'entende :

— Eh bien moi, je n'ai pas eu de côtelette d'agneau ?

Nous étions entourés d'enfants de trois, quatre et six ans, à mon âge je me comportais comme eux. Je n'étais pas capable de donner ma part à un des enfants. Ma belle-doche me trouva pitoyable. Elle comprit que mon père comptait le nombre d'adultes sans savoir que les enfants mangeaient aussi de la viande. A partir de ce jour elle prit les choses en mains et s'organisa pour faire les achats. Avec elle il y avait toujours plus que nécessaire, chacun pouvait manger à sa guise et c'était elle qui payait…

Avant la vente de la résidence secondaire de papa, j'y allais avec mon nouveau mec, et même à des centaines de kilomètres de mon père, en cas de problème c'était toujours à lui, ce vieillard, que je m'adressais.

— Papa, la bouteille de gaz est vide.

Je prenais un accent plaintif. Et ma belle-doche qui n'en loupait pas une, le plus calmement du monde :

— Prends l'avion et va lui changer sa bouteille !

Jamais je ne pris conscience du ridicule de ma situation. Et papa profitait de l'occasion pour « tomber » sur le dos de mon amant :

— Brad, ce nul !

C'était Bella qui subissait ses paroles, moi j'étais à mille lieux.

— Incapable de s'occuper du gaz ! Juste bon à faire payer ses factures par Béné ! Un profiteur ! Qui a eu l'insolence de lui demander d'acheter sa maison à lui ! Je voudrais la voir moi, sa maison ! Une maison sans cuisine ! Un vaurien qui mange dans des assiettes en carton ! Qui a tout juste des couverts pour passer à table !

Ma belle-doche en avait pour la journée, à subir ces paroles acerbes. Elle avait intérêt à se boucher les oreilles. Mais qui venait se plaindre dans le giron de son papa ? Moi bien sûr. Papa tolérait Brad dans sa résidence secondaire en ma présence, mais il en avait après lui depuis pas mal de temps car, me comportant de façon infantile, je donnai un jour, en cachette, les clés de la maison à Brad, me disant que mon père ne serait jamais au courant de l'affaire. C'était sans compter avec ce qui se passa. Brad y était donc en mon absence avec les enfants nés de son premier mariage, durant une dizaine de jours de vacances scolaires. Or papa demanda au voisin de venir tondre le gazon. Je ne le savais pas. Quand celui-ci arriva en fin de matinée, il vit une Porsche dans le jardin et deux petits qui s'amusaient.

— Bonjour les enfants. Où sont vos parents ?
— Papa dort encore.
— Pas grave. Je venais tondre le gazon. Je reviendrai cet après-midi.

Vers seize heures il revint :

— Salut les enfants, où est votre papa ?
— Il fait la sieste.

Ne pouvant tondre le gazon il rentra chez lui ne manqua pas d'appeler mon père. Ce fut Bella qui bénéficia, à nouveau, de la crise de nerf de son mari qui se déchaîna et sa tirade jaillit sans une seconde de temps mort :

— Tu te rends compte, ce vaurien de Brad ne trouve rien de mieux que de prendre des vacances chez moi ! Le matin il dort, l'après-midi il fait la sieste ! Quand je pense qu'il couche dans mon lit ! Ce salaud, ça me dégoûte ! Ce bon à rien, c'est lui qui devrait tondre le gazon ! Il ne serait pas là à dormir à longueur de journée ! A ne rien foutre pendant que ma fille bosse à Paris pour le nourrir lui et ses enfants ! Je comprends que sa femme l'ait laissé tomber ! Il dort le matin à dix heures ! Il dort l'après-midi à seize heures ! Il se fout du monde ! Il loge chez moi sans m'en parler ! Il couche dans Mon lit par-dessus le marché ! Ce salaud ! C'est vraiment un nul sans éducation ! Ses enfants sont à la bonne école ! L'école de la fainéantise ! Je me demande ce que Béné fait avec lui ! Ce qu'elle lui trouve ! En plus il pense que se lever à huit heures pour aller travailler c'est bien trop tôt ! Pas étonnant qu'un mec comme ça soit au chômage ! C'est le genre d'homme qu'il faudrait dresser à coups de trique et de nerf de bœuf ! L'obliger à bosser ce gros plein de soupe ! Sans un sou il roule en Porsche ! Béné paie ses factures d'eau, de téléphone, d'électricité et sûrement l'essence ! Je ne veux plus entendre parler de mecs comme ça ! Ils me dégoûtent !

Cela faisait longtemps que Bella ne l'écoutait plus... Elle n'allait pas en plus de leurs joutes verbales ajouter ses colères contre moi absente, jamais au courant de sa fureur, de la rage dans laquelle je le mettais et de ce qu'il disait. Car papa ne me reprochait rien, il m'aimait trop pour ça, c'était après Brad qu'il en avait. Même après ce qui s'était passé il ne me dit jamais :

— Tu n'as pas à faire entrer des gens chez moi sans mon autorisation.

Bella n'aimait pas sortir avec papa en voiture car il se positionnait toujours comme un redresseur de torts :

— Celui-là n'a pas marqué le stop !

Elle, elle s'en fichait. Lui klaxonnait, faisait des appels de phares, faisait des gestes agressifs en direction des conducteurs. Or, il était âgé, elle craignait qu'au feu suivant un jeune ne descende de sa voiture et vienne lui « casser la gueule ». Tout énervait mon père, les embouteillages, les feux rouges, les vélos, les motos, les passants, les jeunes, les vieux, le soleil, la pluie, enfin tout ce qu'il n'avait pas prévu. Bella subit durant vingt ans le comportement d'un individu incapable d'admettre que le piéton est prioritaire. Elle le vit tant de fois se comporter comme un goujat vis à vis d'eux qu'elle faisait tout ce qui était en son pouvoir pour ne pas être avec lui en voiture, car elle avait honte et peur à la fois. Mais comment faire lorsque l'âge de la retraite arrive. Vieillir ensemble, mais dans quelle condition. Impossible de prendre le volant à sa place. Combien de fois le lui avait-elle proposé ? Des dizaines. Il s'approchait le plus possible des piétons dans les clous et faisait vrombir son moteur pour les effrayer, en les invectivant par la portière.

— Vous ne pouvez pas attendre, non !

Combien de fois elle le vit agiter son index vers d'autres conducteurs pour leur signifier qu'ils se comportaient mal au volant. Il « voyait la paille dans l'œil de son voisin et pas la poutre dans le sien ». Un matin, il colla au plus près sur un passage piéton une maman qui traversait avec une poussette, car une flèche indiquait qu'il pouvait tourner à droite. Elle le gênait. Que faire d'un homme pareil si ce n'est l'éviter. Il se sentait au-dessus des lois et des hommes… Ne supportant aucune contrainte. Une autre fois, un véhicule stationnait à cheval sur le trottoir et forcément rétrécissait la route de celui qui arrivait en face, Bella voyant Magic John rouler au milieu lui dit :

— Attention serre à droite.
— Je le fais exprès pour lui faire peur.

Elle fut stupéfaite de sa réponse. Incroyable ! Ce fut d'abord sa compagne qui avait eu peur. Il était archi-vieux et il recherchait encore la vindicte, le stress, l'agressivité… Cette violence qui existait au fond de lui disparaîtrait-elle un jour ? Lorsqu'une moto le suivait il faisait tout ce qu'il pouvait pour l'empêcher de le dépasser, il roulait le plus à gauche possible, se faisant injurier lorsque le motard finissait par atteindre sa hauteur. Il devait aimer ça. Elle, elle était désolée, déçue, triste, navrée…

Elle ne supportait pas non plus cette phrase. « Demain je te sors » Elle devait être un peu féministe, elle voulait faire comprendre à son mari qu'une femme moderne sortait si elle voulait. Et, moi, de vingt ans sa cadette, je venais dire à mon père que le mari de ma copine « ne la sortait pas ». Elle me trouvait rétrograde et lamentable.

Ils habitaient une maison et dès qu'arriva le jour de sa retraite qu'il prit à plus de soixante-douze ans, fort heureusement pour Bella (Il lui était plus facile de vivre avec Magic John absent par sa profession, la laissant ainsi tranquille, plutôt que de subir chaque jour le poids de sa personnalité tyrannique) Il décida de déménager le mois qui suivit sa cessation d'activité. Il acheta un appartement au bord de la mer. Il n'était pas venu à l'idée de Bella (et aurait-elle osé le dire) de le mettre en garde :

— Ici, dans cette maison, le chien et le chat du voisin te gênent, sa coiffure, ses habits t'insupportent, s'il organise une réception tu n'es pas content, si sa voiture est garée près de la tienne cela t'agace, si tu entends de la musique tu ne la supportes pas, en appartement ce sera pire, les voisins seront à touche-touche.

Magic John était tellement rapide, efficace, riche, qu'en deux temps trois mouvements tout fut résolu… Le moment venu pour leur retraite au soleil, papa fit appel au frère d'une de ses amies qui gagnait sa vie comme petit transporteur afin de nous aider à déménager des meubles qu'il nous offrait avant de partir car il en avait beaucoup trop. Un de nos copains Gad est venu lui aussi. Au cours de la journée papa déclara qu'il voulait se débarrasser de deux chaises longues, il en donna une à Gad, Bella lui proposa la deuxième, j'intervins :

— Non, Surtout pas ! Papa en a besoin, il n'est pas SDF tout de même !

Que voulais-je dire par là ? Bella ne comprit rien, moi-même, je ne le savais pas. En fait, je ne voulais rien donner ! Ils jetèrent la chaise en arrivant dans le Sud, les tâches de moisi sur le tissu ne convenaient à Bella.

Mon frère et moi avions offert à nos aides le repas du soir dans un restaurant sympa. Bella dit à papa :

— Avez-vous dédommagé Arny pour sa journée de travail ?
— Non, voyons ! C'est un service entre copains !
— Mais pas du tout, Arny a travaillé pour eux, ce n'est ni un ami, ni un copain la meilleure preuve c'est que c'est toi qui as fait

appel à lui. C'est son gagne-pain. Tes enfants n'ont pas d'amis à cols bleus, ce sont des intellos.
— Ils ne vont pas le payer pour ça !
— Mais tu ne vois pas qu'il y a un monde entre Arny qui tire le diable par la queue, et les autres filles et fils à papa !
— C'est vexant de lui donner de l'argent, voyons !
— Et, toi ? Est-ce que tu es vexé quand on te donne de l'argent ? Bien sûr que non !

Elle aurait dû dire « Je » elle l'avait déjà fait, il lui arrivait de rembourser ce qu'il avait acheté pour elle. Elle ne continua pas la conversation. Elle prit sur elle d'adresser un chèque de la valeur du temps de travail effectué par Arny, qui la remercia chaleureusement. Cela l'agaçait de voir combien certains riches étaient incapables de se mettre à la place du pauvre. Papa ne me dit pas qu'elle paya pour nous, je crois sincèrement qu'il s'en fichait complètement, les autres ne comptaient pas pour lui. Mais de toute façon je n'aurais rien donné. Je pense comme mon papa.

Les voilà donc partis… Au bout d'à peine deux ans, ils déchantaient. Il leur fallut changer de logement, papa ne supportait pas les aboiements des chiens des voisins, les chats qui passaient sur son balcon, les rires des enfants, les pleurs des petits-enfants, la façon de se garer de cet Hollandais qui sûrement avait appris à conduire au Surinam, la moto que celui-là avait placé devant ou derrière sa voiture, le bruit que faisait le Suédois en fermant ses volets, le couple d'homosexuels du quatrième, les amis des voisins qui riaient trop fort… Tout ce qui se passait autour de lui le gênait que dis-je, le mettait dans une rage folle. Chaque jour il se plaignait de quelque chose. Il était odieux « balançait » aux voisins des remarques insensées… Ils habitaient un appartement juste au-dessus d'une famille possédant une grande terrasse. Ces jeunes avaient mis en route un barbecue pour leur déjeuner. En premier lieu cela était interdit dans tout le domaine, pour Magic John ce qui est interdit était surtout valable pour les autres, lui il était au-dessus des lois, là il trouvait l'interdiction très juste, tout le monde n'a pas envie de sentir la sardine ou la merguez au moment où il mange sa crème à la vanille. Il sentit une odeur de cuisine, il fit haut et fort une réflexion désobligeante en se penchant au-dessus de la balustrade pour que la voisine l'entendit bien :

— Qu'est-ce que ça pue !

Une autre était dans la piscine. Il ne supportait pas sa façon de nager :

— Qu'est-ce que c'est, ce bruit de baleine ? Elle ne sait même pas nager celle-là !

Il était toujours en train de s'occuper des affaires des autres. Ce jour-là monsieur Meier voulut laver sa terrasse. Afin de protéger les balcons situés au-dessous de chez lui, il suspendit un seau sous la gouttière recueillant ainsi l'eau, papa eut le malheur de s'apercevoir de cette manœuvre. Il logeait au deuxième étage. Il entra dans une colère folle, trouva une tige de fer, prit son élan, sauta vers le troisième, grimpa sur la balustrade, accrocha le seau, et tira. Il arracha le récipient qui se déchira. Il eut la chance de ne pas tomber, se blessa le bras et revint ensanglanté vers sa femme pour le pansement. Il faillit s'écraser sur la terrasse du dessous. Évidement le voisin, un Suisse qui habitait juste au-dessus vint le lendemain chercher son seau. Ma belle-doche lui en donna un neuf, le priant d'excuser son mari. Cet homme lui dit :

— Madame, je vous plains.

Magic John n'était pas sociable. Ils durent quitter cet immeuble. Ils cherchèrent une maison… Elle me téléphona et me raconta l'incident. Le lendemain elle alla consulter leur médecin, lui expliquant les crises de colère et avec mon accord on lui prescrivit un médicament contre les troubles de l'humeur. A partir de cette date, mon père se calma un peu et la chance voulut que sa tension artérielle se régularise. Il continua ce traitement jusqu'à son dernier jour pensant avoir un médicament de plus contre l'hypertension… Quand il consultait un spécialiste le médecin s'étonnait de la présence de ce produit, posait des questions mais il était incapable d'expliquer le « pourquoi » Bella glissait un petit papier à la secrétaire : caractériel… C'était sa diplomatie…

Bella ne parlait jamais d'elle. Narcisse c'était son conjoint. Il ne savait pas dans quels lieux elle avait vécu, d'où venaient ses connaissances, ses passions. Ce qui comptait c'était lui et ce qu'il fit. Il ne la connaissait pas et cela ne le dérangeait pas. Il apprenait au cours de conversations en public une petite partie de son parcours, mais cela ne l'intéressait pas, il n'était pas du genre à lui poser la moindre question sur son ressenti. Elle n'avait aucune sensation de faim, pourtant elle adorait cuisiner, tout ce qu'elle préparait était délicieux. Avant d'être présentée à mon père, elle participa à une semaine de jeûne lors d'un séminaire de travail sur soi. On buvait beaucoup d'infusions, pratiquait le yoga. Elle termina cette expérience en n'ayant jamais faim. Le responsable de ce stage lui expliqua qu'elle avait emmagasiné tant de douleurs physiques et morales, bloqué toutes ses émotions, colères, peurs et tristesses, accumulé tant de stress et de tensions au cours de sa vie, que cela masquait sa sensation de faim… Elle lisait beaucoup, essayait de comprendre ce qui se passait dans sa vie et espérait trouver un jour un thérapeute qui ferait d'elle une femme aux sensations normale. En attendant, elle effectuait un travail quotidien sur elle, séances de méditation, exercices de yoga, afin d'échapper à la tyrannie de son conjoint. Elle faisait de son mieux et y parvenait petit à petit. « Tremblez mais osez » elle avait lu cet ouvrage et était dans cette dynamique. Elle arrivait à s'inscrire à des cours de Qi-Gong, de peinture, de chant, d'Anglais, de théâtre. Pas tout à la fois. Elle expérimentait… Le jour où elle réussit à s'inscrire avec les élèves de son cours d'Anglais pour quatre jours de séjour à Londres, Papa n'eut de cesse de critiquer les horaires de l'avion et la nullité de l'organisatrice.

— Pour une bouchée de pain on peut aller à Londres ! Il n'est pas nécessaire de vous faire quitter la maison à six heures du matin ! Quelle idée de vous faire rentrer à vingt-trois heures ! Qu'allez-vous faire en attendant l'avion ? Poireauter dans l'aérogare, pauvres femmes !

Elle n'en pouvait plus de l'entendre. Elle avait beau lui dire que ce n'était pas un problème, que ses copines pouvaient l'accompagner à l'aérogare et la ramener, que tout le monde était satisfait et content… Personne ne se plaignait, qu'il n'y avait rien à critiquer : Impossible de le faire taire. Elle récitait ses prières et ne l'écoutait plus répéter la même chose jusqu'au jour du départ, ou alors elle quittait la pièce rapidement. Il voulait avoir raison et surtout la détourner de son voyage afin qu'elle abandonne. La décourager ! Jamais ! Elle résistait…

J'oubliais de vous dire que papa n'aimait pas du tout les jeux de société. Pourquoi à votre avis ? Il détestait perdre. Vraiment immature. Il avait un ami chez qui nous allions souvent, lui et moi, avant son remariage. Terminé. Un soir, Ils se balancèrent les cartes à la figure et nous dûmes quitter précipitamment et définitivement la maison des vacances sans un adieu, et moi, qui étais toujours derrière mon papa j'étais « jetée » aussi. Son épouse qui aimait beaucoup tous les jeux de cartes depuis la Bataille jusqu'au Bridge en passant par la Belote, ne put voir durant vingt ans la couleur d'une carte… Elle tira un trait sur les dominos, le jeu de dames et d'échec, les jeux de société en général… Fini tout cela, elle vivait avec un individu qui avait un côté asocial. Nous étions seuls à connaître d'une part : La face cachée de mon père, dur, intolérant, tyrannique, qui bafouait, manipulait, méprisait, choisissant d'être craint plutôt que d'être aimé (Bella était la seule étrangère qui la voyait). D'autre part : Son côté avenant, drôle, joyeux, bienveillant, chaleureux, ouvert, capable de dire à un chef d'entreprise :

— C'est un plaisir de tomber en panne, tant votre équipe est aimable et efficace.

Du jamais entendu… Que dire de cet homme si : A-do-ra-ble.

Nous, durant toute notre enfance nous devions nous plier à son autorité. Il nous faisait subir ses mauvaises humeurs, ses colères. Il s'emportait à la moindre contrariété, ne présentant jamais des excuses, pensant avoir toujours raison. Bella s'intéressait beaucoup à la psychologie et avait lu que : Faire vivre la terreur à un enfant est toujours lourd de conséquences, la peur est une entrave à la vie, fait de l'homme un lâche, donnait peu de place à votre être profond. Elle remarqua que mon plus jeune frère craignait mon père, et je dis à Bella que lorsque nous étions petits nous étions terrorisés. Je racontais qu'enfants nous étions effrayés, par ses colères « monumentales », papa explosait littéralement, il nous hurlait dessus, tapait des pieds, tapait du poing sur la table nous nous « écrasions » tassés tous les quatre, soit sous la table, soit dans un coin de la maison, morts de peur devant sa violence. Je le vis traîner ma mère au sol par les cheveux… Bella n'avait jamais cherché à savoir si nous étions battus mais Nick lui raconta qu'il le vit me traînant au sol, moi aussi, sa fi-fille adorée. J'ai oublié cet épisode… Sa nouvelle compagne ne fit jamais état, devant nous, des crises de colère qu'elle supportait et qui perturbèrent tellement notre enfance. Il m'arrivait, ainsi que Matt, de lui dire :

— Mon père est mieux avec toi.

Il s'entendait avec elle, mais pas du tout avec ma mère. C'était mon avis je ne savais pas ce qui se passait en réalité chez eux. Elle ne disait jamais rien de négatif contre quelqu'un, donc ne racontait pas et prenait toujours la défense de l'absent… Mon père avec son physique imposant, lourd, sa voix forte, ses coups de poings sur la table scandant chacune de ses phrases lorsqu'il voulait absolument obtenir quelque chose semait l'effroi dans la maison de notre enfance. Bella pensait qu'il avait « tout faux » depuis toujours mais trop obtus, incapable de se remettre en question, sa mauvaise foi était constante. Quel effet cela pouvait avoir à long terme sur des enfants ce contraste aussi saisissant, aussi rapide, aussi troublant en un même individu, surtout lorsqu'il s'agit de votre père, je ne saurais le dire.

Voyant combien son homme était merveilleux en société, Bella trouva une parade, elle invitait des gens tout le temps. En groupe, devant les autres, il n'y avait pas de crises, pas de colères, pas de heurts, pas de problèmes. Ainsi, elle bénéficiait le plus souvent possible de son côté aimable… Il pouvait être d'une gentillesse extraordinaire, se lever à cinq heures du matin pour accompagner une charmante voisine dont la voiture ne démarrait pas, il n'hésitait pas une seconde et rendait service. Comment imaginer un seul instant que cet homme n'était pas bon, gentil, aimable au quotidien. C'était impensable. Durant leurs deux ou trois années de vie en immeuble, c'était tous les jours la fête des voisins. Sauf celui d'en-dessous qui était le souffre-douleur de Magic John et encaissait ses remarques désobligeantes, les habitants de l'immeuble s'entendaient tous de façon extraordinaire. Ils se réunissaient à chaque grand événement de l'année, Noël, Jour de l'An, Pâques, la Saint Jean, la Saint Valentin, sans compter les apéritifs dînatoires toutes les semaines… C'était l'Europe en miniature, Anglais, Hollandais, Italiens, Danois, Allemands, Suédois, Français, jamais moins de cinq nationalités rassemblées. Chez eux c'était : Les copains d'abord, leurs voisins ne connaissaient pas le revers de la médaille. Ils ne voyaient que le côté tellement agréable que mon père leur montrait. Bella gardait de magnifiques souvenirs de ces soirées qu'elle qualifiait d'Européennes. Ana une voisine Italienne surprenait toujours par son raffinement et ses attentions, toujours la dernière à arriver, elle faisait une entrée spectaculaire. En cette fin d'année, vêtue d'une magnifique robe rouge elle entra : Belle comme une rose, parmi les roses rouges elles aussi, qu'elle portait en brassée, elle offrit à chacun des invités, une fleur présentée dans un manchon de velours cramoisi. Chacun posa sa fleur sur la table qui de magnifique devenait splendide. Bella leur dit ceci :

— Appréciez l'instant messieurs car dans vos vies une femme ne vous offrira pas souvent des roses rouges.

C'était la façon qu'avait Ana de partager son bonheur d'être parmi eux.

Un autre réveillon eut lieu chez elle, Bella adorait recevoir. Leur voisine Italienne fit de nouveau sensation. Cette année-là chaque femme proposa d'apporter un plat et les voisines se réunirent pour composer le menu. Ana dit ceci :

— Je vous apporterai un plat de lentilles !
— Des lentilles ?

— Oui ! C'est de tradition chez nous cela fait entrer l'argent et la réussite dans la maison. Tout le monde fut d'accord. Dès qu'Ana fut partie, les copines se dirent :
— On ne la contrarie pas, mais on compensera cela par des châtaignes et des légumes de circonstance… La soirée débuta sous d'excellents auspices. Magic John ouvrit son magnum de champagne Bollinger celui que boit James Bond dans ses films, précisa-t-il. Le repas fut somptueux. Sur le coup de minuit, Ana leur dit :
— Je vais chercher mon plat.
— Elle habitait l'appartement juste à côté… Elle arriva avec un superbe plateau d'argent, brillant de tous ses feux, rempli d'un pied de veau farci, magnifiquement présenté au milieu des lentilles, ce fut un vrai délice. Ce plat éclipsa la gigue de chevreuil pourtant délicieuse. La soirée fut merveilleuse.

Leur emménagement dans leur nouvelle maison fut comme une cassure pour ces soirées si gaies et chaleureuses avec un mari côté agréable. Fini cette foultitude de voisins, fini l'Europe en miniature…Sa vie allait complètement changer.

De la même façon qu'elle n'aimait pas les paroles de mon père, elle n'aimait pas les miennes. Elle disait qu'elles étaient venimeuses, que je jetais de l'acide et se demandait comment je pouvais être acceptée des autres… Après avoir bien vu que papa était un faux-cul de grande envergure et qu'il en jouait souvent, elle prit son parti et agissait exactement de la même façon en face de lui. Elle disait :

— Ta fille est formidable. C'est la fille que j'aurais aimé avoir. Elle est jolie, intelligente, gentille elle a réussi brillamment ses études.

Elle le flattait. Il ne lui vint jamais à l'idée de lui confier sa vérité :

— Ta fille est jalouse, envieuse et radine. Je ne l'ai jamais vue sortir sa carte bancaire pour t'offrir ne serait-ce qu'un café.

Bella à l'inverse, m'invita dans de grands restaurants, car elle vit que j'aimais la bonne cuisine et les plats raffinés. Elle aimait le luxe mais n'était quand même pas une sybarite, elle était active, battante, faisait le maximum de choses pour embellir sa vie. Elle nous offrit en l'absence de mon père de superbes repas. Pour ses anniversaires, elle nous invitait tous à de magnifiques soirées. Jamais, en vingt ans, elle ne fut invitée par moi. Tout m'était dû. Si on m'invitait c'était que l'on souhaitait ma venue… A la limite, je pourrais me comporter comme les stars, me faire payer des mille et des cents pour que je vienne vous honorer de ma présence. Notez bien ceci : Bella fêtait toujours ses anniversaires où elle voulait et à ses frais, si bien que le jour où papa organisa une fête pour elle, après vingt années de vie commune elle comprit que ce serait la première et la dernière fois et qu'il allait mourir bientôt, ce qui se produisit six mois plus tard…

Elle se confiait à ses amies :

— Avant l'arrivée de ma belle-fille je mets du sel aux quatre coins des pièces de la maison, car elle n'a pas le regard assassin, mais, la parole assassine. C'est pire. Je veux éviter ses remarques cyniques ou désobligeantes, surtout ne pas répondre, ne pas intervenir dans la conversation, laisser couler les phrases, ne pas sentir la méchanceté. Elle est très négative, comme son père, rien ne trouve grâce à ses yeux. Vous savez à quoi elle me fait penser lorsqu'elle déblatère sur les uns et les autres, à une image du livre de contes de mon enfance. J'y voyais des serpents, des crapauds sortir de la bouche de la belle-mère de Blanche-neige. Je ne comprenais pas ce que cela voulait dire à l'époque, mais depuis que je la côtoie cette image m'est revenue à l'esprit !

Je lui « balançais » quelques petites phrases méchantes chaque-fois que je venais voir mon père :

— Je préfère laver la vaisselle à la main, vous devez dépenser beaucoup pour la machine. J'ai vu qu'elle tournait, pas tout à fait pleine ! Je n'aime pas le gaspillage.

Et aussi :

— Je déteste mettre la vaisselle dans une machine.

Elle ne disait rien, c'était comme si elle se fichait pas mal de mes paroles. Mais je ne pouvais pas m'empêcher de l'agresser. Elle avait l'impression que je faisais une fixation sur cette machine… Elle comprit ce qui se passait bien des années plus tard… Je n'avais jamais eu de machine pour la vaisselle, j'étais jalouse.

Un soir après le dîner, elle me proposa une infusion je m'entendis lui répondre :

— Tu as besoin d'un « pisse mémé »

Elle s'acheta des chaussures de marche.

— Tu as acheté des écrase-merdes.

J'avais toujours les mots qu'elle n'avait pas envie d'entendre. Jamais une parole gentille, agréable. Au restaurant, je disais :

— Quand on voit le prix des menus ! Nous sommes en basse saison, cela doit doubler en été.

Et je m'adressais à mon père :

— Les sun-beds devraient être inclus dans le prix du repas, tu ne crois pas ? Tu vas les payer en plus. Cela te reviendra cher de la journée.

Je prenais Bella à témoin :

— Si tu vois que l'on mange des pâtes et des pommes-de-terre le reste de la semaine, tu comprendras pourquoi ! Hein !

Ou bien :

— Ton dessert coûtait neuf Euros ! Il faut qu'il soit bon pour ce prix-là ! Tu te rends compte du prix de la moindre chose ici !

Et je le répétais trois fois de suite. Aussi n'aimait-elle pas aller au restaurant en ma compagnie elle disait que je leur reprochais chaque bouchée qu'ils avalaient, sauf si ce jour-là c'était elle qui payait… Elle pouvait en parler… La dernière fois que Matt vint chez eux, on fêta son anniversaire. Papa nous invita au restaurant, jamais aussi chic pour Matt que pour moi. Matt n'en savait rien (il n'était jamais là). Nous étions tous les quatre attablés au bord de la mer, heureux d'être ensemble, Bella avait le pressentiment que cet instant ne se renouvellerait plus…Son mari était vieux et Matt vivait si loin ! A la fin du déjeuner dès que papa eut rangé sa carte bancaire, je m'adressais à lui :

— Merci, ce fut un excellent repas. Mais tes enfants te coûtent cher mon pauvre papa !

Bella n'aima pas ! C'était l'anniversaire de Matt. En dix ans c'était la troisième fois qu'il venait voir son père, on ne pouvait pas dire qu'il abusait de son hospitalité. Le soir voulant continuer la fête Bella nous invita (Ne comptez pas sur moi pour faire un geste) dans un cadre qu'elle trouvait plus sympa. Eh bien, lorsqu'elle paya l'addition, je n'ai fait aucune remarque sur le prix. Je ne me sentais plus concernée…

Parfois pour le dîner elle préparait des pâtes au pistou et je monologuais :

— Il y en a peu (de sauce) C'est cher ! Vous en voulez encore ! J'adore ça ! Et je terminais le plat…Car, je me goinfrais ! Je n'aimais pas cuisiner, je ne voulais pas recevoir, je ne payais jamais, j'en profitais pour manger chez les autres. Je terminais tout. De toute façon j'étais maigre… Et papa trouvait ça très bien…

Bella avait son agenda ouvert à la date du jour sur le zinc du bar qui séparait la cuisine de la salle-à-manger, je le feuilletais à chaque fois que je venais chez eux. Un jour elle me dit :

— On ne regarde pas les agendas des autres !

J'avais mes arguments :

— Je lis les textes imprimés !
— Qu'importe ce que tu lis, c'est un manque de respect !

Dès que j'étais dans son bureau je m'installais à sa place sans y être invitée et je fouillais dans ses documents et magazines… J'étais « Madame sans gêne », elle ne disait rien, pour éviter un conflit.

Chaque année, elle collectait les petites gouttes de venin que je distillais… Un soir mon père désirant voir un match de rugby à la télé nous fit cette proposition :

— Je vous paie à toutes les deux une séance de cinéma et je reste à la maison.

Une aubaine pour nous, un moment sans lui ! A peine étions nous arrivées et installées dans la salle, je dis à Bella :

— Sais-tu comment mon mec appelle papa ? Le vieux con ! Nous nous demandons comment tu fais pour le supporter.
— Tu ne lui as pas dit qu'il te manquait de respect ! C'est ton père quoiqu'il en soit ! Moi, c'est mon mari et je l'aime avec ses défauts ! Tu me manques de respect à moi aussi, car à supposer qu'il l'ait dit tu n'as pas à me le répéter.

Ce qui mit fin à mes propos… Elle répondait sans s'énerver, le plus calmement du monde. A la sortie j'ajoutais :

— As-tu remarqué le luxe dans lequel tu vis ? C'est une prison dorée, mais prison quand-même !

Elle n'en revenait pas, j'étais vraiment gonflée ! Il fallait oser ! Pour me prouver le contraire, pour s'évader de ce que j'appelais sa prison, l'année qui suivit mes paroles, elle fit avec papa une croisière jusqu'aux Canaries, elle retourna sans lui à Londres durant un week-end, elle passa une semaine chez son fils en y incluant deux journées à Eurodisney avec son petit-fils et j'en passe. Je suis sûre qu'elle programma toutes ses sorties dès le début de l'année, peut-être même juste après mes paroles. Mais elle n'annonça pas le tout, d'un coup, faisant l'effet d'une bombe pouvant entraîner le veto de son conjoint, ses idées semblaient prendre vie les unes après les autres en leur temps, sans cris, sans grincements de dents, sans colère de mon père.

Le lendemain de mon arrivée, cette fois, nous allâmes visiter les brocanteurs dans l'arrière-pays. Ma belle-doche n'aimait pas cela. Elle avait des idées très précises concernant l'hygiène, ne voulait pas nettoyer les vieux meubles, se contentait de regarder. Il me manquait une chaise dans la chambre que j'occupais, j'en choisis deux, je les fis payer par mon père, je n'étais pas là pour offrir des cadeaux, et je les installais chez ma belle-doche. Elle était imbattable pour la diplomatie, l'indélicatesse de ma part ne semblait pas la toucher : Elle gardait son sourire, très bien, pas de problème… Je ne comprenais pas qu'elle était chez elle, l'idée ne m'effleura pas une seule fois que je ne pouvais pas disposer de ceci ou de cela sans son accord. Mon père ne me respectait pas, je ne respectais pas les autres… Je n'en pris jamais réellement conscience.

Avant mon départ je rajoutais à l'oreille de Bella :

— De toute façon, papa est d'une intelligence primaire, il n'a aucune finesse.

Elle ne répondit pas. Après huit jours de mes « bonnes » paroles, elle en avait marre de moi. Elle n'en pouvait plus d'avaler toutes ces couleuvres sans broncher, plus tard après avoir tout raconté à ses copines elle conclut :

— Quand elle héritera elle ne cherchera pas à savoir si l'argent amassé est lié à une intelligence primaire !

Je ne lui apprenais rien concernant l'intelligence de papa, pour elle la question n'était pas là, il y avait plus grave, au fil du temps elle le décrypta. Dès que je repris l'avion, elle mit les chaises à la cave disant à mon père qu'il y avait des fantômes assis dessus ! Ce fut un « combat » chez eux. Durant cet épisode, mon père s'obstinait et remontait les chaises, car pour lui tout ce que je faisais était parfait mais Bella ne lâchait pas. Un jour elle lui dit :

— Si tu les remets dans la chambre je te les jette à ta tête !

Une autre fois :

— Toute cette paille pleine de pipi des vieillards, bourrée de germes de toute sorte, tu voudrais que je m'assoie là-dessus ! C'est juste bon pour des fantômes !

Mine de rien, à distance je semais la discorde chez eux… Très gentiment l'hypocrite me parla de ses fantômes par téléphone, comme s'il s'agissait d'une banalité et je crus à son histoire. Non seulement je lui manquais de respect, j'essayais aussi de créer un conflit dans son foyer en étant intrusive quant à la décoration des lieux, à l'achat d'un objet, à l'agencement des pièces. Mais j'avais à faire à forte partie. Elle n'était pas Mac Mahon durant la guerre de Crimée mais elle était du genre « J'y suis, j'y reste ». Je ne pouvais pas la déstabiliser, encore moins la déloger. C'était comme si elle aimait la difficulté, elle avait l'habitude de se battre, ne baissait jamais les bras. Je crois sincèrement qu'elle avait en elle l'espoir ! L'espoir en des jours meilleurs…

L'année suivante elle prit l'avion pour rendre visite à son frère gravement malade, le voyage fut très long, son absence dura une quinzaine de jours, mon père restait seul. A son retour lorsque je me suis retrouvée en face de Bella je ne pus m'empêcher de lui dire :

— Je pensais que tu ne serais jamais revenue !

Cela en disait long… Bella fit comme si elle n'avait rien compris ou rien entendu… On ne se voyait pas souvent mais cela ne l'empêchait pas de collectionner mes phrases perfides (ou mes histoires de radine). La fois suivante, j'arrivais dans ma chambre et je vis tout de suite qu'une magnifique housse de couette se trouvait sur le lit. Ma remarque ne se fit pas attendre :

— Vous avez acheté une nouvelle housse de couette, elle est très belle, elle a dû coûter cher ! Papa ne dit pas un mot, Bella non plus, ils firent la sourde oreille tous les deux…

Et j'ajoutais :

— Oh ! Ne vous en faites pas, je sais combien ça coûte !

Bella ne disait jamais rien, mais elle avait envie de m'étrangler…

Chez papa elle était en visite, malgré des années de mariage. Il me semblait qu'elle ne s'investissait dans aucun achat, achetait uniquement ce que son époux désirait pour lui-même. Etant mariée en séparation de biens, elle devrait fournir une facture à son nom pour garder l'objet acheté, chose impossible en présence de mon père… L'orgueil de ce dernier, son autoritarisme, son ego, ne lui permettaient pas de la voir prendre les directives d'une opération de ce genre. Mais je m'aperçus qu'au fil des ans cependant elle s'agença un bureau, un atelier de peinture, et finissait par avoir deux pièces véritablement à elle. Belle revanche ! Comme elle adorait le linge de maison elle était une « accro » du magasin Linvosges, elle achetait des taies d'oreillers, des housses de couette, des draps et tout ce qui va avec se trouvant ainsi « dans de beaux draps » au sens propre comme au sens figuré... Mais sans en parler à papa qui ne voyait même pas que les draps étaient neufs.

Nick et Lola aimaient recevoir et j'étais souvent invitée chez eux cette fois, une vingtaine de personnes étaient présentes. Lola très charismatique, était capable d'amener des amis à acheter une résidence secondaire dans son environnement ! Ce n'est pas banal, elle était très entourée. Je l'observais lors d'une soirée et je lui dis en public :

— Tu as une très vilaine peau, tu devrais t'en occuper !

Lola fut tellement surprise que son verre se brisa, elle n'eut pas le réflexe de me répondre :

— Je ne t'ai pas demandé une consultation que je sache !

Submergée par ses émotions, Lola n'eut pas la répartie que Bella, sans nul doute, aurait eu et ma belle-sœur forcément m'en garda rigueur. Mes phrases venimeuses n'étaient pas uniquement adressées à ma belle-doche, la preuve, Lola aussi en prenait pour son grade. Une autre fois c'était l'anniversaire de Nick, Lola organisait une grande fête, elle m'invita à nouveau. Moi qui n'attendais que ça, j'acceptais et gentiment je lui proposais de l'aider :

— Que voudrais-tu que j'apporte ?
— Ce que tu veux.
— Un peu de charcuterie si tu es d'accord.
— Pourquoi pas.
— Eh, bien c'est parfait il y a justement du jambon très bon marché en promotion en bas de chez moi !

Franchement : Qu'est-ce que vous en penseriez-vous si vous étiez à la place de Lola !

Toujours en fêtes, Lola m'invitait régulièrement à dîner. Un soir je remarquais qu'elle s'assit sur une chaise et se balança d'avant en arrière comme dans un rocking-chair. Beaucoup de monde était présent. J'étais chez eux, plus précisément chez Nick et je fis cette remarque :

— Tu devrais t'asseoir correctement tu finiras par casser cette chaise…

Comme papa, j'intervenais dans ce qui ne me regardait pas, et j'infantilisais mon interlocuteur. Lola était adulte et n'avait pas besoin de mes leçons… Elle était chez Nick, même non mariés elle était chez elle et pouvait s'asseoir comme elle le souhaitait. Je ne me rendais pas compte de mon intrusion…Je ne réalisais pas qu'un jour j'allais payer cher pour toutes ces petites phrases que je distillais dans la conversation, toujours en public, entrainant chez la maîtresse de maison vexations et humiliations. Bella de son côté notait consciencieusement sur son journal intime tout ce qui se passait dans la maison lorsque j'y étais, et allait tout raconter à ses copines.

Comme chaque année, j'allais chez papa pour l'anniversaire de ce dernier, (Bella n'oubliait jamais de placer son sel dans tous les coins de la maison, et attendait mes méchancetés. Dire que je n'ai jamais remarqué ses petits tas derrière les portes !) Dès mon arrivée j'offris avec empressement le cadeau que j'avais bien emballé.

— Voici ce que je t'ai apporté, c'est toujours un polo, c'est ce qui te convient le mieux tu le porteras assurément, c'est un cadeau utile.

Mon père ouvrit le paquet et enchanté comme d'habitude devant mon présent, prit ma belle-doche à témoin :

— Il est beau n'est-ce pas !

Papa adorait tout ce que je lui offrais. Elle ne risquait pas de dire le contraire, trop futée…

— Oui, superbe !

Il était d'un vert « pétant », le genre de polo que personne n'achetait, juste ce qu'il fallait à un Daltonien (qui sans doute le voyait marron) et je racontais :

— Figurez-vous que je l'ai payé dix Euros à une bonne-femme qui a mis sur le marché tous les invendus du golf voisin ! Si vous aviez vu tout ce qu'elle bradait ! Je l'ai payé dix Euros ! Je le répétais fière de moi…

Ma belle-doche se demandait pourquoi je prenais la peine d'énoncer sans honte de telles choses. Observatrice elle vit qu'il s'agissait d'un article pour femme, le boutonnage était inversé. Elle ne dit mot… Papa s'en rendit compte dès le premier essai et jamais ne le porta. Bella réalisait que mes actes, mes paroles étaient liées à mon infantilisme… Et à ma radinerie. Revenue, l'année suivante, pour son anniversaire (mon anniversaire étant proche du sien, j'en profitais papa faisait la fête pour deux et payait tout). Mon cadeau cette fois : Je piratais quelques films, j'écrivis un mot sur le CD : Joyeux Anniversaire à mon papa chéri, signé ta fi-fille ! Trop gentille. Mon père ravi me félicita, j'avais dépensé deux Euros ! J'étais très contente de le déclarer. Mais tout cela n'était rien, ce fut la suite qui marqua ma belle-mère à vie…

Bella pensait que ce que je racontais à papa, en sa présence dépassait l'entendement : Mon amie Pénélope habitait une petite ville de province et était ravie de me recevoir chaque-fois que je me rendais dans sa région. J'en profitais chaque année, cela me faisait des vacances gratuites. Elle organisa en mon honneur une soirée avec un patron hospitalier qui était venu dîner en compagnie de son épouse et de ses enfants. Et voilà qu'au beau milieu de la soirée, je pétai à grand bruit ! Pénélope me lança un regard furibond. Les filles chantèrent :

Béné elle a pété !

Devant les invités ! (Ter)

Comment ne pas me donner trois ans d'âge mental ! Bella n'en n'est toujours pas revenue. Quand elle pensait à moi elle éclatait de rire… Elle disait :

A son âge non seulement elle ne sait pas contrôler ses sphincters, en plus elle n'a pas honte de le raconter à son papa.

Je disais aussi à papa, toujours en présence de sa femme, que j'aimais beaucoup voler dans les grandes surfaces surtout dans les magasins de bricolage, ce n'était pas de la cleptomanie je ne faisais pas collection d'objets volés, je volais ce dont j'avais besoin ! J'étais fière de mes exploits. Pas une fois mon père ne me fit de reproches. Bella osa dire :

— Où irait-on si tout le monde se comportait comme toi ! Tu n'as pas honte !

Toujours « fourrée dans les ouvrages Psy » Bella pensait que la nécessité n'est pas toujours le premier mobile du vol… Il y avait sûrement un autre problème.

Lorsque je me rendais chez papa, il trouvait pertinent d'inviter des amis ou relations, cette fois un couple de leurs anciens voisins, il voulait créer une ambiance joyeuse en mon honneur, éviter que sa fi-fille soit toujours en compagnie de deux vieillards. Il faisait beau et chaud, papa persuadé de nous avoir très bien élevé déclarait à qui mieux mieux que ses enfants mangeaient de tout. Ce qui facilitait la vie. Bella ne mettait pas en doute sa parole dans ce domaine… Sachant que les amis aimaient, comme eux, beaucoup les cochonnailles grillées ils allèrent dans une épicerie fine acheter des andouillettes de Troyes cinq A et installèrent un barbecue. Au moment du service je m'exprimais :

— Beurk ! Beurk ! Comment pouvez-vous manger ça ! Beurk ! Beurk ! C'est dégoûtant ! Beurk ! Beurk ! Beurk !

Papa ne disait rien, Bella ne bougeait pas, à la troisième fois c'est l'invitée qui vint au secours de Bella :

— Béné, tu arrêtes de faire ça !

Une enfant de moins de cinq ans à qui l'on « passait » tout, voilà ce que j'étais à la cinquantaine largement sonnée… Je savais depuis longtemps que Bella ne disait rien, ne répétait pas nos conversations, que mon père m'adorait, j'étais sa préférée, celle qui lui donnait toujours satisfaction, au final, Bella jouait le jeu, abondait dans le sens des paroles de mon père qui m'appelait Mère Térésa tant il me trouvait gentille. Ma belle-mère n'en revenait pas ! Un tel aveuglement ! elle m'appelait « The Wailling Wall » car chaque week-end, lorsque ce n'était pas chaque jour, je me lamentais au téléphone auprès de papa… J'avais mal à la tête, mal au ventre, je perdais la mémoire, je craignais une tumeur au cerveau. Un début de maladie d'Alzheimer. J'en avais marre. J'étais fatiguée… On dit que les hommes adorent les femmes qui se plaignent tout le temps, mon père aimait cela. Je ne lui avais jamais dit : Je vais très bien.

Mon plus jeune frère me disait « toxique ». Il avait constaté que je l'empêchais de dormir car il cogitait toute la nuit sur mes propos et ajoutait :

— C'est une pauvre fille !

Lola, ma belle-sœur répondait :

— Elle est méchante et machiavélique !

Vous rendez-vous compte Lola n'a aucun sens de l'humour.

Je ne me remettais jamais en question. Pourquoi aurais-je dû le faire ? Il ne me venait pas à l'idée de me demander pour quelles raisons j'étais en permanence sous antidépresseurs, pourquoi mes collègues de travail disaient que « je râlais tout le temps », mon père me trouvait tellement adorable… A chacun sa vérité… Si quelqu'un se vexait à l'écoute de mes paroles, je lui disais :

— Tu n'as aucun sens de l'humour.

Ma belle-doche ajoutait :

— Il ne faut pas confondre humour et dérision. Si tout est dérisoire rien ne vaut d'être vécu !

Elle pensait que j'étais désabusée et malheureuse, j'envoyais des piques avec habileté, perfidie et constamment… Je me mêlais de tout et j'avais, si je puis dire, hérité de mon père le besoin de faire pour les autres, entendez de faire à votre place : Bella avait décidé d'offrir ce beau plat en porcelaine à mon frère, je me précipitais, lui prenais l'objet des mains pour l'emballer à sa place ! Bella ne comprenait pas mon attitude. De quoi je me mêlais ! C'était ainsi, je ne pouvais pas m'en empêcher. Papa faisait tout à notre place, je faisais tout comme lui à partir du moment où je n'avais rien payé où l'objet était à vous, je m'interposais et je trouvais cela normal et bien. Cela ne signifiait pas que je passais l'aspirateur ou la serpillière à votre place. Ne comptez pas là-dessus. C'était beaucoup plus subtil. Je voyais que vous commenciez à ranger les livres de votre bibliothèque, demain vous prendriez un moment pour vous occuper de l'étagère suivante. A votre grande surprise vous arriviez j'avais rangé à votre place. Je ne vous avais rien dit, comme papa, j'étais persuadée d'avoir bien agi, je rendais service, je ne percevais pas l'ingérence, je n'imaginais pas votre frustration, je ne savais même pas si votre objectif était un rangement par ordre alphabétique ou de gabarit ou d'auteurs. J'allais dire à papa d'enlever ce tableau et de mettre celui-ci à la place. Je ne réalisais pas que j'étais chez Bella, ce n'était pas à moi de décider du lieu ou de la place des choses… Ma belle-doche faisait celle qui n'entendait rien, ne voyait rien et ne disait rien… Elle était comme les trois petits singes chinois qui se bouchent les oreilles, les yeux et mettent les pattes devant leur bouche…Combien de fois en tant d'années… Je pensais que le coin salon serait mieux si les fauteuils et canapés étaient disposés autrement. Bella revenait de chez ses enfants, les meubles avaient changé de place, elle cachait sa déception, tout en écoutant papa faire l'éloge de sa fi-fille qui avait mieux organisé les choses. Croyez-vous que Bella en ferait un scandale ! Pas du tout. Je n'avais toujours pas compris que je ne devais pas faire systématiquement à l'autre ce qui me convenait, l'autre n'ayant pas forcément les mêmes attentes que moi. J'avais accumulé durant toute mon enfance et ma jeunesse les frustrations qui découlaient de cette attitude, mais grandissant de cette façon aucun autre modèle n'existait à mes yeux. C'était ma normalité…

Tous les Week-ends mon père prenait de mes nouvelles et m'interrogeait :

— Qu'as-tu fait hier ?
— Qu'est-ce que tu veux que je fasse, il pleut tout le temps.
— Que fais-tu de beau aujourd'hui ? Tu t'enquiquines ?

— Je broie du noir…
— Ah ! Ma pauvre cocotte mais il ne faut pas broyer du noir…

Quelle conversation ! Avec papa, Bella subissait les : Qu'est-ce que tu fais et pourquoi ? Sans cesse, de la même façon que nous ses enfants tout au long de nos vies… Bella en colère l'appelait « Monsieur Pourquoi ».

— Il n'y a pas de linge à repasser ? Pourquoi ? Non ! Mais tu perds la tête là ! Il faut que je t'explique par A+B pourquoi il n'y a rien à repasser ? Eh bien ! Parce que c'est comme ça !

Moi j'acceptais un rôle de marionnette répondant à n'importe quoi. Je sentais bien que mes espoirs, mes désirs, étaient toujours balayés au profit de ceux de papa. Au fond, je n'avais pas de respect pour moi-même : Je savais que je ne devais jamais être sincère, je devais dire et faire ce que mon père attendait de moi… Pour fêter mes cinquante ans je me rendis chez mon papa. Oui ! Où vouliez-vous que j'aille. J'étais incapable d'organiser quelque chose et je ne voulais surtout rien dépenser ! Au cours de la conversation je lui disais que j'aimerais changer de voiture et je parlais de quelques marques qui m'intéressaient. Ma belle-doche s'adressa à mon père :

— Prends l'avion avec ta fille et achète-lui une voiture.
— Surtout pas ! Répondis-je. Je suis grande maintenant…

Je ne voyais pas l'énormité de mes paroles. Je réalisais enfin que j'étais grande.

Quand Bella m'entendit dire à mon père à cinquante ans avec un air de chien battu : Je suis grande maintenant. Elle eut vraiment pitié de moi. Elle n'en crut pas ses oreilles. Mon père m'avait toujours offert des voitures. Mais s'il vous offrait un cadeau il ne vous laissait pas le choix. Etant le meilleur, il savait parfaitement ce qui vous convenait le mieux. Le contraire ne lui venait jamais à l'esprit : Il choisissait la marque, la cylindrée, le gabarit, la couleur… Je ne m'en plaignais pas. Il y avait tant de gens sur terre en attente d'une voiture, n'importe laquelle, ravis par cette idée. Moi, j'acceptais mais quelques mois plus tard je la bousillais dans un accident, il m'en offrit une autre, toujours choisie par lui. Un an plus tard, c'est mon mec qui l'a embrochée sur un terre-plein d'autoroute. Et Bella faisant « attention aux signes » disait à ses copines :

— Ma belle-fille voudrait que son père cesse de lui donner des voitures. Son inconscient le sait, elle les bousille toutes. Mais elle, elle ne le sait pas.

A cinquante ans, je l'exprimais : Surtout pas ! Il était temps… Mais il y avait tant de choses que je ne voyais pas. Bella ajoutait :

— Heureux ceux qui ne comprennent pas. Ceux qui ne voient pas.

Je ne sais pas si elle avait raison… Maintenant, cela faisait longtemps que j'avais cette voiture, mon père me harcelait pour la changer. Comme une petite-fille, j'étais dépendante et, toujours dans l'attente, je n'entreprenais rien, j'étais dans l'attitude du demandeur.

J'étais vraiment comme un petit enfant. Je ne comprenais pas que c'était à moi d'offrir un cadeau de Noël à mon vieux père ! J'étais parfois surprise de ne pas recevoir de cadeau, je me sentais frustrée… Un jour, avant de me connaître véritablement, ma belle-doche me fit parvenir un colis pour les fêtes de fin d'année. Absente au moment du passage du livreur, je m'étais plainte longuement des désagréments causés par la récupération de ce satané colis. Voici ce que je lui dis en guise de remerciements :

— J'ai dû me rendre à perpette-les-oies pour le réceptionner. Faire longtemps la queue au guichet. Le personnel n'était pas aimable. J'ai perdu toute une matinée…

Et puis quoi encore ! Se dit Bella, je lui ai fait perdre son temps or « le temps c'est de l'argent » surtout pour moi, c'était véritablement un cadeau empoisonné…Du coup elle ne m'a plus jamais envoyé de cadeau. Eh bien, j'ai exprimé ma déception de n'avoir rien reçu l'année suivante. Je téléphonais à Bella pour lui dire qu'elle avait oublié de me souhaiter : Joyeuse fête, le jour de la St Bénédict sur le calendrier. Mais ne croyez pas que souhaitais la sienne, j'étais à mille lieux de la réalité, à mille lieux du mental d'une femme de mon âge.

Sans doute jaloux de la réussite sociale de mes cousins et cousines mon père faisait des remarques désobligeantes sur leurs conjoints, leurs enfants. Cela me révoltait non pas à cause de sa méchanceté, je disais :

— Au lieu de s'occuper des enfants de sa sœur, il ferait mieux de s'occuper de nous !

Bella n'en revenait pas :

— Mais vous n'êtes plus des enfants, c'est à vous de vous occuper de votre vieux père ! Vous inversez les rôles !

Elle ne supportait pas l'habitude qu'avait papa d'appeler « cocotte » les femmes de son entourage, elle lui disait cela fait « poultry » car il eut la riche idée de lui dire :

— J'appelle « ma p'tite cocotte » toutes les femmes dont j'ai oublié le nom…
— Tu es sans doute la victime de l'éducation que tu as reçue.
— Je ne te comprendrai jamais de toute façon !
— C'est toujours la même chose, tu ne veux pas comprendre car cela t'obligerait à te remettre en question !
— Tu m'énerves lorsque tu joues au petit professeur…
— Pourquoi petit d'abord. Nous sommes tous victimes de l'éducation que nous avons reçue, toi en particulier. Tu paies cher tout cela mais ton entourage le paie encore plus cher !
— Je ne sais pas ce que tu veux dire !
— Il est douloureux de reconnaître ses erreurs ! De toute façon tu n'en loupes pas une !
— Comment ça « Je n'en loupe pas une » Qu'est-ce que tu vas me sortir encore.
— L'autre jour lorsque les jeunes sont venus déjeuner à la maison, il a fallu que tu viennes me dire que tu ne supportes pas que les filles restent assises au lieu de m'aider à servir, Qu'est-ce que cela peut te faire ? Ce n'est pas ton problème !

— Oui, c'est inadmissible Lola et Béné se lèvent lorsqu'elles ont besoin de prendre leur paquet de cigarettes et c'est tout !
— Et, alors ?
— Pour le reste, les garçons se rendent comptent qu'il faut participer, elles restent les fesses collées au canapé !
— Mais enfin, lorsque deux jeunes femmes se retrouvent, elles ont bien le droit de discuter entre-elles au salon !
— Ce n'est pas normal : Regarde lorsque ma sœur vient ici avec sa famille tout le monde t'aide !

(C'était avant leur fâcherie : Car un beau jour sans crier gare, ma tante prit la fuite, trop contente de laisser derrière elle ce frère égocentrique, irascible et envahissant, qui avait empoisonné toute sa jeunesse. Elle ne donna plus signe de vie – Nous les enfants nous nous étions posé des questions, Bella bien au contraire comprit tout de suite ce qui se passait. Elle avait en tête que lors de leur dernière entrevue Magic John avait eu l'outrecuidance de reprocher à son beau-frère le bruit du moteur de sa voiture – Sa sœur en avait plus qu'assez de supporter la personnalité tyrannique de son despote de frère)

— Parlons-en, je devrais dire qu'ils aident tellement qu'il n'y a plus personne à table. Tu trouves ça mieux toi ?
— Ils participent eux au moins.
— Eh bien ! Je ne suis pas d'accord. C'est ton point de vue, pas le mien ! Pour la maîtresse de maison c'est agaçant d'avoir tous les invités dans la cuisine. Tu dis surtout que ce que fait ta famille est bien, ce que font les autres n'est pas bien.
— Je te dis ce que je pense.
— Tu ferais mieux de ne rien dire du tout.
— Et pourquoi ?
— Tu es méchant.
— Moi méchant !
— Sous des apparences sympathiques, humoristiques, tu enfonces les gens.
— Quoi ! Mais ça ne va pas, tu es folle je te dis !

— Non, non, non ! Je suis sûre de ce que je dis : Tu n'acceptes pas la différence, tu ne respectes pas les autres, s'il y en a un qui a les cheveux longs tu le critique, s'il a le crâne rasé c'est pareil ! Ne parlons pas d'une boucle d'oreille ou d'un tatouage !
— Mais non voyons, je n'ai jamais rien dit à ce propos !
— Tu n'as jamais rien dit ! Mais au restaurant lorsque la serveuse s'est adressée à Matt, avec un : Madame désire ? Des plus distingués, au lieu de te taire, tu n'as pas manqué de rajouter : C'est de ta faute si tu étais allé chez le coiffeur il n'y aurait pas eu de confusion. Tu ne comprends pas que tu n'as pas le droit de t'exprimer ainsi !
— Comment pas le droit ! J'ai le DROIT de dire ce que je pense à mes enfants.
— Non, je ne suis pas d'accord, d'abord ce ne sont plus des enfants, ce sont des adultes, de plus si Matt était une personnalité, riche et célèbre, tu ne ferais pas ta remarque. A l'inverse tu serais plein d'admiration pour sa longue tignasse… Tu es injuste ! Cela te fâche, mais je préfère te le dire ! Cependant je ne souhaite pas vivre dans l'hostilité et la guerre, mais tu ne dois pas tout imposer ! Je souhaite l'harmonie, le libre choix ! As-tu remarqué que tu « cherches toujours les poux sur la tête des gens » !
— Quoi encore !
— Pour Noël avais-tu besoin de me dire que Lola était une souillon alors que tout le monde était très chic !
— Moi, j'ai dit ça ?
— Oui, tu as ajouté qu'en général elle fait sale ! Et, en plus tu oublies ou tu fais semblant d'oublier afin que j'endosse la responsabilité de tes paroles ou de ton vocabulaire.
— S'il faut maintenant faire attention à tout ce que l'on dit !
— Mais bien sûr qu'il faut faire attention à ce que l'on dit. La parole est créatrice, par tes mots tu peux apporter le bonheur, la joie, la paix du cœur, à l'inverse tu peux créer la souffrance, le malheur…Tu n'as pas réalisé cela à ton âge !

Là, elle n'en peut plus ! Elle quitte la pièce… Vivant au quotidien avec lui depuis des années elle avait percé pas mal de secrets. Les gens de l'extérieur ne le connaissaient qu'à demi, un voisin, un ami ne pourrait jamais deviner, les troubles de sa personnalité, ses soudaines crises d'agressivité, son irritabilité, ses colères : Un rien l'énervait… Impulsif et violent, il stressait et faisait peur. Sa parano, parlant de complot… Son narcissisme : Il était le meilleur et le plus beau ! Son hyperactivité, son anxiété, sa jalousie, son caractère obstiné donc forcément son manque de souplesse. Quelqu'un capable de dire une chose et son contraire dans l'instant, oui, là tout de suite au téléphone, dans la même conversation…. Ce n'est pas rare me direz-vous nous sommes tous remplis de contradictions. Mais lorsqu'il s'agit de son père et qu'on le vit au quotidien, durant des années, on devient suspicieux, on perd confiance en la vie, en l'homme, en soi-même, on se perd… Il était donc d'une entière mauvaise foi. Il pouvait affirmer de façon péremptoire, haut et fort, exactement le contraire de ce qu'il vous avait dit une heure plus tôt, que dis-je dix minutes plus tôt… La première fois que Bella constata cela elle fut surprise et déstabilisée, elle se disait tant il était affirmatif :

— Est-ce moi qui me suis trompée sur ses idées ou ses intentions ! Ai-je mal interprété ses paroles ! Mais au fil du temps elle réalisa que c'était son mode de fonctionnement. C'était une forme de perversion, un esprit tordu. Il vous déclarait à table qu'il adorait les sauces et surtout la mayonnaise, deux minutes plus tard on lui présentait le plat et il refusait en disant :
— Je déteste ça !

Vous répondez :

— Tu viens de dire le contraire !
— Moi ! Je n'ai jamais dit que j'aimais ça !… Il parait que chacun de nous ment au moins trois fois par jour. Papa lui mentait tout le temps. Il manipulait ainsi son entourage en toute tranquillité, en toute impunité… Il sortait de la discussion blanc comme neige car il avait le pouvoir de la situation sociale, de l'argent, de l'âge. Qui aurait osé mettre en doute la parole d'un homme aussi parfait ? Il déclarait :
— J'ai invité des amis pour une grande fête, pour mon anniversaire, surtout tu ne dis rien à personne, c'est une surprise que je veux faire, c'est un secret.

Le téléphone sonnait il avait une invitée au bout du fil et disait :

— Le huit ce sera mon anniversaire !

Si vous aviez eu la riche idée de dire à cette amie que c'était un secret vous aviez l'air fin ! En d'autres termes vous passiez pour une conne ! Je faisais aisément à l'identique. Bella me disait :

— Je prendrai l'avion samedi, (elle se payait le luxe lorsque j'étais chez eux de faire un aller-retour dans la journée à Paris pour visiter une exposition) si tu es d'accord ton père m'accompagnera à l'aéroport, vous pourrez passer la journée ensemble en ville et le soir vous me retrouverez devant l'aérogare.
— Oui, c'est une très bonne idée, on fait cela !

Elle passait le combiné à mon père qui était d'accord lui aussi et ma version était la suivante :

— C'est beaucoup trop compliqué et fatigant. Ce sera une autre fois.

Ce qui signifiait que l'affaire était close. C'était déroutant… Nous étions déroutants. Elle ne pouvait avoir confiance en nous.

« Ton frère, tu lui manifesteras toujours la solidarité étroite qui doit unir les membres d'une même famille. La famille c'est sacré ». Je ne sais plus qui a dit cela mais chez nous c'était tout le contraire. Notre formule de base était plutôt celle-ci :

« Fais aux autres ce que tu ne veux pas qu'on te fasse avec cette maxime tu iras loin » (Huysman). Pour papa ça a marché… Il est allé très loin, tout le réussissait, tout le monde l'aimait, il était content de lui.

Au fil des ans papa faisait tout ce qui était en son pouvoir pour me rendre de plus en plus jalouse :

— Quel temps fait-il chez toi ?
— Le ciel est gris, il pleut, il fait froid,
— Eh bien moi je vais me baigner, l'eau est à vingt-huit degrés. Il fait un temps merveilleux !
— Vingt-huit degrés ?

J'entrais dans son jeu.

— Oui, tu sais bien la piscine est chauffée dès la mi-septembre ! Il fait un temps splendide, le ciel est d'un bleu magnifique tu n'as pas eu cette couleur lorsque tu es venue (Crevez de jalousie, c'est lui qui a le ciel le plus beau, sur lequel le vert des palmiers s'écrase dans toute sa splendeur) Le soleil brille, il fait au moins vingt-cinq degrés à midi ! Tu n'aimerais pas venir ?
— Arrête, arrête ! J'arrive tout de suite…
— Si tu étais là tu serais ravie !
— Veinard ! Veinard !
— Nous avons mangé du homard c'était délicieux.

Cette attitude était systématique, là où se trouvait papa, c'était toujours mieux. Le repas ! Le vin ! La mer ! Le ciel ! La douceur du temps ! Et vas-y que j'en fasse une déprime ! Ce que faisait papa était forcément le « nec plus ultra ». Si je prenais des vacances ailleurs que chez mon papa il mettait tout en œuvre pour me faire regretter d'avoir choisi un autre lieu ;
— Tu vois, tu te plains de la pluie, tu aurais dû venir chez ton père !

Ou alors :

— Il fait mauvais temps, il fait froid, tu serais mieux ici. Pourquoi n'es-tu pas venue me voir ?
— C'est dommage en effet.
— Nous sortons tout le temps, une soirée au casino, une autre au feu d'artifice, certainement le plus beau de tous ceux que nous avons pu voir. Splendide !
— Ah bon !
— Nous sommes allés passer une soirée au festival de Jazz, nous passions d'orchestre à orchestre venus de tous les pays d'Europe. C'était fantastique, nuit étoilée, tiède, de rêve !

Elle n'est pas belle la vie de papa ! Bonjour les dégâts, et, il disait tout ça en étant sûr d'atteindre son but. Je jalousais ma belle-doche qui elle trouvait que ce besoin d'épater ses enfants le rendait pitoyable… D'ailleurs la formule quotidienne de base de papa était significative dès que l'un d'entre-nous avait une idée :

— Mais voyons, « il y a mieux à faire ».

Bella, elle avait le courage de l'arrêter tout de suite :

— Non justement, il n'y a pas mieux à faire, c'est ce que j'ai décidé qui est le mieux…

C'était la première fois de sa vie qu'il entendait cela ! On osait le contrer. Moi je craignais cet homme que j'aimais, je subissais son comportement étrange depuis toujours, il avait fait de moi une éternelle insatisfaite…Je n'ai jamais pu me dresser en face de lui. Il faisait tout ce qu'il pouvait pour m'épater. Il m'impressionnait, me donnait le sentiment d'obtenir le meilleur, d'être privilégiée. Sans jamais déroger à sa règle, dès le premier soir de mon arrivée il nous invitait à dîner dans un grand restaurant. Cette fois je remarquais des changements, un architecte d'intérieur avait tout « relooké » le bar était clinquant, velours gris, velours rouge, des lignes lumineuses couraient le long des murs je ne voyais que les chaises et fauteuils très modernes, cossus, confortables et je déclarais :

— Vous avez vu le mobilier nouveau, il coûte une fortune !

Et Bella :

— Mais Qu'est-ce que ça peut te faire ? Ce n'est pas toi qui le payes ! Ma belle-doche mettait souvent plusieurs années pour comprendre le fil de ma pensée, car elle ne posait jamais de questions, elle laissait venir les choses et les analysait… mais très lentement… L'année suivante, je revenais pour des vacances :
— Oh là là ! Vous avez vu le mobilier nouveau, tout cela coûte une fortune !

Ce soir-là elle compta le nombre de fois où j'employais le mot fortune : Cette décoration a dû coûter une fortune, ces chaises ont coûté une fortune, répété trois fois, toutes ses transformations une fortune, la soirée se terminait et dans la voiture papa parlait d'un courant d'eau qu'il souhaitait installer dans la piscine. Je m'exclamais :

— Cela doit coûter une fortune !

Ma belle-doche s'exprima :

— Cela fait cinq fois que tu répètes le mot fortune en l'espace de deux heures, tu as le sens des réalités !

Du coup je ne dis plus rien…

Et, la fois suivante, Bella réalisa enfin pourquoi je faisais une fixation sur les chaises de ce restaurant. Nous allions déjeuner. Nous étions en septembre. Il faisait beau et chaud. En terrasse, en bord de mer je déclarais :

— J'aime beaucoup ce lieu, le paysage, la baie, le cadre, la décoration du restaurant…

Mon père « biche » je le flattais…Une critique positive venant de moi suscitait l'attention… Nous sommes assis sur les « bienheureuses » chaises : Nous y voilà ! Depuis deux ans je ne parlais que de ces chaises ! Bella comprit enfin, je dis :

— Ces chaises se marient très bien avec un mobilier ancien. Lilou (mon amie) les a achetées – mais elles coûtent une fortune ! Elles s'intègrent bien dans son décor de meubles anciens, massifs et cossus…

J'étais jalouse et envieuse de l'intérieur ravissant de cette amie…Il est vrai que Lilou vivait dans un nid d'amour, d'un total raffinement, porcelaine fine au quotidien, argenterie qui brille de tous ses feux, meubles cirés qui luisent à la clarté des chandelles au milieu de ces chaises qui me faisaient tant envie… Mais à mes yeux tout était trop cher et mon expression favorite était « Mais cela coûte une fortune ». Je ne pouvais pas m'empêcher de penser qu'en plus elle vivait avec un homme formidable, de vingt ans plus jeune qu'elle, qui l'adorait et était aux petits soins pour elle…

Pour mon père il fallait raisonner différemment, si une chose lui convenait et lui était personnellement destinée, il payait, ne mégotait pas et n'hésitait pas une seconde. Si c'était votre choix à vous, il fallait trouver ce qu'il y avait de moins cher ! Pour lui ce n'était pas trop cher, pour les autres, ça l'était, sauf s'il jugeait que vous le méritiez… Avec moi, c'était systématique, j'arrivais chez vous, vous aviez quelque chose que je n'avais pas, j'observais, j'essayais de voir ce que vous aviez de nouveau, j'achetais la chose à l'identique et je m'empressais de vous téléphoner pour vous le dire. Je n'arrivais pas à penser que vous vous en fichiez complètement. Ma belle-doche avait une méthode qui lui donnait entière satisfaction, elle achetait ce qui lui plaisait et faisait croire à son mari que c'était un cadeau pour lui et « ça marchait » car si elle achetait pour elle ce serait : Non ! Il y a mieux à faire ! Elle lui acheta une machine à café Nespresso, dès que je rentrais chez moi, je l'achetais à l'identique et je m'empressais de téléphoner pour l'annoncer. Mon père cultivait des tomates, en été ils en avaient à profusion, elle s'offrit un blender. Je la vois préparer des gaspachos, des sauces tomates, des milk-shakes, des smoothies…

— Vous mangez beaucoup de fruits et de légumes, moi je n'en mange jamais.

Dès mon arrivée chez moi, j'achetais un blender et je téléphonais ! Je l'agaçais au plus haut point. Pas nécessaire de lui faire un dessin, je suis une personne envieuse, il me fallait ce qu'elle avait. Elle pouvait donner une bonne dizaine d'exemples de ce type… Elle avait cette année-là un sac de plage avec des slogans de la designer Caroline Lisfranc, du genre : rire chanter danser et s'amuser, avoir envie, croire en soi, réussir un défi, prendre du plaisir, faire un câlin, donner un baiser, écouter le silence, offrir un cadeau, aller plus loin, se sentir bien, partager son bonheur, toucher à tout ! Tout ce qui était impossible chez nous. Il fallait absolument me conduire là où elle l'avait trouvé et mon père me l'achetait. Mon comportement énervait ma belle-doche, à la longue elle ne le supportait plus. Mais comme d'habitude elle ne disait rien, tout sourire elle ne laissait rien paraître. Quelque part elle avait pitié de moi et se disait comment peut-on vivre avec la seule idée de : Faire comme… Je regardais tout, j'observais tout. Elle renouvelait ses sets de table, il me fallait trouver les mêmes et je ne pouvais m'empêcher de venir le dire. C'est ce qu'elle trouvait étrange, chaque fois que je leur rendais visite, j'achetais ce que j'avais vu chez elle, mais pourquoi en parler ? Qu'est-ce que cela pouvait m'apporter… Bella pensait que mon père avait favorisé, ce comportement chez moi, car elle avait été surprise un jour de l'entendre lui dire :

— Tu devrais prendre cette robe, je suis sûr que Marjory, (une Super-Nana de leur entourage) l'achèterait. Son « sang ne fit qu'un tour »
— Tu te fiches de moi ou quoi là ! Parce que tu crois que j'achèterais quelque chose pour faire comme untel ou une telle ?

Elle était scandalisée :

— C'est exactement comme cela que tu dois t'y prendre pour que je ne l'achète pas !
— Prétentieuse !
— Tant mieux !

Ce qui fonctionnait à tous les coups avec moi, ne marchait pas du tout avec elle. Elle claqua la porte du magasin et dès lors évita de faire du shopping avec lui. De toute façon il ne fallait pas compter sur lui pour obtenir sa carte bancaire et dépenser sans compter dans les magasins. Le jour où il lui confia sa carte elle sut qu'il allait mourir dans l'année ce fut la première et la dernière fois, ce jour-là il ne se contenta pas de lui signifier qu'à sa manière il l'aimait, il engloba leur jeune amie magnifique, élégante et distinguée qui accompagnait Bella et paya pour elles deux. En temps normal, c'était le genre d'homme qui vous gratifiait d'une robe et d'une paire de chaussures par an. Pas plus. Vous aviez intérêt à avoir votre budget « fringues » perso… Elle faisait ce qu'elle voulait avec son argent et c'était tout. En fait, elle économisait car ne savait pas comment se loger si mon père devait décéder avant elle…

Il nous paraissait impossible de nous libérer de l'emprise psychologique que papa exerçait sur nous et son entourage. C'était toujours :

— Qu'est-ce que tu as fait ?
— Qu'est-ce que tu as dit ?

— Qui étais-ce ? Elle se doutait bien que nous avions subi une autorité paternelle écrasante, c'était d'ailleurs de l'autoritarisme, un abus de pouvoir, une domination avec une violence souterraine, mais d'un ridicule achevé si on voyait cela de l'extérieur… Pour nous, ses enfants c'était un vrai cauchemar. Dès que nous avions une idée, une intention, un petit désir, il utilisait sa formule : « Il y a mieux à faire ». Mais s'il se rendait compte que votre idée ou intention la plus petite, la plus banale soit-elle, était excellente à ses yeux, il était d'une grande habileté pour se l'approprier, et en faire sienne. Car ce qui l'intéressait c'était lui. Dès que vous commenciez à raconter votre histoire, votre petite aventure, votre anecdote, il vous interrompait tout de suite car il avait une histoire mille fois plus belle à raconter… Vous décidiez, mais vous ne lui disiez rien, de marcher ou de courir une demi-heure par jour. Lui ne pouvait plus le faire, très âgé il avait trop mal à ses articulations. A peine avait-t-il sorti sa voiture du garage que vous profitiez de son absence pour ne pas subir ses commentaires, vous sortiez vous aussi, vous faisiez votre demi-heure de marche. Il revenait en même temps que vous, constatant que vous étiez sortie, il ne disait rien, il n'avait pas encore de plan… Le lendemain après le déjeuner, il se ruait sur internet, vous y alliez tranquillement, vous faisiez votre demi-heure de jogging, tout était parfait, et, à votre grande surprise, le troisième jour c'était lui qui était devenu le chef, l'organisateur, il vous prenait en mains et vous entendiez :

— Je vais chercher le pain, je te dépose, tu vas courir une demi-heure, je t'attends et on rentre ensemble ! Si vous disiez oui, vous étiez foutu ! C'est lui qui vous dicterait l'horaire, le lieu, la façon de vous équiper. Fini votre espace de liberté, votre idée était devenue la sienne ! Et plus fort… Il irait dire à vos amis :
— Béné court maintenant tous les matins, c'est moi qui lui ai conseillé cela, je l'accompagne.

Auriez-vous le courage de dire qu'il a « tout faux ». Non, ce n'était pas une question de force en vous, c'était une question de convenances, la politesse vous obligeait à « la fermer » mais votre moi en souffrait ! Cette capacité à capter l'idée ou le projet de son entourage pour en faire sien, alors que parfois de façon péremptoire et véhémente il s'y était au départ opposé, s'était battu bec et ongles pour l'arrêter, pour vous empêcher d'agir, Bella ne pensait pas que cela pouvait exister… Elle imaginait que c'était parce qu'il ne supportait pas de ne pas intervenir, de ne pas jouer un rôle. Non content de cela il le faisait à votre place. Vous agissiez seul ? Eh bien quelques jours plus tard, il en tirait gloriole, se positionnait en vedette et de plus en parlait en public en vous prenant, vous l'abusé, à témoin. Elle fulminait de rage et avait envie de lui arracher les yeux ! Un jour elle raconta devant Nick, qu'elle proposa à Magic John d'aller voir le pont de Normandie. Il refusait catégoriquement cette promenade et proposait une autre sortie, une fois, deux fois, trois fois. C'était un refus. Il y avait toujours mieux à faire. Si bien qu'elle finit par lui dire :

— Le week-end prochain, tu prendras ta voiture et moi la mienne. J'irai faire la sortie que tu refuses.

Là, acculé, c'est lui qui prit le projet en mains. Le repas terminé ils se mirent en route, laissèrent la voiture aux pieds de l'ouvrage, firent la balade jusqu'au milieu du pont, admirèrent le paysage. De retour chez eux Magic John racontait à tout le monde ce qu'ils avaient fait, en était fier, avait l'air très content, elle ne comprenait rien. Nick écouta et exprima son ressenti devant des comportements similaires pris par papa au cours de notre enfance et tout au long de notre vie. Les mêmes mots revenaient : frustrations et humiliations… Il nous laissait pantois, toujours déçus…Il bénéficiait de l'impossibilité que nous avions de nous défendre. Au début étonné, puis au fil de l'histoire exaspéré, on bouillait intérieurement, mais on ne laissait rien paraître ! « On lave son linge sale en famille » Oui mais nous, on ne le lavait pas du tout, on ne pouvait pas humilier notre père en public, et même sans public car comme un ogre il nous aurait « bouffé » si on avait ouvert la bouche, pris d'accès de colère subits qui le rendaient effrayant, il ne nous était pas possible non plus de régler nos comptes entre nous. Il fallait toujours se taire, s'écraser, on savait que si l'on s'opposait à lui il entrerait en fureur, deviendrait odieux, taperait des poings sur la table mettant la peur au ventre de tout son entourage ! Il ne nous considérait pas comme des « êtres uniques à respecter mais comme des corps décérébrés manipulables sans fin ».

Dès que nous voulions faire quelque chose : « On ne touche pas ! »

Ce genre de remarque la faisait « voler dans ses plumes » tout de suite Bella s'emballait :

— Tu te fiches du monde ? A qui tu t'adresses ? A des enfants de maternelle.

Elle, elle s'offusquait ! Nous, on ne voyait pas le problème… On était habitués. On était content d'être infantilisés, cela nous convenait… C'était notre normalité… On acceptait les :

— Allez ! Hop ! Un grand coup de poing sur la table qui nous faisait sursauter et on obéissait… A nos âges !

Un dimanche, il lui demanda de venir l'aider dans le local technique de la piscine, il voulait nettoyer le filtre, mettre le chauffage en route pour bénéficier le plus tôt possible des beaux jours. Ils avaient l'habitude de s'occuper tous les deux du PH de l'eau, de l'électrolyse du sel, etc… A peine descendus sous la piscine, elle s'approcha du tableau électrique et ne fit que soulever le cache. Il s'écria, de la voix agressive qu'elle adorait :

— On ne touche pas ! Tu ne touches à rien !…

Waouh ! Elle ne lui fit pas de cadeau, dans la seconde elle se retourna et calmement :

— Puisqu'on ne touche pas, tu te débrouilles tout seul.

Et elle le laissa tomber complètement, remonta tranquillement se préparer son cocktail préféré un « blue-orchid », respira un bon coup pour calmer son stress et attendit ce qui ne tarda pas à venir… Au bout d'une demi-heure environ elle entendit vaguement des appels à l'aide, elle ne bougea pas. Magic John s'empêtra tellement dans toutes les tuyauteries (il ne savait jamais quel était le sens de la circulation de l'eau, car la logique c'était elle qui l'avait) qu'une une grosse tubulure éclata et la cellule d'électrolyse « voltigea » en deux morceaux ! Magic-John remonta à quatorze heures en lui disant que des tonnes d'eau avaient envahi tout le sous-sol et que depuis trois heures il épongeait tout ça. Elle riait sous cape, lui proposa de déjeuner, ce qu'il refusa, il était furieux mais ne pouvait s'en prendre qu'à lui. Elle, pour le repas ne s'en faisait pas, elle disait on est dans une société qui « bouffe » tellement que c'est une très bonne chose de ne pas manger. Le lendemain il appela le pisciniste pour réparer les dégâts, très chers, causés par le Chef de Tout, le technicien de déclarer :

— Je n'ai jamais vu ça ! Qu'est-ce qui a pu se passer !

Inutile de vous dire que Magic-John jamais ne se vanta d'avoir inversé les circuits. Les conséquences se répercutèrent un an plus tard, le gros filtre à sable se fendit. Du jamais vu bien sûr, mais mon père avait déjà « oublié » ses erreurs de l'an passé ! Et deux ans plus tard elle fut sidérée de l'entendre critiquer et accuser l'installateur de lui avoir fourni du matériel défectueux, inefficace, peu fiable et sans garantie… Autant il était le premier à nous raconter ses exploits, jamais il ne nous parlait de ses erreurs, il était toujours le meilleur. Il lui arrivait encore à son âge de dire à Bella qu'il voulait nous épater en nous montrant sa belle piscine, son contre-courant. Ce fût le mot épater qu'il employât et elle lui dit carrément :

— Non ! C'est à tes enfants de t'épater ! Il faut laisser la place aux jeunes !

La toute-puissance paternelle devait cacher des failles énormes…mais quelles failles ? Elle était certaine que la domination de sa mère y était pour quelque chose. Celle-ci était morte depuis longtemps, Bella ne l'a pas connue, mais papa agissait comme si elle était là ! Il prenait son petit déjeuner sur le plateau de sa maman. Il utilisait au quotidien sa vaisselle et il était hors de question de manger dans d'autres assiettes, sa femme ne pouvait pas acheter autre-chose. Si elle le faisait en peu de temps il déclarait qu'il n'aimait pas manger dans les nouvelles assiettes et pour avoir la paix Bella revenait aux anciennes… L'emprise que sa mère exerça sur lui, il l'appliquait sur nous et nous avions beaucoup de difficultés à y échapper.

Magic-John était très content de sa personne, très fier de sa réussite sociale et très fier des vins excellents qu'il accumula au fil des ans dans sa cave… Sa femme lui expliqua qu'il n'y avait en réalité qu'un petit pourcentage de gens goûteurs, pour le vin bouchonné passe encore mais pour le reste il faut être un gourmet. Il arriva une fois à Bella de donner son avis sur un vin qu'il lui demandait de goûter devant les invités (qui heureusement étaient des membres de notre famille), elle le vit pour la première fois s'emporter en public, car elle n'était pas de son avis. Ce fut la seule fois, autrement tout se passait à l'abri des regards extérieurs car il cachait bien son côté sombre que dis-je ? Son côté noir ! Il ouvrit son grand Bordeaux millésimé, elle trouva le moyen de dire :

— Pour moi il est trop tannique ! Il se fâcha tout rouge et ses arguments furent complètement « à côté » :
— Je prends la peine d'aller vous chercher un excellent vin et vous allez déclarer qu'il n'est pas bon !

Il raisonne de cette façon : Je me donne du mal pour trouver à la cave une bouteille que je juge bonne et vous ne me félicitez pas. Pour la seconde bouteille se fut pire :

— Mauvaise garde dit-elle, le vin est madérisé ! Mal lui en a pris ! Horreur ! Cela se termina en scandale, nous étions douze à table, nous eûmes un mal fou à faire admettre à papa qu'il était normal d'avoir une opinion différente de la sienne et que cela ne remettait pas en cause toute sa cave. Il avait onze personnes contre lui, tout le monde soutenait Bella…
— Mais ta façon de voir les choses est absurde « Les goûts et les couleurs ça ne se discute pas » Chacun pense ce qu'il veut… C'est le droit à la différence. On doit être authentique et sincère, tu ne voudrais pas que l'ensemble de ta famille fasse toujours semblant d'être de ton avis afin d'éviter que tu te mettes en colère ! Elle pensait : Il est fou. Eh bien papa préférait réellement l'hypocrisie,

car il ne la voyait pas, il ne se rendait pas compte, tout ce qui l'intéressait c'était son ego. Nous, on a toujours fait semblant… C'était la première fois que quelqu'un osait dire devant lui sa vérité. Personnellement j'aimais beaucoup le vin, le bon vin, les Bordeaux, les Bourgogne, mais aussi certains vins d'Argentine ou de Californie. Les rapports père-fille sont fondamentalement basés sur la séduction, en m'intéressant aux vins je trouvais un moyen de séduire mon père, un moyen socialement acceptable de me rapprocher de lui. Mon père était la raison majeure de mon inclination pour le vin. Il en avait tellement acheté que dans sa cave se trouvaient de vieilles bouteilles de vingt, trente, ou quarante ans d'existence, quelque fois des vins à boire dans les trois ou cinq ans après leur production. Il fallait surtout ne pas dire qu'il n'était pas présentable, que le rouge était devenu cuivré et encore moins qu'il était acide et imbuvable ! Il continuait à demander à Bella de goûter, il était sûr de son jugement à elle, alors que lui gros fumeur obligé de s'arrêter brutalement pour raison de santé avait perdu le sens du goût. Etant donné ce qui se passa le jour où ne le connaissant pas suffisamment elle s'exprima franchement, sa tactique changea. Elle lui faisait plaisir avec :

— C'est parfait.

Il était très content, la servait, elle portait son verre à ses lèvres et dès qu'il changeait la direction de son regard, elle reversait le vin dans son verre à lui. Etant peu observateur, il ne voyait pas le changement de niveau, et lui disait qu'elle l'avait bu et qu'il était excellent, ou alors elle arrosait les plantes ou jetait le tout dans l'évier. En tous cas elle ne buvait pas ce qui n'était pas bon. Elle n'a jamais compris pourquoi la sincérité le blessait. Pourquoi fallait-il toujours vivre dans le « faux ». Elle préférait ne pas réfléchir à sa situation. Elle était dans un piège elle aussi, elle ne voulait et/ou ne pouvait pas en sortir. Il avait fait beaucoup pour elle, elle lui était reconnaissante, et se plaçait « au-dessus » de toutes ces choses, de tous les détails qui somme toute, étaient sans importance… Cela ne l'empêchait pas de chanter et de dire : « Il y a pire dans la vie ». En effet, pour les vins Bella était difficile elle préférait les Bordeaux, et disait qu'elle ne connaissait pas les Bourgogne. Comme beaucoup de femmes elle aimait les vins liquoreux les Sauternes, premier grand cru classé château Yquem à la robe jaune d'or, où de subtils parfums vous emportaient dans des jardins tropicaux. Mais pour les viandes et les fromages, elle aimait les vins rouges, attention elle ne choisissait pas n'importe quel Bordeaux, son rouge préféré était de Pomerol, un vin prestigieux, un Petrus s'il vous plaît. Elle avait une anecdote à ce sujet, un de ses copains avait acheté il y a fort longtemps des caisses de Pétrus, les avait entreposées dans une excellente cave de sa maison de campagne et un jour arriva un plombier pour s'occuper de la douche, dans la conversation l'ouvrier déclara :

— Vous ne venez pas souvent ici, si un jour vous vous décidez à vendre cette maison, je suis preneur.
— Pourquoi pas. Je réfléchirai. Lui dit-il.

Vendre d'accord mais avant toute chose, il faudrait s'occuper du vin. Le copain téléphona à un négociant de Bordeaux qui lui demanda quelques précisions : Les bouteilles sont-elles bien conservées, les étiquettes sont-elles impeccables. A sa grande surprise le négociant lui dit :

— Écoutez, je viendrai moi-même les chercher je ne les confierai pas à un transporteur car pour un vin comme celui-là sur les parkings d'autoroute des vols sont organisés.

Le vin fut vendu plus cher que la maison. Et pas de taxes ! Comme disait papa, ce copain ne devait pas être « un manche ».

Mon père et son épouse étaient spécialistes des dialogues de sourds : Bella aimait les écrits psychologiques, papa aimait l'auto-journal. Et cela n'avait pas l'air de les gêner du tout d'avoir ce genre de conversations :

— Tu as vu Porsche sort une nouvelle 911 Targa.
— Tu sais Cyrulnik raconte qu'en milieu naturel les poils blancs inspirent le respect aux chimpanzés qui aussitôt accordent aux mâles au dos argenté le statut de dominant.

— Très chère à partir de 110 000 Euros. Avec un toit entièrement amovible et un arceau fixe.
— Mais il suffit de faire une tâche de peinture blanche sur le dos d'un jeune mâle impulsif et ignorant pour en faire aussitôt un sage.
— Décapotage automatique en quinze secondes mais à l'arrêt.

Ou alors, elle peinture, lui football :
— Tu sais chez Kandinsky les couleurs correspondent à des accords sonores.
— C'est une certitude Monaco terminera deuxième du championnat cette année. Son adversaire ce soir, Valenciennes est déjà lui, relégué. Sportivement ce match n'a aucun intérêt. Il faut quand même le jouer.
— Lors d'une visite d'une exposition à Moscou il voit un tableau qui fait partie de la série des meules de Monet. Il est incapable de reconnaître l'objet représenté. C'est sans doute ce qui a déclenché chez lui la nécessité de faire de la couleur un moyen d'expression à part entière.
— D'autant que c'est le dernier match de Valenciennes en ligue 1 avant la chute à l'étage inférieur…
— Il lui vint à l'idée que la puissance de la couleur rend l'objet superflu…
— Le meilleur buteur de l'ASM a dix buts à son actif.
— Tu te rends compte, il s'est battu toute sa vie pour que l'art se détache de la réalité et vise un mode d'expression non figuratif.
— Actuellement, Monaco compte soixante-seize points avant les deux dernières journées de ligue 1.
— J'aime beaucoup ce peintre, ses idées, son regard sur les choses et le lien qu'il établissait entre les couleurs et les sons… Entre les couleurs et les êtres. Tu sais ce qu'il dit : « C'est pourquoi le vert absolu occupe dans le royaume des couleurs la place que la bourgeoisie occupe dans le royaume des hommes : un élément immobile, satisfait de lui-même, limité dans toutes les directions ».

Elle lui lançait une pique, il ne s'en rendait pas compte… Cela pouvait durer, lorsqu'elle s'apercevait de l'absurdité de la situation, elle disait :

— Je vais me préparer…

En général elle fuyait les têtes-à-têtes avec son mari, car il était impossible de donner un avis sincère sur quelque sujet que ce soit. Pour lui hors-mis le sport et les remarques désobligeantes sur tous ces gens de la télévision, ou de toute autre chose, toute discussion tournait mal. Pour elle, c'était une frustration permanente, elle savait qu'elle ne pouvait pas parler des choses qu'elle aimait. Mais elle n'était pas le genre de femme qui se laissait abattre, elle ne voulait pas pleurer sur son sort, il y avait pire, alors, elle chantait… Et invitait, les voisins, les copines dc chant, les copines de théâtre. Tant qu'il s'agissait de filles il était d'accord, c'était la gent masculine qu'il n'aimait pas recevoir, les hommes lui faisaient de l'ombre…

Elle n'aimait pas du tout mon humour à moi : un jour elle m'envoya par MMS une photo de mon père portant une jambière de caoutchouc et me raconta que papa entra dans la piscine, la jambière remplie d'air fit bouée et qu'il n'arrivait plus à faire surface… La tête sous l'eau, la jambe en l'air ! Elle eut un mal fou à le sortir de l'eau. Je répondis ceci : Ce n'est pas encore aujourd'hui que tu arriveras à le noyer. Elle disait que mon humour avait « un goût de méchanceté ». Ce qui est certain c'est qu'avec elle, je n'hésitais pas…En vérité elle ne risquait pas de le noyer. Son Aladin avait de gros problèmes cardiaques elle lui sauva la vie trois fois : Courant aux urgences la nuit lorsqu'elle se rendait compte qu'il faisait un œdème aigu du poumon, exigeant une ambulance avec oxygène une autre fois, appelant le médecin de garde le week-end deux fois de suite en voyant que le premier traitement prescrit n'était pas efficace, elle faisait tout pour cet homme qu'elle aimait. C'est certainement grâce à elle qu'il vécut jusqu'à quatre-vingt-dix ans.

Il lui arrivait de dire à ses copines qu'elle avait pitié de moi… Je n'avais jamais exprimé mes frustrations et je me vengeais en lançant des piques. Elle me sentait désabusée et malheureuse, et faisait face contre mauvaise fortune bon cœur à mon sens aigu de l'humour… Devant mes remarques désobligeantes ou perfides elle ne manifestait aucune émotion, elle avait toujours la réponse de théâtre. Le jour des quatre-vingts ans de mon père, ce dernier organisa un superbe repas au Champagne – à gogo – dans un palace. A la sortie du restaurant, nous décidâmes de marcher le long de l'avenue. Ma belle-mère déclara qu'elle s'installait dans la voiture en attendant notre retour. Un quart d'heure plus tard elle vit arriver son mari l'air suspicieux et inquiet lui disant :

— Béné m'a dit que tu étais restée seule pour téléphoner à tes amants… Elle n'a pas répondu « La garce ! » mais :
— Cela ne m'étonne pas de la part de ta fille, depuis sa naissance elle voit défiler les amants devant son berceau, c'est sa normalité.

Et toc ! Répondu, sans colère, sans stress, sans jugement, cool… C'était méchant de ma part… Le pauvre, pour son anniversaire il était gâté, il prit deux claques, la mienne pour une joue, celle de sa femme pour l'autre. Ce jour-là elle lui fit comprendre qu'elle savait qu'il avait été cocu toute sa vie… Ces répliques ont fait « tilt » dans la tête de Bella, elle s'est dit : Le téléphone, c'est le contact avec l'extérieur, le courrier un autre contact, et l'extérieur c'était la perspective des amants ! C'était pour cela que Magic John fonçait sur le téléphone dès qu'il sonnait et c'était pour cela qu'il « épluchait » le courrier.

Ce que j'ignorais c'est que Bella ne peut pas boire beaucoup d'alcool… Elle se réfugia dans la voiture car au quatrième verre, systématiquement, elle faisait un malaise qu'elle qualifiait de petite mort, elle perdait connaissance durant quelques secondes et revenait à elle sans que personne s'en aperçoive… Elle ne disait rien pour ne pas perturber une atmosphère festive, supportait en silence cette sensation très désagréable mais qui ne durait pas longtemps. Elle disait qu'à cause de cela elle ne deviendrait jamais alcoolique, il lui était impossible de continuer à boire. Bella gardait toujours devant moi un calme Olympien, je ne savais pas que mon père lui avait répété mes paroles… L'année suivante, je remis cela… Il était midi, il faisait beau et chaud, on déjeunait sur la terrasse. Mon père nous dit :

— Je descends à la cave chercher du vin.

Ma belle-doche ajouta :

— J'en profite pour m'habiller, cet après-midi j'irai à mon cours d'Anglais.

Elle évitait de rester seule en ma présence, elle ne voulait pas entendre mes paroles. Elle revint la première, élégante, distinguée, jupe blanche et top noir, très belle allure. Et moi :

— Tu ne vas pas à ton cours, tu es chic, tu vas rejoindre ton amant !

Mon père arriva juste à ce moment-là et dit :

— De quoi parlez-vous ?

Elle était encore debout, lui mit la main sur l'épaule, toujours calme et sereine :

— Béné parle des amants. (Elle se tourna vers moi).
— C'est le drame de la vie de ton père, avec moi, cela ne risque pas de se produire, j'ai horreur de ça, ce sont des situations où vous êtes sans arrêt dans le mensonge, les faux arguments, les faux alibis ! Très peu pour moi ! Mon choix, c'est un homme à la fois pas deux.

Je n'en revenais pas de son sang-froid.

— Oui, il y a des femmes comme cela. Répondis-je, on ne peut plus mal à l'aise…

En fait par déduction, en entendant parler mon père, sa sœur, mes cousins et cousines elle avait conclu à tort ou à raison que notre mère était nymphomane… Mon père avait été cocu tout le temps de son premier mariage. De nos jours, les amants ne sont plus un sujet tabou, les relations extra-conjugales sont étalées sur la place publique, les couples organisent des partouses, un amant ou une maîtresse ne sont qu'une extravagance de plus. A l'époque de la jeunesse de mon père, l'éducation morale, l'importance de la religion chrétienne ne permettaient pas les dérives conjugales, on peut aussi ajouter qu'avant l'existence de la pilule les choses étaient différentes. Par les racontars de ma famille elle avait appris que mes frères étaient arrivés à la maison et avaient trouvé notre mère en compagnie de deux amants, que ma mère s'arrangeait pour monter seule dans la voiture de ses beaux-frères et mettait tout de suite la main sur leur sexe, que lorsque mon père faisait le fier à rire et à discuter avec ses confrères dans les réceptions ma mère se faisait peloter dans la piscine par deux ou trois hommes sous ses yeux ! Pour nous, il n'y avait rien d'étrange. C'était notre mère, notre normalité, nous ne l'avions jamais vu sans homme. A tel point que je dis un jour à Bella :

— Ma mère a de la chance, elle arrive facilement à se trouver un compagnon à son âge, moi non.

Ma belle-doche avait ouï-dire qu'à quatre-vingts ans ma mère qui était une « cougar » avant l'heure, recevait des jeunes hommes de trente ou quarante ans. Qu'elle eût l'inconscience d'écrire à une jeune nana que fréquentait Nick, et qui par conséquent aurait pu devenir sa belle-fille, qu'elle ne comprenait pas qu'ils puissent apprécier sa vieille peau.

Bella auprès de mon père put expérimenter presque toute la gamme des sentiments humains, et toute la gamme des expressions consacrées, du genre : Elle me donne des boutons. Qu'est-ce que c'est que cela ? Ou encore, on l'a vu plus haut, un dialogue de sourds… Ils en étaient spécialistes car rarement sur la même longueur d'onde… Mon père lui avait raconté le décès de Doug notre frère aîné qui disparut avec son bateau en quittant le port de St Malo un soir de tempête. Toute la famille en avait été très affectée, car nous étions très proches étant tous les quatre nés à moins d'un an d'intervalle. Il lui parlait de choses que j'ignorais, qu'il ne m'aurait jamais dites. A ma grande surprise donc, avec Bella le passé de papa refaisait surface. Il lui confia qu'il fût très perplexe devant l'attitude de notre mère qui fit tout ce qui était en son pouvoir pour ne pas mener à terme sa quatrième grossesse. Elle utilisait des tisanes abortives, elle faisait beaucoup de sport, des centaines de kilomètres en voiture sur les pavés du Nord, elle y allait à vélo, en résumé elle voulait faire une fausse-couche… Est-ce qu'il était naïf, est-ce qu'il faisait semblant de l'être, est-ce ce que c'était beaucoup trop pour Narcisse ? Il ajouta que le jour de la naissance de Nick la famille et lui-même pensèrent qu'il y avait une erreur, un échange de nourrisson. Dans le berceau le bébé avait la peau mate, les cheveux très noirs et frisés, nous étions blonds, son gabarit était différent du nôtre et voici ce qu'il ajouta :

— J'ai lu sur le visage de ma propre mère qu'il y avait un grave problème ! Cet enfant ne pouvait pas être le nôtre. Aussi nous demandâmes au personnel de la maternité de vérifier les naissances tant nous étions convaincus d'un changement de bébé.

Entendant cela, Bella resta bouche cousue, pensant « Ben, voyons ! Ce n'était pas ton fils. » Elle fit celle qui ne comprenait rien… Cela ne la concernait pas. Elle savait déjà par ma tante que mon père avait trouvé ma mère au lit avec le médecin qui était venu à notre domicile peu après ma naissance… Mais il aurait tout aussi bien pu y trouver le plombier, que le voisin de palier ! Son opinion fut confirmée lorsqu'elle nous vit tous les trois réunis pour la première fois, elle nous photographia en pieds, Matt et moi sommes de petite taille, avons des cheveux blonds, et surtout sommes « courts aux cuisses », pour mon jeune frère c'est tout le contraire, il nous dépassait d'une tête ! Elle disait :

— Chez eux tout le monde a les fesses dans les genoux !

Papa, moi-même, les cousins, les cousines. Bon, ce n'était pas caricatural, mais c'était une marque de fabrique ! Sauf Nick, qui est grand, élancé, élégant, long en jambes, distingué. Quand elle le voyait elle s'exclamait :

— Tu es magnifique.

Les bâtards ont de la chance dit-on ! Dans notre fratrie il était le seul à s'en sortir tout en donnant ses économies à un psychanalyste… Elle avait l'impression qu'il savait qu'il n'était pas le fils de notre père. Un jour elle l'entendit prononcer cette phrase :

— Je ne veux pas entendre parler de bâtards.

Pour compenser ce manque de ressemblance physique, d'autant plus que Matt et papa avaient le haut du crâne dégarni, étaient presque chauves, alors que Nick avait une masse de cheveux pas possible, Bella avait détecté chez lui un mimétisme extraordinaire.

Elle était impressionnée par sa maîtrise du style de papa : Lui qui était un adulte d'apparence faible, soumis, craintif ; au téléphone, ponctuait chacune de ses phrases d'un gros coup de poing qui faisait sauter la table, exactement comme papa. C'était d'un risible ! Il s'habillait comme son père, portait les mêmes chemises à carreaux et les mêmes godillots mastoc. Incroyable. Il utilisait ses expressions : « Cha suffit » mangeait au rythme de papa qui était très lent à table. En fait comme Magic John parlait beaucoup il mettait longtemps à finir son assiette. On peut dire qu'il avait facilement dix minutes de retard par rapport aux autres convives chronomètre en mains. Nick mangeait aussi lentement, mais en silence. Il ne risquait pas de placer un mot. Son père l'arrêtait avec ses « Moi, je… » Il fallait suivre son rythme pour ne pas entendre :

— Tu as déjà terminé ? Tu manges trop vite ! Tu sais très bien qu'il est recommandé de manger lentement.

Au début Bella pensait qu'en effet il avait raison et tenta de suivre son rythme. Mais après une ou deux expériences à table avec six ou sept personnes, elle voyait bien qu'il était toujours le dernier et là elle n'accepta plus les reproches. Elle, ne se gêna pas lorsqu'il recommença à lui dire qu'elle mangeait trop vite, elle attendit que nous soyons nombreux à table, fit remarquer à Magic John qu'il était le dernier et que tout le monde l'attendait, ceci deux ou trois fois… Il ne pouvait pas bondir de colère, nous étions trop nombreux… Il ne changeât pas. Elle non plus d'ailleurs, mais elle ne subît plus jamais cette remarque, elle se permit de lui dire :

— Ce n'est pas moi qui mange « au lance pierres » comme tu dis, c'est toi qui es trop lent. Tu n'as qu'à observer. Tu es toujours le dernier à terminer. Tout ça parce que tu parles trop.

Au fil des ans papa fut convaincu car il lui arrivait de dire :

— Je mange très lentement.

Nick, lui, ne risquait pas de faire autrement bien au contraire il voulait tout faire comme son papa, et il avait confié à Bella qu'il aurait aimé exercer le même métier que son père mais qu'il n'en était pas capable.

Le gros Narcisse de Bella, était avide d'admiration et d'approbation, il lui fallait constamment un regard complaisant : Chez lui, il était le chef de tout : le tyran, le despote… Au vu de tout cela Bella comprit qu'elle était au quotidien en face d'un individu perturbé, passé maître dans l'art de la manipulation. Elle pensait qu'il avait le cerveau comme morcelé, aux idées décousues, sans contrôle possible et qu'elle n'y pouvait rien. Bella ne voulait à aucun prix devenir sa victime, son souffre-douleur. Elle dressa une liste de tout ce qui la gênait, de tout ce qu'elle n'aimait pas… (Elle dressait des listes pour tout en disant : Je note.)

Premièrement : Le chef de la télé. Car soyez-en sûr, c'est lui qui sait ce qui est bon pour vous ! Tout d'abord le football, puis le rugby, puis la formule 1, puis le basket-ball, puis le handball, puis l'athlétisme, sans oublier le cyclisme, car il a un argument massue, tout le monde le dit : Vous bénéficiez en plus de magnifiques prises de vue d'hélicoptère. Qui peut dire le contraire ? Et, il y a encore le catch et la boxe… Le sport ne vous intéresse pas ? Pas étonnant que vous soyez obèse ! Il gratifiait son épouse d'une séance de cinéma à vingt heure quarante-cinq, elle ne pouvait demander plus. S'il y avait un match à cette heure-là, il était prioritaire ! Elle considérait qu'il y avait plus malheureux sur terre. Elle n'allait pas se plaindre, bien au contraire elle en profitait pour lire ou téléphoner aux siens tranquillement. Un jour des amis proposèrent à Bella un beau téléviseur, réaménageant leur intérieur ils voulaient s'en débarrasser. Eh bien, c'était non ! Vous ne croyiez pas qu'en plus elle avait le droit de regarder autre chose que lui. Ils refusèrent l'offre… Elle obtempérait, ne faisait pas de vagues… En public. Car elle n'avait pas manqué de lui faire remarquer lorsqu'ils furent seuls :

— Je ne me suis pas battue pour avoir ce poste car ce n'est pas une priorité pour moi. J'ai d'autres centres d'intérêt… Mais tu dois savoir que je préférerais regarder une émission sans toi, car tu es infernal dans tous les domaines ! Tu ne donnes pas la paix aux gens !

Si elle continue, l'atmosphère déjà tendue deviendra irrespirable… Et elle choisit de s'en aller. Le langage de papa devant un poste de télévision était tellement odieux, vulgaire, à l'encontre des personnalités politiques qui ne partageaient pas ses opinions qu'elle lui disait qu'elle ne regardait pas l'émission parce qu'elle ne supportait pas le personnage en question. Hypocrisie ou diplomatie, je me disais toujours que Bella confondait les deux. Elle n'allait pas lui dire :
— Je ne veux plus t'entendre, je veux échapper à tes paroles trop stressantes, trop méchantes, trop blessantes.

Si elle restait, elle avait droit à :
— Ce sont des salopes, j'ai horreur de cette bonne-femme, je lui cracherai dessus, avec sa sale gueule, elle nous prend pour des cons.

Ou encore :

C'est une vraie singlée, elle n'y connait rien !

Pour les hommes :
— Des voyous, des brigands, des incapables, des pourris, des voleurs, des bandits, des malhonnêtes.

Elle n'en pouvait plus…En son for intérieur, elle nous reprochait de n'être pas authentiques, de ne jamais être nous-mêmes, de ne jamais exprimer notre ressenti. Mais au fil du temps, elle faisait comme nous. Elle savait qu'il n'était pas souhaitable de vivre sous le regard des autres cherchant à ne pas déplaire pour avoir la paix. Mais il fallait ne jamais s'opposer aux idées de papa, à ses diktats, pour ne pas entrer dans une spirale infernale de violence, qu'aucun de nous ne voulait vivre ! Parfois elle essayait qu'il se taise, lui déclarant :
— Lorsque tu dis cela je me sens mal !

Elle était courageuse et exprimait ses désaccords, mais il ne l'entendait pas. Il était lancé dans sa diatribe et elle ne pouvait qu'utiliser ses mantras pour échapper à l'atmosphère délétère qu'il créait… Il se mettait dans une colère folle dès que nous n'étions pas de son avis… C'était comme s'il avait toujours vécu dans l'approbation aveugle de son entourage. Les gens sincères ne l'intéressaient pas, on peut dire qu'il les fuyait ou qu'il n'en avait jamais connus.

Deuxièmement : Le chef du Feu : Ne croyez surtout pas que la belle cheminée que vous voyez dans leur salle de séjour sert à quelque chose ! Ils ne l'ont pratiquement jamais utilisée, elle était cependant très fonctionnelle, très efficace et créait une ambiance chaleureuse. Mais pour des raisons qui nous échappaient, il refusait d'allumer un bon feu de bois. Et pour les autres, il y avait la formule « On ne touche pas » Il fut hospitalisé quelques jours durant un hiver. Bella allumait le feu tous les jours ! Elle lui confia sa joie de voir ce feu si rare.
— S'il t'arrive de t'absenter de nouveau, je ferai un grand feu avec tout le bois qui nous reste ! C'est tellement agréable !

A Noël en présence d'une de ses nièces lui proposant de faire fonctionner la cheminée, il refusa. Rien ne se passait dans l'acceptation, la sérénité et la joie dès qu'il s'agissait de l'intérêt de l'autre, du plaisir de l'autre, dès que l'idée ne venait pas de lui. Il fallait alors mener un combat avec ce que cela impliquait de stress, de frustrations, de déceptions, de colère ! Ah, ça, elle aurait eu gain de cause ! Mais qu'aurait-elle entendu :
— Tu fais ce que tu veux. Je ne peux pas te dire mieux.

Exprimés dans la rage, le faciès déformé et cramoisi, ce n'était pas ce qu'elle recherchait…

Troisièmement : Le chef du rangement : Un jour elle descendit à la cave, six cartons de vin afin d'éviter à Magic John cet effort, car âgé, perclus de douleurs arthrosiques il souffrait beaucoup. Qu'aurait dit un mari aimant ?
— Merci, ma chérie, c'est sympa de ta part.

Lui, avait des idées bien arrêtées, c'était son rôle qu'elle avait usurpé. C'était une affaire d'État qui commençait :
— Pourquoi les As-tu descendues ?

Elle ne dit pas, j'ai cru bien faire, pour te rendre service… Elle se tut…
— Où les As-tu mises ?
— Auprès des autres rosés de Provence.

— L'électricien doit venir, tu vas le gêner.
— Ah bon !

Et puis quoi encore pensait Bella. Il fallait démolir, trouver à redire. Dès que l'on entreprenait quelque chose, cela ne lui convenait pas. Elle s'en fichait, il pouvait dire ce qu'il voulait, elle ne l'écoutait plus. Elle était forte et armée, sans doute dès son enfance car il lui arrivait de raconter :

— Mes parents disaient avec Bella il n'y a pas de problèmes… Elle vous dit oui et elle fait ce qu'elle veut, ou encore :
— Vous pouvez raconter ce que vous voulez, cela « coule » sur elle comme de l'eau sur une feuille de bananier.

Elle agissait de même avec son mari… Et c'était ainsi, elle ne se « prenait pas la tête » pour si peu… Pour nous, c'était tout le contraire, la moindre question tournait en « drame », il nous stressait, notre estomac se serrait, une boule nous montait à la gorge, car armé ou pas, il ne vous lâchait pas.

Si vous contrôlez la Télé, le feu et le rangement, il n'y a pas à discuter, vous êtes le chef de tout dans la maison, quelle place occupe votre épouse ? Son réel espace de liberté était la cuisine… Elle entrait en cuisine comme d'autres entrent en religion. Bella cuisinait bien, aimait recevoir et pouvait déclarer tout à trac :

— J'ai fait une « moussaka » je vais inviter Gorgio et Pat à déjeuner.

Papa n'était pas contre, elle entendait :

— Appelle-les tout de suite que je sache s'ils vont venir.

C'est le « tout de suite » qu'elle adorait ! N'essayez pas de discuter. De lui dire que ce n'était pas son affaire, que c'était vous qui cuisiniez, organisiez le repas et mettiez la table. Si, justement, vous n'aviez rien compris, c'était Son affaire, car il ne pouvait pas vivre sans tout contrôler, tout organiser, tout régir… Il ne supportait pas l'imprévu.

— Tu n'as pas besoin de savoir s'ils viennent ou pas, il n'y a rien de spécial à faire…

Là… Elle le cherchait.

— Je descends en ville, je veux savoir pour le pain ou autre-chose…
— Non, tu descends si tu veux, moi je n'ai besoin de rien. A cette heure-ci je ne téléphone pas car ils ne sont pas réveillés…
— Qui te dit qu'ils ne sont pas réveillés. Moi j'ai besoin de savoir…

Justement elle avait bien compris, il avait besoin de savoir, c'était pathologique. Parfois la discussion s'envenimait… Si cela continuait la bagarre allait commencer…Violence verbale ! Ils n'en sont jamais venus aux mains.

— Je sais ce que je dis ! Je ne téléphone pas maintenant. Tu vois, je n'aurais même pas du t'en parler… Attendre que tu sois parti et organiser mes affaires tranquillement… Elle commençait à le mâter, au début de leur relation elle aurait dû capituler… De guerre lasse, lorsqu'il se rendit compte qu'il n'obtiendrait pas gain de cause, il partit. Mais ce n'était que maintenant à presque quatre-vingt-dix ans, qu'il commençait tout juste à baisser la garde…Une heure plus tard elle invitait leurs amis et tout fut parfait…

Ce matin, elle refusa (toujours avec diplomatie) de l'accompagner en ville. Lui aussi renonça à y aller, dommage lorsqu'il était absent elle en profitait pour téléphoner à sa famille, a ses amis… Ces derniers se rendaient compte de la présence ou de l'absence de son conjoint uniquement au son de sa voix. Elle qui rêvait de pouvoir agir à sa guise écouter la musique qui lui plaisait, téléphoner à ses copines et tout et tout… Elle devait changer de programme. Elle le reconnaissait sans ambages, Magic John présent, elle serait écoutée, jugée et dès le combiné déposé, les commentaires iraient bon train, d'une voix forte, colérique, voire en crise de nerfs, faciès tuméfié.

— J'ai beaucoup à faire dans la maison, je dois m'occuper du linge, du courrier en retard…

Elle se justifiait et pourtant cela faisait des années qu'elle se disait qu'elle ne répondrait plus aux pourquoi ? Eh bien ! Lui aussi décida de ne pas sortir… Un quart d'heure plus tard il la vit assise devant le poste de télévision, sa remarque ne se fit pas attendre :

— Tu me dis que tu as beaucoup à faire et c'est pour regarder la télé que tu refuses de m'accompagner ? Elle faillit répondre : Et alors ! Si mon projet à moi, mon souhait, mon bon plaisir c'est de regarder un film ou un documentaire ? Où est le problème ? Ce ne sont pas uniquement tes désirs qui sont prioritaires. Les autres aussi comptent. Mais depuis vingt ans qu'ils vivaient ensemble elle avait appris à « tourner sept fois sa langue dans sa bouche avant de parler » Elle savait qu'elle n'avait pas à se justifier mais elle se contrôlait, mieux elle entrait dans son jeu. Et voilà ce qu'elle lui dit :
— Mais non. Je ne vais pas te faire l'affront de regarder un feuilleton. Non, je suis en train de placer un CD pour l'écouter en boucle tout en cuisinant…

Cela ne faisait pas partie des interdits…Il ne réalisait même pas qu'elle se moquait de lui car elle abondait dans son sens en disant cela, elle ne se rebellait pas. Les frustrations, elle connaissait.

Bien sûr papa n'était pas un gangster, un serial-killer, un bourreau mais il n'avait pas de quoi être fier de lui-même ! Or, il l'était. Dès que l'on abordait un sujet c'était : « Moi je ». Moi je, avais mieux à dire car il avait fait dix fois, cent fois mieux que vous. Il n'y avait aucune droiture en lui, tout était tortueux à souhait. Jamais sincère, toujours jaloux, irrespectueux, violent et virulent dans son langage, adepte de la dérision, du dénigrement, il faisait du mal autour de lui, s'en rendait-il compte ? Le ressenti de ses proches, leurs souffrances et humiliations ne le concernaient pas, il n'y a de place que pour lui et son ego… Il générait une angoisse pour lui-même et pour son entourage. Il était incapable d'être attentif aux autres. Elle se disait : Il y a pire au monde, mais se demandait comment il pouvait être content de lui, satisfait de sa personne, se pavanant devant les autres en sachant ce qu'il était dès qu'ils tournaient le dos… Elle était horrifiée mais elle ne disait rien à personne « le linge sale se lave en famille ». Là, le linge était très sale « Vous ne devez jamais dire du mal de quelqu'un qui vous est proche, cela se retournera toujours contre vous » Ses parents lui avaient appris cela. Elle avait mis du temps pour comprendre leur message mais au fil des ans elle l'avait assimilé. C'était clair dans sa tête : Si je ne quitte pas cet homme, je ne dirai rien. Elle ne critiquait ni notre famille ni nos amis. Dans ce dernier cas, elle n'avait pas beaucoup de mal, mon père n'avait pas d'amis. Petit à petit il se fâchait avec tout le monde et si elle n'avait pas été là il se serait trouvé seul à compter les crottes des chiens des voisins et à se demander quels étaient les bruits qu'ils faisaient. Il détestait les animaux, dès la fin de la saison des pluies Bella allait acheter un répulsif pour chiens et le pulvérisait le long des murs et du portail pour ne pas entendre la violence du langage de papa contre les chiens, quand ce n'était pas contre tous ceux, voisins ou passants, qui avaient pour son malheur à elle, l'idée de se promener devant leur maison… Elle savait aussi qu'il était impossible de lui dire un jour qu'il prononçait souvent des paroles ignobles, il aurait l'audace de la regarder dans les yeux et de s'écrier :

— Mais tu es une affabulatrice ! Je n'ai jamais rien dit d'inconvenant, ce sont des horreurs que tu inventes !

Terrible d'être en face de lui. On se trouvait démonté devant une telle mauvaise foi, au point qu'au bout d'un certain temps elle se demanda s'il n'oubliait pas ce qu'il avait dit. C'était à ses yeux le plus grave défaut de Magic John. Elle n'avait aucune confiance en sa parole, elle avait foi en son argent tant qu'on le flattait et qu'on ne le contredisait pas on passait des moments merveilleux car il avait le pouvoir de payer… Au début de leur relation elle fut choquée, désolée, désespérée, comment vivre et aimer quelqu'un qui vous blessait à chacune de ses paroles, puis avec le temps qui passait elle ne l'entendait plus, les mots n'avaient plus de prise sur elle… Il pouvait dire tout ce qui lui passait par la tête… Elle avait trouvé une parade. Elle priait dès qu'elle l'entendait lui manquer de respect. Inutile de vous dire qu'elle priait souvent… Elle disait ;

— Je n'ai jamais autant prié de ma vie.

Il y avait parfois en elle une absence qui la rendait inaccessible. Cela agaçait mon père :

— A quoi tu penses, tu ne m'écoutes pas !

Il s'en apercevait rarement, heureusement, mais c'était sa méthode de protection à elle… On peut dire qu'elle ne l'écoutait jamais. Elle voulait entendre la vie, la joie, l'insouciance, les rires, les chansons… Il mettait l'accent sur les attentats, la guerre, les kamikazes, les violeurs, les pédocriminels, les espions, les cambrioleurs, les complots. Un autre monde… Un matin en faisant « sa revue de presse » il tomba sur les malversations d'un Notaire et la mise en examen de son associé qui se trouvait être leur voisin. Il lui demanda de s'asseoir et de l'écouter, elle ne le fit pas « subito », il tapa un grand coup de poing sur la table métallique du jardin qui bondit ! Elle dit :

— Allez le chien ! Aux pieds ! Et, tout de suite !

Sans réfléchir, elle lui envoya un torchon à la tête et quitta la scène… Ils étaient en terrasse dans la douceur et le calme du matin pour une journée qu'elle souhaitait vivre dans la sérénité. Elle préparait son thé du petit-déjeuner… Les épines du jour… Elle dit à haute voix, mais pour elle-même :

— Je suis vieille, je peux mourir demain ou tout à l'heure, je n'ai jamais connu des bras pleins de tendresse, de douceur, d'amour. Les hommes de ma vie n'ont jamais été capables de cela.

Il ne l'entendit pas, elle était déjà loin, elle regagnait sa chambre, des larmes coulaient sur ses joues. Elle les choisissait trop nerveux pour porter dans leur corps la détente indispensable à la douceur, l'esprit inquiet, les muscles rigides, ses hommes à elle, se crispaient sur le corps de leur partenaire, serraient très fort, ne permettaient pas de se lover. Elle enviait son amie qui lui disait en parlant de son mari :

— Le soir nous prenons chacun un livre, je suis dans ses bras, c'est le bonheur.

Un moment de détente était impensable avec Magic John. Il était dans l'action, dans le « faire » et jamais dans l'« être » il n'avait pas de problèmes existentiels, il ne pensait pas à la mort, il était éternel, du moins se comportait comme tel. Il n'était pas comme l'enfant qui voyant ses parents emménager dans une maison proche d'un cimetière leur dit :

— C'est pratique d'avoir ça près de chez soi !

Il n'aimait pas les malades, les vieux et les cimetières... Vous ne deviez parler d'aucune maladie et surtout pas de mort, cela ne le concernait pas. Elle lui était cependant reconnaissante et, l'aimait d'autant plus qu'elle-même eut un cancer et fut gravement malade peu de temps après leur arrivée dans le sud. Elle subit une chimiothérapie, Magic John la soutint, l'aida, la protégea durant ces longs mois, alors qu'elle traînait sa carcasse épuisée du lit au canapé et ne pouvait rien faire de plus...Elle n'oubliait pas cela. Il aurait pu fuir son domicile, quitter son épouse, la laisser choir, il y a tant d'hommes le feraient... Elle en avait conclu qu'il l'aimait à sa manière, qu'il tenait à elle.

En revanche : S'il était devant quelqu'un qu'il admirait, réussite sociale, diplômes, argent, beauté, encore mieux splendeur, alors le goujat, le grossier, l'odieux personnage se transformait en Prince Charmant, sourire en tranche de papaye, paroles élogieuses, enfin il pouvait oublier son ego il s'intéressait à l'autre...

— Comment allez-vous ? Que faites-vous ? Puis-je vous aider ?

Dans ce cas il pouvait écouter, il pouvait donner, il était formi-da-ble ! Il pouvait même prêter sa voiture, ça alors ! Elle n'en revenait pas, il ne nous la prêtait pas, nous ses propres enfants, moi sa fi-fille adorée. Nous n'étions pas dignes... Il faisait passer ses enfants après ceux qu'il admirait. Il ne supportait pas la vue d'un handicap, les gens devaient être grands, beaux, intelligents. Pour eux il ne lésinait pas, il se mettait en quatre, le restaurant choisi était luxueux, la réception à domicile parfaite. Dans ce cas Bella n'était pas obligée de mettre la main à la poche pour avoir le nécessaire. Tout était parfait... Mais c'était un tel contraste avec l'autre personnage qu'il portait en lui quelle faisait des cauchemars en voici un qu'elle raconta à Nick : Un jour ils emménagent dans un nouvel immeuble. Bien sûr ce n'est pas Magic John qui ira se

présenter aux voisins. Mais le hasard fait qu'en sortant de chez eux elle voit un bébé de deux ou trois ans descendre l'escalier, elle s'empresse de le prendre dans ses bras et frappe à la porte la plus proche, personne n'ouvre. Elle continue le long du couloir et une voisine ouvre enfin. De son appartement sort un enfant mongolien. Un autre appartement s'ouvre sort quelqu'un en chaise roulante, elle est obligée de se présenter, ils sont aimables, ils parlent de la recevoir, pour comble le troisième appartement s'ouvre et sort une famille de nains ! Elle leur dit : Bien sûr vous viendrez prendre un verre chez nous. En le disant elle était paniquée car son mari refuserait catégoriquement de recevoir ces gens… Une autre porte s'ouvre, elle voit un bel homme qui joue de la guitare et chante avec ces enfants qui ont été si tôt blessés par la vie. Elle se dit c'est un homme comme celui-là que je dois épouser et se réveille… Avant son mariage avec papa mon plus jeune frère avait dit à ma belle-doche :
— Mon père est égoïste.

Sa réponse :
— Non, mieux que ça, il est égocentrique, la terre entière tourne autour de lui, il est au centre du monde. Il est toujours préoccupé par son bien-être ! Qu'est-ce qui a bien pu se passer dans sa vie pour qu'il doute ainsi de lui-même…

Elle l'avait épousé en sachant à quoi s'en tenir. Elle aimait son homme à double face.

Elle n'en revenait pas de la façon dont mon père disposait de moi…Elle en parla à son psychiatre :
— Il dispose d'elle à vie et en disposera sûrement par-delà la mort…

Je subissais son autoritarisme, il pouvait dire :
— Je t'interdis de te lever à six heures et demie !
— Et puis quoi encore ! C'est ce que sa femme pouvait répondre, moi je n'en étais pas capable, devant lui j'obéissais. Il exerçait un abus de pouvoir. Il était complètement destructeur et j'en redemandais… Il envahissait l'espace. Elle pensait hyperactif, psychorigide, caractériel… On souffrait de sa présence, fort

heureusement il était durant sa vie professionnelle, souvent absent, travaillant à l'étranger. Elle se demandait comment les choses allaient évoluer au moment de sa retraite que nous souhaitions tous la plus tardive possible. En fait, il avait une telle énergie qu'il travailla plus de quinze ans après l'âge légal de la retraite.

Elle, elle essayait de refuser les « Pourquoi » ? S'évertuait à lui dire :

— Tu comprends à l'âge que j'ai je n'ai pas à me justifier ! C'est comme ça un point c'est tout.

Cela entrait par une oreille et sortait par l'autre, le lendemain un discours similaire s'installait entre eux…

— J'en ai assez des « pourquoi » répétait-elle…

Moi, je racontais à mon père tout ce que je faisais et le laissais décider de ma vie. Elle trouvait que j'avais tout faux, que je ne me connaissais pas moi-même, que je ne me remettais jamais en question, mais elle, Croyez-vous qu'elle se connaissait ?

Papa était constamment de mauvaise foi, elle lui disait souvent :

— Nous irons dans l'arrière-pays acheter de l'huile d'olive au moulin.

Eh ! Cela faisait dix ans qu'elle le lui disait ! Elle était patiente, elle aurait eu le temps de mourir une centaine de fois et ne jamais y aller…

— Pourquoi veux-tu aller dans l'arrière-pays ? Il y a de l'huile excellente chez l'épicière…
— Je voudrais revoir ce moulin, cela fait trente ans que je n'y suis pas retournée et dix ans que je suis à coté !
— C'est inutile. Je préfère déjeuner en bord de mer.

Ce n'était pas prévu, tout était prêt pour déjeuner à la maison… Elle capitulait. Qui ne capitulerait pas pour un repas dans un palace ?

— Écoute, ce n'est pas un problème, le moulin est à une demi-heure de voiture, j'irai toute seule.

— C'est fou ça ! Tu veux toujours tout faire toute seule !

Là alors ! Elle « lâche prise » car ils sont sur le chemin de la dispute… Croyez-vous qu'il ne voyait pas qu'il vous manipulait ? Croyait-il à son honnêteté vis à vis de vous et de lui-même ? Elle se posait ces questions. Il faisait tout ce qui était en son pouvoir pour vous empêcher d'agir, mais ne le faisait pas brutalement, plutôt de manière sibylline :

— Tu vas faire du « Qi gong » aujourd'hui ?
— Oui à dix heures.
— Il me semble que tu reviens de ta séance fatiguée…
— Oh non ! Ce n'est pas une activité qui fatigue.
— Oh si ! Tu demandes à te reposer à ton retour. Tu te couches.
— Possible : Pour moi c'est un choix, soit je « me botte les fesses » car il est plus facile de ne rien faire, j'y vais une fois par semaine et je me trouve bien physiquement, soit je consulte au même rythme un chiropracteur qui coûte très cher…
— Ce n'est pas une question d'argent.
— Bien sûr, ce n'est pas toi qui paies.

Et voilà, leur joute verbale recommençait, elle savait que si elle se montrait faible, influençable, pas très courageuse, elle allait renoncer au « Qi gong » et rester là coincée entre quatre murs.

Les « clashs » chez eux, c'était à tout le moins hebdomadaire : Le jeudi après-midi, elle prenait un cours de chant. La phrase qu'elle ne voulait plus entendre :

— Eh bien ! On ne peut plus rien faire alors !

Comprenez : La semaine ne comptait pour lui que deux jours, le mercredi et le jeudi justement… Ceux que vous aviez choisis pour vos propres activités, cela le gênait beaucoup, vous n'étiez pas à ses basques… Et c'étaient ces jours-là justement qui étaient importants pour lui. Enfin, c'était sa vie, elle l'avait choisie.

Elle se sentait piégée dans sa relation de couple. Mon père était un décideur pour tous ceux qui vivaient sous son toit. Il savait ce que vous deviez faire avant que vous le sachiez ! Sa volonté précédait vos désirs, et, après vous avoir imposé son idée, il vous lançait d'une voix pleine de colère :

— Je ne peux pas mieux dire ! De toute façon : Tu fais ce que tu veux !

Elle appelait cela de l'insolence. Lui gonflé par la colère, car vous n'aviez pas pensé comme lui, répétait :

— Fais ce que tu veux.

Et encore une fois :

— Je ne peux pas dire mieux, tu fais ce que tu veux !

Elle sentait son « chakra cardiaque » se serrer. Il lui faisait mal cet homme, physiquement et moralement. Elle aussi avait une rage au cœur. Elle constatait qu'elle subissait une forme de harcèlement. En conséquence elle devenait maladroite. Dès qu'il se mêlait de quelque chose en cuisine, elle se coupait la main, ou alors, elle pouvait se coincer les doigts jusqu'à avoir un ongle qui tombe, tout simplement parce qu'il lui demandait de faire quelque chose, toujours tout de suite, avec autoritarisme, ignorant tendresse et empathie. Elle abîma la carrosserie de sa voiture lorsqu'il voulut la diriger pour une manœuvre. À force de lui dire :

— Braque à droite, braque à gauche.

Elle ne savait même pas ce que voulait dire le verbe « braquer » elle s'est payé le mur ! Ce fut le seul accident de toute sa vie de conductrice automobile. Elle n'avait pas besoin de ses conseils au volant, bien au contraire.

Elle essayait tant bien que mal d'exprimer ce qui était important pour elle, elle réfléchissait, parlait calmement, clairement. S'il faisait la sourde oreille, elle lui disait :

— Je vais l'écrire pour que tu comprennes bien !

Elle ne se sentait pas obligée, même s'il mettait une pression énorme… Si l'atmosphère pesait très lourd… Que pouvait-elle dire à l'extérieur ? Rien. Les apparences étaient sauves. Sa famille, ses amis et relations voyaient en son mari un homme merveilleux. Tout semblait parfait !

Bella me décrivait plate comme une limande, trouvait que mon visage s'étirait comme une lame de couteau, que mes paroles étaient coupantes. C'est vrai que je ne ménageais personne…Mon comportement correspondait à mon physique, elle me supportait chez eux parce qu'elle n'avait pas le choix. Cette fois pour la première fois de ma vie j'apportais quelque chose, en venant séjourner chez papa, j'achetais six macarons, en passant devant la boutique Ladurée nouvellement installée dans l'aérogare et j'offris la petite boite à mon père :

— C'est pour toi tout seul. Bella n'aime pas les macarons.

Or, Bella aimait tout, et, surtout le sucré, elle compensait l'amertume et l'acide de son quotidien par le miel, les confitures, les gâteaux, les bonbons, les chocolats, les loukoums, je le savais, j'étais même étonnée qu'elle ne soit pas « bouboule » en mangeant tout ça. Elle ne broncha pas. Elle ne se prenait pas la tête pour si peu. Elle n'hésitait pas à sortir sa voiture et faire des kilomètres pour acheter des macarons. Qui sait, elle se vengera peut-être un jour… Ce qui est certain c'est qu'elle mit plus de quinze ans pour comprendre que chez nous lorsque quelqu'un disait : « C'est pour toi tout seul » ce n'était pas une blague. Nous n'avions pas le sens du partage, comme des goinfres nous engloutissions : chocolats, calissons, pruneaux farcis, fruits confits, cerises à l'eau de vie et que sais-je encore tout seul et on était content de nous… Mon père m'offrait de temps à autre de l'excellent vin ou des bouteilles d'eau de vie, un jour Bella me vit partir de chez eux comme une voleuse emportant dans mes bras une énorme bouteille d'alcool Alsacien plus grosse que moi-même. C'était pour moi toute seule. Elle ne pouvait imaginer que ce serait ma goutte quotidienne. Moi toute seule devant cette grande bouteille… Pour elle c'était chose impossible. Elle le comprit véritablement lorsqu'un jour mon père lui offrit un Ice Wine, il voulait lui faire découvrir un vin issu des raisins gelés du Canada. Il lui dit :

— C'est pour toi.

Et insista :

— C'est pour toi seule, je n'en boirai pas.

C'était un beau cadeau, mais il ne voulait pas de partage, il n'était pas d'accord pour qu'elle boive un verre à la maison avec ses copines. Il refusa catégoriquement sa proposition. Sans rien lui dire, elle prit la bouteille et alla goûter à ce vin chez ses amies. Il ne partageait pas et il ne prêtait pas. Ce n'était pas non plus le genre d'hommes à se plonger dans un livre ou un magazine pendant que vous receviez vos copines. Hors de question ! Il voulait être là et être le centre d'attraction… Elle essaya de lui expliquer qu'il pouvait s'en aller faire un tour et la laisser discuter chiffons. Cela fonctionna une fois et il fut de retour trop rapidement à son grès… Elle, son bonheur venait du partage. Elle trouvait que c'était l'occasion ou jamais de donner son avis authentique sur ce que l'on buvait, sur ce que l'on mangeait. Les saveurs des plats, le goût et le parfum des vins, pouvaient être l'objet de discussions passionnantes qui n'engageaient que vous…

D'ailleurs, ses souvenirs de voyages étaient toujours liés à des parfums, elle se souvenait :

— Nous roulions dans l'Est de Bali lorsque subitement l'air fut rempli d'un parfum sauvage et doux à la fois, sec et léger, de fruits murs, de miel et d'écorces poivrées, elle se demandait quel en était la provenance quand après un grand virage la voiture ralentit devant une multitude de sarongs couverts de clous de girofle qui séchaient au soleil.

Ou encore :

— Nous étions à la Réunion un peu avant l'été austral, la route qui descendait de la Plaine des Palmistes vers St Benoît était bordée d'ylangs-ylangs en fleurs, l'air embaumait, et toutes choses semblaient portées par cette odeur de rêve, à un mètre du sol, tout lévitait, la voiture qui nous transportait, les gens autour d'elle.

Ce parfum est pour Bella celui du Paradis.

Près de la ville de Grasse, Bella était comblée et s'exprimait ainsi :

— En février le mimosa embaume, en avril le jasmin anime les jardins de leurs fragrances, et lorsque je reviens de Bruxelles, que la subtile odeur des fleurs d'oranger vient à ma rencontre au portail, alors plus rien ne compte, c'est ici que je dois m'asseoir…

Les parfums suffisaient pour embellir sa vie… Ils lui apportaient l'inspiration, la grandeur, l'élégance, la beauté, le bien-être, la plénitude, la félicité : Tout un monde ! A mille lieues de l'atmosphère délétère que créait Magic John dans son intérieur… Elle adorait le parfum de la cardamone. Son souvenir d'enfance c'étaient les gâteaux du Pakistanais de la Réunion qui tenait boutique de l'autre côté du pont de la rivière du Mât. Elle y allait, sans autorisation parentale, acheter ses fameux gâteaux à la cardamone. Elle les trouvait délicieux, adorait leur parfum et n'avait de cesse cinquante ans plus tard d'essayer de les reproduire dans un coin de sa cuisine. Ce marchand était tuberculeux, sa mère lui interdisait l'accès de sa boutique minable. Elle fréquentait ce lieu, et avait dû récolter là les bacilles de Koch qui formaient son infiltrât sous claviculaire droit :

— Ce n'était pas grave disait-elle, si je n'en parle pas, on ne voit pas la trace dans mes poumons.

Chaque fois qu'elle buvait du thé de Ceylan avec un nuage de lait, elle essayait de retrouver le goût et le parfum du thé en vrac de son enfance, elle revoyait le paquet de papier kraft et son étiquette rouge, aimant rêver elle disait j'irai un jour le boire au Sri-lanka…

Aujourd'hui tout va bien, papa et Bella sont invités à déjeuner chez une copine de sa femme, il est très âgé mais il veut conduire, arrivés devant le domaine privé elle lui dit :

— Gare-toi dans le parking des visiteurs, je vais faire noter le matricule de la voiture pour que la barrière se lève.

Il s'énerve tout d'un coup :

— Qu'est-ce qu'il faut faire ? Qu'est-ce qu'il faut faire ?

Et pourquoi s'énervait-il ? Vous ne compreniez pas. Tout simplement parce qu'il y avait un obstacle sur sa route ! En fait il était mal car il ne maîtrisait pas la situation…Il n'était plus le chef. C'était elle qui gérait à la chose, ça il ne pouvait le supporter. Elle revint, tout était parfait, il devait juste se positionner devant la barrière. Mais sa crise ne fit que commencer, dès que le gardien ne fut plus à portée de voix (preuve qu'il pouvait se contrôler) il hurla :

— J'en ai marre, j'en ai marre ! Dix fois, cent fois.

Il tapait sur le volant. Il tapait très fort ! Elle pensa : La visite est impossible, il faut annuler. Il roula un peu, recommença la crise de nerfs et hurla de plus belle :

— J'en ai marre ! J'en ai marre ! Si tu savais comme j'en ai marre !

Secouant le volant, tapant dessus de toutes ses forces, la voiture sautait à droite, sautait à gauche, ils montaient sur une colline, la route était sinueuse et dangereuse, escarpée avec un ravin à droite, Bella craignait un accident. Mais de quoi en avait-il marre ? Il ne le disait pas. Vous étiez là à côté, à ne rien comprendre. Elle :

— On fait demi-tour. Je téléphone, on annule le repas !
— Non !

On approchait de la maison, il reprit son calme et trois secondes plus tard, rien ne paraissait. Le personnage exécrable, terrifiant, avait changé. Il était dynamique, joyeux, souriant, charmeur… Elle se demanda si l'hystérie existait chez les hommes ! On arriva chez la copine, on déjeuna, et, la journée se passa merveilleusement bien. Son amie le voyait pour la première fois, elle le trouva a-do-ra-ble, formidable, drôle, spirituel, merveilleux… Bella se demandait ce qui s'était passé… Elle réfléchit. Depuis quelques jours, il accumulait du stress, Était-ce cela qui en était la cause ? Elle lui disait qu'elle ne voulait plus prendre la route avec lui au volant de la voiture.

— Tu es trop âgé, tu te fais klaxonner et tu n'entends pas, la dernière fois un camion a dû se déporter pour te laisser entrer sur l'autoroute.
— Non, je conduis très bien, c'est avec toi au volant que je suis mort de trouille !

Elle m'avait envoyé un texto m'expliquant qu'à son âge mon père devenait dangereux au volant : Elle en avait parlé à leur médecin, mais il n'y avait pas grand-chose à faire. Il fallait attendre l'accident ! Il n'entendait pas, ne voyait pas les sens interdits, ne respectait plus les stops, ne voyait pas les feux rouges, oubliait de mettre le frein à main. J'arrivais chez eux, je le voyais conduire, il se fit klaxonner trois fois dont une fois parce qu'il ne s'était pas arrêté à un rond-point… Et, je déclarais :

— Mais papa conduit très bien !

A chacun sa vérité. Moi je donnais raison à mon papa. Elle pensa : elle se fout de ma gueule. Puis décida de lâcher prise, advienne que pourra. Mais entre-temps il consulta un pneumologue qui lui prescrivit des corticoïdes afin d'améliorer sa capacité respiratoire, le voilà « dopé » en quelques mois il retrouva sa mémoire, son énergie, son dynamisme… « Elle est pas belle la vie ! » Elle avait beau réfléchir, il n'y avait pas de motif valable pour comprendre tout cela, c'était le caractère de son mari.

Nouvelle crise de nerfs :

— Putain de merde ! Il renversa son café.
— Ça va ?
— Non !
— Exprime-toi, quel est ton problème ?

Il n'avait plus du tout de nouvelles de Matt qui naviguait en solitaire du côté de la Malaisie… Moi, je me plaignais sans arrêt, cette fois j'étais envahie par des mites ! Non, mais ! Et bientôt la France entière va le savoir… Et ce matin pour couronner le tout, il déclara à Bella :

— Je vais aller dire à celui qui s'est garé là de se mettre ailleurs car il gêne ma vue panoramique.

Non ! Incroyable mais vrai. Elle avait à faire au Roi des emmerdeurs. Le monde était à lui, la route était à lui. Le paysage était à lui. Gare à celui qui le gênait…Mais vous ne saurez jamais ce qui le menait vers ses crises, parfois une simple contrariété déclenchait sa colère. A l'inverse, s'il était satisfait alors c'était :

— Champagne ! Il fallait être à l'unisson avec lui, cette fois dans l'allégresse. Autant ses colères étaient terribles, autant ses joies étaient débordantes, ses réactions étaient disproportionnées.

Ce jour-là mon père a écœuré Bella… Une fois de plus… C'est aujourd'hui le jour de la Fête des Mères, elle lui dit :

— Nous déjeunons en ville, je t'invite.
— Ah non ! C'est le jour du Grand Prix de Monaco, à treize heures je dois être devant mon écran de télé !
— Pas de problème ! On déjeune à midi d'un repas très simple et pour un départ à quatorze heures tu seras de retour largement dans les temps.
— Non, je veux voir les préparatifs de la course !
— On sera là bien avant.
— Non, je dois m'occuper du jardin, de la piscine, on fêtera cela demain.

Très drôle ! Si vous, vous aviez l'audace de lui dire que Sa fête, celle du gros Narcisse serait pour demain. Vous le verriez bondir de colère, taper sur la table et exiger que tout se passe à sa guise tout de suite. Formule 1 ou pas, le problème ne se poserait pas. On enregistrerait l'émission de télévision pour le lendemain. Mais votre fête à vous ne le concernait pas, il s'en fichait complètement…

— « As you like my dear » Ce fut sa réponse.

Puis elle ne dit plus rien. Elle monta dans sa chambre, se prépara, tout de blanc vêtue, top rouge, élégante, maquillée. Sortit les deux voitures, car la voiture du Chef est la première dans le garage, la sienne est au fond, bien entendu. Très calmement s'approcha de lui au bord de la piscine et lui dit :

— Je m'en vais au Hilton, si tu me rejoins tu déjeunes avec moi, si non j'irai seule au restaurant il y a de quoi manger au frigo !

Elle n'attendit pas la réponse. En cours de route elle mourait d'envie d'inviter une copine pour déjeuner à deux… Elle s'abstint, et à midi surprise il apparut dans le restaurant, tout sourire, calme, normal, comme si rien ne s'était passé. Il était sûrement incapable de deviner sa souffrance, le stress qu'elle avait subi, sa tristesse. Ils déjeunèrent rapidement et il rentra avant le départ du Grand Prix. Espérons qu'elle n'aura pas envie de regarder la Télé le jour où il souhaitera sortir ! Elle ne s'emporta pas, elle le mit devant le fait accompli. Avec le temps elle adopta cette méthode qui lui semblait la plus efficace pour obtenir gain de cause… L'année suivante ils furent invités à un déjeuner chez une amie que Magic John admirait plus que tout, pour une fête familiale, il n'y eut pas de problème. Elle n'entendit pas :

— Le Grand Prix c'est toute ma vie ! Pour rien au monde je le louperais ! Je veux absolument voir le départ ! Il est hors de question d'attendre demain ! Il accepta l'invitation sans discuter et enregistra l'émission… Rien que d'y penser faisait monter des larmes aux yeux de Bella… Elle ne pouvait s'empêcher de se dire que depuis plus de quinze ans, elle s'occupait de lui bien plus âgé qu'elle, elle recevait ses enfants à lui, avec amour, comme une mère, mieux que leur mère car mon frère lui raconta qu'il apportait un poulet rôti sur son dos pour être sûr d'avoir suffisamment à manger chez notre mère ! Je vous le jure, il ne blaguait pas, maman ne cuisinait pas, chez elle le frigo était vide, il n'y avait jamais rien à manger, et, étant invité, Nick y allait à vélo, le poulet dans son sac à dos ! Ma belle-doche nous cuisinait des petits plats régionaux, des entrées succulentes, nous préparait des punchs délicieux et le jour de sa fête il refusait une sortie ! Eh, bien ! Les choses allaient continuer ainsi. Pour Bella tout était gagné de haute lutte, dans le stress et des joutes verbales après un rude combat… Quant à nous, libre arbitre, liberté individuelle, libre choix, responsabilité totale, volonté, étaient des mots et expressions hors de notre portée. C'était ainsi sous le toit de papa… Il était exclu de dire ce que l'on ressentait, et de faire ce que l'on voulait. En l'obligeant à sortir elle avait réalisé un exploit ! En revanche il lui était très difficile, quasi impossible de recevoir les siens, hormis ceux qui avaient fait les grandes écoles…

Par miracle, Il accepta une fois que son amie d'enfance et son époux, fassent étape chez elle. Quel scandale ! Le jour de leur arrivée, mais pas en leur présence bien entendu, il ne cessa pas d'aboyer des paroles venimeuses :

— Leur attitude est absurde ! Qu'est-ce qu'ils ont à laisser leur voiture chez nous. A te demander de les conduire au port ! Ce sont des goujats. Jamais je ne me permettrai une chose pareille. Ils profitent de toi. C'est grotesque. Ridicule. Ils n'ont qu'à mettre leur voiture au parking longue durée. Elle essayait d'en placer une :

— Je t'assure qu'elle n'est pas radine !
— Tu es naïve ! Et pourquoi te demandent-ils de te rendre dans ce quartier où il est impossible de se garer ? Et si au moment de leur retour nous sommes malades ou absents !

Elle ajouta :

— Morts par-dessus le marché !

Il ne se rendait même pas compte qu'elle se moquait.

— Qu'est-ce qu'ils feront de leur voiture chez nous ? Ils n'ont qu'à se démerder !

En colère il s'arrangea pour faire venir le technicien qui traitait les toits des maisons contre les guêpes pendant que la voiture de couleur sombre des amis se trouvait dans leur jardin, la première brise recouvrit la carrosserie et les glaces de poudre blanche. Il était content, les amis ne risquaient pas de renouveler l'expérience. La voiture n'était plus utilisable sans lavage, on ne voyait plus rien au travers des vitres. Bella se leva la nuit, lava la voiture au jet, nettoya le tout et fit croire à Magic-John que c'était l'action du vent. Si ces gens étaient des riches, en Rolls, Bentley ou Porsche, je peux vous assurer que rien de tout cela ne se serait passé… Elle était convaincue qu'elle avait à faire à un triste sire, c'est une litote, qui ne changerait jamais. Elle savait qu'elle pouvait utiliser le tuyau d'arrosage la nuit sans le réveiller car durant les deux premières années de leur vie dans cette maison, tout l'été elle se levait chaque nuit pour arroser. Magic John laissait les plantes mourir de soif. Les gens de passage chez eux voyaient que les fleurs manquaient d'eau, et faisaient la remarque. Interdiction d'arroser. Bella agissait en nocturne ! Après deux étés, elle n'eut plus d'états d'âme, elle dit à ses amies :

— Tant pis, je laisse tomber l'arrosage, je ne vais plus me fatiguer pour ses plantes, qu'il se débrouille avec sa folie, car Magic John agissait pour les plantes comme pour les gens ! Il avait ses têtes, mais à Phil qui lui donna toutes les fleurs de sa terrasse il ne dit pas :

— Je ne supporte pas les roses, les géraniums, les hortensias, offre-les à quelqu'un d'autre.

Jamais ! Son esprit tortueux ne lui permettait pas d'exprimer son ressenti, et encore moins de faire bénéficier quelqu'un d'autre de ces fleurs. Il ne partageait pas, il prenait tout et les faisait mourir petit à petit… Et chaque jour en prime Bella entendait son vocabulaire absurde contre ces plantes :

— Elles ne sont pas adaptées à cette région, elles n'ont pas leur place ici. Dans ce cas pourquoi les avait-il acceptées… En fait, je peux dire qu'à compter du jour où papa cessa de travailler, Bella vécut avec lui en « Absurdie » tout était aberrant. Elle paya un taxi qu'elle n'utilisa pas… Tout simplement parce qu'elle le commanda en organisant son voyage et que lui sans rien lui dire décida à sa place que c'était le jardinier qui la conduirait. Absurde dans tous les domaines, s'il trouvait un CD dans sa voiture, c'était :
— D'où vient ce disque ?
— Qu'est-ce qu'il fait là ?
— Qui te l'a donné ? Il fallait se justifier ou entrer en guerre.

Elle acheta deux belles potiches de terre cuite bleues vernissées, elles restèrent là deux ou trois ans sans qu'elle puisse y mettre une plante car en donnant l'apparence de lui laisser choisir sa plante, en la questionnant, en insistant pour qu'elle donne son avis il anéantissait le tout et faisait un choix tout à fait contraire au sien. Pour elle une déception garantie. Ayant compris cela, elle refusait d'entrer dans son jeu, même en présence de témoin, jardinier ou autre, elle refusait de donner son avis, elle ne voulait pas de frustrations supplémentaires.

Le jardinier proposa à Bella un géranium, elle lui dit :

— Adressez-vous à Monsieur, il déteste les géraniums.

Magic John ne voulait pas entendre cela, le jardinier ne devait rien savoir, il se tournait vers elle et son regard en disait long. Il n'était pas content. Bella avait dévoilé ce qu'il pensait être une faille ! Magic John avait même à l'extérieur des comportements absurdes, se trouvant en face de quelqu'un qui exprimait ses difficultés pour faire entrer son jeune fils dans le monde du travail. Il l'interrogeait, prenait des notes, s'intéressait à son cas, allait jusqu'à lui demander des documents justificatifs de diplômes, lui proposait de faire de son mieux pour l'aider et vous savez quoi ?

A peine rentré chez lui il « balançait » le tout à la poubelle. Il s'en fichait complètement. Mais durant quelques heures il avait capté l'attention, s'était attiré la sympathie et les faveurs de celui qui croyait en lui. Bella était écœurée ! Elle avait honte pour lui...Lorsqu'il mettait à la porte un employé dont la tête ne lui revenait plus, il préférait payer deux fois plus cher un avocat plutôt que de régler le montant légal du préavis de licenciement. Il était capable d'acheter un bateau, de payer l'anneau du port, l'assurance pendant un an et de le mettre à la casse sans jamais l'utiliser une seule fois, car il rêvait d'aller à la pêche, ne voyait pas que le bateau ne convenait pas pour les promenades en mer de son épouse prétentieuse... Cette somme importante c'était pour son caprice à lui, et ce n'était pas une erreur. Le pire, elle le vécut dans un restaurant, c'était l'époque où Magic John n'était pas encore fâché avec toute notre famille, donc au début de sa relation avec Bella, mon cousin passa le voir. Il faisait plaisir à son oncle qui l'invita à dîner. Bella qui avait souvent des pressentiments et qui aimait cuisiner leur dit :

— Ce n'est pas nécessaire d'aller au restaurant, on dîne à la maison.

Magic John insista et ils se rendirent sur les bords du fleuve voisin. C'était un début de semaine, pas d'affluence en salle, ils s'installèrent et tout d'un coup quelqu'un se mit à taper de sa cuillère sur son assiette. Papa énervé fit de même, une femme se leva un couteau à la main, l'air menaçant se précipita pour agresser son neveu. Bella intervint :

— Ce n'est pas lui qui fait ce bruit madame, c'est Monsieur !

Elle désigna papa du doigt. La femme s'arrêta net le bras en l'air. Mon père ne dit rien, il pouvait laisser un drame se produire... C'était la mère d'un enfant handicapé... Bella en perdit l'appétit. De la part de papa, aucune excuse, aucun état d'âme. Durant toute sa vie il n'exprima jamais ses torts, il avait toujours raison.

Encore une crise ce matin, en fait dès que papa était contrarié il « pétait les plombs » il voulait offrir un vin mousseux, à l'apéritif à des amis, elle savait que le mari exigeant, ni conciliant, ni bienveillant, ni commode – on a l'ami que l'on mérite – n'hésiterait pas à déclarer :

— Ah non ! Je ne bois pas de ce vin-là !

Elle a un Mumm Cordon Rouge en réserve et lui dit :

— C'est un repas de fête. Je préfère servir celui-ci.

Qu'est-ce qu'elle n'avait pas dit, une nouvelle joute verbale commença. La moindre décision prise par elle était un sujet de discorde : Si elle plaçait un objet à droite, il le mettait à gauche, si elle ouvrait une porte, il la fermait, si elle désirait un plat froid il le voulait chaud. C'étaient donc des disputes quotidiennes. Mais jamais en présence d'un tiers. Les gens avaient l'impression de voir évoluer un couple à l'unisson, parfait, lisse, heureux… Ils voulaient tous les deux qu'il en soit ainsi, en ma présence, c'était du : Mon chéri, mon amour, des gestes tendres, des sourires d'amoureux. Mais leur quotidien était épineux, il la critiquait continuellement et au fil du temps elle ne se laissait plus faire…

Un jour elle acheta un billet d'avion pour Paris au prix fort… Elle ne lui demandait rien, elle l'informait simplement, Il devait contrôler sur internet, même s'il n'avait pas payé le billet. Il devait tout vérifier et se préparer à la critique :

— Tu n'as pas pris Easy-jet j'espère ? Et le voilà parti pour énumérer tous les défauts de la compagnie « low-cost ». Il faut arriver trop longtemps à l'avance. Si tu le « loupes » tu ne peux pas avoir un autre avion de suite. Pour embarquer il faut aller à « perpète les oies ». Elle avait choisi une autre compagnie plus chère.
— Eh bien voilà tu choisis toujours le voyage à des tarifs prohibitifs. Tu n'avais aucune obligation. Pourquoi avoir choisi un samedi ? Elle n'en pouvait déjà plus.
— Pour moi c'est un cas de force majeure.

Que n'avait-elle pas dit là ?

— Tu ne sais pas ce que cela veut dire « Un cas de force majeure ».

Encore une fois elle avait envie de lui tordre le cou. Inutile de se justifier… De toute façon, elle ne voulait pas se justifier… Mais vous, sachez qu'elle allait rendre visite à un membre de sa famille en fin de vie qui avait une possibilité de sortir de l'hôpital le samedi. Magic-John était odieux car il savait que ce n'était pas un voyage d'agrément…

— Un cas de force majeure. C'est ridicule de dire ça ! Tu n'avais aucune obligation de faire ce voyage… Il répétait :
— Un cas de force majeure, un cas de force majeure. C'est grotesque.

Elle prit la relève et excédée, c'est elle qui répéta :

— Un cas de force majeure ! C'est ridicule de dire ça ! C'est grotesque !

Elle répéta une deuxième fois, une troisième fois, à l'unisson avec lui, enfin il se tût. Elle respira à fond, essaya de se calmer, se dit qu'il ne changera jamais, mais n'en pouvait plus…

— J'exige un peu de respect, tu n'as pas à critiquer tout ce que je fais !

Un vrai combat… Le stress était à son comble. Elle respira encore profondément pour oublier l'envie qu'elle avait de lui balancer une potiche à la tête !

Cette fois il prit une décision, il vieillit, il mit de l'ordre dans ses affaires. Il avait une superbe collection de BD offerte par une maison d'édition. Il les donna à une personne choisie depuis longtemps déjà, une femme qu'il admirait : Grande, élégante, distinguée, portant des vêtements « in » un vrai mannequin quoi ! Si vous présentiez bien, à ses yeux, il en tirait des conclusions qui ne se justifiaient en rien : Vos enfants étaient bien élevés, ces derniers aimaient la lecture, pratiquaient du sport et forcément n'abîmaient pas les livres. Vous leur aviez appris à les respecter Comment donc, vous n'avez pas déduit tout ça vous ? Elle l'entendait encenser la personne pendant un quart d'heure que dis-je une heure, et elle se disait mes petits-enfants à moi, ils comptent pour des prunes ! Elle était envahie de tristesse… Elle lui avait déjà demandé ces livres, il avait refusé tout net. Elle lui avait même proposé de les acheter très cher. Il avait refusé… Elle avait à faire à un homme manipulateur et toxique Qu'est-ce qui la poussait à accepter d'être maltraitée de la sorte ? Elle méritait d'être aimée et choyée mais sans doute ne s'aimait-elle pas suffisamment… Dès qu'elle voulait dire ce qu'elle pensait, il se fâchait, car c'est ce qu'il pensait lui, qui était juste. Ce qui la troublait plus encore en dépit de toutes ces années de vie commune, c'était le retour à la normale, moins d'une minute après un épisode qui chamboulait, abîmait le cœur, détruisait, torturait, une épreuve tellement difficile à traverser pour ses proches, il apparaissait calme, serein, le sourire aux lèvres… Exactement comme si rien ne s'était passé. Elle se demandait : Avait-il oublié ? Est-ce que pour lui tout était normal ? Ni agressif, ni irrespectueux, ni machiavélique, tout simplement normal ? Est-ce qu'il se fichait de la tête du monde sachant qu'il aurait toujours gain de cause, jamais mis au pied du mur dans l'obligation de demander pardon pour tout le mal qu'il répandait… Il passait à table, mangeait de bon appétit, il dormait du sommeil du juste. Un jour elle pensa au film de Kurosawa : « les salauds dorment en paix » toutes proportions gardées bien sûr ! Il n'avait pas son ressenti à elle, il était différent… Elle aurait aimé consulter un psychiatre pour savoir à quel type de personnage elle avait à faire, mais elle savait aussi qu'il lui dirait qu'un homme n'est pas un pot de confiture et n'a donc pas besoin d'une étiquette…

Notre père avait une attitude perverse vis à vis de nous. Il nous incitait à l'envie et à la jalousie : Lorsque nous étions enfants, il coupait un gâteau, faisait des parts très inégales, nous le montrait bien et choisissait celui d'entre nous qui à son avis méritait la plus grosse et nous étions là tous les quatre à guetter son bon vouloir et à encaisser nos frustrations, à accepter son injustice… Dans notre maison il n'y avait pas de bruits, pas de rires au quotidien, cela le dérangeait, mais en contrepartie lorsqu'il invitait des gens qu'il disait être ses amis, avec eux, il était affable, que dis-je, a-do-ra-ble, extraordinaire, la maison devenait tout d'un coup le « Paradis Latin » il organisait à notre domicile des fêtes mémorables et somptueuses avec des musiciens, des magiciens célèbres, des personnalités. Alors le rire et la joie s'installaient. Il était impossible de voir en lui un tyran égoïste... Nous grandissions avec ces contrastes, chez un individu à deux visages : Certains jours peur, cris, colères, violence suivis d'un silence de mort, et d'autres jours orchestres, allégresse, magie, joie et rires... C'était tout l'un ou tout l'autre ! Papa était capable d'introduire les deux aspects extrêmes de sa personnalité dans tout le fonctionnement de la maison... Nous, on essayait de fuir sa violence... Bella avait dès le début de leur relation réalisé que pour faire face à une telle personnalité, il fallait se montrer ferme, n'accepter aucune critique, aucune attaque. Lorsqu'il entrait dans une colère folle, son faciès changeait, son visage devenait diabolique, il n'était plus le même homme, il se transformait, il n'avait plus la même tête, muscles contracturés, ses yeux habituellement petits sortaient de leurs orbites rougis, il était effrayant à voir, dans ces moments elle pensait au tableau de Goya « Saturne dévorant un de ses enfants » elle était persuadée que Goya avait vécu ce genre de situation dans son enfance pour être capable de donner cette expression à ce regard... Comme ce Dieu, mais assurément de façon totalement inconsciente il dévorait son entourage de peur de perdre le pouvoir. Mais jamais il n'avait eu l'intention de nous supprimer, de nous éloigner, bien au contraire, il nous voulait là sous sa coupe. Il était sûr de nous aimer, il faisait tout pour nous et pensait avoir raison. Il racontait donc à Bella les fêtes qu'il organisait à la maison avec pour invités des orchestres dans le vent, il précisait que tout cela c'était pour nous donner une enfance dorée. Nous étions en première page des magazines. Vous imaginiez notre fierté à l'école devant les copains. En fait il nous menottait. S'en rendait-il compte ? Peut-être que oui, nous non, dans le cas contraire nous aurions fui son influence. Bella elle, savait qu'en face de lui, il fallait ne pas sombrer, ne pas pleurer, ne pas être faible, mais bondir, devenir une tigresse, le menacer, elle avait trouvé la parade qui stoppait net sa crise. Elle lui disait :

— Vas-y ! Continue comme ça, je vais te photographier pour que tu voies la tête qui est la tienne, et je la montrerai à tout le monde ! Ils verront ton masque horrible !

Et elle se précipitait sur son smartphone. Je peux vous dire que dans la seconde il changeait d'état, cela l'arrêtait net. L'atmosphère demeurait irrespirable, la paix du cœur ne revenait certainement pas dans l'instant pour elle, les séquelles pouvaient durer toute une vie pour des enfants, pour lui, on n'en savait rien, cette volte-face semblait simple et logique. La crise de nerfs prenait fin… Maintenant devenu un vieillard, ces contrastes étaient moindres mais il y avait souvent des clashs, pour un oui, pour un non dans son couple au quotidien. Cette fois il était furieux parce que sa femme avait pris un rendez-vous en urgence chez le dentiste. Cela l'indisposait car ce jour-là il devait voir son pédicure. Alors son autre credo :

— J'en ai marre ! Si tu savais comme j'en ai marre !

Mais la meilleure c'est qu'elle ne voulait surtout pas qu'il vienne avec elle. Il ne s'expliqua pas, ne dit pas pourquoi il en avait marre. Sa décision de se rendre chez ce praticien n'avait aucune raison de le gêner… On ne comprenait pas.

Bella ne pouvait pas recevoir ses propres enfants. Son fils était venu une fois avec son épouse et leur bébé, dès le lendemain il trouva un prétexte pour quitter les lieux il ne pouvait supporter la pression psychologique et les remarques négatives de son beau-père… Elle avait tout de suite dit à son fils qu'il avait raison de partir avant que la situation ne s'aggrave, et Magic John s'était empressé de déclarer :

— Tu essaies de me braquer contre tes enfants comme si tu voulais créer une scission définitive.
— C'est absolument faux ce que tu dis. Moi je garde mes positions. C'est moi qui irai voir mes enfants, je ne veux plus qu'ils viennent ici….

Elle restait de marbre, elle savait qu'elle avait raison. Elle ne voulait surtout pas que ses enfants découvrissent la face cachée de l'homme avec qui elle passait ses journées… Mais elle voulait vivre de temps en temps autre-chose. Elle le faisait maintenant deux fois l'an, c'était sa soupape de sécurité. Elle partait en vacances avec ses enfants. Elle ne recevait donc pas ses propres enfants et petits-enfants dans leur maison, elle disait qu'elle ne voulait pas qu'ils subissent les saute-d'humeurs de son conjoint, son agressivité, le manque de respect. Elle partait en vacances chez eux ou avec eux dans d'autres lieux. Elle pensait qu'il y a des choses que les enfants perçoivent mieux que les adultes, elle ne voulait pas que les siens prennent connaissance de son vécu auprès de son conjoint et en souffrent en la sachant malheureuse… Au début elle rendait visite à ses enfants une fois l'an. Elle prenait son billet sur internet en l'absence de son mari, et se contentait de lui indiquer par écrit ses dates de voyage. Cela le mettait en colère, elle résistait :

— Je ne veux pas que tu te mêles de mes affaires, je ne veux pas que tu décides pour moi, que tu prennes en mains mes démarches, aussi je m'organise en ton absence ! Je ne veux pas mettre mes petits-enfants dans la gueule du loup !
— Qu'est-ce que tu veux dire par là ?
— Franchement, tu as oublié les difficultés ! La dernière fois que Joy est venue, elle avait trois ans, pour une enfant de cet âge, adorable, vive, gracieuse, tu n'as rien trouvé de mieux que d'étaler ta liste d'interdits : Interdiction de regarder un dessin animé à la télé pendant que sa mère se prépare. Interdiction d'écouter de la musique. Interdiction de mettre les deux gouttes d'eau de son arrosoir de bébé sur les plantes ! Eh bien, ça s'est produit une fois, il n'y aura pas de deuxième fois ! De plus, tu m'as insultée devant elle…
— Tu fabules ! Je ne t'ai jamais insultée !

C'était sa force. A ce moment-là nous perdions pieds car le doute envahissait notre esprit. Au début de leur relation oui, cette fois non :

— Saloperie ! Tu te souviens de ce que tu as dit lorsque j'ai posé sur la table tout ce que j'avais ramené du fast-food après une journée passée au Zoo avec la petite. Saloperie ! Durant une semaine, j'ai écrit chaque jour ce mot en tête de la liste de courses de la maison pour me venger ! Car tu as eu l'insolence, le culot, l'audace de me regarder en face et de me répéter que tu ne l'avais jamais dit : Vaurien ! Menteur ! Faux-cul ! Pourquoi As-tu dit cela ? Parce que tu étais jaloux de ce que l'on faisait sans toi ! L'immature que tu es ne peut pas comprendre qu'un bébé mange avant lui, que l'on a des horaires à respecter, que l'on ne peut pas se plier à ses directives ! Tout est carré dans ton espace, les limites sont strictes ! Ils n'ont pas terminé leurs vacances ! Ce fut identique pour ton propre petit-fils ! Tu es incapable d'accepter la différence. Et, c'est moi qui leur ai dit adieu, à sa mère et à lui sur le quai de la gare ! Tu n'as pas voulu les raccompagner ! Tu crois que je suis prête à oublier et à recommencer cela ! Tu ne crois pas que c'est une honte de voir les gens écourter leur séjour lorsqu'ils viennent chez toi parce que tu es incapable de t'adapter à des enfants. Tu ne comprends pas qu'un enfant de trois ans ne se couche pas seul dans un lieu qu'il ne connaît pas ! Tout ça c'est ta face cachée car si l'enfant en question est un gosse de riche, de quelqu'un que tu admires, tu aurais le toupet de me dire :

— J'irai bien au Mac Do avec Dan ! Non mais « Mieux vaut entendre ça qu'être sourd ». Tu sais quoi : J'ai honte pour toi !

Bon sang ! Elle était forte Bella comment avait-elle pu lui sortir tout ça ! En réalité pour rien ! Car dans deux minutes il ne saura même plus ce qu'elle lui a reproché. Cette face cachée, personne ne la voyait, personne ne la connaissait. Il fallait vivre de longs mois à ses côtés pour s'en apercevoir. Il était d'un abord tellement sympathique, il avait tout pour attirer une femme : beau parleur, drôle, attentionné… Mais gare au revers de la médaille. Bella devait sans cesse être vigilante car il cherchait à lui faire perdre le peu d'estime qu'elle avait d'elle-même avec des remarques désobligeantes. Dès qu'il se mettait à prononcer son :

— A quoi tu joues ?

Elle lui « rentrait dans le chou » :

— Pour qui tu me prends ? Je ne suis pas en train de jouer ! Un peu de respect tout de même !

Elle ne laissait plus rien passer. Contrairement à nous, elle était une vraie guerrière, il n'arrivait pas à prendre de l'ascendant sur elle. Entre eux, c'était l'amour vache ! Une violence souterraine faisait le lit de leur couple… Mais il lui arrivait tout simplement de se retirer lorsqu'elle sentait monter en elle des sensations qu'elle n'aimait pas : colère, frustrations. Ce qui l'agaçait c'était toujours dans la rubrique du manque de respect, et, à fortiori du manque d'amour. Il s'est mis un jour à faire des remarques positives (pour une fois) sur les réceptions données par une voisine :

— As-tu vu la belle table qu'elle a dressée ? Quelle classe ses dîners !

Elle répondit carrément :

— Elle n'a sûrement pas un connard de mari qui lui dicte ce qu'elle doit faire lorsqu'elle met le couvert !

Au fil des ans, se sentant de plus en plus courageuse, elle osait un vocabulaire plus dur. Une réception chez papa ! Oh là là !

Il fallait qu'il participe. Il ne pouvait pas lire le journal ou regarder la télé et la laisser tranquille. Il imposait exactement le contraire de ce que proposait son épouse :

— Tu veux mettre une nappe, je préfère les sets de table !

Elle met la nappe et fait comme si elle n'avait rien entendu.

— Tu vas mettre ces verres ? Non pas de verres à Bordeaux pour boire du rosé de Provence. Je vais mettre les verres à bistrot parisien…

C'est comme ça, elle ne discute pas, elle aime ces verres et ajoute des verres bleus.

— Pour qui mets-tu ces verres à eau de couleur ?
— Je veux de la gaîté sur la table !

Cela devrait lui être égal il est Daltonien… Eh bien, Non !

Ce jour-là ils étaient nombreux à déjeuner. Elle fit un gros effort, descendit à la cave, monta les rallonges et prépara une magnifique table. Sorti pour aller chercher le pain, il arriva, à quoi s'attendait-elle à des félicitations :

— Formidable, tu as très bien fait !

Lui :

— Tu as mis les rallonges. Je n'aime pas du tout !

Elle eut cette fois encore envie de le gifler, de lui tordre le cou. Sa belle-sœur était là. Elle ne dit rien, mais avait le cœur gros. Elle était triste, elle s'était donnée du mal. Il n'était pas le chef de cette affaire. Il se sentait lésé. Il ne pouvait se taire… Il lui gâchait ses journées, lui ôtait sa joie de vivre. Le rosé évitait la « bagarre » pour le choix du vin.

Elle continua au fil du temps de détecter toutes ses failles… Il lui répétait souvent qu'il aurait voulu faire des études de médecine, mais elle constatait qu'il avait peur du sang, n'avait aucun sens de l'observation, était incapable de se concentrer et était tellement nerveux qu'il claquait les portes au point que les chambranles se fragilisaient… Comme il aimait l'usage des formules toutes faites, le propre des imbéciles – dixit sa femme – il s'en était fabriqué une et envoyait aux uns et aux autres du :

— Lorsque j'étais étudiant.

En fait, il n'avait rien étudié du tout… Mais il vivait dans le « tout faux » et cela allait continuer jusqu'à sa mort. Elle disait :

— C'est à son contact que j'ai compris qu'il n'était pas nécessaire d'être intelligent pour faire fortune. Ce ne sont pas les plus intelligents qui sont les plus riches.

Il l'énervait lorsqu'il disait :

— C'est quelqu'un de bien.

Elle répondait :

— Tu veux dire : C'est quelqu'un de riche.

Il y avait ceux qui connaissaient sa face brillante et l'adoraient, ceux qui avaient assisté à ses colères et fuyaient… Il n'avait donc pas d'amis et les liens sociaux étaient tissés par son épouse très conviviale, aimant les fêtes, les grandes tablées, les bons repas et le bon vin. Elle avait des copines car, elle était résolument optimiste, c'était son choix :

— Je vois le bon côté des choses. Ce n'est pas à moi de critiquer car je n'aime pas être jugée moi-même. Elle était respectueuse d'autrui, avait un tempérament indépendant et se sentait responsable, disant souvent :
— Si j'ai un problème, je ne vais pas le chercher chez les autres, il est au-dedans de moi, et, je cherche la solution chez moi… Elle ne s'apitoyait pas sur son sort, et voyait toujours « le verre à moitié plein ».

Ce qui se passa ce jour-là est unique, incroyable ! Mon père :

— Tu veux boire un apéritif ?
— Non, je ne prends pas d'alcool, de l'eau c'est bien.

Il insista.

— Moi je prendrai un « ouzo » tu devrais boire quelque chose, c'est dimanche.

Elle hésita puis dit :

— Pourquoi pas en effet. Je prendrai bien une goutte du punch que Magali nous a apporté.
— Non ! Voyons ! C'est un digestif ! Tu ne vas pas le prendre maintenant.
— Je m'y attendais c'est NON. Eh bien « Va te faire foutre » Tu ne peux pas accepter l'avis de celui qui est en face de toi, c'est toujours toi qui sais ce qui est bon pour les autres !

Ils étaient à table, elle se leva se mit à chanter de sa voix de soprano, l'extrait de Rinaldo de Haendel :

Lacchia chio panga la dura sor-te

E che sospiri la liberta

E che sospiri eche sospiri la liberta

Puis, dans la foulée elle continua avec le chœur des esclaves de Nabucco de Verdi, un chant qu'elle adorait :

Quand tu chantes, je chante avec toi liberté

Quand tu pleures, je pleure aussi ta peine

Quand tu trembles, je prie pour toi liberté

Dans la joie ou les larmes je t'aime…

Et toujours en chantant à tue-tête en le regardant droit dans les yeux :

Et vous n'aurez pas ma liberté de penser. Florent Pagny

Elle connaissait cette chanson par cœur, elle chanta un couplet et le refrain en dansant d'une façon extraordinaire théâtrale. Papa resta bouche bée… Stupéfait… Il n'en est toujours pas revenu. Puis, elle lui lança un grand sourire, se servit ce qu'elle désirait et l'affaire fut close.

Était-elle stressée ? Certainement ! L'Était-il aussi ? J'en doute… Mais elle eut gain de cause.

Cela faisait bien sept ans que Nick, mon plus jeune frère, vivait avec Lola son nouvel amour. Alors que mon père avait toujours refusé de me recevoir chez lui avec un amant, il hébergeait le jeune couple une fois l'an… J'en étais terriblement jalouse ! Au début de leur relation c'est moi qui donnais ma bénédiction à Lola et tout doucement jouais de mon influence pour faciliter l'entrée d'une nouvelle venue dans la famille… En contrepartie ma belle-sœur me recevait dans sa maison de campagne pratiquement chaque week-end, c'était une fille sympathique, joyeuse, aimable, ayant beaucoup de charisme, si bien que deux de ses amis achetèrent des maisons dans son voisinage à quelques centaines de mètres de sa propriété et, le dimanche, ils se retrouvaient en bande pour manger, boire, rire, jouer de la guitare et chanter… Lola mit du temps pour prendre conscience de mes techniques de manipulation, et le jour où elle se rendit compte que pendant sept ans je la manipulais et l'utilisais, elle ne m'épargna pas : Elle invita tous ses amis sauf moi ! Dès que je l'appris j'appelais papa pour me plaindre :

— Tu te rends compte, c'est Hélène qui me l'a dit, le week-end dernier tout le monde était présent chez Nick et Lola, sauf moi.

Papa évidemment abonda dans mon sens :

— Elle a osé faire ça ! Ma pauvre cocotte !

Au lieu de me dire : Ce sont des enfantillages, conduis-toi comme une adulte. Lola n'a aucune obligation de te recevoir, elle est chez elle, elle fait ce qu'elle veut. Il n'y a aucune raison pour que tu sois chez elle tous les dimanches... Il écouta mes lamentations et jérémiades, me donnant raison pour tout... Lola réalisa-t-elle qu'en agissant de cette façon, j'allais la « démolir » auprès de mon papa adoré et qu'elle ne pourrait plus remettre les pieds chez nous... Car même à mon âge, chez Papa c'était encore chez moi. Et pis que tout, la semaine suivante Lola ayant vraiment assez de moi, commit l'erreur de me dire en face « mes quatre vérités », de tout me jeter à la figure. Lorsque nous nous revîmes, elle me regarda droit dans les yeux et n'hésita pas une seconde à me dire ce qu'elle pensait :

— Tu te fiches du monde, tu t'incrustes chez les gens et tu n'invites jamais...Tu es grossière... (Ce mot ! Je l'ai répété à papa trois fois ! Il a été aussi offensé que moi ! Traiter sa fi-fille parfaite de cette façon) Tu imposes aux autres ce qui te gêne, tu as l'art d'inviter chez les autres.

Elle y alla très fort :

— Nous en avons assez de tes simagrées pour tout obtenir et ne jamais te mettre à contribution. Cela fait combien d'années que tu te fais inviter tous les week-ends et que tu n'offres pas le moindre café ! Tu es radine ! Tu es sans arrêt chez nous et en plus tu t'es permis d'inviter Matt chez moi sachant qu'il est complètement asocial et alcoolique. Le dimanche au moment de l'apéritif, j'ouvre le bar et je m'aperçois qu'il n'y a plus rien à offrir ! Il a vidé toutes les bouteilles : whisky, rhum, gin. Tu vas me faire croire qu'il ne pouvait pas le dire ! Et que toi le connaissant tu ne pouvais pas me prévenir ! Tu ne pouvais pas m'apporter au moins une bouteille de remplacement ! Tu n'as aucun sens du respect des autres ! Pourquoi ne l'as-tu pas reçu chez toi ! Et cette fois tu remets ça, tu me demandes encore de le recevoir ! Mais en quel honneur ! Pourquoi ne le reçois-tu pas toi ? Tu manipules tout le monde avec une amabilité feinte… Mais si on regarde ton faciès on y lit la fausseté.

Elle n'arrêtait pas et ajouta :

— Autre chose ! Ce que tu fais dépasse l'entendement, non contente de « piquer » le mari de mon amie tu as le toupet de faire faire à son homme trois cents kilomètres, que dis-je six cents car il faut bien qu'il rentre au bercail, pour le faire « bosser » chez ceux qui, comme moi, sont suffisamment aveugles pour te recevoir sans arrêt ! C'est de cette façon que tu leur dis « merci » ! Bien entendu il utilise la truelle et le marteau, payé en nature chez toi pour ne pas dégarnir ton porte-monnaie ! Tu es vraiment très forte, et tu me regardes en riant ! Je te le dis : Tu ne ris pas, tu ricanes ! Le son de ton rire sonne faux ! Et tu crois que je suis assez bête pour ne pas m'en rendre compte !

J'ai tout répété à papa (sauf l'histoire du mari volé) J'étais comme l'enfant de l'école primaire : Maîtresse, untel à fait çi ! Maîtresse, untel a dit ça ! C'était moi à plus de cinquante-cinq ans ! Non contente de tout répéter, pour atteindre mon objectif (qu'elle soit mise à la porte de la maison familiale) j'utilisais des phrases assassines contre ma belle-sœur dès que je parlais à papa. Tous les samedis mon père m'appelait au téléphone pour avoir de mes nouvelles et chaque-fois je lui donnais un aperçu de ce qui se passait chez Lola et mon frère, j'exposais mon point de vue :

— Nick est vraiment mal avec cette fille, lorsqu'il parle on ne l'entend plus. Il murmure ! On est obligé de lui faire répéter ses phrases…
— Il ne répond plus au téléphone, Lola décroche toujours et a l'audace de me demander si c'est à Nick que je veux parler… Comme si j'avais quelque chose à lui dire à elle !
— Lorsqu'il arrivait, avant de connaître Lola, il était beau, joyeux, fringant, si bien que Bella lui disait « Tu es magnifique » maintenant elle ne risque plus de le lui dire ! Il est complètement éteint, le regard triste, maigre, le dos rond, les épaules basses, on dirait « un chien battu ».

— Tu te souviens, dès le départ tu avais surnommé Lola « L'Adjudant-chef » il est au garde-à-vous devant elle. Il est tellement manipulé maintenant qu'il commence ses phrases par « Lola m'a dit ». C'est son gourou !
— Il bosse sans arrêt pour elle car il doit mériter le fait de se rendre dans sa résidence secondaire ! Il « vit en esclavage » elle le tue au travail.
— Avant de la rencontrer chaque été il se payait des vacances de rêve, de milliardaire, partait en mer avec une bande de copains sur un superbe voilier ou en catamaran : Tour de Corse, Sicile, Sardaigne, Croatie, maintenant il n'a même plus le temps de voir la mer !
— Lorsqu'il a connu Lola il roulait en Porsche, va voir comment il circule à présent, à vélo !

En effet, c'était gros mais ça fonctionnait bien !

Ma belle-doche dit à une de ses amies :

— Béné met tout en œuvre pour que d'ici la fin de l'année son père ne reçoive plus le seul fils qui lui reste !

Ce fut fait ! Dès le mois d'octobre Nick et Lola furent exclus de la maison de papa. Conséquence de tout le mal que je disais de Lola.

Peu de temps après cela le père de Lola, déjà âgé, décéda des suites d'un cancer, papa apprit que Nick se rendait aux funérailles, il dit à Bella :

— Nick ne va pas s'amuser, il se rend à Ornans que pour des enterrements, c'est le seul lieu où il a le droit d'aller et c'est le troisième décès en un an ! Il enterre la mère, il enterre la sœur, et le père ! Il rit de bon cœur. Elle ne répondit pas mais il sentit la réprobation dans son regard et dit alors :

— Je suis « vache » hein !

Elle préféra s'en aller…

Personne de ma famille n'a présenté des condoléances à Lola pour tous ces deuils. C'est Bella qui acheta une carte et lui adressa un mot…

Je n'avais pas terminé avec ma belle-sœur. Mon but était de l'évincer, que plus jamais elle ne soit reçue chez nous…Lors de mon séjour chez papa, j'en rajoutais et profitais pour « vider mon sac » contre Nick et Lola, sept jours durant. Cette fois le sel placé par Bella aux quatre coins de la maison n'a pas été efficace. Elle qui s'arrangeait pour être le moins possible en ma présence voulant éviter d'entendre tout ce que j'avais à dire contre Lola m'a par la force des choses écoutée à table et chaque jour « j'apportais de l'eau à mon moulin » : Lola était une « fouteuse de merde » elle avait réussi à faire le vide autour de Nick : Il n'avait plus de contact avec nous Sa famille, il ne voyait plus Ses amis, il ne fréquentait que Son milieu à elle. Je répétais tout à mon père et ce fut la fin pour eux. Me blesser moi, c'était aussi blesser mon père car j'étais comme un membre de son corps, je faisais partie de lui… On dit les membres de la famille, moi j'étais devenue un appendice corporel de Mon Papa, ma souffrance induisait la sienne… Aussi, me donnant toujours raison, papa ne voulut plus les recevoir… Je remportais une victoire sur cette fille. Durant le mois anniversaire des cinquante-deux ans de Nick nous coupâmes les ponts avec lui. Manipulée par mon père depuis toujours, comme en boom-rang, je l'influençais maintenant à mon tour, c'était moi qui lui avais dit d'écrire. Papa lui adressa ce courriel qu'il me demanda de relire et de cautionner. Mail envoyé à Nick :

Ton père, ta mère, ton frère et ta sœur (Bref toute TA famille) te souhaitent de passer un bon anniversaire et de savourer la chance que tu as de n'avoir que… cinquante-deux ans. L'âge de la sagesse ? Avec une nostalgie certaine, nous pourrions évoquer le temps où notre « Nick plus jeune » cela signifiait pour nous tous, un fils et un frère affectueux, attachant, attirant, gai, et éclatant de joie de vivre… Le temps se déroule désormais de la façon dont tu désires le conduire. C'est ton droit d'adulte. Normal pour toi. Pas toujours pour nous qui te gardons néanmoins notre affection filiale et fraternelle, envers et contre tout.

Il paraît que Nick avait trouvé ce courriel très bien et n'avait pas du tout réalisé que l'on se fichait de sa tête, que papa comme d'habitude s'écoutait parler et ne risquait pas d'avoir l'avis de notre mère, ils étaient divorcés depuis plus de trente ans et ne se parlaient pas, et encore moins celui de Matt, nous n'avions aucune nouvelle de ce dernier qui se moquait complètement de l'anniversaire de son frère, comme de celui de tout le monde d'ailleurs, et que le destin allait faire de ce courriel un adieu.

Je pâtissais de mon immaturité. J'étais assez intelligente pour comprendre que dénoncer n'est jamais glorieux. J'essayais de me valoriser en montrant à quel point Lola ne valait pas la peine d'être aimée. Je me comportais comme une enfant jalouse et mon père abondait dans mon sens. J'avais réussi à faire s'agrandir le vide autour de papa. Pour me justifier j'en rajoutais :

— Maintenant, Nick va dire bonjour à notre mère en présence de Lola sur son lieu de travail. Tu comprends ce que cela signifie ? Le domicile de sa mère lui est interdit, d'une part l'Adjudant-chef ne veut plus qu'il la voit seul, d'autre part son Adjudant ne veut plus fréquenter le jeune compagnon de maman. Et Nick s'aplatît encore une fois.

En fait Lola désapprouvait la conduite de l'amant de quarante ans plus jeune que notre mère, qui était « une cougar » bien longtemps avant que le mot prenne son nouveau sens. Cet homme sans éducation avait fait un enfant à sa propre nièce et n'hésitait pas à confier la garde du petit à sa vieille maîtresse de plus de quatre-vingts ans, malade, incapable de s'en occuper. Moi, le côté malsain de cette situation, je ne le voyais pas, je trouvais cela très bien et disais à qui voulait l'entendre que je souhaitais sous-adopter cet enfant qui était très beau, ce qui ne veut rien dire, je savais que le père avait fait une reconnaissance plénière tout en s'obstinant à dire que le petit n'était pas de lui : Ils se ressemblaient comme deux gouttes d'eau… Mais dites-vous bien que quelques années plus tard le jour où ma mère mourut, envolés l'amant et son rejeton. Je me fichais pas mal du devenir de l'enfant, et, qui plus est de son père.

Pour Bella je symbolisais : la radinerie, la médisance, la malhonnêteté intellectuelle et morale, la jalousie et l'envie. Elle en fut convaincue car, à partir du moment où Nick fut évincé, où je compris que plus jamais Lola ne mettrait les pieds chez papa, tout devint formidable pour moi. Bella n'en revenait pas de m'entendre : Durant quelques mois tous mes problèmes s'envolèrent, fini mes plaintes au téléphone, tous les désastres que je racontais à chaque week-ends disparurent, le cancer de ma mère était moins pesant, elle pouvait encore vivre dix ans, fini toutes mes lamentations contre le petit de l'amant, il ne touchait plus à tout, il ne cassait plus rien, il ne hurlait plus, fini l'impression de début de maladie d'Alzheimer me concernant et qui m'inquiétait tant…Oui, je vous assure, tout allait très très bien. Comme quoi… Je n'étais plus la pleureuse du samedi matin, bien au contraire, tout allait pour le mieux, je racontais à mon père que : J'allais au théâtre, je voyais les ballets Russes, j'allais à Versailles pour les Grandes Eaux, comme d'habitude, chaque semaine j'avais droit aux questions rituelles de mon père :

— Qu'est-ce que tu fais ? Où est-ce que tu es ?

Et, l'enfant que j'étais encore ne « sentait » pas là l'inquisition, trouvait toujours normal d'étaler ses faits et gestes, mais je ne me plaignais plus. De toute façon il était hors de question de dire que je passais un dimanche à ne rien faire, à me reposer tranquillement, à intérioriser, avec papa il fallait être dans l'action et pour moi l'important, c'était d'être invitée, ma réponse : Je vais dîner chez… Et, si j'avais pu y aller le samedi soir, le dimanche midi, et soir, cela aurait été « super ». Rien à faire chez moi, profiter du travail des autres, et de l'ambiance chaleureuse des réunions d'amis. Lui approuvait tout cela :

— C'est bien, c'est bien.

Et Bella qui n'en loupait pas une d'ajouter :

— Ta fille est contente, elle est formidable, toujours dynamique. Elle s'organise très bien, les gens l'apprécient, elle est toujours invitée, elle a des amis de longue date. L'hypocrite…

Tout ce que Lola m'avait reproché était exact, en effet j'avais invité Matt chez Lola et Nick, à dormir et tout et tout. Le pauvre avait eu le même comportement que chez papa et Bella. Matt était mon frère préféré il aimait tous les alcools. Après le remariage de papa il vint séjourner chez eux en ma compagnie et je ne dis rien de spécial à Bella quant au penchant de mon frère aîné pour toutes formes de drogues, lui laissant la Surprise ! Dans un petit meuble faisant office de bar elle rangeait tous ses spiritueux, entre autres une jolie carafe contenant du « Rhum arrangé » à la vanille Bourbon destiné à ses pâtisseries. Le lendemain de l'arrivée de Matt, elle se dirigea vers le meuble, sortit sa carafe et dit :

— Tiens ! La vanille a bu tout le rhum !

Papa n'a pas ajouté :

— Ça me fait doucement rigoler ! Comme à l'accoutumé lorsqu'elle l'étonnait, il fit l'autruche ou le mort… Nous étions tous les quatre réunis. Elle aurait aimé entendre Matt dire :
— Tu sais, pris d'une grande soif la nuit dernière, je l'ai bu tout ton rhum ! Pour elle c'était chose admissible. Papa ne comprit rien, ou fit semblant de ne pas comprendre, ne bougea pas, ne dit mot. Tout fut passé sous silence. Comme Lola, après le départ de Matt, Bella retrouva toutes les bouteilles vides… Et je peux vous dire qu'il y en avait ! Mais à l'inverse de Lola, elle n'en fit pas un drame.

Lorsque Matt revint séjourner chez eux, quelques années plus tard, Bella vit tout de suite qu'il était misérable, que ses vêtements étaient à laver, qu'il n'avait pas de maillot de bains. Elle lui en donna un appartenant à papa, avec un cordon à la taille qui lui allait parfaitement. A la fin du séjour Bella souhaitait qu'il garde le maillot que son père ne mettait jamais. Papa dit un Non catégorique ! Il refusait de donner un maillot de bains à son propre fils. Elle n'avait jamais vu ça. Elle le trouva lamentable, que dis-je, minable… Elle ne comprenait pas sa mesquinerie.

Sa petitesse vis-à-vis de son fils s'exerçait aussi en face d'elle. Magic John avait un appareil photo numérique que nous ses enfants lui avions offert et qu'il n'utilisait jamais, il était dépassé par les technologies modernes. Bella préparait ses bagages pour aller en vacances une semaine avec les siens, elle demanda à Magic John de lui prêter son appareil photo. Vous me croirez ou pas ! Ce fut Non ! Bella n'hésita pas une seconde, elle alla s'acheter un appareil dix fois plus beau et plus pratique que le sien. Papa n'en n'est pas encore revenu de son audace, de la façon dont elle le contrait ! Son appareil à lui restait là dans un coin, il ne savait pas l'utiliser…

Deux ou trois ans plus tard, après avoir bien expliqué à Matt que son alcoolisme le mettait en danger de mort. Nous réussîmes à le faire prendre en charge par un médecin et à le soigner. Il était maintenant en sevrage alcoolique. En guise de Champagne il buvait du Perrier ! Nous venions passer quelques jours chez papa, et devinez quoi ? A peine arrivés, papa nous proposa d'aller à un Salon du vin ! Bella refusa tout net de nous accompagner, j'aurais dû abonder dans son sens, bien au contraire, je dis oui avec enthousiasme. A notre retour, j'étais contente de raconter que nous demandâmes à Matt de goûter les vins à tous les stands et de recracher ! Bella nous dit sans hésiter une seconde en me regardant dans les yeux :

— Vous êtes des sadiques.

Elle avait honte pour nous. Matt aurait pu, ou dû, refuser de nous accompagner. Il fût là comme un pantin à suivre son papa et sa sœur… Un vrai désastre.

A partir du jour où je réussis à éliminer Nick et Lola du cercle de famille, étrangement, Bella prit brutalement conscience de ma force, de ma grande capacité à manipuler mon entourage elle eut peur de moi et comprit ce que voulait dire l'expression « Elle me donne des boutons ». Elle eût une crise d'herpès dès mon arrivée chez eux (lors de la première éruption des pustules elle ne fit pas le rapprochement entre l'herpès et mon séjour) A ma seconde visite elle s'en rendit compte. J'étais effrayante ! Dit-elle à son médecin. Fort heureusement je ne venais que deux fois l'an. C'était nouveau dans sa vie, elle n'avait jamais eu cette maladie. Mais, dans ses ganglions coccygiens devaient sommeiller des virus qui sortaient en raison du stress que provoquait mon arrivée chez eux… Elle ne s'était jamais plainte. À quoi bon ! Ma belle-doche comprit que seule la séparation lui permettrait de se libérer du joug qu'elle portait, mais il était très, très difficile de renoncer aux biens matériels, elle préférait ne voir que les avantages qu'elle croyait trouver dans cette situation de manipulation perverse. Elle ne voyait pas le danger, ne voyait pas qu'un jour son agressivité refoulée pouvait se retourner contre-elle-même… De plus elle craignait la solitude, la formule : Mieux vaut être seul que mal accompagné, ne lui convenait pas, elle se disait incapable de vivre seule… Si cela se produisait, avant de se coucher elle regardait sous les lits, ouvrait tous les placards, toutes les armoires pour bien vérifier que personne ne se trouvait à l'intérieur, pas même un fantôme ! Elle préférait être mal accompagnée… C'était sans doute la raison pour laquelle elle était une première fois restée mariée une trentaine d'années, et à cinquante ans, faisant le bilan de sa vie, réalisant qu'elle encaissait au quotidien des humiliations, ne dit rien à personne, posa les clés de l'appartement sur la table, prit sa voiture, ses habits, et partit définitivement… Elle demanda le divorce, envoya à ses amis et relations un véritable faire-part de changement de vie et se donna cinq ans pour revivre à deux.

Logée dans une chambre d'étudiant, durant ces années elle « tirait le diable par la queue » dormant parterre sur un petit matelas, mangeant un repas chaud uniquement à l'occasion d'invitations, ne sachant plus ce que signifiaient réfrigérateur, four, télévision, payant les dettes de son passé et mettant tout en œuvre pour reconstruire une vie de couple. C'était sa priorité… Une amie chaleureuse et sympathique organisait à son domicile des fêtes pour permettre à ses copains célibataires de se rencontrer. Bella y allait en week-end et ce fut vers cette période que commença pour elle la valse des amants, le boulanger, le bijoutier, celui qu'elle appelait « son légionnaire » Libano-syrien « qui sentait bon la sable chaud » et faisait l'amour comme un Dieu, et, son plus bel amant Helmut, qui franchissait la frontière entre l'Allemagne et l'Alsace pour s'éclater avec des copines françaises. Avec lui elle sillonnait comme dans un rêve les routes des environs de Wiesbaden, de Frankfort, de Münich dans son magnifique cabriolet BMW bleu-marine, décapoté durant les belles journées d'automne, voiture chaudement climatisée, cheveux au vent. Ils s'arrêtaient dans des auberges pour déguster un vin blanc, admiraient les vignobles qui s'étendaient à perte de vue. Le feuillage rougissant à l'approche de l'hiver ondulait au moindre souffle d'air : Une grande beauté, un vrai bonheur. Helmut était conscient de cette splendeur, au moment où les derniers rayons du soleil couchant rasaient la surface des vignobles et faisaient vibrer les tons mordorés, il lui disait :

— Que pouvons-nous demander de plus.

C'était cela, l'extase…

Bella était prévoyante et faisait de son mieux pour éviter les MST, dans sa trousse de toilette elle avait ses préservatifs. La première fois qu'ils firent l'amour elle en glissa un sur le sexe d'Helmut, à sa grande surprise le préservatif sauta au plafond. Le zizi était trop gros ou le préservatif trop petit, à vous de voir. En tous cas n'ayant pas prévu ce genre de choses ils firent l'amour sans protection. Le lendemain elle acheta des King-size ! Son amant avait tous les talents, il était doux, tendre, et fort. Il parlait parfaitement français et ses paroles la rendait belle, voluptueuse, sexy, l'accord parfait de leurs parfums les envoutait, leurs nuits étaient de velours, de braises, et de feu, une douce musique enveloppait leurs corps à l'unisson, rythmait leurs ébats tantôt langoureux, tantôt fougueux, elle le trouvait tellement génial en amour qu'elle lui écrivit un poème après une nuit d'averses :

Nuit d'orage à Wiesbaden

La fenêtre est grande ouverte, c'est l'été, il pleut.

Tu es nu, les éclairs zèbrent le ciel, il pleut.

Je suis nue, il tonne, Ami tu me surprends.

Les flashes du ciel me font deviner ton corps…

Je t'aime, tu es grand, tu es beau, tu es fort.

Les minutes passent, tu es magnifique.

Le temps passe, tu es magistral, tu me prends.

Je suis une poupée sur ton ombre musclée.

Je grimpe vers ton épaule, tu me transportes,

C'est fantastique.

L'orage est au cœur de moi.

L'orage est au-dedans de toi.

La pièce tourne. Nos corps tournent.

Le plafond éclate. Nos corps éclatent.

La vie éclate en nous. Il pleut.

L'orage est au cœur de nous. Il pleut.

Bella

Romantique, elle aurait aimé des surprises extraordinaires, voir arriver sans crier gare Helmut sous son balcon un soir de printemps… Cela ne se produisit pas. Il n'était pas latino ! Mais elle, elle pouvait réaliser des prouesses, elle trouva une compagnie aérienne asiatique qui faisait escale à Frankfort et l'emmenait là-bas pour un prix dérisoire et son bel amant la retrouvait aisément sur la place de l'Hôtel de ville tout simplement parce que le portier de l'hôtel lui disait qu'elle y était.

Elle rencontra la passion de sa vie durant cette période, elle eut un coup de foudre pour ce médecin qu'elle voyait pour la première fois et ce fut réciproque, du moins elle le pensait… Son cabinet donnait sur une salle complètement insonorisée comportant un matelas au sol sur lequel ils vivaient des minutes intenses, un corps à corps éblouissant et désespéré. Elle était folle de lui, ne pouvait plus tenir un verre en sa présence, tremblait en le voyant lors de réunions professionnelles, pensait à lui tout le temps. Dès qu'elle quittait son travail elle allait dans le quartier où il habitait avec sa famille, cherchait à voir sa maison, sa femme, ses enfants, voulait connaître sa vie privée. Elle ressentait « l'amour au corps » au quotidien, le désir de tout son être, vivre cette sensation, cette expérience fut pour elle unique et inoubliable. Elle l'exprimait à son amant, lui plus âgé qu'elle, ayant plus d'expérience, lui disait :

— Cela passera, on ne peut pas vivre ainsi très longtemps.

Elle souhaitait à tout être humain de vivre ces moments-là : Le Désir, l'Amour au corps, la Folie au corps, la Passion. Pouvait-on faire la guerre lorsque que l'on vivait cela… Bella avait de ces idées… Ses tourments passionnels s'estompèrent après plus d'une année de battements de cœur effrénés, d'allégresse, de joies, de manque, de bonheur, de tristesse, de regrets aussi…

Elle voulait absolument reconstruire une vie à deux. Les sites de rencontre sur Internet n'existaient pas. Elle fit passer une annonce dans un magazine. A sa grande surprise, arrivèrent par courrier plus de quatre-vingt-dix réponses, parmi lesquelles trois demandes en mariage… Une amie l'aida pour la lecture et le tri de toutes ces lettres. Après avoir éliminé toutes celles « bourrées » de fautes d'orthographe, mal écrites, sans intérêt il en restait une quinzaine… Et là elle se dit : Comment prendre contact avec ces inconnus, sans se mettre en danger ? Comment les rencontrer rapidement ? Comment ne pas perdre de temps ? Elle prit le parti de donner rendez-vous à ces hommes en plein centre de Paris en trois jours, à raison de cinq par jour à une heure, d'intervalle chacun, dans trois cafés animés du quartier Latin. Je ne vous raconte pas le défilé à sa table et le nombre de cafés que le barman apportait avec un sourire en coin car il devina le stratagème. Elle manquait d'argent, mais ses copines la soutenaient moralement et matériellement, l'habillaient et la conseillaient. Pour ces rendez-vous, elle était d'un chic pas possible. Mince car à partir du quinze du mois, faute d'argent, elle mangeait chaque jour un yaourt, une pomme, un ou deux gâteaux secs, les moins chers du supermarché, et, se rattrapait le week-end

chez ses amis. Elle arrivait à ses rendez-vous en super-nana, jolies jambes gainées de noir sur des talons hauts, petit tailleur bleu-marine signé, chemisier blanc, foulard Hermès. Le lendemain, elle changeait de café, et changeait aussi de tenue : Mini-jupe blanche damassée, veste noire, borsalino. En définitive, elle pensa qu'elle devait effrayer beaucoup d'hommes en étant si bien habillée… La question qu'ils devaient se poser :
— Pourrais-je entretenir une femme aussi chic ?

Aussi étrange que cela puisse paraître, lors de ces entretiens, elle avait le sentiment de jouer là un rôle de psychologue, ces hommes se confiaient. Elle se souvenait de celui qui pendant une heure lui raconta ses déboires avec sa maîtresse, maître de conférences à la Sorbonne, qui le harcelait de jour comme de nuit en téléphonant à toute heure, d'un autre, architecte, gros plein de soupe, qui à peine les présentations terminées lui expliqua que sa compagne était décédée, qu'il ne l'avait jamais épousée car elle touchait une énorme pension à la suite du décès accidentel de son premier mari, et qu'il profitait de cet argent. Cela pouvait se comprendre mais ce n'était pas la chose à dire lorsque vous parlez à quelqu'un pour la première fois ! Un seul d'entre eux lui laissa un excellent souvenir, elle y pensait encore vingt ans après et regrettait de ne l'avoir pas fréquenté… Il venait d'une grande ville de Province et était géographe, elle le trouvait passionnant, elle était étonnée de le voir répondre à une telle annonce. Elle lui fit la remarque suivante :
— Dans le milieu où vous travaillez, il y a beaucoup de femmes, vous devez bien-entendu avoir une amie…
— Oui, bien sûr.
— Pourquoi ne construisez-vous pas une vie de couple avec elle ?

Elle a été surprise de l'entendre dire :
— Elle fait sale.

Elle avait failli répondre :
— Vous aussi.

Elle l'avait observé et remarqué que ses ongles étaient noirs, ce qui pour elle était rédhibitoire. Parmi tous les hommes auditionnés elle en choisit un avec lequel elle sortit… Il était bien de sa personne, élégant, distingué, belle voiture de grosse cylindrée et golfeur. Elle s'était mise au golf dès son divorce, ayant ainsi un objectif chaque week-end. Elle ne s'ennuyait jamais, toujours sur les parcours, ou au practice avec une copine. Tout le monde sait qu'au golf le plus important c'est le dix-neuvième trou. Sur le parcours de golf cet ami était entreprenant, la prenait par la taille, l'embrassait dans le cou, ils étaient tous les deux amoureux… En peu de temps elle fut invitée chez lui et ne refusa pas : Banlieue chic, petit immeuble, classe, et superbe appartement où Pat divorcé vivait seul. Il avait commandé chez un traiteur un repas raffiné. Ils dînèrent en tête à tête au champagne. A la fin du repas l'alcool aidant ils se sont vite retrouvés dans la chambre. Pat était plein de tendresse et de délicatesse…Ils se caressaient mutuellement, cherchaient leurs zones érogènes, s'embrassaient fougueusement et au lit, commencèrent les préliminaires. Les doigts de l'homme glissaient doucement entre ses cuisses, elle n'en pouvait plus de désir, elle prenait son sexe, et pensait qu'il n'y avait rien de plus beau qu'une main de femme aux ongles vernis de rouge glissant sur un pénis en érection. Ils étaient tous les deux prêts pour l'amour. En position du légionnaire il avançait son sexe et surprise effrayante pour Bella, tout devint flasque ! Il n'y avait plus personne. C'était comme si elle recevait un coup de massue. C'était la première fois qu'elle avait à faire à un impuissant ! Elle était stupéfaite. Durant un moment il ne parla pas, puis, lui demanda de l'excuser. Elle n'avait qu'une idée en tête fuir. « Courir culotte dans la main » L'horreur ! Que dire ? Que faire ? Elle respira un grand coup, réfléchit et décida de ne pas partir tout de suite… Dans la salle de bains elle vit tout l'équipement de Pat pour faire ses injections permettant de conserver l'érection… Elle eut pitié de lui… Il lui raconta qu'il avait consulté des spécialistes et en profita pour se débarrasser d'un « Erec Aid System » qu'il avait acheté chez son sexologue. Nombreuses sont les femmes à qui l'on offre une émeraude, un rubis, un saphir ou un solitaire, vous en connaissez beaucoup à qui l'on offre ce genre d'objet ? C'était le cas de Bella, je me demande encore ce qu'elle a pu en faire ! Elle continua à le fréquenter durant quelques temps puis s'éloigna… Cette expérience lui fut utile… Vous verrez pourquoi…

Quelques mois plus tard elle alla faire un stage de golf au Club Med et rencontra un homme très sympathique habitant le Sud. Il l'invita chez lui… Même scénario, elle eut à faire à un impuissant, veuf celui-là et sans aucune délicatesse, sans aucune psychologie : Il parlait sans arrêt de sa défunte femme, leur chambre à coucher gardée en l'état avec tous les vêtements féminins bien rangés semblait attendre son retour, elle allait revenir d'un moment à l'autre… Non content de lui dire qu'il demanda à un Psychiatre de lui faire un certificat lui permettant de ne pas porter de ceinture de sécurité en voiture car il n'aimait pas les étreintes, il lui montra l'endroit où chaque jour sa femme plaçait ses chaussures qu'elle cirait… Ce fut la goutte d'eau qui fit déborder le vase, Bella partit et ne revint jamais. Il ne fallait pas compter sur elle pour cirer vos chaussures.

Après son divorce, Bella fit une psychanalyse dite focale, donc de courte durée, sur deux ans. Je ne sus jamais précisément quel fut le motif de sa consultation, mais son Psychiatre finit par lui dire qu'elle attirait les impuissants ! Elle n'avait pas de chance, c'est sans doute la raison pour laquelle elle se retrouva avec mon papa impuissant lui aussi. Bella disait qu'elle n'avait pas de regrets, mais que si elle devait en avoir un seul c'était celui de ne pas avoir la forte personnalité d'une Dora Maar, d'être capable de fasciner des hommes et de collectionner des amants tels que : André Breton, Georges Bataille, Georges Braque, Man Ray, Paul Eluard, et Picasso quitte à finir en hôpital psychiatrique… Pour être prétentieuse, Bella l'était. Elle la pauvre, elle collectionnait les impuissants.

En parallèle elle consacrait une partie de son temps libre à deux groupes d'entraide. Tous les lundis elle se rendait dans les hôpitaux au chevet de personnes en fin de vie et une demi-journée par semaine elle voyait un petit goure de SDF. Elle pratiquait ces activités dans le cadre d'une association très bien structurée qui une fois par mois réunissait les bénévoles autour de psychologues constituant des groupes de paroles où chacun mettait à plat les difficultés rencontrées, posait ses questions, demandait les conseils qui lui semblaient nécessaires pour mener à bien ce bénévolat. Cette association œuvre toujours en faveur de personnes âgées souvent démunies, malades et isolées, signalées par les assistantes sociales ou par leur entourage. Après trois ou quatre mois de visites aux domiciles des malades et dans les hôpitaux, on lui demanda de rendre visite à un vieillard habitant avenue Charles Floquet. Quand elle lut l'adresse, elle ne put s'empêcher de dire :

— Mais vous m'envoyez chez quelqu'un de très riche qui n'a sûrement pas besoin d'un bénévole. Ce à quoi il lui fut répondu :
— Il y a des familles comme celle-là qui font tant de dons à notre organisme que nous intervenons dès que l'un des leurs nous signale un besoin.

Lorsqu'elle franchit le seuil de l'immeuble, elle admira l'escalier majestueux, l'épais tapis rouge, l'ascenseur ancien impeccablement entretenu capitonné de cuir damassé. Elle entra au dernier étage dans un duplex grandiose. On se serait cru dans le décor d'un film de Visconti. Sur les murs, du sol au plafond, le long de l'escalier qui menait aux chambres, des tableaux de Maîtres étaient disposés entre les portraits grandeur nature des ancêtres de la famille. Elle était chez le Comte de…. La salle à manger et deux salons occupaient le premier niveau, d'un côté des tabourets entouraient un bar débordant de verres, de carafes de cristal multicolore Saint Louis, transparent Baccarat et de bouteilles d'alcools, de l'autre une cheminée sculptée où crépitait du bois. Des fauteuils couleur chocolat recouverts de peaux de rennes, de loup, une grande table basse où des bougies parfumées brûlaient dans d'énormes bougeoirs d'argent, une douce chaleur vous enveloppait. Monsieur le comte et son épouse, charmants tous les deux lui expliquèrent qu'ils souhaitaient qu'elle fasse avec Monsieur une promenade et qu'à dix-sept heures ils devaient être rentrés pour le thé. Durant trois années, une fois par semaine, un rituel s'installa. Ils partaient tous les deux, bras dessus, bras dessous, marchaient dans Paris, allaient au Champ de mars, s'arrêtaient devant les bacs à sable des petits enfants, trouvaient un banc. Il lui expliquait qu'à son âge avancé, il adorait regarder jouer ces tous petits, sentir leur personnalité dans leurs attitudes et comportements, imaginant leur devenir. Puis ils allaient jusqu'au Village Suisse admirer les œuvres d'art, s'asseyaient et donnaient leurs avis. Ces haltes étaient des moments de parole, d'écoute et de partage. A leur grande surprise ils étaient sur la même longueur d'onde, il lui récitait un poème, elle continuait sur sa lancée, elle lui apportait un article d'un journal de la veille et comme par hasard il avait un ouvrage correspondant dans sa poche, elle lui parlait d'un film qu'elle aimait et il était question de son metteur en scène préféré. Cela tenait du miracle ! Elle relisait Proust, il mettait en relief le regard de l'auteur sur le temps qui passe et l'absurdité de la vie, ils parlaient de peinture et de Florence, ils étaient à l'unisson. Bien ensemble. Il leur arrivait de se tenir par la main en silence de se sentir heureux ! Ils s'aimaient. Un jour le fils aîné de la famille prit rendez-vous avec ses parents, il s'installa dans le bureau afin de régler des factures. L'heure de la promenade arrivant Bella frappa, entra, il leva la tête des documents qu'il consultait. Devant l'apparition il eut un sursaut ! Il s'attendait à voir arriver une bénévole au teint gris, humble, triste et résignée, effectuant sa tâche charitable avec bonté. Il vit entrer une magnifique grande brune en tenue printanière, chemisier blanc, jupe culotte bleue marine, chaussures nouées par de jolis rubans, joyeuse, élégante, distinguée. Il comprit l'impatience de son père tous les jeudis après-midi. Bella parla de cette relation lors des groupes de parole organisés mensuellement par l'organisme d'entraide, et naïvement ou peut-être scrupuleusement elle racontait tout ce qui se passait. Une psychologue lui fit cette remarque plus que pertinente :

— Et son épouse dans tout ça ?

Bella ne perdit pas le Nord :

— A l'âge qu'ils ont, elle ne peut être qu'enchantée !

Sa femme lui avait confié que son époux était moins grincheux durant plusieurs jours avant sa visite et joyeux en rentrant. En tout cas, Madame la Comtesse ne s'en plaignait pas. De retour au domicile le cérémonial du thé commençait au salon : la porcelaine fine se reflétait dans les miroirs. Bella regardait avec discrétion les armoiries gravées au dos des petites cuillers d'argent. Ils bavardaient, racontaient, riaient, elle apportait du soleil dans ce grand appartement…. Puis vint inévitablement le moment du déclin, les douleurs articulaires ne permettaient plus la marche, la maladie entraina une hospitalisation. Bella se rendait une fois par semaine au chevet de son très vieil ami. Il avait perdu toute son énergie, toute sa vigueur d'antan, affaibli, dépendant, il se sentait tellement diminué qu'il disait à Bella :

— Tout ceci n'existe pas, c'est un cauchemar de plus.

Elle comprenait ce déni. Comment accepter de n'être plus qu'un légume… Il fallut ensuite trouver un placement en établissement médicalisé. Bella continua ses visites en maison de retraite, elle poussait le fauteuil roulant sous un grand chêne du parc en été où ils conversaient maintenant tout doucement, lentement. Celui qui était devenu si cher à ses yeux déclinait inexorablement, peu de temps avant sa mort il lui déclara son amour. Elle le savait et lui répondit :

— Je vous remercie de me l'avoir dit.

Elle déposa un baiser sur son front, prit dans ses bras son corps décharné et le serra contre son cœur. Elle considérait que les heures de tendresse passées auprès de cet homme furent les plus belles de sa vie.

En revanche, le lundi après-midi et parfois le dimanche, elle vivait tout autre chose, elle côtoyait la misère, la souffrance, l'ignorance, les drames…. Avant de lui confier la tâche d'accompagner des SDF le responsable de l'association lui demanda de se rendre avec lui à l'hôpital de N dans l'aile consacrée aux sans-abris afin qu'elle se rende compte de la situation dans laquelle ces gens entièrement démunis étaient hébergés. Il lui dit carrément que l'organisation n'acceptait aucun engagement avant cette visite car beaucoup de personnes de bonne volonté refusaient de continuer dans cette voie lorsqu'elles se trouvaient confrontées à la réalité des faits. Mais Bella ne risquait pas de reculer elle s'était fixé un objectif :

— Si durant les cinq années suivant mon divorce je n'arrive pas à reconstruire une vie de couple, je m'engagerai soit en Inde auprès de Mère Teresa, soit en Egypte auprès de sœur Emmanuelle. En attendant je me prépare. Elle ne se contentait pas de perfectionner son anglais, elle se frottait aux plus misérables… Elle comprit pourquoi en plein hiver des sans-abris refusaient de se faire conduire dans les locaux mis à leur disposition. La promiscuité était effarante et effrayante. On se croyait au Moyen-âge ou en période de guerre. Dans de longs couloirs, les lits s'alignaient le long des murs, juste séparés par un rideau sale et parfois déchiré. Elle était dans la cour des Miracles, c'était invivable il y avait là des alcooliques, des drogués, des pouilleux, des galeux, c'était l'enfer, ça criait, ça vomissait, ça pissait, ça chiait dans son froc, ça vous insultait… Ces damnés de la terre étaient douchés et brossés. Bella persuadée que l'enfer était sur terre, là devant elle, qu'autour de nous chaque jour beaucoup vivaient l'enfer, pensait qu'elle y entrait avec eux. Elle tint bon. Le dimanche elle arrivait à l'entrée du couloir et lorsqu'elle voyait la distance à parcourir pour atteindre la zone réservée aux femmes, la peur la prenait au ventre, elle se hâtait et priait, récitant le Notre Père en boucle car le trajet lui semblait interminable. (Elle expérimentait les mantras). De sa vie, elle n'éprouva jamais autant d'effroi. En rendant visite durant les jours fériés à la personne qui lui était confiée, sa protégée, elle fournissait un gros effort sur elle-même. Ce jour-là l'hôpital se vidait de son personnel, plus de blouses blanches dans les couloirs. Il lui fallait traverser la zone réservée aux hommes, elle se disait la gorge serrée :
— S'il y en a un qui sort de là et me balance une bouteille à la tête ou se jette sur moi avec un couteau, Qu'est-ce que je deviens ?

Elle marchait très vite, la tête haute, le port altier priant de toute son âme, pensant conjurer le mauvais sort et atteignait la salle de télévision où l'attendait Rita. C'était le seul endroit convivial de l'établissement. Heureusement qu'il existait ! Une surveillante était assise et faisait respecter l'ordre. Rita allait chercher son manteau et toutes les deux sortaient se promener, prendre un café. Bella la raccompagnait le soir comprenant sa peur de rentrer.

L'organisme dont elle dépendait avait comme objectif celui de redonner les bases d'une vie dite normale et de reloger autant que faire se peut ces gens ayant perdu pied mais pas forcément incapables de se prendre en charge. Souvent ces pauvres gens avaient travaillé durant leur jeunesse, ces « cabossés » de la vie pouvaient espérer une pension et trouver un logement décent. Chaque semaine quatre ou cinq sans abri se réunissaient avec elle dans un appartement mis à leur disposition. Avec eux elle préparait un repas, un gâteau, une salade de fruits. Tout ce petit monde participait, épluchait les légumes ou les fruits, préparait la pâte, mettait la table et déjeunait dans la convivialité. Chaque bénévole avait une personne à charge avec l'objectif précis de retour à la vie normale dès qu'un logement se libérait. Bella devait l'aider à remplir les dossiers administratifs de demande d'entraide, à gérer un petit budget en établissant une liste de courses pour des produits indispensables. Il était entendu que ceux ou celles qui pouvaient prétendre à cela ne devaient pas être atteint par de grosses pathologies, ne pas être dépendants de l'alcool ou de toute autres substances. Il est très difficile d'obtenir la confiance d'individus qui durant de longues années étaient floués, rejetés, battus, humiliés, abîmés par la vie. On se devait de les apprivoiser, petit à petit se rapprocher d'eux. Savoir surtout aimer sans rien attendre en retour, ni bonjour, ni merci, ni au revoir, être fiable coûte que coûte, en sachant que l'autre ne le sera pas. Sa plus grande récompense fut le jour où la direction lui annonça qu'un logement était libre pour Rita qu'elle accompagnait chaque semaine depuis plus de deux ans. Elle l'aida à déménager ses maigres affaires. Ensemble elles longeaient le couloir de leur peur pour la dernière fois. L'appartement était meublé par l'association, d'autres bénévoles donnaient un coup de main. Rita avait tout ce qui était nécessaire pour vivre confortablement, sa cuisine, sa vaisselle, sa table à manger, ses quatre chaises, sa chambre et sa salle d'eau. Elle était enfin comme tout le monde.

Elle racontait à Bella qu'elle avait des enfants mais ne savait pas ce qu'ils étaient devenus. Était-ce vrai ? Cela n'avait aucune importance, Rita pouvait rêver, pouvait être un peu mytho, elle n'était plus dans la rue, elle ne vivait plus l'estomac noué au milieu de nulle part… Mais quelle ne fut pas la surprise de Bella en continuant à lui rendre visite dans la résidence où elle logeait désormais de l'entendre dire qu'elle envoyait de l'argent à son homme chaque mois. Mais où était-il cet homme ? Évidemment en prison… Bella pensa, rien ne devrait me surprendre ! Ce sont ceux qui manquent d'argent qui en donnent…

Lorsque Bella s'éloignait de Paris, partait en vacances sa protégée lui disait :

— N'oubliez pas d'écrire sur la carte « Résidence », je ne veux plus entendre et lire « Foyer ». Bella riait, l'embrassait.
— Rassurez-vous !

A compter du jour où Bella rencontra Magic John, elle mit fin au bénévolat. Pour le nouvel homme de sa vie il fallait être disponible vingt-quatre heures sur vingt-quatre et ne s'intéresser qu'à sa personne. Il était le plus beau, le plus fort, le plus intelligent, le meilleur quoi ! Elle l'aimait son gros égoïste et se tourna exclusivement vers lui et par la force des choses vers nous, ses enfants. A l'époque où Bella fit ma connaissance j'avais pour amant Archibald, un très bel homme avec qui je passais des vacances merveilleuses. Pêche au gros dans l'océan Indien, tantôt à l'île Maurice, tantôt à Nossi-Bé, les années suivantes dans l'Atlantique soit au Sénégal, soit dans les Caraïbes. Ce garçon me demandait toujours en mariage, Bella l'entendit plus d'une fois dire à mon père :

— Aidez-moi à convaincre votre fille de m'épouser.

Je faisais la sourde oreille, je ne répondais pas. C'était le premier homme que Papa acceptait de recevoir chez lui, en général tous ceux que je lui présentais ne lui convenaient pas. Ils n'étaient jamais assez bien pour sa fille chérie. Celui-là trouvait grâce à ses yeux. En effet les années passaient mon père me voyant toujours seule finissait par se demander s'il y avait un problème :

— Pourquoi ma fille bien-aimée ne trouve-t-elle pas un mari ?

La présence de cet homme dans mon environnement le sécurisait surtout qu'Archi avait un atout majeur, il était riche.

— Ma fille est fréquentable tout de même ! Elle a tant de qualités.

Un jour je fus obligée d'annoncer à Papa qu'ayant passé une nuit avec mon compagnon à compter des liasses de billets pour remplir une valise, je devais partir en urgence en Thaïlande pour revoir Archi qui abandonna tout précipitamment, et prit la fuite à l'étranger en me disant :

— Je ne veux pas connaître la misère, je ne veux pas connaître la prison.

Mon cher Papa n'en est toujours pas revenu ! Comme ce que je faisais était toujours très bien, il y avait certainement une erreur quelque part, car Archi était un homme exemplaire à ses yeux, et je me devais de le soutenir. Arrivée à l'aéroport de Bangkok, mon amant vint me chercher et me conduisit dans un magnifique hôtel : Le nid de rassemblement de tous les escrocs de la terre ! A peine installée, nous descendîmes au bar, immense, ouvert sur une cocoteraie à cette heure tardive inondée de lumière du soleil couchant, il y avait là des trafiquants de drogue, des trafiquants d'armes, des trafiquants de pierres précieuses, des trafiquants d'organes, des proxénètes... En leur compagnie je levais mon verre, nous buvions le whisky « au mètre ». Vous devez connaître cette pratique : Bien installés dans des fauteuils les clients tous plus riches et alcooliques les uns que les autres attendaient le barman qui plaçait le long de leur accoudoir une règle en bois creusée de dix trous dans lesquels il disposait en rang d'oignons les verres pleins d'alcool. Les tournées étaient offertes par tous les amis d'Archi. Quand vous êtes à ce stade dans votre vie vous avez beaucoup d'amis, ils se bousculent au portillon ! A peine arrivés au bar, il me présenta aux uns et aux autres et déjà sept verres s'alignaient dans les cases. Si je continue ma route avec cet homme pensais-je, je deviendrai sûrement alcoolique comme lui. Je me rendis enfin compte qu'Archi était dans une situation sans issue et que je pouvais m'attendre au pire. En moins d'une semaine je regagnais la France.

Rentrée chez moi j'acceptais les avances d'un copain qui devint mon nouvel amant. Archi désirant nous revoir ses enfants et moi, vint en Suisse. Il commit certainement une erreur en voulant passer la frontière française, à peine installé dans son hôtel, épuisé, profondément endormi, la police bien informée, le cueillit. Je lui rendis visite en prison, très rapidement pour des raisons qui m'échappent, il fut libéré en attendant la date de son jugement. Dès sa sortie, il me harcela, désirant me revoir, revivre avec moi, tant et si bien qu'un jour ce fut mon nouvel amant présent au moment de l'appel qui prit le téléphone et lui dit que la place était occupée, qu'il était inutile d'insister et qu'il devait cesser d'essayer de me joindre. Rien n'y fit, chaque jour le téléphone sonnait. Un samedi j'étais chez moi, on sonna à la porte, c'était Interflora qui me livrait un magnifique bouquet de cinquante roses rouges avec un petit mot d'Archi. Horreur ! Le bouquet était post-mortem. Archi s'était pendu chez lui la veille, il avait pris la peine de s'adresser à un fleuriste avant de commettre son acte, dans le seul but de me culpabiliser. Il se vengeait de moi et échappait au jugement des hommes, à jamais non coupable. J'ai vécu ce drame et je ne l'oublierai jamais… Cela ne m'empêcha pas de me renseigner sur la date et le lieu des funérailles avec la ferme intention de m'y rendre. Bella me voyant seule me proposa de m'accompagner. Quelle ne fut pas sa surprise au moment de la levée du corps d'être présentée à la famille d'Archi au complet : sa mère, son épouse, ses enfants… Bella stupéfaite failli tomber à la renverse, elle n'y comprenait rien… Archi était marié et me demandait en mariage sous ses yeux. Moi je connaissais tout le monde et je n'éprouvais aucune gêne. A ce moment Bella perdit le peu de naïveté qui lui restait encore ! Dorénavant elle pouvait s'attendre à tout venant de moi, et qui plus est, rien ne la déstabiliserait, ne la surprendrait dans la vie. Devenait-elle indifférente, désabusée, non juste lucide. Une chose était certaine, avec son côté petit bourgeois, si elle avait su dans quelle situation je me trouvais avec Archi, elle ne m'aurait jamais accompagnée à ses obsèques…

Bella voyait entre mon père et moi-même un rapport psychologique malsain qui m'empêchait de me construire. Voici rassemblés ce qu'elle constata au fil du temps : J'étais incapable de fonder un foyer, incapable de me loger autrement qu'à la place de l'ancienne maîtresse de papa, incapable de m'installer professionnellement, incapable de recevoir j'invitais chez les autres, incapable de faire un choix, incapable de prendre une décision. Je n'ai jamais pu me soustraire à la domination de mon papa. Elle se demandait comment je pouvais l'aimer et surtout ne rien dire, ne jamais m'opposer, ne jamais me révolter, laisser passer les plus belles années de ma vie… Elle se mit à m'observer avec bienveillance au départ, mais les années passant, notant tout ce qu'elle voyait d'étrange dans mon comportement, son regard sur mes rapports avec mon père changea :

— Papa m'offrit sa première alliance après son divorce, se rendait-il compte de la symbolique.
— Avant de fréquenter Bella, il avait une maîtresse très jeune, de mon âge, elle ne vivait pas avec nous, il la voyait selon son expression « à la petite semaine ». Il allait la chercher pour passer les W-E dans sa maison de campagne. Nous aussi nous y allions, une fois par semaine nous étions réunis. Cette fille habitait maintenant un appartement qu'elle s'acheta en centre-ville. Ma belle-doche ayant un sens aigu de l'observation et beaucoup de logique pour appréhender les choses apprit qu'actuellement je louais le deux-pièces qui avait été habité juste avant moi par l'amante de mon père et, bien sûr, c'était papa qui m'avait conseillé de loger là lorsqu'elle déménagea… Il décidait de tout pour moi. Elle fut suffoquée lorsqu'il lui raconta que j'habitais l'ancien logement de sa maîtresse. Elle n'en revenait pas. Comment Béné peut-elle accepter de prendre la place de son amante ? Personnellement elle aurait refusé tout net… Elle disait :

— Mais c'est malsain ! Il ne me viendrait pas à l'idée de louer la chambre où dormaient mon père et sa compagne !

Ou encore :

— Comment a-t-il pu lui demander d'y aller ! Comment a-t-elle pu accepter ! Moi je ne vis rien de choquant là-dedans, j'y suis allée avec enthousiasme. Tout ce que disait papa était bon pour moi, était fait dans mon intérêt. Il en était convaincu et moi aussi. Je ne mis jamais en doute sa parole. Je lui faisais entièrement confiance…
— Après trois années de vie commune, Bella annonça à papa qu'elle allait utiliser ses économies pour s'acheter un studio. Bien entendu, il prit les choses en mains. Si vous aviez la malencontreuse idée de le mettre au courant de vos démarches il devenait le chef. Mais cela ne signifiait pas qu'il lui payait un studio (Il ne fallait pas qu'elle rêve) mais, visita avec elle des studios… Finalement elle devait choisir entre ses deux préférés, situés l'un en face de l'autre de part et d'autre d'une belle avenue. Moi je n'avais rien vu et cela ne me regardait pas ! Et devinez quoi ? Mon père acheta pour moi celui qu'elle n'a pas pris… Bien sûr je dis oui. Sans réaliser encore une fois que c'était le choix de sa nouvelle maîtresse, que je me positionnais en face de chez elle… Pour quelqu'un qui regardait les choses de l'extérieur, c'était risible ! Moi j'étais dans la danse contente de danser. C'était ma normalité, je ne voyais pas que comme par hasard j'habitais l'appartement de la dernière maîtresse de mon père et qu'il me faisait acheter le studio choisi par celle qui allait devenir sa femme, qui plus est situé en face du sien. Il m'y poussait doucement et je tombais dans le panneau chaque fois. Pour lui et moi c'était inconscient, il n'y avait qu'elle qui analysait les choses avec lucidité. Et bien sûr, elle fut choquée de voir Magic John profiter de cette occasion pour utiliser une partie de la quotité disponible de l'héritage qui allait nous revenir pour nous faire une donation à Matt et à moi en oubliant Nick. Elle trouvait cela lamentable, triste, injuste et ne comprenait pas notre passivité devant des tels actes, notre acceptation. Elle disait notre adhésion à quelque chose qui allait faire « le nid » d'une discorde et d'un éclatement familial, elle en était certaine. Elle n'a vraiment pas aimé le jour où le Gros Narcisse dit, devant elle, à Nick, qui était forcément au courant de ce qui se passait :

— Je te donnerai la même somme dès que je l'aurai.

Bella savait qu'il mentait effrontément car il disposait largement de cette somme dès à présent…

En entrant dans la maison de papa il fallut à Bella trois ans, pour ôter et même complètement annuler l'influence que j'avais sur lui. C'était simple, elle comprit que pour toute chose mon père ayant vécu avec moi comme en couple, ayant confiance en moi, avait besoin de mon approbation. Après son divorce, pendant dix ans, je jouais chez lui le rôle de maîtresse de maison. Elle entra dans le jeu à fond, à chaque fois qu'elle prenait une initiative, elle lui rabâchait

— Demande à ta fille son avis, je suis sûre qu'elle te dirait de faire cela !

Ou bien :

— Je suis sûre qu'elle serait d'accord !

En lui assénant ce genre de phrases chaque jour, elle finit par obtenir son adhésion à ses idées à elle… C'était une femme qui « cogitait », en y réfléchissant, elle se disait : Je dois pouvoir tirer profit de cette situation, pour moi c'est parfait, tant qu'elle ne prendra pas conscience de ce qui se passe, les décisions de son père seront les bonnes même si c'est moi Bella qui tire les ficelles dans son dos. Et, elle voyait juste. J'étais piégée, j'étais incapable de prendre une décision seule…J'étais médecin spécialiste, mais j'avais refusé d'ouvrir un cabinet médical ou d'acheter une clientèle. Je faisais des remplacements à droite et à gauche. Mon père voulait m'acheter des parts dans une clinique, je n'ai jamais pu « franchir le pas ». J'avais beaucoup d'argent mon père me disait depuis plus de vingt ans d'acheter un appartement, je ne me décidais pas…

— Papa, toujours « plein de délicatesse », donnait le même nom à sa femme, à ses maîtresses et à moi-même : « ma p'tite cocotte ». N'aimant pas du tout cela Bella l'entraîna à dire « Mon Amour » lorsqu'il s'adressait à elle et bien Figurez-vous c'est à moi qu'il s'adressait en disant : Mon Amour ! Trop fort…Du coup elle laissa tomber l'apprentissage et se contenta de la cocotte.

— « Les bras m'en tombent » ! Elle cassa une tasse le jour où je lui dis que mon père était impuissant et, que je l'appris par ma mère. Et fut encore plus surprise lorsque je lui déclarais que je me demandais ce qu'il fit à son ancienne maîtresse car cette dernière m'apprit que grâce à lui elle connut enfin le plaisir d'être femme et la jouissance sexuelle. Elle ne comprenait pas que je puisse m'intéresser à la sexualité de mon père. Elle en conclut que je n'avais pas résolu mon complexe d'œdipe, cela confirmait son idée de départ : Je n'avais pas atteint l'âge de raison, j'étais bien en-dessous… A partir de ce moment et au fil du temps, d'autres détails s'ajoutèrent, vinrent compléter le tableau et la conforter dans son idée : Notre relation était « incestuelle », cela ne faisait aucun doute pour elle. Elle devait accepter et s'adapter à cette situation dans sa vie de couple…
— Mon père gérait toutes mes économies : C'était lui qui y accédait par internet, c'était lui qui était l'interlocuteur auprès de la banque. Il me dictait ce que je devais faire de mon argent. Il gérait en totalité mon portefeuille d'actions, s'occupait de mon assurance vie, savait forcément mieux que moi ce que je possédais. J'aurais été handicapée qu'il n'aurait pas fait plus. A ma belle-doche je dis :
— C'est papa qui s'occupe de cela et il le fait très bien.

Elle m'approuvait toujours car savait qu'il serait vain d'essayer de me faire comprendre que j'avais « tout faux ».

— Après cinq années de vie commune, mon père voulut l'épouser. Il n'osa pas m'en parler, elle me mit au courant et vit par mon regard, la chute de mes épaules, le mouvement tout à coup saccadé de mes mains que cette nouvelle ne me plaisait pas. J'en étais dégoutée, désolée, déçue, désespérée. Quelle fille pouvait souhaiter le remariage de son père ? Je savais que je ne pouvais rien changer. Ils allèrent acheter les alliances et une bague, elle observa sans broncher qu'il achetait ce qu'il y avait de moins cher en vitrine toujours avec un « argument massue » dont il avait le secret :

— Tu es comme moi. Tu n'aimes pas les bijoux trop lourds aux doigts n'est-ce pas ?

Eh ben voyons ! Elle :

— Oui, bien sûr.

En vérité, elle voyait ce que cela signifiait mais elle s'en fichait. Elle savait trop bien que le manipulateur englobe toujours la réponse dans sa question. Quant à l'alliance et à la bague, peu de temps après leur mariage, elle les perdit et papa ne s'en aperçut même pas. Il ne se rendait compte de rien… Elle n'y attachait aucune importance. Le mariage eut lieu en plein été dans la stricte intimité. Avec le maire et son épouse, les témoins, la secrétaire de Mairie, ils étaient sept à table ! Je reprochais à mon père de ne nous avoir pas adressé une invitation et comme il n'avait aucune empathie, ne pouvait pas comprendre la souffrance ou la détresse des autres je lui dis :

— C'était comme si je me mariais et ne t'invitais pas.

Il me répondit :

— Un second mariage à mon âge c'est mieux dans l'intimité.

Il avait toujours raison. Mais moi, j'en étais malade de ce mariage, je leur en ai voulu durant des années et je leur en veux encore aujourd'hui, des années après la mort de papa.

Le week-end suivant la cérémonie nous les retrouvâmes dans la chaumière du bord de mer. Je demandais à voir les bijoux. Je touchais l'alliance de Bella, je la tournais, la retournais, je l'essayais et papa dans la conversation, tout d'un coup, enfonça le clou :

— Tu es la femme avec qui j'ai le plus longtemps vécu.

Il ne dit pas l'enfant ! Il dit la Femme – A bon entendeur salut – et j'acquiesçais. Nick assistait à la scène, dès que mon père sortit pour aller chercher le pain il s'adressa à moi :

— Tu aurais bien aimé te marier avec ton papa ! Hein ! Que ce soit toi qui portes cette alliance !
— Arrête, arrête !
— Tu l'aurais aimé !
— Arrête ! Arrête !

— Eh voilà ! le mariage est fait !
— Arrête !
— Tu aurais aimé faire des enfants avec lui !
— Arrête ! Arrête !
— Tu aurais eu des p'tits monstres, des p'tits monstres !

Je criai :

— Arrête ! Arrête !

Il continuait :

— Des p'tits monstres, des p'tits monstres !
— Arrête !
— Ça t'aurait plu ! Hein !

Je partis en courant… Ma belle-doche dans la cuisine entendit tout, ne bougea pas. Mais ne fut pas surprise. Elle savait dans quelle situation nous nous trouvions depuis longtemps et devinait que Nick étant en psychanalyse réalisait que j'étais prise dans une relation malsaine, en parlait certainement à son psychiatre. Elle fut confortée dans son idée. Le problème c'est qu'il était impossible de parler là de faute, nous étions dans un engrenage, en tandem, toute ma vie était liée à papa et à celle de ses compagnes… J'ai demandé à mon père s'il était sûr que Bella ne l'épousait pas pour son argent… Il me répondit que non car ils étaient mariés sous le régime de la séparation de biens. Elle avait son salaire, ils n'ont jamais eu de compte commun, elle n'avait pas accès à ses comptes, ni lui aux siens. Ce qu'elle achetait, elle le payait… Ce fut aussi elle qui mit Nick au courant de leur projet de mariage, papa n'osait pas nous en parler, il y avait une sorte de gêne chez lui, ce qui prouve bien son immaturité… En entendant le message de Bella, mon frère se « prit la tête » et ne put s'empêcher de dire :

— Comment on va faire maman attend sa mort pour toucher la pension de réversion.

Bella pensa : Quelle famille ! Finalement, ma mère est morte la première…

Je vouais à papa une affection admirative. Ce qui est certain c'est que je ne recherchais pas mon indépendance, j'étais toujours en train de solliciter son approbation. Elle était sidérée par les paroles que je prononçais devant lui, et, se demandait s'il en était ainsi de toutes les filles. A plus de cinquante ans, je déclarais devant papa :

— J'ai fait des examens médicaux à cause de mes saignements vaginaux, tout est normal, les ovaires sont normaux, j'ai quelques fibromes mais ils n'ont pas évolué depuis plusieurs années. J'ai un endomètre de jeune fille, je pourrais même avoir un enfant !

La pensée de Bella : Oh là là ! Et puis quoi encore ?

Papa lui raconta que ma mère me giflait lorsqu'enfant je marchais main dans la main avec lui, qu'au moment de son divorce je choisis de vivre avec lui, mes frères allèrent chez ma mère, nous étions tous majeurs… Que ma mère était jalouse de moi.

— Si elle avait vécu chez sa mère, elle n'aurait jamais eu son diplôme de médecin… Lui dit-il.

Après son divorce, il vivait avec sa première maîtresse dans un grand appartement qui communiquait avec un studio qu'il avait loué pour moi. Cette femme au bout de quelques mois partit, car, à son avis ma présence ne leur permettait pas de vivre une relation de couple normale… De mon côté dès que je présentais à mon père un garçon qui souhaitait sortir avec moi, il refusait de le recevoir, et lui trouvait tous les défauts de la terre :

— C'est un « nullot ». C'est un bon à rien…

Dès que j'énonçais son nom de famille il rétorquait :

— Tu parles d'un nom ! C'est d'un grotesque !

Car bien sûr il n'y avait que notre nom de famille de bien sur terre. Les autres… D'ailleurs je me demandais si ce n'était pas à cause de son nom qu'il demanda sa compagne en mariage. Elle avait un très joli nom de famille et en France comme à l'étranger lorsqu'elle arrivait avec lui quelque part, le personnel hôtelier faisait tout de suite une remarque agréable, c'était elle qui attirait l'attention, cela vexait le Gros Narcisse, sa vanité n'était pas satisfaite, infantile, il était jaloux.

Chaque-fois que je venais les voir j'apportais des crèmes offertes par des laboratoires, crèmes réparatrices, hydratantes, après-rasage, et la dernière fois, je renversai sur la table devant mon père une sacoche contenant des tubes parmi lesquels un tube de lubrifiant et je dis en le saisissant vivement :

— Qu'est-ce que cela fait là ça !

Elle avait honte pour moi, mais ne dit rien ! Elle pensa à la chanson « A nos actes manqués » Elle avait le sentiment que je ne voyais rien… Mon père lui dit un jour :

— J'adore ma fille.

Et puis :

— Tu sais l'œdipe est là !

Lui avait l'air d'y voir quelque chose de trouble.

Lorsqu'ils quittèrent la région Parisienne pour la maison du sud, après ma première visite, je fus malade de jalousie en voyant le luxe dans lequel elle vivait. Elle avait un bureau, une salle de repassage en plus d'une buanderie, un atelier de peinture ! Et, en rentrant dans mon deux-pièces à Paris, j'eus tellement mal que je téléphonai à mon père en pleurant.

— Eh bien ! C'est tout petit chez moi, je n'ai pas de place pour ranger mes affaires !

Sa pauvre fi-fille riche… Dans leur maison leur chambre occupait à elle seule tout un étage. Un puits de lumière venant du toit inondait leur salle-de-bains. En emménageant mon père changea tout, il fit installer une balnéo très tendance, avec tous les gadgets modernes remplissage automatique, chromothérapie, effet vagues, bain tonique, bain relaxant, désinfection automatique à l'ozone et que sais-je encore ! Les travaux à peine terminés, il dit à sa femme :

— Je vais dire à Béné d'y prendre un bain cela lui fera plaisir.
— Oui, oui, c'est une très bonne idée.

Le contrarier pour si peu. Elle se disait : Si elle accepte la pauvre, c'est plus que grave que je ne le pense. En fait il ne me l'a jamais proposé, mais s'il l'avait fait, j'aurais accepté. J'aimais tellement leur chambre et leur salle de bains ! Bella observait tout cela et ne faisait pas de vague, aucune remarque. Venant la fois suivante passer une semaine de vacances chez mon père.
Je dis :

— La suite princière est-elle prête ?

Je m'installais dans la chambre d'amis : Luxueuse, du marbre rose fileté de gris partout, grande salle d'eau, grand dressing, étagères, penderies, tiroirs à ouverture automatique, une « foultitude » de coussins, d'oreillers, de draps de satin. Mais voilà : Lorsque je venais chez eux, je m'arrangeais toujours pour monter dans leur chambre, sous prétexte qu'il n'y avait pas de miroir suffisamment grand dans les chambres d'invités… J'annonçais :

— Je ne me vois pas en totalité dans le miroir, je viens terminer ma toilette dans la chambre de papa.

Pour me contrer Bella acheta une psyché qu'elle mit dans la chambre d'amis que j'occupais régulièrement. Ainsi, je ne pouvais plus justifier mon entrée dans la chambre du couple…Qu'à cela ne tienne : Je trouvais un prétexte. Je montais dans leur chambre car j'avais besoin d'un sèche-cheveux… Pas de soucis, dès que j'annonçais mon arrivée, elle mettait un sèche-cheveux à ma disposition : Bien en vue sur mon lit… Je trouvais un autre prétexte :

— Je viens voir la chambre de papa, je l'aime beaucoup.

Elle fit exprès de me laisser seule dans leur chambre avec mes démons dont je ne prenais même pas conscience… J'y restais longtemps, elle se demandait ce que je pouvais bien y faire… Mon père a ouvert la porte des toilettes et m'a trouvée assise sur le « trône ».

— Tu n'as pas verrouillé la porte me dit-il !

Je me comportais comme un bébé…

Je m'adressais à Bella :

— Je vais dire à papa d'enlever ce tableau et de mettre celui-ci à la place.

Je ne réalisais même pas que j'étais chez elle, ce n'était pas à moi de décider du lieu ou de la place des choses… Elle fit celle qui n'entendit pas… Combien de fois en tant d'années…

Papa m'aimait tellement qu'il disait qu'à l'aéroport au lieu d'avoir une file « kiss and fly » il faudrait écrire « kiss and cry » Il pleurait pour moi, il ne l'aurait pas fait pour Bella ni pour aucune autre femme au monde.

Chaque fois que je venais chez eux je m'arrangeais pour laisser quelque chose et je disais :

— Je laisse chez papa quelques affaires.

Elle comprenait : Je ne coupe pas le cordon, bien au contraire, je tiens à ce cordon. Elle se souvenait d'une histoire de valise que je venais chercher chez papa à chaque fois que je partais en voyage, je ne voulais pas dépenser mon argent. On se prêtait la valise de ma grand-mère à tour de rôle. C'était encore un lien entre nous. Bella riait sous-cape. Il vivait avec moi, ou, loin de moi comme en symbiose avec moi. Il était incapable de compassion, mais il était chaque jour à certains moments, chaque week-end plus généralement à mon écoute souhaitant diriger mes pensées et mes actes. Dès que quelque chose changeait dans mon ordinaire, il en parlait à Bella, il lui décrivait le contenu de mes portefeuilles d'actions sans aucune délicatesse pour elle qui était à cent mille lieues de mes revenus et de mon capital… Il est très difficile d'être l'épouse d'un homme qui a sa fille dans la peau. Chaque jour elle subissait ses remarques sur ce que je vivais à distance. Il n'avait aucun tact et n'hésitait pas à lui dire

— Béné doit se lever tôt aujourd'hui, ce n'est pas drôle pour elle.

Il semblait parfois que je faisais partie de lui…

Il tomba sur un article concernant le Reiki, sa femme le pratiquait depuis des années, il s'en désintéressait complètement, mais récemment m'ayant entendu dire que Dora, ma nouvelle amie, était Maître de Reiki, il leva la tête de son journal et s'exclama :

— Je crois que c'est cela que pratique l'amie de Béné, c'est très intéressant, je vais découper l'article et je le lui enverrai… Elle ne put s'empêcher de lui dire :
— Je pratique le Reiki depuis des années et tu m'as toujours dit que c'est de la fumisterie !

C'était ainsi avec Magic John…

Lors du dernier passage de Matt chez papa, Bella me prit au piège : Chaque fois que je venais, je me lavais les cheveux. Ce n'était pas un problème, je disposais d'une salle d'eau bien équipée. Cette fois je demandais à Bella si je pouvais utiliser sa salle de bain privée :

— J'aimerais bien me faire un shampooing dans votre salle de bain, le système de douche est plus pratique qu'en bas.

C'était bien la première fois que je demandais à Bella l'autorisation de faire quelque chose, j'agissais toujours comme je pensais et je ne disais jamais rien à Bella qui d'ailleurs mettait tout de suite tout le monde à l'aise. On était chez elle comme chez soi, on ouvrait le frigo, on se servait, on prenait ce que l'on voulait ; le petit déjeuner comme à l'hôtel était en self-service à l'heure qui vous plaisait, il n'y avait ni contraintes, ni obligations. Cette fois, Bella fit très fort, elle sortit une tirade qui devait trotter dans sa tête depuis longtemps :

— C'est incroyable ça ! Tu aimes l'intimité de ton père ! A chaque fois que tu viens ici tu trouves un prétexte pour entrer dans ma chambre ! Tu ne voudrais pas qu'en plus je te fasse couler un bain et que ton père vienne te laver ! Tu devrais raconter cette conversation à un psychiatre, il t'ouvrirait les yeux ! Cela dit, la vie est courte, il faut tant que faire se peut assouvir ses désirs, j'aurais donc tendance à te dire oui ! Mais réfléchis un peu ! Est-ce que ta demande te semble cohérente ! Tu as tout ce qu'il te faut pour laver tes cheveux dans ta salle de bain ! Qu'est-ce que tu as à faire dans la nôtre !

Nous étions, elle, mon frère et moi dans la salle de séjour, Matt assis devant l'ordinateur de papa à deux pas de nous faisant semblant de continuer ses investigations sans rien entendre, ne bougea pas, ne dit mot. En face d'elle surprise par sa réponse, j'agitais mes bras de haut en bas, lui faisant signe de parler moins fort, elle ajouta :

— Tu vois maintenant ce qui te reste à faire !

— Bon, je vais « mettre une plombe » mais je descends me laver les cheveux ! Et je disparus. Coïncidence étrange, deux heures plus tard, après le dîner nous nous réunîmes pour regarder un film, à ma grande surprise et certainement à celle de Matt et de Bella, dix minutes à peine écoulées, une assistante sociale demanda à un père de famille de quelle façon il donnait un bain à sa fille, les paroles du scénario faisaient écho à celles de Bella. Je dis :

— On ne regarde pas ça ! On change de film…

En rassemblant tous ces détails, que dis-je, tous les indices, énumérés ci-dessus elle avait la preuve que ma relation avec mon père n'était pas normale. Nous n'étions ni l'un ni l'autre réellement conscients, et cela m'empêchait sans doute d'être moi-même…

Bella vit dès son entrée dans notre famille que je recevais chez papa, j'invitais mes amis pour mon anniversaire, et pour les remercier soit à son domicile soit dans sa résidence secondaire…C'était papa qui disait merci à ma place…

La présence de Bella ne changea rien à la donne, je recevais toujours chez papa ! C'est ainsi que je fêtais pour la énième fois mon anniversaire chez mon père qui depuis des années maintenant vivait avec sa nouvelle compagne, qu'il avait à notre grande surprise épousée. Je ne demandais jamais son avis à ma belle-mère, j'agissais chez mon père exactement comme si elle n'existait pas… Voyez le respect ! Elle pensait que mes amies n'y voyaient que du feu. En effet, Dora une nouvelle copine me recevait tous les week-ends, à Noël, au Nouvel An, j'invitais même mes autres amies chez elle. Oui, j'étais capable de cela. Je savais m'y prendre. Cela s'appelle manipuler. J'étais seule, donc pas très encombrante, et tellement gentille :

— Je suis désolée pour Lou, en ce moment elle déprime, j'aimerais la sortir pour lui changer les idées.

Et mon amie, bonne pâte me répondait :

— Mais viens avec elle.
— Tu es sûre que cela ne te gêne pas !
— Mais pas du tout.

Quant à moi je ne recevais jamais, je n'offrais même pas un café et encore moins le restaurant… Alors, l'astuce trouvée depuis longtemps, que dis-je, depuis toujours : J'achetais cette fois à Dora un aller-retour pour la villa du soleil. Je savais que mon amie ne prenait pas de vacances, elle se disait fauchée. Quelle générosité de ma part ! Quel cadeau ! Ce que personne ne savait, c'est que mon papa me le rendrait au centuple… Je l'annonçais à mon père :

— Je viendrai te voir dix jours et ma copine Dora viendra les cinq derniers jours. Tu comprends je lui achète son billet.

Mon père était enchanté, je venais peu chez lui, deux fois l'an seulement, et là, j'allais venir pour Son Anniversaire avec une belle jeune femme (à qui je devais tant) C'est papa qui endossait ma dette, c'était lui qui allait remercier, payer et croyez-vous que Dora vît la nuance, qu'elle s'aperçut un seul instant que je manipulais tout le monde avec une amabilité feinte afin qu'on m'aimât encore plus. Pour ces réceptions chez papa, je n'ai jamais tenu compte de Bella, papa les lui imposait. En fait elle ne voyait pas d'inconvénient à mon attitude incorrecte. Elle aimait les réceptions et les jeunes, donc elle était toujours d'accord. Elle préférait cela, aux joutes verbales quotidiennes avec mon père, qui la stressaient, l'attristaient, la déstabilisaient. Mais cette fois c'était plus important, ce n'était pas un repas que j'imposais mais un séjour. Je me sentis obligée de lui en parler ! Le téléphone sonna, Bella me dit bonjour et me passa mon père, ce dernier ne voulait aucune confidence entre nous. Il devait savoir ce que nous disions. Il était jaloux d'une relation que j'aurais pu entretenir avec elle, il nous l'avait carrément interdite, donc je dis :

— Bella c'est à toi que je veux parler. J'ai invité mon amie Dora à venir passer cinq jours chez vous.

La réponse de Bella partit d'un seul jet.

— Oh ! Non ! Nous sommes trop fatigués.
— Merde ! J'ai déjà pris les billets ! Mais nous allons vous aider. Dora peut tout faire. Je viendrai chez papa dix jours et ma copine Dora me rejoindra les cinq derniers jours.
— Je te passe ton père.

Pour elle s'en était trop. Alors j'expliquais à mon père que je devais beaucoup à Dora : Elle m'avait soutenue après le décès de ma mère, aidée à trier ses affaires, à faire mes cartons, elle m'invitait tous les week-ends et au moment des fêtes, et je ne l'avais jamais invitée… Je précisais à mon père que cette fille serait là pour Son Anniversaire (mais qu'il ne devait pas dépenser pour l'occasion…) Nous n'en parlâmes plus et je ne risquais pas de changer d'avis. J'avais l'accord de mon père, Bella était sans importance. Ils avaient soixante-quinze et près de quatre-vingt-dix ans. Croyez-vous que j'imaginasse un seul instant que le fait de nous recevoir durant dix jours les fatiguerait, (Je ne pouvais pas le savoir, je ne recevais personne) que les cinq derniers jours seraient difficiles. L'organisation des repas ne posait pas de problème, Bella adorait cuisiner, un couvert de plus ou de moins, à mon sens, ce n'était pas un souci pour elle, c'était juste leur rythme de vie qui changeait et j'avais à faire à des gens âgés ! Quelques années plus tôt au moment du « clash » avec Lola et Nick, au cours d'une conversation Bella me dit :

— Comment peux-tu inviter chez les autres ! Cela ne se fait pas !

Pour moi c'était une découverte, je le faisais tout le temps et personne ne m'avait fait de remarque…

— Oh ! Mais l'autre jour j'ai invité Lou chez Dora et ça ne posait pas de problème !
— Tu fais ce que tu veux, mais je peux te dire que c'est un manque de respect et si on fait cela chez moi, je me « tire » ! Qu'avais-je entendu là ?

En allant à son cours de chant, Bella parla de mes projets à ses copines, de son souhait de prendre l'avion et de partir quinze jours à dix mille kilomètres chez son frère avec qui elle s'entendait « comme larrons en foire », et sa belle-sœur qu'elle aimait beaucoup, les filles de la chorale furent unanimes :

— Ne t'en vas pas, si tu le fais tu lui donneras un « quitus » elle se sentira d'autant plus chez elle, elle pourra fouiller dans tes affaires, manipuler encore plus son père, jeter du discrédit sur ta personne…

Eh, bien ! Figurez-vous qu'elle ne s'est pas « tirée ». Elle faillit le faire, elle téléphona à sa belle-sœur, lui annonça son arrivée. Je vous avoue que j'eus très peur de me retrouver seule avec un vieillard et l'obligation de tout prendre en charge pendant dix jours. Avant de venir je demandais à papa si elle était partie…Et je poussai un soupir de soulagement de la savoir là. J'eus très chaud ! Franchement elle fit un effort, elle n'avait aucune envie d'être là durant mon séjour. Elle m'accueillit cordialement comme à l'accoutumé, sans parler de la venue de Dora, comme si c'était un sujet tabou. Le troisième jour mon père mit tout naturellement la question dans la conversation et Bella me dit :

— Tu as très bien fait !

Je l'ai crue et je la crois encore. Mon séjour fut parfait, Dora arriva et vécut son week-end prolongé dans une atmosphère d'allégresse générale. Elle resta quatre jours au lieu de cinq, elle perdit une journée à cause d'une grève à l'aéroport, quatre jours merveilleux. L'accueil de ma belle-doche fut fantastique, elle organisa tout au mieux. Ce fut un enchantement : Le ciel était avec nous, il faisait un temps splendide… Le soir de l'arrivée de Dora mon père réserva quatre couverts chez Coco Loco dans le carré d'Or, nous passâmes une soirée arrosée de punchs et de planteurs, dans la joie et la bonne humeur. Le lendemain nous déjeunions les pieds dans le sable avec du « Mojito » à gogo chez Manu que papa connaissait bien évidemment. Le samedi soir voyant que son mari n'avait rien prévu, Bella nous invita au café Roma (Elle était contre ce qui se passait, mais aimait tellement la fête qu'elle oubliait sa fatigue, vivait le présent dans la joie, faisait même mieux, paya le restaurant) ce qui nous permit de nous balader le long de la jetée et de passer une soirée de rêve. Le dimanche jour anniversaire de papa, ce fut l'apothéose : Entrée dans un carré VIP réservé dans un hôtel sélect, pour un apéritif chic, un DJ pour une musique de danse, suivi d'un repas fin, foie gras, homard, magret de canard, omelette norvégienne, en présence de leurs amis et relations. Nous étions une vingtaine. Danses, boissons, rires… Le lundi, ma belle-doche salua notre départ avec un excellent repas. Elle oublia de servir l'entrée.

— Avec l'âge j'oublie toujours l'entrée, je ne l'ai pas noté ! Vous auriez dû me le rappeler les filles, le plat est resté au frigo.

Nous quittâmes les lieux à regret, avec le sentiment qu'ils vivaient eux, chaque jour un rêve… Et moi, jamais je n'offris ne serait-ce qu'un café à cette chère Bella en vingt ans… Pensez-vous que mon amie trouva quelque chose d'anormal à mon attitude ? Que pouvait-on demander de mieux. Dora enchantée par son séjour invita Bella et mon père chez elle, insistant beaucoup :

— Venez à Noël ! Venez pour le réveillon du Nouvel An !

Je faisais la sourde oreille, n'ayant jamais invité, je n'allais pas commencer.

Qu'est-ce que Bella voyait en moi ? Une victime sous une emprise « incestuelle » destructrice, certainement, mais aussi une manipulatrice, jalouse, envieuse, voleuse et avare. La totale quoi !!!

Mon père voulut m'offrir cette fois, qui serait la dernière, une croisière en Méditerranée pour mon anniversaire. Ma belle-doche, sans hésiter une seconde était d'accord pour que le voyage se fasse à deux : Mon père et moi. Elle fit tout ce qui était en son pouvoir pour ne pas venir avec nous. Ses arguments :

— Tu ne vois pas souvent ta fille c'est l'occasion de profiter de sa présence, elle sera ravie d'être avec toi, vous pourrez parler de votre passé, de gens que je ne connais pas, retrouver vos souvenirs, ce sera bien pour vous.

En réalité, elle ne voulait pas se retrouver huit jours en ma compagnie. Elle disait :

— S'il y a des étrangers Béné ne fait aucune remarque désobligeante, mais si je me retrouve seule avec elle et son père, sous des dehors anodins, elle me reprochera chaque bouchée que je vais avaler.

Mon père insista tellement pour qu'elle vienne qu'elle finit par accepter. Mais elle n'était pas dupe, elle savait que sa présence avait pour but de m'éviter tous les inconvénients de sa vieillesse : Le massage de ses articulations douloureuses, les soins de peau et le traitement des ecchymoses qu'il se faisait dès qu'il heurtait un objet, les saignements de nez et que sais-je encore… Elle nota précisément qu'avec moi dès le départ elle allait se contrôler évitant que le séjour ne tourne au vinaigre. Le jour où nous quittâmes la maison pour cette croisière tant désirée par mon père, il décida de mettre sa voiture au parking longue durée et dit :

— Ce sera un peu plus de cent euros à notre retour.

Ma réponse :

— Pourquoi ne prenez-vous pas un taxi, ce serait beaucoup moins cher !

Elle ne dit rien, mais n'en pensa pas moins, savait que le taxi coûtait plus cher étant donné l'aller-retour, moi, qui ne connaissais strictement rien du mode de fonctionnement de leur ville, ne savais même pas de quoi je parlais, je l'agaçais dès le premier jour…

Papa prit une cabine avec balcon pour lui-même et pour faire des économies, juste en face une cabine sans ouverture pour moi et je m'écriais :

— Moi qui suis claustrophobe, je ne vais pas pouvoir être là sans hublot !
— Mais, non voyons, c'est juste pour le temps du sommeil, j'ai pris une inscription au spa pour bénéficier chaque jour des terrasses privées de repos. C'est là que nous passerons nos journées.

Ma belle-doche tout de suite :

— Pourquoi ne t'installes-tu pas dans la chambre de ton père ? Les cabines sont juste en face l'une de l'autre, cela ne me gênera pas de dormir de l'autre côté, de toute façon nous serons tout le temps à l'extérieur…
— Oh ! Non ! Non ! Non !!!

Elle n'insista pas.

Mon père demanda le roomservice et nous primes tous les trois le petit-déjeuner sur leur balcon. Je m'adressais à ma belle-doche :

— C'est ça ton jus de fruit ? On dirait du pipi !

Mots aimables dès le matin.

— J'ai pensé exactement comme toi !

Ah ça ! Ce n'est pas Bella que vous alliez surprendre, elle pensait mais avait la délicatesse de ne rien dire…

Première escale à Naples. Elle s'attendait à une surprise désagréable de ma part chaque jour, elle fut servie. Comme mon père m'offrit le package : croisière plus une semaine de thalasso dans un spa splendide, elle pensait naïvement que j'allais passer des journées avec lui, la soulageant elle de la pression psychologique qu'il exerçait constamment. Mais c'était loin de mon objectif à moi, nous marchions le long des fouilles archéologiques juste en face du port et de suite je déclarais :

— Vu la façon dont vous marchez. Je vous laisse, on se retrouvera ce soir à l'embarquement !

Carrément ! Je les plantais là. Je continuais seule. Je n'avais pas d'états d'âme, je ne me disais pas c'est sans doute la dernière croisière, le dernier voyage que je faisais avec papa, je vais vivre ces instants en sa compagnie… Je ne me disais pas non plus, il a tout payé la moindre des choses c'est que je passe quelques heures avec lui. Non, je vivais ma vie… Moi non plus je ne voulais pas subir la pression exercée automatiquement par papa me souhaitant toujours sous son contrôle.

— Comment vas-tu nous retrouver ? S'enquit-il.
— Ne t'inquiète pas ! Je vous retrouverai ce soir sur le bateau. Me voilà partie…

Bella pensa que beaucoup de jeunes feraient de même, adios ! Moi je vivais à mon rythme, les vieux ce n'était pas mon problème…

Le soir, j'eus l'agréable surprise de voir arriver à notre table une magnifique bouteille de champagne, au dessert le personnel au complet entonna « Happy Birthday » et on partagea l'énorme omelette norvégienne que Bella commanda, avec les autres convives car mon père, embarquait sur d'énormes paquebots mais demandait un service privilégié en petit restaurant luxueux où nous étions peu nombreux. Bella aida mon papa à organiser ce repas, en sortant du restaurant je ne voulais pas laisser un service au personnel, ma belle-doche était scandalisée, mais, ne dit rien. Elle remercia le personnel en mon absence.

Dès la première nuit elle commença à faire des cauchemars : Une voiture roule sur la gauche pour effectuer un dépassement, une autre arrive en face et est projetée sur l'autre comme en cascade. Elle se réveilla en sursaut. Le lendemain en Sicile nous fîmes escale à Catane « Grandeur et décadence » ce fût l'impression que laissaient ces bâtiments magnifiques, non entretenus, le délabrement s'installait, l'argent s'était-il envolé… Nous marchions et visitions le marché. Venant de toute parts des paniers remplis d'espadons, de daurades, de bars, de sardines, de petits poissons à friture, de pieuvres, de palourdes, de moules, comme je n'en avais jamais vu ailleurs, arrivaient aux étals des marchands. Des monceaux de glace fondaient de partout, d'énormes couteaux s'activaient sur les thons, des coquillages baignaient dans des cuves d'eau de mer. Le gens criaient, couraient, l'atmosphère était à la fête. Mon père se fatiguait, il avait mal aux pieds, mal aux genoux, il ne s'exprima pas auprès de moi. Il dit à son épouse,

— Je suis épuisé il faut s'arrêter et déjeuner dans la première trattoria venue. Lorsqu'elle me l'annonça, je m'exclamais :

— Mais voyons, on ne va pas s'arrêter dans ce restaurant qui n'a rien de charmant on va chercher un petit coin plus typique !

Lui « crevé » :

— C'est très bien ici.

Il s'installa… Moi :

— Non ! Je veux autre-chose dans une petite rue, moins touristique !

Mon père se plaisait toujours à satisfaire mes demandes, mais là il n'y avait rien à ajouter, il fallait s'arrêter, il n'en pouvait plus de marcher. Bella savait qu'il avait besoin de s'asseoir, par orgueil il ne voulait pas me dire qu'il était fatigué, qu'il avait mal aux pieds, qu'il souffrait. Il passait des vacances avec sa fi-fille bien-aimée, il ne voulait pas gâcher ces moments si exceptionnels, et merveilleux pour lui… Il ne voulait pas montrer les failles liées à son âge, à mes yeux il voulait être toujours le plus beau, le plus fort. Il était acculé par le poids des ans. Faisant contre mauvaise fortune bon cœur, je m'installais avec eux. La serveuse nous présenta la carte, nous demandâmes le vin en carafe, le moins cher. La serveuse déclara qu'elle n'en avait plus.

— Elle nous a vu venir celle-là. Elle n'a plus de vin à cinq euros, elle en a à dix cela m'énerve et me met en colère ce genre qui profite du touriste ! Bella joue l'apaisement :
— On ne gâche pas l'instant présent pour dix euros, je paierai le vin…

A la fin du repas je rajoutais :

— On ne donne pas de service, ce n'est pas nécessaire.

Le mardi un autre cauchemar pour Bella une voiture arriva en face d'elle et freina juste à temps… Elle faillit être écrasée, se réveilla en sursaut… Prochaine escale les Baléares, Palma, je rentre au Mac Do faire pipi en précisant bien :

— C'est le seul endroit où on ne paie pas.

Papa dit à Bella, mais pas à moi ouvertement car il voulait me faire plaisir, et aussi se montrer dynamique et en forme :

— Cela m'épuise de piétiner de cette façon dans la ville !

Elle l'installa en terrasse et offrit des glaces. Ce n'est pas moi qui allais ouvrir mon porte-monnaie, il est toujours « rempli d'épines d'oursins ». Le mercredi, les cauchemars continuaient pour Bella : Elle fuit sa maison poursuivie par des policiers et se réfugie dans la voiture d'un voisin. Elle se disait : C'est la première et la dernière fois que je passe des vacances avec Béné, c'est incroyable, elle me fait faire des cauchemars.

Le soir il y avait dancing sur le pont. Au bar une promotion : Deux caïpirinhas pour le prix d'un, je vais pouvoir en acheter j'adore ça, j'arrivais donc près d'eux avec les deux verres, je tendis un verre à mon père. Voyant qu'il n'y avait rien pour Bella, car je n'étais jamais gênée de boire ou de manger devant les autres, sans en offrir, papa s'adressa à elle :

— Tu en voudrais un ? J'irai te le chercher.

Elle, magnanime ou hypocrite :

— Non merci, c'est très gentil, j'évite l'alcool…

Elle faisait partie de ces individus sympathiques et aimables qui sont la proie des pervers : Facile à vivre, conciliante, compréhensive, elle ne se fâchait jamais, toujours le sourire. Mon père se contenta de lui faire tremper ses lèvres. Sans aucune autre réaction nous nous « éclations » dans nos cocktails à son nez et à sa barbe. Elle n'en revenait pas. Avoir l'insolence de me comporter de cette façon. Moi, je me fichais complètement de ce qu'elle pouvait penser : Pas de soucis, elle se rattrapera sur mon héritage. Les familles recomposées reposent toujours sur une décomposition n'est-ce pas ?

Malheureusement pour Bella, il y a la nuit. On naviguait vers Barcelone. Cauchemar suivant : Elle devait déterrer un cadavre pour le transporter ailleurs. Là elle décida, c'était ferme et définitif, plus jamais de vacances avec moi… Même si papa offrait d'aller voir le Taj Mal ! C'était encore un de ses rêves… Dès la sortie du port, on déambulait le long de la rambla, on visitait le marché. Mon père émerveillé comme un enfant par les étals de fruits multicolores, un tel choix de mélanges exceptionnels, voulait s'offrir une barquette bariolée. Je dis :

— Je vais t'en acheter.

Évidemment pour payer un euro de moins, je ramenais une banale salade de fruits, moins belle que celles que Bella lui préparait à la maison, ce n'était pas la barquette remplie de mangues, de papayes, de pitayas ! Il se contenta de ce que je lui donnai. Elle lut la déception sur le visage de son mari. Elle savait d'expérience et depuis longtemps que si c'était moi qui payais quelque chose, ce serait le plus moche et le moins cher…

Son avant-dernier cauchemar durant la traversée : Elle se trouvait dans une pièce ou poussait un manguier couvert de fruits qui pendaient du plafond, mais il en était de même de l'homme en face d'elle, il expliquait que l'arbre poussait en lui et donnait ses fruits qui mûrissaient maintenant… C'était effrayant, mais un vrai tableau de Dali !

Son ultime cauchemar en mer : Elle était sortie faire des courses, elle téléphona chez elle, son mari lui dit : Je vais mourir. Elle répondit : J'arrive et essaya de voir ce qu'elle pouvait faire : Elle n'avait pas de voiture, son téléphone n'était plus utilisable. Elle trouva un homme qui voulut bien l'aider mais son téléphone aussi ne fonctionnait pas, sa voiture non plus, elle ne pouvait rien faire, le temps passa, toutes ses tentatives furent vaines. Elle monta vers un lieu fréquenté, elle ne put obtenir de l'aide, elle arriva sur un groupe de fous : Tous les gens étaient nus ! Elle se réveilla en sursaut, avec un sentiment d'échec…

Elle savait qu'elle refuserait dorénavant catégoriquement d'aller en vacances avec moi, elle ne répondrait pas aux « pourquoi » de papa, elle resterait de marbre mais, dans le même temps, elle eut le pressentiment de la mort prochaine de son mari.

C'était la fin du voyage, papa voulait laisser un service à la femme de chambre, moi :

— Non, il n'y a aucune raison ! Ils sont payés pour ça !

Elle ne dit rien, mais dès que j'eus le dos tourné, elle laissa un service et alla au restaurant pour grassement remercier l'équipe qui chantait à mon anniversaire…

— Il ne faut pas être naïve, lui dis-je, ces gens-là ne t'aiment pas.

Elle n'avait pas l'air de réaliser que leur amabilité était liée à ses largesses.

— Ce n'est pas une question d'amour, mais de service voyons !

Elle n'en revenait pas. Elle pensait que je n'avais aucun amour pour mon prochain. Elle entendait cette remarque pour la première fois. Elle ajouta :

— De toute façon, moi, je les aime…

Ce séjour en mer lui rappela la première croisière qu'elle fit avec mon père dans les Caraïbes, au bout d'une semaine de navigation elle n'en pouvait plus et n'avait qu'une hâte rentrer chez elle, reprendre le travail. Car l'un comme l'autre nous étions, mon papa et moi, des pollueurs, justes capables de vous gâcher ce qui pouvait être un moment de rêve… C'était il y a fort longtemps, vingt ans peut-être, tout au début de leur relation, elle n'avait pas encore mis en place ses systèmes de défense, de protection, ses fameux mantras, elle subit dix jours durant, toutes les paroles négatives que son futur mari déversait au quotidien… Le soleil ne se couchait pas au bon endroit. Le personnel n'était pas aimable. La table était trop près du hublot. Le café, ce jus de chaussettes, n'avait aucun goût. Les voisins de table, ces américains étaient habillés comme des miséreux. Elle n'en pouvait plus. Se disait comment peut-on se gâcher ainsi l'existence alors que l'on a la chance de faire partie sur terre de ceux qui mangent à leur faim, qui ne sont pas contraints de fuir sous des feux ennemis, qui ne se sentent pas obligés d'émigrer dans des conditions épouvantables…

De retour à la maison, on continua les sorties. Lorsque j'étais chez eux, papa faisait le maximum. Et, les « planter là » tous les deux, ce n'était pas nouveau, je le faisais toujours. Comme mon père, j'étais une opportuniste et j'aimais profiter des situations.

Bella nous invita dans un restaurant Italien où descendaient toutes les stars Hollywoodiennes. Le repas terminé, on visitait la vieille ville, je partis en déclarant :

— Je continue, je vous retrouverai dans une heure à la voiture !

Mon père était ravi de me faire visiter un lieu nouveau à sa grande surprise, je lui dis :

— Je connais bien la ville, j'avais une amie qui m'invitait chaque année dans sa maison, je venais souvent ici.

Ce que je ne lui disais pas : L'amie se rendit compte, de ma conduite abusive j'étais invitée, mais moi, jamais je ne la reçus, pas une seule fois je n'offris une sortie au restaurant, et encore moins ne fis livrer un repas, ou, une caisse de vin par un traiteur. Plus les années passaient plus les épines d'oursins décoraient ma carte bancaire, j'arrivais chez elle minable avec mes échantillons de crème pour la peau en croyant faire un geste de grand seigneur. Alors elle me laissa tomber, disparut de ma vie et je me demandais encore pourquoi…

Papa adorait la navigation durant mon séjour souvent nous allions de ville en ville en longeant la côte par mer :

— Je vous laisse, je vous rejoindrai au bateau…

Je restais en leur compagnie juste le temps du restaurant. Je ne me pliais pas à une allure de vieillards, je voulais faire ce qui m'intéressait surtout à mon rythme. J'avais grandi sur ce modèle là… Moi d'abord.

Mon père était mon modèle.

Mes vacances terminées, au moment de mon départ voyant ma valise grosse comme un ballon Bella me dit :

— Ta valise est drôlement gonflée !
— Ce sont les bouteilles que tu m'as données je te signale, c'est un cadeau empoisonné…

Je ne peux pas m'empêcher de jeter du négatif.

Son souhait lorsque je venais en vacances chez elle : S'en aller, me laisser seule avec mon cher père… C'est cela… Me confier la garde de mon papa pendant qu'elle « s'éclatait » dans sa famille : Les blagues, les jeux de société, les chants de ses petites filles s'accompagnant de leurs guitares, les rires… Rien à voir avec ce qui se passait chez nous : Le manque de communication, les agressions verbales, l'ingérence, la pression psychologique qui entraînaient tant de frustrations et d'amertume.

Toute la famille respirait mieux en l'absence de papa…

Mais comment lui dire :
— On est plus heureux quand tu n'es pas là !

Alors que c'était lui « bankfurt ». Elle l'appelait ainsi car depuis son mariage, le mot facture, n'existait plus pour elle…

GAMBARO

Mot japonais qui signifie : Tenir le coup de toutes ses forces pour y arriver…

Femme magnifique, grande, élégante, distinguée, Bella avait une personnalité forte. Comment fit-elle pour vivre tant d'années auprès de mon père sans se plaindre ? Comment et pourquoi supporta-t-elle ce tyran, qui plus est impuissant ? Quand elle le rencontra cela faisait plus de vingt ans qu'il était libre, aucune femme n'accepta de partager sa vie, elles fuyaient toutes après quelques mois à ses côtés. Qui était Bella ? Il y avait là pour moi un mystère… Comment construisit-elle cette carapace qui lui permit de subir toutes les vicissitudes de sa vie de couple ? Comment pouvait-elle supporter Magic John au quotidien ? Et si longtemps ? Pourquoi restait-elle auprès de lui ? D'où venait sa force, son courage, son abnégation ? Quels drames avait-t-elle endurés ? Son passé était-il pire que son présent ? Eh bien : Oui. C'était cela, son passé fut bien pire que son présent.

J'appris plus tard qu'elle vécut de longues années terribles auprès de son enfant malade. Je ne savais pas grand-chose de sa vie avant sa rencontre avec mon père, en tous cas, rien de son enfance passée dans les îles et j'avais peu d'information concernant sa vie de femme divorcée. J'appris que jeune étudiante elle se maria et fonda une famille avec un médecin Parisien, ils eurent un fils qui grandissait en sagesse, en beauté et en intelligence. C'était le type même d'enfant que tout le monde aurait aimé avoir… Son mari lui conseilla d'inscrire Franck dans un lycée très côté en vue de préparer son entrée plus tard dans une grande école. Mais dès la fin de sa classe de sixième, le petit déclara :

— Je vous ai assez vu, je veux aller en pension.

Franck avait choisi « Allemand 1ère langue » Vous ne pouvez pas vous imaginer les difficultés qu'elle rencontra lorsqu'ils voulurent, son conjoint et elle, inscrire dans un établissement public ou privé un élève qui demandait l'enseignement de l'Allemand comme première langue. En peu de temps ils étaient devenus spécialistes des écoles privées de France et de Navarre, ils téléphonèrent partout, et finirent par trouver un lycée pour Franck. Tous les dimanches soir, ils déposaient leur fils dans un secteur de la ville où un car de ramassage prenait les jeunes pour les conduire au pensionnat. Franck était un excellent élève sans que l'on s'occupât de son travail. Mais dès l'enseignement élémentaire son institutrice expliqua à sa mère qu'il ne pourrait jamais passer des concours car lui disait-elle :

— Pour les grandes écoles on ne vous demande pas seulement d'être intelligent, on vous demande aussi d'être rapide et votre fils n'est pas le premier à remettre sa copie.

Si l'enseignante avait pu deviner la suite des événements... Leur fils dut arrêter brutalement sa scolarité avant ses dix-sept ans... A la fin de la classe de seconde, Franck voulut quitter l'internat. Il avait un excellent bulletin scolaire et fut inscrit sans problèmes en première, section mathématiques pour la rentrée de septembre. Au bout de trois mois les choses devinrent catastrophiques, leur fils ne faisait plus rien, il rendait copie blanche. Dès cette époque et durant sept années consécutives leur vie fut un combat incessant pour sauver leur enfant du désastre. Sur le moment ils pensèrent à ce que tout le monde appelle une crise d'adolescence. Elle fit confiance à un psychologue qui leur fut conseillé par un confrère de son mari. Cette personne les entraîna dans un dédale d'où il devint très difficile de sortir : d'abord parce que c'était un homme marié sans enfant qui reporta son amour sur Franck, ce thérapeute adorait Franck, ensuite ce sentiment évolua conjointement avec l'homosexualité du thérapeute qui ne s'était jamais manifestée ouvertement, fort heureusement, du moins elle le pensait, mais ne pouvait que perturber un adolescent. Le Psy parlait beaucoup de la beauté de Franck et leur demanda s'il pouvait le présenter à un grand couturier pour en faire un mannequin. Leur réponse fut négative. Un peu plus tard il conseilla de le propulser dans la chanson car son « look plairait ». Bella et son mari dirent Non. Cependant Norman fut de bon conseil lorsque vint la question de retirer Franck du lycée pour l'inscrire en plein milieu d'année scolaire dans un autre établissement susceptible d'accepter un jeune ayant des troubles comportementaux. Grâce à ce monsieur, ils firent la connaissance de Krisnamurti et Franck entra dans un établissement scolaire du sud de l'Angleterre jusqu'à la fin de l'année. L'école n'était pas une secte mais de nombreuses personnes le pensaient. Bien au contraire son fils était dans un établissement extraordinaire : On respectait totalement l'individu, son milieu familial, ses croyances, sa race, sa religion. On vous demandait d'aimer votre prochain comme vous même. Le problème étant de se connaître soi-même et de s'aimer d'abord pour être capable d'aimer les autres… A compter de cette date, ils dépensèrent tellement d'argent pour sauver leur enfant, le sortir de la maladie mentale, qu'ils s'endettèrent pour de très longues années… Franck avait en Angleterre une vingtaine de copains de nationalités différentes, tous les cours se faisaient évidemment en Anglais. Six mois s'écoulèrent le mieux possible. Ils ne surent jamais comment Franck se débrouillait pour suivre les cours mais en rentrant chez ses parents pour les vacances il était parfaitement bilingue. Leur fils revint en fin d'année scolaire en leur disant qu'il n'avait jamais vu une ambiance de lycée aussi extraordinaire. Ce qui l'avait le plus étonné, c'était que le dernier jour avant de partir, tous les jeunes déposaient au milieu de la cour les objets trouvés n'importe où dans le domaine et chacun récupérait la chose à laquelle il tenait ou en faisait cadeau à celui qui l'avait rapportée. Elle pensa remettre son fils dans ce lycée après les vacances d'été mais cela coûtait vraiment trop cher d'une part, d'autre-part, Franck demandait encore un changement. Ils étaient maintenant spécialistes des écoles privées du pays alors qu'au départ elle n'avait jamais pensé inscrire son enfant dans une école pour fils à papa.

Franck reprit rendez-vous sans rien dire à ses parents avec Norman son psychologue. Les idées géniales de ce dernier allaient crescendo. Pour réussir à prouver que Franck était homosexuel, il organisa pour lui un rendez-vous un dimanche matin dans un parc en lui disant qu'une jeune femme très belle l'attendrait à une heure précise devant la grille principale du château et qu'un acte sexuel dans ces circonstances serait la preuve du contraire. Leur fils revint du rendez-vous en pleurant et ses parents découvrirent ainsi le pot aux roses. Franck portait sur lui un billet avec le nom de la jeune femme, le lieu du rendez-vous écrits de la main du psychologue ! Il fallait à tout prix interrompre cette relation patient-thérapeute complètement délétère ! Il était devenu impossible pour eux de détacher leur enfant de cet homme, un lien affectif très fort s'était créé. Ils ne voyaient pas comment faire pour repartir à zéro. Ce n'était cependant que le début de leur galère. Ils préparèrent la rentrée et l'éloignement de Franck, lui trouvèrent une place dans un cadre idyllique, un collège international situé dans une région touristique très côtée. La pension était chère mais moins coûteuse qu'un établissement en Angleterre. Dès cette époque, ils eurent l'aide de leurs amis. Un jeune couple leur donna les clés de leur propriété ce qui leur permit à moindre frais de venir inscrire leur fils, de s'occuper de sa rentrée scolaire. Ils n'avaient jamais vu un lycée aussi extraordinaire : Les enfants logeaient dans des immeubles en véritables petites chambres d'hôtel bien équipées, ils déjeunaient dans un self-service excellent. Ils avaient autour d'une agora sympathique une salle de cinéma, une superbe terrasse de café, une vraie banque qui fournissait aux familles des directives pour apprendre aux enfants à gérer leur budget. Franck n'y resta que trois mois. Après les vacances de fin d'année il leur demanda de rentrer chez eux. Rien n'allait plus. Il oubliait d'aller aux cours, il oubliait d'aller manger, il se « coupait » de ses copains… Devant cette situation, ils se donnèrent un mal fou et trouvèrent après de nombreuses recherches un établissement acceptant des jeunes au cursus scolaire difficile. C'était un lycée public avec internat. Un cousin habitant près de Nîmes accepta de recevoir Franck durant les week-ends. Tout se fit par correspondance et Franck se rendit seul dans son nouveau lycée.

Le jour où son mari et elles eurent la possibilité de quitter leur travail pour rendre visite à leur enfant, elle était dans un état fébrile se demandant ce qui se passait là-bas… Après avoir posé des questions à tout un tas de gens de la région qui ne savaient pas du tout de quel établissement scolaire ils parlaient, s'être perdus dans les chemins de campagne (les GPS n'existaient pas encore), ils garèrent leur voiture devant l'école, elle fondit en larmes. Un jeune pensionnaire réparait sa mobylette dans la cour. Lorsqu'elle vit son état physique cxprimant une complète marginalisation, elle dit à son mari :

— Je réalise seulement maintenant que notre fils n'est pas comme les autres.

Elle se re-saisit, demanda au jeune s'il savait où était Franck. Il les conduisit vers le Proviseur. Ils visitèrent les classes, les dortoirs, le jardin. Ils apprirent que les jeunes allaient se baigner dans le cours d'eau voisin, qu'ils faisaient des stages dans les parcs alentours. Elle acheta un petit palmier mis en pot par son fils il est toujours là pour qu'elle s'en souvienne… C'est à ce moment qu'elle prit réellement conscience de ce qu'était un échec scolaire pour une famille… C'était remettre tout ce que l'on avait « construit » pour son enfant depuis le berceau et peut-être même avant, en question. C'était réaliser que quelque chose de très important vous échappait, que la chair de votre chair vous faisait faux bond, c'était perdre votre force, votre pouvoir, la confiance que vous aviez en vous. (Ce ne sera que bien plus tard si vous ne devenez pas aigri, révolté, jaloux, si vous vous tournez vers l'amour que vous serez capable de dire, c'est mon fils, je l'aime, c'est son droit à la différence. Je ne dois pas lui imposer ma route)… C'était un lycée de marginaux, elle voyait ainsi avec son conjoint qu'ils n'étaient pas les seuls parents confrontés à des problèmes similaires. Mais ils étaient encore loin du gouffre, le pire allait venir. Ce fut le professeur de Philosophie qui conduisit Franck pour la première fois chez un Psychiatre. (D'ailleurs Bella pense souvent à cet homme dont elle ignore tout mais qui s'était occupé de son enfant et aimerait le rencontrer, le remercier. Qui est-il ? Où est-il ? Ils n'ont jamais su son nom). Le cousin qui hébergeait leur enfant durant les week-ends se rendait compte que l'état de l'adolescent s'aggravait mais leur laissait toute initiative car il avait en face de lui le père médecin. Les vacances arrivant, Franck revint chez eux dans un état de délabrement physique épouvantable : Jeans déchirés de la fesse au mollet, sale, puant, manches de chemises trouées, tout à l'avenant… Elle crut durant quelques temps qu'il n'y avait plus rien à faire. Et la ronde des psychiatres commença pour eux. Ils comptèrent que leur fils consulta vingt et un spécialiste en sept ans, parmi eux, trois leur apportèrent beaucoup, les autres ont fait de leur mieux… Les années de véritable galère commencèrent à compter de cette époque. Ils apprirent que la négligence vestimentaire correspondait au délabrement intérieur de l'individu. Franck portait des habits complètement déchirés, on se demandait comment son pantalon en lambeaux pouvait tenir sur son corps. Il ne se lavait plus. Son père craignait qu'il ne fasse une entrée triomphale dans son cabinet médical BCBG. Comment dire à un client non préparé que ce personnage en loques était votre fils. Franck sentait littéralement le bouc, lorsqu'on entrait dans sa chambre l'odeur était repoussante. Bella disait aux Psychiatres que cela sentait le diable, c'était un mot qui lui était venu à l'esprit sans qu'elle sache pourquoi… Ils n'étaient cependant pas encore totalement au fond du gouffre, c'était le début de la maladie, en septembre Franck put se rendre en Dordogne pour visiter les grottes de Lascaux. Il fit le trajet dans la voiture d'un couple d'amis et l'épouse lui fit cette remarque :

— Si j'étais ta mère, je te ficherais le pied au cul ! Franck répondit simplement.
— Mais voilà, tu n'es pas ma mère…

Cette jeune femme pensait sincèrement que leur fils se moquait d'eux… Elle ne pensa pas une seule seconde à une pathologie.

Bella ne vit pas la première tentative de suicide de son enfant, son mari ne voulut pas lui raconter comment cela s'était passé. Elle installa Franck sur son lit pour surveiller pouls, tension, respiration et Tomi (c'est le prénom de son mari) s'occupa de trouver un hôpital psychiatrique pour le faire interner. Ils ne surent jamais comment cela se passa au niveau du standard de l'établissement mais à compter de ce jour ils rompirent définitivement tous les liens avec le psychologue de leur fils car Norman réussit à faire passer à Franck un message lui conseillant de refuser l'hospitalisation. Leur fils était majeur maintenant, il avait dix-huit ans. Ils furent obligés de chercher une autre clinique. Leur psychologue leur joua là un vilain tour, se rendait-il compte du danger que courait leur enfant s'ils n'arrivaient pas à le faire soigner ! C'est là tout le problème de l'hospitalisation psychiatrique : A quel moment une personne devient-elle un danger pour elle-même et pour les autres ? C'est là que l'on se heurte à ceux de la famille qui vous diront que vous hospitalisez votre enfant pour vous en débarrasser. Le faire interner pour l'empêcher d'agir à sa guise. C'est la raison pour laquelle ils décidèrent en commun de ne pas mêler la famille à leurs problèmes. Bella pourrait vous dire qu'il n'est facile pour personne de conduire un malade mental vers un hôpital, le refus de soin est permanent. Franck ne voulait pas se rendre en clinique. Il était agité, en colère, se débattait. Manque de chance ils trouvèrent le moyen d'être arrêtés sur la route par la police pour un contrôle de routine. Quel stress ! Elle se disait pourvu que Tomi ne s'énerve pas, pourvu que les policiers ne nous trouvent pas bizarres, pourvu que Franck restât tranquille. Ils étaient tellement pressés d'atteindre leur but… L'hôpital… Dans des cas pareils on donnerait tout pour que la majorité soit remise à vingt et un an ! Car si votre enfant majeur refuse de se faire soigner vous ne pouvez rien pour lui, ou alors il vous faudrait passer par une procédure que l'on peut qualifier de judiciaire, qui ne pouvait se faire discrètement et qui aboutissait à l'internement de votre enfant. En conséquence il y a des jeunes en complet désarroi, livrés à eux-mêmes, qui ne bénéficient pas de traitement. Au moment de la phase aigüe de la maladie, la personne est incapable de demander des soins, et plus encore refuse les soins, de plus étant dans une période conflictuelle vis à vis de sa famille elle acceptera tout de suite ce qui lui semblera une aide venue de l'extérieur, les copains, l'alcool, la drogue, et tout deviendra épouvantable ! A compter de cette date, ils menèrent un réel combat pour sauver leur enfant. Cela se passa un dimanche, c'était la raison pour laquelle son mari était là. Mais de toute façon, si elle avait été seule, elle lui aurait demandé d'annuler ses rendez-vous et de venir à son secours. Tomi réussit à obtenir une place pour le lendemain dans le meilleur établissement qu'il pouvait trouver dans la région. C'était l'équivalent d'une hôtellerie, chaque patient se trouvait dans une chambre très confortable, les médecins passaient à tour de rôle deux fois par jour, donc les traitements étaient rapidement ajustés en fonction des besoins, les infirmières passaient pour les soins, une aide-soignante par étage répondait à l'appel des malades qui étaient enfermés dans leur chambre. Leur fils n'avait donc pas de contacts avec les autres pensionnaires qui ne s'apercevaient qu'au moment des promenades guidées par des soignants dans le parc. Le prix de la journée était très élevé, mais ils étaient prêts à se ruiner pour sauver leur enfant. En plus des frais de séjour il fallait ajouter les dépenses pharmaceutiques, les eaux minérales et suppléments, le téléphone, les achats de journaux et la télévision. Plus la note hebdomadaire s'élevait, plus ils pouvaient être contents cela signifiait que Franck reprenait goût à la vie… Durant les deux premières semaines, les visites étaient interdites, ils savaient simplement que leur enfant était sous perfusions d'anti-dépresseurs et qu'ils allaient le revoir dès qu'il irait mieux. Il y eut quelques petits épisodes délirants ce qui faisait toute la différence avec une dépression simple. Au début de son hospitalisation, Franck était incapable de lire, d'écrire, rien ne l'intéressait, si bien que la télévision était dans sa chambre non pas parce qu'il la demandait mais justement parce que le jour où il allait allumer ce poste ce serait déjà le début de la victoire ! Aussi inutile de vous dire que dès une quinzaine de jours de ce train de vie en clinique privée, ils eurent des inquiétudes pour leur budget… Un copain inspecteur des impôts leur donna alors un bon conseil :

— Je connais vos amis, si vous demandez à un seul de vous prêter une somme énorme, il ne pourra pas le faire, par-contre si vous demandez à chacun de vous aider ils le feront.

C'est ce qui se passa, ils trouvèrent huit prêteurs parmi lesquels son propre frère et le frère de son mari. Bella pensa au moment où sa mère, sur son lit de mort, lui demanda de ne jamais abandonner son frère, pour qui elle s'inquiétait car il était loin d'être le premier de la classe. En fait il réussit brillamment dans la vie. Elle ne pouvait pas imaginer que ce serait lui un jour qui l'aiderait. Au niveau familial ce furent les seules personnes qui furent mises au courant du drame qu'ils vivaient. Toute leur vie se trouva chamboulée. Ils rendaient visite à Franck deux fois par semaine soit à tour de rôle, soit ensemble. Les perfusions entraînaient une rétention d'eau dans les tissus, Franck était bouffi, de plus il était tout le temps couché donc sans exercices, il devenait difforme…Le médecin plus particulièrement attaché à leur fils était extraordinaire. Dès l'entrée de Bella dans le hall de la clinique il voyait si elle faisait ou non face aux difficultés et demandait à l'aide-soignante de lui dire de passer dans son cabinet après la visite. En un tournemain il lui redonnait de l'énergie, du courage, la volonté de faire quelque chose, le désir de se battre contre le destin. Un jour elle lui posa la question la plus importante :

— Pouvons-nous compter sur une guérison ? La réponse évidemment fut celle que l'on ne souhaitait pas entendre car elle vous laissait dans l'incertitude la plus totale :
— Je ne peux rien vous dire, nous verrons l'évolution…

A partir de ce jour Bella se dit, la médecine ne peut pas me répondre, il faut trouver du secours ailleurs ! Elle était complètement brisée, pourquoi lui ? Pourquoi elle ?

Elle écrivit une lettre à un astrologue réputé qui donnait des émissions sur un poste de radio important pour lui demander de vouloir bien faire un thème astral pour son fils. Débordé, ne pouvant la recevoir personnellement, il lui donna l'adresse d'un jeune confrère auprès duquel elle prit rendez-vous. Durant une heure ce dernier lui donna une consultation d'une banalité extrême, l'assura que son fils avait les problèmes de tout adolescent, lui donna quelques traits de caractère du genre : inventif, peut effectuer un travail délicat, et ajouta faites attention aux accidents, jambe cassée… Elle n'en pouvait plus! Fallait-il rire ou pleurer. Elle eut envie de se lever en lui balançant les papiers où elle avait commencé à prendre des notes au visage. Elle avait l'impression d'entendre un lot de « conneries ». Et il ajouta, pas de blocage, créativité bonne et concluait que le thème n'était pas si mauvais que cela, quelques excès sans plus, simplifiant à outrance le problème qu'elle lui posait. Elle se demandait comment on pouvait raconter des choses aussi insignifiantes aux gens sans avoir un peu de psychologie et poser habilement des questions, car elle n'aurait pas hésité une seconde à la tentation de lui raconter sa détresse et la gravité de la situation. Elle partit en se jurant bien qu'on ne l'y prendrait plus. Devant sa peine et son désarroi une amie insista pour qu'elle voie un autre astrologue. Elle était dégoûtée du premier, mais devait être dans un tel état de quête d'irrationnel qu'elle prit de nouveau rendez-vous. Cette fois elle apporta son magnétophone pour enregistrer la conversation, elle conserva le texte car il était troublant de vérité… Je peux vous assurer que pour quelqu'un qui n'avait jamais vu son fils le portrait, physique et moral, était complet. Tout ce qu'il disait était surprenant d'exactitude :

— Depuis deux ou trois ans votre fils vous demande de changer de lieu. (Elle en savait quelque chose, elle ne pouvait même plus dire sans réfléchir longuement combien de lycées il avait essayé) Il est comme quelqu'un qui ne trouve pas sa place, et ce n'est pas terminé. Il repartira dans le sud du pays. Il y a eu tentative de suicide. Malheureusement, madame, il y en aura encore, encore et encore. Mais si je peux vous rassurer quelque part, il ne mourra pas de suicide. C'était sans doute tout ce qu'elle voulait entendre, elle respirait déjà mieux. Il lui dit aussi : « Votre fils n'est pas fou. Il va s'en sortir mais ce sera très long ». Il m'apparaît qu'il est mal depuis l'âge de onze ans, car saturne qui est un astre très lent est dans son ciel depuis cette date et y restera encore longtemps. Or saturne perturbe le mental. C'est un artiste, il a donc une très grande sensibilité. Mais ce que je vous dis est vague, il trouvera sa voie plus tard et réussira très bien. Il lui annonça une tentative de suicide assez proche en clinique et une rencontre amoureuse avec une malade. Rencontre qui ne serait pas durable. Il lui a même prédit qu'à la fin de son épisode dépressif il s'achèterait une moto. Je puis vous assurer que tout ce qui fut dit se confirma petit à petit. Son mari se moqua d'elle lorsqu'elle revint en lui racontant tout ce qui s'était passé. Il changea d'avis depuis…

Chaque fois qu'elle rendait visite à son fils elle espérait que son médecin lui annoncerait sa sortie. Dans la mesure où cette date approchait on lui demandait de promener son enfant un peu plus longtemps. Elle l'emmenait à pied dans les parcs environnants, dans les salons de thé, petit à petit il émergeait. Dans ces moments elle reprenait espoir. Elle savait que dans le domaine du travail et scolaire il n'y avait plus rien à espérer. Mais elle souhaitait qu'il puisse reprendre goût à la vie. Passer son permis de conduire, être un peu comme les autres. Des larmes lui venaient souvent aux yeux. Des larmes de sang. C'est tellement banal un permis de conduire.

Au fil du temps, l'état de Franck s'améliorant il rentrait dans sa famille pour le week-end complet. Ils trouvèrent pour lui une distraction qui lui convenait complètement. Alors qu'en général il était impossible de lui faire faire quelque chose, il ne refusa pas une seule fois l'invitation d'apprendre à conduire. Ils allaient dans les chemins de terre des zones agricoles à la sortie de la ville. En peu de temps ils lui confiaient la voiture, il manœuvrait et conduisait avec aisance. Les choses allaient si bien que son mari les laissait maintenant seuls car le dimanche il essayait dans la mesure du possible d'aller à la messe où il trouvait un réconfort moral, et s'occupait de la paperasserie médicale. Ce dernier dimanche de juin elle alla avec son fils à travers champs pour les leçons de conduite. C'était une belle journée, tout allait pour le mieux, Franck conduisait bien et s'entraînait à faire des marches arrière. Il était environ seize heures quand tout à coup ils ont entendu un bruit bizarre dans le moteur. La voiture s'arrêta.

Impossible de faire quoi que ce soit. La voilà bien. En pleine campagne, avec un « gros » malade sur les bras, seule, en panne de voiture, son mari ne sachant pas où les trouver, et pas de téléphone ! Quelle angoisse ! Il n'y avait personne à l'horizon. Que faire ? Surtout ne rien montrer de son désarroi à cet enfant trop mal dans sa peau. Elle remarqua non loin de là un panneau indiquant « Ferme de l'institut Pasteur », elle dit à Franck :

— Écoute, ne t'inquiète pas, nous irons à la ferme, j'ai vu des chevaux dans le pré, même si c'est dimanche, il doit y avoir quelqu'un et nous allons prévenir ton père. Le trajet leur paru bien long… Ils purent téléphoner, manque de chance son mari n'était pas là. Elle appela son secrétariat permanent pour leur laisser un message de détresse. L'employé de la ferme fut désolé, Bella aussi.

Pour ne pas perdre courage, ils décidèrent de faire les cent pas jusqu'à la route asphaltée en espérant que le père ne tarderait pas trop. L'angoisse lui étreignait le cœur. Il était hors de question pour eux de rentrer à pied. Ils étaient à des dizaines de kilomètres de la ville. Elle se dit : Tu ne dois pas craquer, les choses vont s'arranger. Le temps passait lentement, ils regardaient l'heure et la route sans arrêt. Enfin à vingt heures son mari arriva… Elle se jura de ne plus entreprendre de sortie seule avec Franck !

Leur fils fut classé en Affection de Longue Durée par la Sécurité Sociale. Une trentaine de maladies figurent ainsi sur une liste et entraînent une prise en charge des frais médicaux à cent pour cent. Eux qui n'avaient jamais eu à faire aux assurances maladies étaient devenus dépendants. Elle réalisa alors vraiment ce que signifiait longue durée, c'était sans fin… Pour Franck et combien de jeunes comme lui, il n'y avait plus de travail, plus de week-ends, plus de vacances. Pour eux les parents, il n'y avait plus d'année scolaire bien structurée, plus de loisirs, plus de joies, plus de rires, plus de chants, plus de congés, c'était sans cesse les médecins, la maladie et la mort qu'il fallait éviter à tout prix… Dès que l'état de Franck s'améliora son médecin leur demanda : Premièrement, de faire une demande pour l'inscrire dans un autre établissement à proximité d'un lycée où des malades étaient hébergés, traités et scolarisés. Cela faisait plus de dix ans qu'ils habitaient cette région, qu'ils passaient devant cet hôpital, ils ne connaissaient pas son existence et le malheur les obligeait à y inscrire leur enfant. Deuxièmement, de prendre rendez-vous avec un des psychologues du service des allocations familiales afin de faire faire à Franck un test en vue d'une orientation professionnelle. Franck y alla et le résultat confirma ce que lui avait dit l'astrologue : très performant, très précis, très sensible, peut faire une carrière artistique…

Chaque fois que Bella prenait contact avec un psychiatre ou avec un établissement psychiatrique sa gorge se nouait, son cœur se serrait, elle avait mal au ventre, mal à la tête, mal à tout son être… Elle pensa souvent que sa souffrance serait la même si elle allait rendre visite à son fils en prison. L'univers psychiatrique a beaucoup de similitude avec l'univers carcéral. Lorsque l'on met au monde un enfant, on ne pense pas un seul instant qu'il ira un jour dans de tels lieux… C'est à cette époque qu'elle ressentit pleinement la douleur des parents d'enfants handicapés. Aux yeux des parents il n'y a pas de petit ou de grand handicap, il y a que votre enfant n'est pas comme les autres et c'est la stupeur, l'horreur, le drame, la catastrophe. Vous prenez conscience qu'il n'aura jamais une place dans la société et vous vous sentez coupable… C'était le pire. Il y a peu de gens qui ne se posent pas de question dans une situation pareille : Quelle est ma faute ? Qu'est-ce que j'ai pu faire au bon Dieu pour qu'une chose pareille m'arrive ? Qui porte une tare dans la famille de son père ? Qui porte une tare dans la mienne ? Elle prenait conscience de son orgueil, de sa lâcheté, de son égoïsme et du courage de son compagnon, de celui qui l'aidait dans ces moments terrifiants de sa vie, de Tomi…

Elle se demanda aussi quelles erreurs elle avait commises durant la petite enfance de son fils. Son bébé n'avait qu'un mois et demi lorsqu'elle s'en sépara, le confia à une tante et ne le récupéra qu'en fin d'année scolaire. Elle n'était pas une mère très « maternante », elle ne faisait pas de séance de câlins. Elle avait l'esprit tranquille lorsqu'elle savait que son fils allait bien. Mais elle serait terrible si on lui faisait du mal. Elle pensait aussi à sa propre dépression alors qu'il était à l'école maternelle. Une mère dépressive n'est pas favorable au bon épanouissement de son enfant. A l'époque elle ne lisait pas les ouvrages de Boris Cyrulnik qui montrent bien tout ce qui peut être déterminant pour l'avenir de l'individu dans sa petite enfance. Elle se remettait maintenant en question. Elle ne s'inquiétait jamais de ce qui pouvait se passer à l'école. Elle faisait partie de ces parents qui considèrent que l'enfant doit s'adapter à la situation dans laquelle il se trouve envers et contre tout. Elle se sentait sûre d'elle dans ce domaine, le problème d'une sensibilité particulière à respecter ne l'effleurait même pas ! Si erreur il y avait, je pense que son erreur fondamentale était de croire que l'on mettait au monde un autre soi-même. Elle était une battante, elle pensait que son fils le serait encore plus qu'elle. Elle était hardie, elle le voyait ainsi. Elle était sûre d'elle, pourquoi pas lui. Elle était « brise-fer » il était calme, elle était une meneuse, lui était plutôt en retrait et ainsi de suite. Elle découvrait, comme lui disait son thérapeute préféré, qu'elle avait accouché d'un extra-terrestre. Son enfant était un étranger, on dirait mieux, un être étrange tout en lui la surprenait, la dérangeait… Mais petit à petit son regard sur les choses évolua et changea. Elle comprit que son enfant avait entièrement droit à la différence… Elle pensait que lui refuser ce droit, c'était lui manquer de respect et ne pas savoir aimer. Mais que c'était difficile ! Elle intégra ce message connu de tous mais qui prend un relief particulier lorsque vous êtes concerné :

Vos enfants ne sont pas vos enfants.

Ils sont les fils de l'appel de la vie à elle-même.

Ils viennent au travers de vous mais non de vous.

Et, bien qu'ils soient avec vous, ils ne vous appartiennent pas.

Khalil Gibran.

Elle disait à ses amies :

— Peu de parents œuvrent en faveur de cette différence. Tout notre environnement socio-culturel pousse dans le sens d'un seul moule pour tous… Il est très difficile si on fait partie des « cols blancs » d'accepter que ses enfants deviennent des « cols bleus »

Ce sont des théories qui vous disent que le bonheur ne se trouve pas nécessairement derrière le costume trois-pièces. Nous savons bien que l'apparence préfigure tout un ensemble de données qui sont incluses dans les critères de sélection de notre société. On a le physique de son emploi. Si par comble de malchance notre enfant est asocial, nous savons déjà que sa route sera chaotique… L'école refuse la différence, il n'y a qu'une catégorie d'enfants « biens » ce sont ceux qui entrent dans le système que nous leur proposons. Les autres auront du mal à prouver leurs capacités…

Bella se « tortura le mental » pour essayer de savoir d'où venait la maladie de Franck. Il était toujours plus facile de chercher un coupable et de s'apercevoir qu'il s'agissait de l'autre, mais surtout pas de soi. Elle fit le tour de toutes les vieilles tantes, de tous les cousins un peu fêlés, un peu bizarres. Elle pleura toutes les larmes de son corps et se rendit compte que toute parole agressive ou méchante ne résoudrait rien. Il fallait faire face. Devant ce drame qui leur était « tombé dessus » alors que rien au départ ne laissait présager cet avenir, Bella et son mari se serrèrent les coudes. Ils affrontèrent l'épreuve et se relayèrent en fonction des hauts et des bas vécus par chacun des partenaires, luttèrent le plus longtemps possible. Chaque jour était un combat contre l'adversité. Ils cachèrent à leurs familles respectives ce qui se passait. Ils ne pensaient pas y trouver de l'aide et des encouragements. Ils ne voulaient surtout pas que l'on porte un jugement sur eux et leur enfant… Cette maladie brisa à jamais tous leurs espoirs. A cette date des rides dites d'amertume apparurent sur le visage de Bella et y demeurèrent… Elle avait reçu un choc terrible et la douleur était là en elle, en plein cœur, cela allait au-delà de la souffrance, elle était anéantie. « Elle aurait voulu se rouler en boulle avec son enfant et disparaître dans l'univers, au fin fond de notre galaxie, ne plus exister… »

En attendant une place à la clinique ils reprirent leur fils chez eux. Il était impossible d'imaginer ce que cela pouvait être si on ne l'avait pas vécu. Ils avaient peur de tout. Le soir son mari vérifiait que tous les objets tranchants étaient cachés sous leur lit :

couteaux, ciseaux et tout ce qui en rapproche… Au bout de quatre ou cinq jours elle n'en pouvait plus :

— Tu sais, s'il veut se suicider il trouvera le moyen de le faire, je ne peux plus continuer comme ça !

Il y avait tentatives de suicide et automutilations, à ne pas confondre même si dans les deux cas on baigne dans le sang… Un jour en rentrant chez elle, Bella trouva son fils endormi entouré de douze bouteilles de bière qu'il avait essayé de boire, n'avait pas terminé et avait placé en cercle autour de son lit. Son cœur prenait encore un choc. (Elle revit cette image dans un film allemand récemment) Elle avait beau savoir que l'alcool étant désinhibiteur permettait à l'utilisateur de lever une certaine angoisse, elle ne voulait plus que cela se reproduise. A compter de ce jour tout alcool disparut de leur maison. Franck nuit et jour enfoncé dans son lit ne bougeait pas. Il leur arriva de recevoir des cousins, leur fils resta enfermé sans dire ni bonjour ni au revoir durant trois jours. C'était un jeune couple sympathique et intelligent, il n'y eut pas de problèmes de relation pas de questionnement… Mais imaginez un instant qu'il s'agisse de recevoir dans des moments pareils votre belle-mère, ou une vieille tante sans aucune ouverture d'esprit, plus ou moins autoritaire ou exigeante, que diriez-vous ? Que feriez-vous ? Ils ne savaient plus à quel saint se vouer ! Franck se levait la nuit pour manger, on ne le voyait jamais aux heures normales des repas. Elle avait peur de ce qui se passait. Dès qu'elle pouvait elle essayait de le sortir de sa chambre, elle l'emmenait en promenade. Bouffi par ses antidépresseurs il était gros, peu assuré sur ses jambes, elle devait le soutenir pour marcher. Elle voyait le désastre s'installer chez eux chaque jour un peu plus… Ils comprirent qu'il ne fallait rien demander à leur fils. Il ne pouvait pas agir ou se comporter normalement, mais qui d'autres qu'eux pouvaient comprendre cela… C'était tellement difficile d'y penser, d'y croire, qu'elle-même se laissait prendre : Son fils était chez eux, cela signifie, notez-le qu'il allait mieux, il lui dit :

— Je voudrais apprendre à jouer du saxophone.

Cette histoire de saxophone ! Elle se donna un mal de chien pour essayer de répondre à sa demande. Malgré le peu de temps libre dont elle disposait, elle se rendit dans un grand centre chez un marchand d'instruments de musique. Elle regarda les prix, les possibilités d'achat à crédit, les possibilités de location de matériel, Franck sur ses talons évidemment car il ne restait seul à la maison que lorsque ses parents étaient pris par leur travail ! En discutant avec un commerçant elle obtint des renseignements qui lui permirent de ne pas trop perdre d'argent. Il lui indiqua à une centaine de kilomètres de la ville où ils habitaient une maison qui faisait sans difficultés la location du matériel qu'elle cherchait. Elle versa une caution et ils rentrèrent tous les deux chez eux très contents. Mais trois jours plus tard il fallut déchanter : Franck ne voulait plus faire du saxophone. Trois jours durant lesquels elle tremblait d'angoisse, les voisins se plaignaient tout le temps. Il ne fallait pas compter sur leur fils pour dire :

— Je vais le mettre en sourdine, je sais que cela énerve.

Bien au contraire ! Elle lui demanda dès le départ de jouer dans le bois non loin de leur domicile mais en l'absence de ses parents Franck faisait le maximum pour faire enrager les voisins… Elle savait que pour vivre des périodes comme celles-là, il fallait beaucoup de courage, de patience, et avoir soi-même les nerfs solides. Il ne lui restait plus qu'à retourner rendre son saxo à « perpette ». Plusieurs fois elle tomba dans ces sortes de pièges car elle n'arrivait pas à faire la part de la fabulation et du réel… Mais on pouvait dire toute autre chose, c'était qu'en elle-même, elle souhaitait que Franck soit demandeur d'une quelconque activité. C'était là le signe d'une amorce de guérison, en tous cas de mieux être. Aussi, elle ne pouvait pas ne pas croire en ses désirs, elle ne pouvait qu'entrer dans son jeu. Elle avait tout intérêt à tomber dans le piège !

Enfin, une place se libéra dans la clinique et ce fut pour eux un réel soulagement. Chez eux on ne dormait pas tranquille. Leurs nuits étaient des alternances de sommeil et de veille pour tous les deux à tour de rôle. Ils étaient angoissés et épuisés. Au moindre bruit celui qui était éveillé remuait l'autre et ils écoutaient dans le noir, se demandant ce qui se passait. L'équilibre du couple était remis en cause. Franck faisait tout pour l'opposer à son mari, il jalousait son père :

— Où est sa carte grise ? Tu te rends compte, il n'a qu'à les chercher ses papiers ! Tu es sa petite maman qui lui range tout n'est-ce pas ?

Au total elle était mal lorsque son mari rentrait du travail. Elle n'osait pas agir. Il lui semblait que tout ce qu'elle faisait ne convenait pas. Elle avait tort si elle s'occupait du linge. Elle avait tort si elle s'occupait du chien. Elle avait tort si elle regardait la télévision. Elle vivait en permanence dans le stress et la souffrance, elle avalait un tranquillisant pour pouvoir faire face à ses difficultés et son malheur. Elle avait mal à l'estomac, elle ne disait rien, mais elle avait envie de s'échapper… C'était son enfant, elle n'en pouvait plus ! C'était l'enfer mais seulement le début de l'enfer, le pire n'était pas arrivé…

L'installation dans cette nouvelle clinique ne fut pas facile. L'établissement était très bien. Il était destiné uniquement aux jeunes. Chacun avait sa chambre qu'il installait à son goût. Le malade était indépendant et possédait une clé. On lui demandait de respecter les horaires ainsi que le règlement qui impliquait surtout le suivi des cours ou enseignements. On réunissait la famille et les soignants de temps à autre pour faire le point. Il était frappant de voir l'importance du lien affectif qui se créait entre le patient et le médecin qui s'occupait plus particulièrement du suivi d'un malade. Et, bien-entendu il était souhaitable que son avis soit celui de la famille, et je ne vous étonnerai pas en vous disant que c'est rarement le cas en psychiatrie ! Leur fils prenait pour parole d'évangile ce que disait son médecin. Il apparaissait que si Franck avait des problèmes c'était que son milieu familial ne lui convenait pas. Famille toxique ? Peut-être ? Pour finir on leur conseillait de mettre l'adolescent dans un appartement et de lui laisser la liberté de gérer son temps.

Bella fut tout de suite séduite par l'idée :

— Je continuerai à travailler pour lui payer son studio.

Elle pensait que le carcan familial ne convenait pas à Franck. Elle était toujours prête à faire ce que demandait son fils. A peine sorti de la clinique son mari lui dit :

— Mais tu es complètement folle d'abonder dans le sens de son médecin. Est-ce que tu te rends compte de l'état de Franck ?
— Bien sûr, si cet état est le fait que la vie sous notre toit lui est insupportable.

Voici le début d'une scène de ménage. Durant les sept années de maladie, il y en eut beaucoup…

— Tu peux être sûre que si tu le mets seul dans un appartement, tu retrouveras une collection de bouteilles d'alcool sous son lit et qu'il ne fera rien de bon !

La suite des événements leur montra que c'était Tomi, son mari, qui voyait juste… De toute façon, avant de prendre une décision aussi importante, ils avaient pris l'habitude d'en parler autour d'eux et d'en discuter. Et au hasard des conversations un chirurgien qui les connaissait leur dit avoir un neveu qui depuis plus de dix ans fut mis dans un studio sur les conseils de son psychiatre traitant, qui ne s'en sortait pas du tout, et était toujours à la charge de sa famille. L'affaire était close… Cela créa une tension encore plus grande entre Franck et son père, car il se rendit compte que si la décision dépendait de sa mère seule, il l'avait son studio.

Tout était fait pour le mieux dans cet hôpital. Mais les choses ne se passaient pas bien pour Franck, il ne s'adaptait pas. Son fils pouvait sortir le mercredi après-midi. Elle allait le chercher régulièrement. Un jour, elle le vit arriver avec un pansement au poignet gauche. Il s'était entaillé les veines sur plusieurs niveaux. Ce n'était pas une tentative de suicide, mais de l'automutilation. Le malade se scarifiait car il se rendait compte qu'il n'était pas ce qu'il aurait aimé être. Bella était au bout du rouleau. Au fond d'elle-même elle s'exclamait :

— Ciel mon pauvre enfant. Que faire pour lui ? Comment le sortir de là ? Comment espérer ? Où trouver force et énergie pour ne pas baisser les bras ?

Elle cachait sa propre souffrance, sa tristesse, sa peine, son angoisse, elle sortait son fils, faisait des courses avec lui, essayait de l'intéresser à la vie de tous les jours…. Et pleurait lorsqu'elle était seule… Un après-midi vers seize heures on l'appela au travail pour lui dire que Franck avait disparu de l'établissement. Elle avait heureusement un employeur qui connaissait son problème et faisait de son mieux pour la soutenir. Il lui dit :

— Laissez le travail, l'enfant passe avant tout !

Elle prit sa voiture et conduisit le plus vite possible en se disant que Franck voulait certainement revenir chez eux. Elle pensait à son pauvre garçon, livré à lui-même, sans un sou, sans papiers, complètement fou, errant dans la ville immense. Tout pouvait arriver : l'accident, la disparition, que sais-je encore, la mort… Elle passa chez elle, Franck n'y était pas. Elle pensait que l'idéal dans de telles situations serait d'habiter une grande maison en pleine campagne. Elle se disait on doit pouvoir pleurer en paix, hurler en paix, la paix n'étant pas l'ordre intérieur mais l'absence de voisins qui vous entendaient, vous épiaient, vous jugeaient… Elle reprit sa voiture pour se rendre à la clinique et savoir comment organiser ses recherches la mort dans l'âme. A peine avait-elle démarré qu'elle vit son fils qui se dirigeait vers la maison. Quel soulagement ! La compagnie de transports locale leur envoya une demande de paiement d'une contravention dressée ce jour-là car Franck circula dans la ville évidemment sans payer. Elle écrivit un mot pour expliquer le cas et ne paya rien. Cela faisait des heures que son fils avait quitté la clinique… Le problème dans ces établissements ouverts c'est que le malade doit avoir un traitement bien équilibré, avoir complètement passé le cap aigu de sa maladie pour pouvoir s'adapter au mode de vie proposé. Dans le cas contraire étant livré à lui-même il pouvait s'en aller sans que le personnel soignant s'en aperçoive…

Les vacances d'été arrivaient, ils louèrent un appartement à la Baule pour le mois d'août. Franck était mieux, et Bella, toujours naïve pensait que c'était la fin de leurs problèmes… A peine installés sur le front de mer ils prirent contact avec le professeur de planche à voile car Franck disait qu'il aimerait bien prendre des cours. Aujourd'hui encore elle ne saurait quel conseil donner à une famille faisant face à un problème comme le leur… Fallait-il dire : Mon enfant est atteint d'une maladie de longue durée, cela signifie que ce sera très long, quatre, cinq, six ans, plus peut-être et qui sait l'atteinte peut être définitive ce qui laisse à penser que l'on aura à faire à un handicapé à vie, un enfant à charge jusqu'à la fin de ses jours, par conséquent on ne s'embarrasse pas d'un saxophone, d'une planche à voile, on dit « non » un point c'est tout ! Ou bien, faut-il espérer chaque jour, se leurrer sans doute et tout faire pour croire que les choses iraient mieux. Cette attitude était la sienne et celle de son mari naturellement, sans réfléchir. Ils firent l'inscription de Franck au cours, achetèrent ce qu'il fallait comme matériel et tout ce qui était nécessaire pour une durée de quinze jours. Dès la première séance, il fallut encore déchanter. Franck ne voulait plus y aller. Elle devrait dire ne pouvait plus. Ce n'était pas une question de volonté, c'était une incapacité… Ils donnèrent l'abonnement au fils de leurs amis qui habitaient la même station balnéaire.

En parlant de la Baule elle se souvenait du samedi soir où elle s'était adressée au pharmacien de la place du marché avec une vieille ordonnance de la clinique car ils s'aperçurent au moment de leur arrivée sur la côte qu'il leur manquait un médicament. Évidement les produits qu'avalait leur fils n'étaient pas anodins, son mari resté dans la voiture pour surveiller l'enfant, qui n'était pas bien, lui avait dit qu'il interviendrait si elle avait un problème pour obtenir son produit, le pharmacien lui « balança » une leçon de morale quant au bon usage du médicament qui lui avait donné envie de le gifler ! C'était dans de tels moments qu'elle réalisait qu'il valait mieux être parmi les gens qui ont un pouvoir plutôt qu'à la place de la pauvre bonne-femme dans le même cas et complètement démunie… Comment faisaient-ils ces pauvres gens… Elle voulait après les vacances raconter la scène dans un journal professionnel, mais elle ne le fit pas car ce monsieur avait la législation pour lui. Dépanner d'une boite de médicament à ne délivrer que sur ordonnance un client faisait de lui un hors-la-loi l'objectif n'était pas d'être gentil… Mais elle, sachant cela, ce qui l'avait gênée surtout c'étaient les « mots pour le dire » et l'aide que l'on pouvait apporter tout en restant dans les limites de la législation…

Il y avait dans leur entourage des gens qui connaissaient bien la Baule, sa plage, ses magnifiques villas bourgeoises, son centre de remise en forme et toutes les activités proposées aux vacanciers. Si vous demandiez à Bella ce qu'elle connaissait de cette station balnéaire après deux semaines de séjour, vous entendriez ceci :

— Nous avons sillonné tous les chemins de terre de l'arrière-pays !

Ils recommencèrent là les leçons de conduite à travers champs. Chaque après-midi, ils faisaient un trajet dans la campagne, installaient leur fils au volant, c'était la seule chose possible ! Ils surveillaient cet enfant comme du lait sur le feu car tout était imprévisible et tout pouvait arriver. Bella observa que c'était toujours lorsque son mari allait à l'église qu'elle avait des ennuis que dis-je qu'elle vivait un drame avec son fils. Premier dimanche des vacances, dès que son mari tourna le dos voilà que Frank se mît à démolir son lit : Il arracha les lattes de bois une par une. A chaque claquement du bois le cœur de Bella s'accélérait, la peur la gagnait une lame de fond envahissait sa poitrine, l'empêchait de respirer. Elle ne prononçait pas un mot. La mort dans l'âme elle attendait le retour de son mari. Elle savait qu'il était impossible de raisonner Franck, toute parole ne pouvait qu'envenimer la situation. Le retour du père ramenait le calme comme par enchantement… Il ne leur restait plus qu'à réparer les dégâts. Elle déclara :

— Ce n'est pas possible ! Je ne resterai plus seule avec Franck.

Quelques jours plus tard leurs amis vinrent dîner chez eux. Franck s'installa dans la baignoire et y resta durant tout le temps de leur visite. Ceux-ci faisant partie du corps médical comprirent tout de suite que c'était plus grave qu'une dépression, ils n'insistèrent pas et au moment de leur départ exprimèrent leur compassion, furent désolés de voir dans quelle situation ils se trouvaient… Dès que le hasard fit que Franck se retrouva de nouveau seul en compagnie de sa mère elle dut faire face à une autre extravagance. Franck était dans la salle de bains lorsque son père s'est absenté, lorsqu'il en sortit elle faillit s'évanouir ! Il était dans un état épouvantable, à l'aide d'une paire de ciseaux il avait, tant bien que mal, complètement coupé ses cheveux dans tous les sens, il avait une tête de porc-épic, ou plutôt de coronavirus le crane était rasé entre chaque pointe, les cheveux jonchaient la salle de bains, le lavabo rempli débordait de tous les côtés. Il y en avait partout. Qu'est-ce que cela voulait dire ? C'était l'horreur ! A chaque fois que son fils était très mal il s'en prenait à ses cheveux, la première fois que cela se produisit il arriva chez eux le crâne rasé. Elle restait sans voix, sidérée, effrayée, malheureuse, complètement anéantie. Elle éprouvait à la fois de l'angoisse, de la peur, de la colère, de la honte, elle n'en pouvait plus. Voyez-vous, celle qui met au monde un enfant pas comme les autres, c'est jusque dans ses entrailles qu'elle éprouve tous ces sentiments de colère, d'injustice, d'impuissance… Elle a été incapable de mettre au monde un enfant normal. La société occidentale nous rend responsables de nos enfants. Nous sommes censés le désirer, l'aimer et nous croyons presque le choisir. Je suis certaine d'ailleurs que si nous pouvions sur un ordinateur être maître devant le sexe, la couleur des yeux, des cheveux et l'intelligence d'un enfant, nous n'hésiterions pas un seul instant à agir… Nous nous sentirions moins coupables si nous pensions comme d'autres peuples que l'esprit qui habite le corps de notre enfant a choisi de venir dans notre maison pour progresser lui-même et aussi pour nous faire progresser vers la lumière. Lorsqu'un religieux dit à un parent d'enfant handicapé que ce malheur est un signe de Dieu le parent occidental ne peut pas adhérer à sa pensée. Nous voyons l'aspect matériel des choses, nous voyons l'enfant avec le regard de la société dans laquelle nous vivons, nous ne pouvons pas faire autrement. Une amie lui disait un jour :

— Comment faire pour présenter dans notre société une photo de famille sur laquelle figure un mongolien !

Il faut être lucide les parents sont fiers d'un enfant beau et intelligent et on peut dire plus, ayant la forme d'intelligence adaptée à la réussite scolaire. Que faire des autres enfants ? Chaque fois qu'un enfant vient au monde normalement constitué on n'adresse pas un seul merci à l'univers, car on ne mesure pas la chance que l'on a… Si vous pouviez trouver les mots d'apaisement pour exprimer, montrer à des parents que leurs enfants ont droit à la différence, qu'ils ont tous leur place sur terre, qu'ils ont eux aussi en tant qu'adulte, un chemin à parcourir vers la tolérance et l'amour et que ces enfants ont choisi leur maison pour faire ce chemin avec eux, vous les soulageriez d'un poids. Bella adopta cette forme de pensée, dans cette optique elle comprenait mieux les gens qui sont contre l'avortement. Elle avait de la compassion et disait :

— Aujourd'hui je me sens capable d'adopter un enfant handicapé et capable de l'aimer inconditionnellement….

Mais Franck, tel qu'il était en ce moment précis de période de vacances, qu'allait-elle faire de lui. Les choses étaient en train de s'aggraver. Franck ne pouvait plus être livré à lui-même un seul instant. Le week-end arrivant son mari lui dit :

— Nous ne pouvons plus laisser les choses empirer doucement, prépare les valises, il faut rentrer et envisager une ré-hospitalisation.

Fini les vacances, la mer, le ciel bleu, la plage, ils devaient tout abandonner, et surtout ne pas réfléchir à l'argent perdu. Leur roue de secours était la clinique privée, le problème du coût allait se poser de nouveau, ainsi que les trajets deux fois par semaine avec les visites en alternances, tantôt le père, tantôt la mère ou en commun. Mais l'amélioration n'avait pas été durable et ils n'avaient pas le choix, il était impossible de garder leur enfant à la maison. C'était trop dangereux. La clinique leur signala rapidement qu'une place était disponible. Les choses changèrent malgré tout. Franck regardait la télé, donc commençait à s'intéresser au monde extérieur. Il faisait sa toilette, se rasait, leur parlait du personnel, des médecins, de ses repas, ce n'était plus une momie, aussi les visites étaient moins tristes. Une lueur d'espoir apparaissait. Un jeudi Bella allait juste prendre son manteau pour se rendre à la clinique que le téléphone sonna. Elle décrocha. Le médecin au bout du fil lui dit :

— Venez s'il vous plaît votre fils vient de faire une tentative de suicide. Ce n'est pas grave, mais il faut venir, cela lui fera du bien de vous voir.
— Je sais. J'arrive tout de suite…

Le médecin l'interpella avant qu'elle atteigne la chambre de son fils, la fit entrer dans son bureau et lui dit :

— Nous sommes de nouveau obligés de retirer tout objet dangereux de la chambre de votre fils. Il vient d'utiliser son rasoir et le courant électrique pour une nouvelle tentative d'autolyse. C'est l'aide-soignante qui, du palier a entendu un bruit insolite dans la chambre et l'a trouvé. Tout va bien maintenant.

Elle n'avait pas pu s'empêcher de penser à ce qui aurait pu arriver si cela s'était passé soit chez eux, soit à l'heure où l'aspirateur couvre tous les bruits des chambres… En dépit de cet événement qui aurait pu être tragique l'état de Franck s'améliorait. Ils cherchaient de nouveau un établissement psychiatrique pour accueillir leur fils, pour celui lié au Lycée c'était fini. Franck était incapable de suivre des cours pour préparer le Baccalauréat. A compter de cette date, le Bac n'était d'ailleurs plus un problème pour eux. Leur seul objectif était de sortir leur enfant des hôpitaux et d'essayer de le réinsérer socialement. Au niveau des organismes tels que la sécurité sociale, les impôts, on vous pousse dans un pareil cas à inscrire votre enfant en invalidité car l'administration se trouve à l'aise au niveau des papiers et n'a pas à s'intéresser à vos demandes particulières liées à des retards en comptabilité, à des difficultés financières… Par trois fois Bella franchit la porte de ces services, par trois fois elle sortit à reculons… Il arriva que cela tourne en scène de ménage. Tomi déclara :

— Tu dis toi-même que cela peut durer cent ans pour Franck et tu refuses de lui faire faire une carte d'invalidité !

Dans ces moments son mari qui était un véritable père pour cet enfant perdait son estime. Elle lui trouvait un esprit mesquin, prêt à se contenter d'une carte d'invalidité. Comme si c'était un trophée. Quel malheur, être acculée à cela. Elle ne le comprenait plus. Elle se mettait en colère. Un jour à la suite d'une telle discussion elle « balança » un verre au travers de la salle-à-manger. Elle ne voulait pas d'invalidité, elle ne voulait pas de tutelle, pas de perte de droits civiques, pas de curatelle. Tant qu'elle sera vivante, elle se battra et gardera espoir, quitte à mourir avec son enfant… Maintenant il fallait se débrouiller pour, trouver un endroit valable pour permettre à Franck de progresser. Ils allèrent visiter un hôpital près d'O. On le leur conseilla comme utilisant des méthodes modernes susceptibles d'aider leur fils. Lorsqu'ils virent tous ces malades tourner en rond dans le hall d'entrée, des vieux, des jeunes, dans un méli-mélo indescriptible, ils ne dirent rien mais dans leur tête, ils savaient que c'était Non. Ils préparèrent aussi un dossier pour un établissement très au point et destiné aux jeunes, ils y allèrent, le visitèrent mais il n'y avait malheureusement rien dans leur structure qui pouvait convenir à leur enfant. Il fallait donc renoncer. Ils commençaient à être des spécialistes des hôpitaux psychiatriques pour adolescents. Ils étaient surpris par leur nombre, par la difficulté pour y trouver une place. Il faut attendre des mois… Un peu plus tard ils firent une demande pour un établissement dans l'H. De tous les services publics de France il paraissait le meilleur. Le cadre était superbe. Au milieu des cerisiers. L'hôpital ne recevait que des jeunes. On utilisait des méthodes Anglo-saxonnes de soins : En plus de la psychothérapie, il y avait des séances de musicothérapie, de théâtrothérapie, de thérapie de groupe. Les malades disposaient d'un cours de tennis, d'une piscine et pratiquaient du sport. La réponse fut que c'était à leur fils de demander des soins mais pas à eux… Franck écrivit une lettre, réponse à cette lettre : Votre fils n'est pas réellement demandeur, il faudra refaire une lettre où il exprimera véritablement son souhait d'être soigné. Une vraie histoire de fous ! Elle commençait à en avoir marre des Psychiatres. Mais elle n'a jamais pensé que ce que disaient les soignants était faux. Loin de là. Elle savait que c'était elle qui avait « poussé » et fait le maximum pour obtenir une lettre de son personnage de fils qui ne voulait, ou, ne pouvait pas écrire. Les malheurs de Bella devaient durer encore des années. Elle aurait tant aimé que quelqu'un lui dise qu'il y avait erreur, que l'on s'était trompé, qu'elle pouvait revenir à la case départ, que tout cela n'existait pas, que c'était un cauchemar. Elle avait tellement mal, elle était brisée par le désespoir.

Dans la mesure du possible tous leurs amis les soutenaient, les encourageaient, les invitaient. Il était difficile pour eux de sortir et de laisser leur fils sans surveillance. Cette fois un ami normand leur proposa de les accompagner en novembre pour une visite d'une usine sucrière. Bella était très intéressée. Née dans une île qui exploite la canne à sucre elle se demandait quels pouvaient être les procédés physico-chimiques permettant d'extraire le saccharose d'une racine aussi peu engageante qu'une betterave. En fait, elle trouva cela absolument extraordinaire, complexe et, onéreux. La visite dura trois heures. Heureusement que son fils refusa de venir, il n'aurait pas pu supporter le bruit… Les tonnes de betteraves arrivaient par camions et étaient tout de suite pesées. Une sonde y prélevait trois échantillons et en vingt minutes un petit laboratoire d'analyses fournissait sur ordinateur toutes les données concernant le chargement et principalement :

— La teneur en sucre : en moyenne dix-neuf pour cent, c'est maigre. Cette année comme l'été fut une saison longue et sèche, on atteignait le jour de leur visite vingt-deux pour cent. Un record ! La teneur en sucre dépend, de la variété de la betterave, de l'engrais, de l'abondance des pluies. Celle de la canne à sucre de douze à seize pour cent, elle n'aurait jamais cru cela : la betterave plus sucrée que la canne !
— La quantité de terre. Une récolte sous la pluie apporte beaucoup de terre que le sucrier ne paiera pas à l'agriculteur. De l'appareil de mesure sortait une fiche destinée au planteur. Les camions déversaient leur chargement dans des citernes creusées dans le sol. Des tapis roulants conduisaient les betteraves dans l'aire de lavage. Les tonnes entassées formaient de véritables collines terreuses. A

leur base, des jets d'eau comparables à des lances de pompiers chassaient les betteraves, elle pensait à des pommes de terre, sur d'autres tapis roulants où s'effectuaient le lavage proprement dit ainsi que les autres opérations de nettoyage avant d'atteindre le stade réellement opérationnel. Les betteraves déboulaient à toute allure entraînées par la force de l'eau. Des râteaux retiraient les herbes. Des tamis retiraient les pierres. L'eau retirait la terre, et rien de tout cela ne se perdait. Les herbes étaient récupérées pour le bétail. Les cailloux étaient repris par les paysans pour l'empierrage des chemins à travers champs. L'eau décantée dans un immense bassin retournait au départ pour le lavage. La terre déversée dans des champs d'épandage, ce qui permettait à des sols caillouteux de devenir au bout de quelques temps des terres arables. Les betteraves étaient enfin conduites dans des appareils qui les coupaient en cossettes. Alors commençaient les opérations qui permettaient d'obtenir le sucre. C'était par diffusion dans une tubulure énorme (cinquante-quatre mètres de long) que l'eau injectée d'un côté dissoudra le maximum de sucre après brassage avec les betteraves qui arrivaient à l'autre bout. Les betteraves épuisées, transformées en paille et granulés servaient à l'alimentation du bétail. L'eau sucrée obtenue nettoyée par passage dans de l'eau de chaux et du CO2, concentrée par chauffage, atteignait un premier degré de cristallisation. Les dernières gouttes d'eau allaient s'évaporer rapidement dans d'énormes cylindres. Le résultat était superbe. Les cristaux rassemblés étaient conduits sur tapis roulants dans des ateliers de couture pour la mise en sacs de cinquante kilogrammes chacun. Le clou de la visite, aux yeux des employés de l'usine, c'était la nouvelle chaudière à charbon qui fournissait à la sucrerie son énergie. Elle produisait toute l'électricité nécessaire. Les appareils étaient neufs, superbes et monstrueux à la fois. Tout était contrôlé par des ordinateurs placés dans des salles insonorisées, claires, montrant des schémas en couleur, donnant des indications sur tous les points critiques du foyer. Cela semblait être un jeu d'enfants. Les vieux ouvriers leur exprimèrent leurs craintes au départ, lorsque la modernisation fut annoncée, et leur joie aujourd'hui devant leurs écrans multicolores.

Nous ne vîmes que quatre ou cinq personnes sur des lieux bruyants. La plupart des employés étaient dans des salles de contrôle impeccablement insonorisées ou dans des laboratoires. Le personnel était aimable car les conditions de travail étaient bonnes. Mais, c'est un travail saisonnier… Durant les sept années de maladie de Franck ce fut le seul moment d'évasion de Bella…

Son fils séjournait en clinique fermée, très surveillée. Comme il allait mieux, lors des promenades dans le parc il commençait à parler aux gens, rencontrait d'autres jeunes, et présenta Joy à ses parents. Un jour le médecin appela Bella et lui dit :

— Madame, nous sommes désolés mais actuellement votre fils fréquente une de nos pensionnaires. Nous sommes tout à fait contre ce genre de relations car deux malades ensemble ne peuvent pas s'épauler.

Sa réponse ne se fit pas attendre :

— Je suis au courant docteur, ne vous inquiétez pas, ce ne sera pas durable.

C'était elle qui le rassurait… Dès son entrée dans le hall pour sa visite, le médecin lui dit :

— Comment se fait-il que vous ne soyez pas surprise à chaque fois que je vous annonce quelque chose.
— C'est tout bête, j'ai vu un astrologue qui m'a déjà raconté tout ce que vous me dites.
— Si cela peut vous aider pourquoi pas !

C'était sans compter les week-ends où au lieu d'avoir un malade sur les bras, ils en avaient deux. La copine de Franck était encore plus déséquilibrée que lui. Elle n'avait pas de père et sa mère faisait ce qu'elle pouvait seule pour essayer de soigner sa fille. La pauvre dame s'étonnait du comportement aberrant de son enfant, elle aurait voulu la raisonner comme si elle n'avait pas encore réalisé que dans ce monde de la déraison on ne pouvait rien demander de logique. Il fallait prendre les choses telles qu'elles se présentaient et éviter les catastrophes… La première fois que Joy vint passer un week-end chez Bella, cette dernière n'apprécia pas qu'elle utilisa son parfum sans lui en parler. C'était un détail. Le moment de surprise passé Bella ne fit aucune remarque. Elle comprit vite qu'il n'y avait rien à dire. Le plus inquiétant pour eux c'étaient les dimanches où Franck leur disait qu'il se rendait chez sa petite amie... Alors, ils n'étaient pas tranquilles. Le pire pouvait arriver. Ils évitaient de quitter leur maison sachant qu'un coup de fil dévastateur à tout moment pouvait les surprendre. Comme ce dimanche à la nuit tombée où Franck les appela. Il était seul dans une gare, ne sachant pas se débrouiller pour regagner la clinique, abandonné par Joy qui allait retrouver un groupe de copains. Alors elle ne chercha pas à savoir si elle était fatiguée, elle ne regarda pas l'heure, elle alla chercher son enfant... Elle ne saurait vous dire durant ces années de souffrances, de chagrins, de soucis, de peines, de malheurs, combien de fois elle pensa à ce que serait sa situation si elle avait été soit une femme seule, soit avec un mari alcoolique, soit en compagnie d'un homme borné. Elle pensait qu'elle aurait mis fin à leurs jours, à ceux de son enfant et aux siens. Elle n'aurait pas pu supporter tout ce qui leur était arrivé... Pourtant Franck faisait tout ce qu'il pouvait pour détruire leur couple. L'atmosphère de leur maison était lourde et stressante. Franck s'arrangeait pour opposer sa mère à son père. Lorsqu'il était à la maison il devenait prioritaire. Tomi son mari se sentant négligé et frustré devenait exigent. Depuis quelques temps il harcelait sa femme pour avoir de la soupe chaque soir. Plus le temps passait plus il insistait. Il savait qu'elle n'aimait pas la soupe, dans son île la soupe c'était un médicament ! Depuis plus de quinze ans cela n'avait jamais gêné Tomi et tout d'un coup il ne pouvait plus s'en passer. De plus en plus Bella se sentait mal en présence de son mari. Le soir lorsqu'approchait l'heure de son retour, elle se dépêchait de mettre le couvert, de terminer la cuisine non pas avec amour mais dans le stress, avec angoisse. Elle craignait ses critiques. Elle vérifiait tout dans la maison. Franck n'avait-t-il pas transformé les lits en champ de bataille ? Les instruments tranchants étaient-ils cachés ? Les armoires étaient-elles fermées ?

Le repas était-il prêt ? la table était-elle mise ? Manquait-il quelque chose ? Elle avait peur d'un reproche, elle se sentait mal dans sa peau. La présence perpétuelle de Franck à la maison entraînait des répercussions sur leur vie sexuelle qui devenait pratiquement impossible. Certains jours elle avait tellement mal dans la poitrine qu'elle respirait avec difficulté. Elle était mieux au travail mais dès qu'elle rentrait chez elle, elle sentait le froid l'envahir. Elle n'avait plus envie de vivre, elle n'avait plus envie de se battre. Elle avait renoncé à tous ses rêves, elle n'avait plus d'espoir. Elle voulait fuir. Fuir mais où ? Souvent elle pensait à l'expression « Je retourne chez ma mère » Quel réconfort d'avoir une mère bienveillante vers qui se retourner. Elle n'avait personne. Elle était orpheline de mère depuis l'adolescence. Elle se sentait si seule au monde. Elle prenait un tranquillisant pour faire bonne figure à Tomi lorsqu'il rentrait…

Franck lui parla un jour de son psychologue (il ne l'avait pas oublié) qui lui avait posé cette question :

— Quel genre de parents aurais-tu aimé avoir ? Je n'ai pas osé lui dire un père comme lui et une mère comme Micha sa femme, je lui ai dit :
— Je ne sais pas.
— Peux-tu me dire pourquoi Micha obtient ta préférence si tu la compares à moi ? Elle est plus gentille ?
— Non, ce n'est pas cela, elle est moins torturée !

Elle n'osa pas approfondir le sujet avec lui. Mais elle pensa réellement qu'elle était torturée. Elle faisait tout ce qu'elle pouvait pour que cela ne se voie pas, mais son fils hypersensible se rendait compte de tout ce qui n'était pas exprimé.

— Qu'est-ce que tu penses du parent idéal si tant est qu'il puisse exister ?
— C'est le parent qui a su se libérer des idées reçues. Non pas de tout ce qui fait partie de sa culture, de son patrimoine car cela fait corps avec lui, mais de ce qui est superficiel et non indispensable.

N'en pouvant plus de l'entendre, elle lui dit tout ce qu'elle savait de négatif sur son ancien thérapeute tant elle souhaitait briser l'attachement, alors qu'elle gardait le silence depuis des années…C'est-à-dire tout ce qui n'avait pas été correct dans le comportement de ce psychologue vis-à-vis de son patient.

Comme l'état de Franck s'améliorait ils envisagèrent pour la deuxième fois un éventuel départ pour l'établissement de H. Ils lui demandèrent d'écrire une nouvelle lettre en lui expliquant qu'il devait cette fois être réellement demandeur ! Ils pouvaient compter sur des amis habitant le sud pour leur propre hébergement, pour recevoir Franck en week-end, pour lui rendre visite à l'hôpital si besoin. Des gens extraordinaires d'intelligence et de compassion, des individus exceptionnels, d'une grandeur d'âme et de cœur comme on n'en voit peu. Vous vous rendez compte de la chance qu'ils avaient dans leur malheur. Ils trouvaient toujours un soutien sans faille autour d'eux. Cette fois, Franck réussit brillamment « son examen d'entrée » Bella prépara son sac et c'est son père qui l'accompagna dans le sud. Ils étaient en janvier. Inutile de leur demander comment ils passaient les fêtes de fin d'année ! Aucun souvenir ! Fini les Noëls joyeux sous le sapin, les premiers de l'an somptueux, leurs tenues de rêve, les grandes tablées amicales, le champagne à gogo et les rires. Il n'y avait plus de moments de joie dans leur vie, ils faisaient chaque jour face à la détresse… Ils mirent Franck dans ce nouvel établissement, en toute confiance et avec beaucoup d'espoir. Mais il ne fallait pas perdre de vue que lorsque vous avez un malade mental « sur les bras » tout peut arriver. Tout était imprévisible. Il ne fallait pas démissionner mais il ne fallait pas non plus crier victoire après quinze jours de tranquillité. Il ne fallait pas oublier non plus que ces hôpitaux à partir du moment où il était bien établi qu'ils recevaient des malades qui n'étaient plus sous surveillance stricte étaient ouverts. Ce qui signifiait que leur bonhomme de fils l'après-midi se rendait dans le village voisin et buvait de la bière au café… Aussi, Franck leur annonça fièrement au téléphone que depuis quinze jours il ne fumait plus mais qu'il buvait au Bar du Soleil Levant ! Je vous assure que Bella eut préféré être sourde plutôt que d'entendre cela. Comment faire pour qu'il ne se laisse pas entraîner. Comment faire pour qu'il comprenne qu'il ne fallait pas toucher à une goutte d'alcool.

C'était l'hiver la petite amie de Franck vint le voir. Sa visite fut un fiasco total, le commencement de la fin de leur relation. Ils la perdirent totalement de vue et Franck, peu de temps après ne se souvenait même plus de son prénom. Ils n'en reparlèrent jamais. Leurs amis habitant non loin de l'hôpital faisaient tout ce qu'ils pouvaient pour les aider. Ils allaient chercher leur fils en fin de semaine et Franck passait le dimanche chez eux. Arita s'occupait de sa lessive lorsque cela était nécessaire. Ils avaient des nouvelles grâce à eux. C'était sécurisant, ils ne leur remercieront jamais assez… La belle saison arriva ils demandèrent une entrevue au nouveau médecin de Franck. Car en dehors du fait que leur fils leur avait dit qu'il allait au café avec des copains, ils avaient compris qu'il ne savait pas gérer son budget, qu'il y avait des hauts et des bas… Lorsqu'il voyait partir des jeunes avec lesquels il s'était lié et arriver d'autres gens, il avait du « vague à l'âme » et envie de quitter les lieux. Le douze mai ils reçurent un mot de l'hôpital leur donnant rendez-vous le dix-huit juin, la lettre se terminait par cette phrase : Claude sera bien-entendu averti de votre visite. Elle sourit car il y avait erreur, Claude était le prénom qu'elle aurait voulu donner à son fils avant sa naissance… Là aussi voyez-vous on apprend des choses en psychiatrie : Lorsqu'il faut choisir un prénom pour votre futur enfant, il ne faut pas avoir cette attitude et dire, fille ou garçon, je l'appellerai par exemple René. Il est préférable de donner un prénom parfaitement féminin à une fille et éviter les prénoms qui prêtent à confusion. Ceci a semble-t-il de l'importance sur le psychisme de l'enfant, et dans l'inconscient de tout un chacun…

Ils prenaient des nouvelles de leur enfant chaque semaine. Franck leur disait toujours :

— Je m'ennuie, c'est le lieu commun ici, tout le monde s'ennuie !

Or Bella savait que c'était faux, tout était mis en œuvre dans cet établissement pour que justement l'on ne s'ennuie pas. Un grand nombre d'activités étaient proposées aux jeunes, mais Franck n'était pas capable de se prendre en charge, il fallait que quelqu'un le prenne par la main. Ils devaient absolument faire abstraction des gens qui avec les meilleures intentions du monde leur disaient :

— Ce n'est pas grave ! Il y a combien de jeunes qui changent tout le temps d'avis. Qui ne sont pas capables de prendre une décision. Il y en a combien qui se marient et que leur femme tient par la main constamment.

Bella ne disait pas que cela n'existait pas bien sûr, mais elle savait que cela n'était pas normal. On leur précisait parfois que la maladie de leur fils c'est son apragmatisme.

— D'accord ! Mais on ne peut pas dire que ce n'est pas grave ! S'écriait-elle.

Et, Bella s'embarquait dans un monologue :

— On est obligé de voir la société telle qu'elle est. Il n'y a pas de place pour les apragmatiques. Notre société, patriarcale qui plus est, peut encore admettre qu'une jolie fille reste assise toute la journée à ne rien faire et se fasse entretenir par un homme mais pour un garçon c'est beaucoup plus difficile ! Je ne dis pas que cela n'existe pas. Tout existe. Et je dois vous dire que nous avions envisagé cette situation où nous serions au travail jusqu'à la fin de nos jours pour « entretenir » notre enfant !

Le jour du rendez-vous dans H arriva. Elle vit là l'établissement psychiatrique idéal, si on pouvait s'exprimer de cette façon en de telles circonstances… Tout était bien organisé. Tellement bien que le médecin leur dit « tout à trac » qu'il ne pouvait pas garder plus longtemps leur fils car celui-ci se croyait au Club Med et ne participait pas à la thérapie ! Franck ne venait pas aux séances de thérapie de groupe, il n'adhérait pas du tout au système. Son thérapeute disait qu'ayant des parents dans le milieu médical il rejetait les soins comme il rejetait sa famille. Mais Bella était très heureuse car c'était la première fois depuis bientôt deux ans qu'elle voyait son fils debout, conversant avec d'autres jeunes. Cependant le fait de leur « rendre » Franck fut pour eux une nouvelle tuile, ils préparaient leur déménagement, ils quittaient leur appartement pour une maison, ils demandèrent quelques jours de délai au médecin car ils ne voyaient pas comment faire pour déménager avec lui… Ils avaient un réel fardeau sur les bras…

Changement de lieu, changement de médecin, ils prirent contact avec une psychiatre qui s'occupait de la réinsertion sociale des jeunes malades mentaux de son secteur. Chez elle Bella prit véritablement conscience de la gravité du cas de son fils. Il est psychotique, elle ne doit pas se leurrer. Il faut accepter l'inadmissible. Vous ne le saviez pas ? A ces mots Bella sentit doucement monter de ses pieds centimètre après centimètre son corps éthérique, le bas semblait mourir petit à petit, cette montée s'arrêta à mi mollet. Elle dut s'asseoir. Elle comprit ce que signifiait l'expression « avoir les jambes coupées ». Malgré les paroles d'encouragement du médecin, les jambes de Bella étaient sciées… Non, Bella ne le savait pas, elle ne le savait pas parce qu'elle ne voulait pas le savoir. L'année dernière on le lui avait dit, elle l'avait noté dans son agenda, mais elle ne l'avait pas entendu véritablement car elle ne voulait pas l'entendre. C'était trop difficile à supporter, trop de souffrance, trop de malheur… Elle était encore une fois anéantie… Ce médecin leur conseilla de prendre contact avec l'hôpital le plus proche de chez eux. Franck était de nouveau parmi eux et c'était une lourde charge à porter. Par chance ils étaient maintenant très bien logés, Franck disposait pratiquement d'un étage pour lui seul… Il était de nouveau grabataire. Il ne bougeait pas de la journée. Sa chambre sentait de plus en plus mauvais. Bella retrouvait l'odeur du début de sa maladie. L'odeur du diable dont elle avait parlé… Ils avaient une femme de ménage, intelligente, aimable, discrète, elle était navrée pour eux, mais elle ne soufflait mot à personne de leurs problèmes. Heureusement car ils habitaient un bourg à trente kilomètres d'une grande ville et ils avaient l'impression d'être à trois cents kilomètres perdus en campagne. Les gens se connaissaient tous, s'épiaient, et comme partout où l'anonymat ne peut protéger, passaient leur temps à porter des jugements sur les uns et les autres. Cependant ils s'intégrèrent le mieux possible à la population. Depuis la mort de sa mère, Bella ne s'intéressait plus à sa religion, elle lui tournait carrément le dos, elle était consciente que si vous grandissiez en Inde avec Krishna, il vous serait impossible de voir Marie dans la grotte de Lourdes, vous y verriez autre chose. A ses yeux cela n'avait pas grande importance… Mais après trois années de lutte acharnée, n'espérant plus rien de la médecine officielle, Bella changea d'attitude, un lundi matin, elle entra dans la cathédrale la plus proche de son domicile elle brûla un cierge pour son fils. Longtemps elle pleura et pria. Avec humilité elle dit en gros ceci : Face à l'univers je me sens minuscule, je ne peux pas faire de grandes choses, la mer, les montagnes, la faune, la flore, tout cela vient d'une énergie incommensurable qui me dépasse complètement, Vous qui avez créé tout cela, je ne vous demande pas quelque chose d'extraordinaire, faites que mon fils soit debout…

Ils prirent contact avec le service de psychiatrie de la ville voisine. Franck était suivi par une jeune psychiatre qui lui prescrivait ses médicaments. Eux, Bella et son mari, voyaient l'état de leur fils se dégrader de nouveau. Ils étaient inquiets. Ils avaient maintenant l'habitude du processus qui mène au gouffre. Mais ils ne voyaient pas que faire pour leur enfant. Aucune structure ne voulait de lui et il n'avait pas de grands-parents susceptibles de l'emmener à la pêche ou en promenade en forêt ou que sais-je encore. Une nuit son mari la réveilla et lui dit :
— Il y a un cambrioleur dans la maison. J'ai entendu du bruit.

Il était une heure et demie. Elle prit son grand couteau de cuisine, elle ne saurait dire ce qu'avait pris son conjoint qui s'arma comme il put. Ils descendirent tout doucement l'escalier. Ils virent de la lumière sous la porte du bureau. Ils avancèrent en silence et alors en entrant le choc lui fut épouvantable : Franck avait l'air d'un personnage de film d'horreur. Grand, drapé dans une immense cape noire il avait posé cinq boîtes de comprimés sur le bureau de Tomi et était en train de les avaler. Elle sentit son cœur qui lâchait… Elle se demande encore aujourd'hui comment son mari et elle-même ont pu supporter de telles épreuves… La situation était grave. Il n'était pas possible de garder un enfant dans un tel état chez soi. Franchement, ils en avaient marre, marre, marre. Ils n'en pouvaient plus. Mais que faire ? C'est là que leur ami psychiatre qui avait connu Franck tout petit et ne pensait pas qu'il était psychotique, au pire leur disait-il borderline leur donna un conseil…

— Votre fils ne sait pas ce que c'est qu'un hôpital psychiatrique. Vous l'avez toujours mis dans des cliniques qui sont des hôtels de luxe. Comment voulez-vous qu'il éprouve le besoin de s'en sortir ? Mettez-le avec tous les fous de la ville et vous verrez qu'il comprendra que ce n'est pas sa place…

C'est ce qu'ils firent à compter de ce jour. Ils pouvaient dire que si cela était dur pour le malade, cela l'était tout autant si ce n'était pire, pour eux les parents… Fini l'atmosphère feutrée, les chambres impeccables, la télé, le personnel attentif, réservé, c'était la grande folie. Il fallait affronter le regard de tous les malades. Bella se faisait un devoir de leur dire bonjour, de les considérer comme siens. Quel malheur ! Quel malheur ! Dès que Franck se trouva mieux c'est lui qui réclama la possibilité de sortir, de quitter ce lieu.

Les médecins proposèrent une thérapie familiale. Ils acceptèrent et une fois par semaine ils se rendaient à l'hôpital tous les trois. Franck demanda l'autorisation d'entrer dans le service par la porte de derrière ce qui montrait bien qu'il ne voulait plus côtoyer les grands malades. Ils étaient reçus par deux psychiatres. L'un des deux se mettait dans une salle avec eux, une caméra filmait ce qui se passait dans la pièce. Un miroir sans tain les séparait de l'autre médecin qui les observait et était censé tirer des conclusions de leurs paroles, de leurs gestes, des expressions de physionomies, de tout ce qui se passait durant les conversations. Ils parlèrent du fait qu'ils ne supportaient plus la présence de Franck à la maison. De nouveau ils cachaient les alcools, Tomi en avait ras-le-bol, depuis huit mois qu'ils avaient emménagé ils passaient leur temps à changer les choses de place. S'ils prenaient un apéritif ils le faisaient en cachette par exemple dans le bureau, de peur de tenter leur fils. Ils parlaient à voix basse. Ils vivaient dans une angoisse perpétuelle. De nouveau Tomi dormait d'une oreille car il voulait entendre ce que faisait Franck durant la nuit et Bella se disait que son mari en crèvera. Ils n'acceptaient pas une invitation si Franck la refusait, ils ne voulaient et ne pouvaient pas le laisser seul. En fait leur vie était un cauchemar perpétuel et ils n'arrivaient pas à trouver une issue. Ils parlèrent aussi du fait que Franck pensait que Tomi trouvait en Bella sa mère. Franck était jaloux de son père. Pour lui l'homme de la maison c'était Bella. S'il fallait percer un trou dans un mur, c'était elle qui le faisait. C'était Tomi qui criait :

— Ouille, ouille, ouille !

A la moindre petite écorchure et demandait assistance. C'était Tomi qui aimait les câlins, qui était méticuleux voire maniaque et attachait beaucoup d'importance aux détails de sa personne, bouton qui manque, coloris assortis, c'était Tomi qui avait des vertiges, des migraines, qui était complètement coincé dans ses mouvements, mal à l'aise dans son corps, Franck mettait en exergue les faiblesses de son père. Ils allèrent en thérapie familiale durant trois ou quatre mois jusqu'au jour où leur fils décréta que cela ne lui apportait rien et refusa de s'y rendre, déclarant que c'étaient sans doute ses parents qu'il fallait traiter ! Ils ne surent jamais si les deux médecins avaient quelque chose de spécial à leur dire. Au demeurant ils les trouvaient sympathiques mais il n'y eut pas de réunions explicatives montrant l'intérêt du temps passé chez eux, ce qui fut regrettable. Ils auraient tellement aimé entendre leur avis. S'ils en avaient un… Ils avaient récupéré leur fils mais ils ne savaient toujours pas que faire de lui. Il allait mieux. Ils réussirent à l'inscrire à des cours de conduite automobile chez une dame charmante qui acceptait de le prendre lorsqu'il allait bien et ne le bousculait pas pour la date de l'examen. Il mit du temps son Franck pour passer son permis mais le jour où il l'obtint ce fut le V de la Victoire ! A une période bénéfique faisait suite une période maléfique. Il fallait toujours être en éveil. Un soir elle rentra du travail, chercha Franck, pas de fils dans la maison. L'angoisse la prit à la gorge, que s'était-il passé, fallait-il avertir la police ? Il était majeur, donc responsable de ses actes, mais complètement « à côté de la plaque » ! Que devait-elle faire ? Elle appela son mari. Ils décidèrent d'attendre un peu. C'était la souffrance, la peur, l'anxiété, la détresse, le malheur, le désespoir, elle tournait en rond, elle culpabilisait. Le téléphone sonna enfin ! C'était Franck. Il était dans un hôtel en plein centre de Paris. Le tableau d'un peintre pompier que sa grand-mère lui avait offert à sa naissance sous le bras, il voulait le vendre et cet argent devait servir à payer sa chambre. C'est ce qui s'est passé. Il revint le surlendemain sans plus de problèmes. Ils ne lui firent aucune remarque. A quoi bon. Cependant, ils ne baissaient pas les bras. Ils cherchaient toujours un établissement susceptible de recevoir leur fils. Ils eurent l'adresse d'un hôpital qui après étude du dossier leur accorda une place. Franck y alla par ses propres moyens car avant d'être accepté il fallait une période d'essai de huit jours. Il revint avec une lettre qui disait qu'il avait plus l'air d'un soignant que d'un soigné. Alors là l'espoir revint dans le cœur de Bella. Si son fils passait pour un soignant, même si cet avis lui semblait fou, c'était un encouragement, elle allait se battre encore… Et qui sait : Gagner. Son calvaire n'était pas fini. Franck était toujours chez eux. La vie avec un adulte oisif, mal dans sa peau, incontrôlable était insupportable, tous les parents qui vivent cela peuvent dire la même chose. Franck restait couché toute la matinée. A table il ne mangeait pas, il bouffait. Il voulait commander dans la maison. Il s'enfermait dans le séjour soit devant la télé, soit avec sa musique. Il se comportait en maître chez eux. Tomi était persuadé que Franck écoutait une musique déstabilisante, une musique de fous, de drogués, mais que faire ? C'est le produit de notre société, nous ne pouvions pas l'en empêcher. S'opposer, c'était chercher la bagarre ! Ils étaient conscients que les préférences musicales de leur fils étaient un indice de sa santé mentale. Les paroles de la musique rock, le rap, les clips, tous les moyens de communication modernes fournissent aux adolescents des informations sur la sexualité et les modes de vie alternatifs, sujets généralement occultés à la maison et au lycée à cette époque, ce sont des hymnes à la provocation, la révolte, la colère, tout ce qui exaspère les familles. L'identification à un style musical particulier pouvait servir d'exutoire à des problèmes personnels ou à des conflits intergénérationnels… La seule musique qu'adorait Franck « heavy metal » avec son niveau sonore élevé et le comportement agressif et choquant de ses musiciens ne pouvait qu'attirer ce jeune mal dans sa peau. Eux trouvaient ce bruit insupportable. Plus ils se plaignaient plus Franck s'enfonçait dans ce domaine et augmentait le son. Donc cet adulte à domicile, les privait de leur intérieur. Il envahissait tout. Il les empêchait d'être chez eux…Il les empêchait de vivre… Ciel ! C'était son enfant, c'était son fils unique, c'était son amour, c'était sa raison de vivre, mais parfois elle était à bout, elle n'en pouvait plus, alors elle avait envie de le rouer de coups, ou de le « foutre à la porte ». En fait c'était lui qui les mettait à la porte de chez eux. La situation était effroyable… A ce stade ils cherchaient un moyen pour envoyer Franck dans une clinique anthroposophique où les thérapeutes utilisaient une méthode de soins qui traitait non pas la maladie en tant que telle, mais le malade tout entier, disons carrément son corps, son âme et son esprit. Quelqu'un leur avait parlé de résultats extraordinaires obtenus en Allemagne près de Fribourg, et justement ils avaient d'excellents amis habitants là-bas. De toute façon, ils étudiaient tous les travaux menés à l'étranger. Ils avaient vu aussi des choses intéressantes aux États-Unis, à Boston exactement. Ils prirent contact avec la caisse de sécurité sociale de leur secteur, firent une demande de prise en charge pour l'Allemagne. Mais en attendant, Franck était toujours là, sans activité. Toutes les démarches étaient longues et la vie de son enfant était en péril… Ce vendredi Franck avait rendez-vous avec un psychologue pour une éventuelle orientation. Ses parents voulaient absolument lui trouver une occupation. A midi et demi, Bella rentra chez elle, elle entendit au-dessus de sa tête un bruit de chute. Elle se dit : c'est bizarre Franck ne devrait pas être là. Elle s'exclama en atteignant le palier :

— Franck ! Tu n'es pas allé à ton rendez-vous ?

Elle s'arrêta net. Le spectacle était une vraie désolation, le pire de tout ce qu'ils avaient vécu jusqu'à présent. Son pauvre enfant était complètement nu, tombé dans l'escalier il s'était blessé. Elle l'aida à se relever. Il ne comprenait absolument rien à ce qu'elle disait. Il marchait dans tous les sens et faisait pipi partout. Il n'arrivait pas à trouver la porte des toilettes. Il allait dans le grenier, tombait de nouveau. Elle était seule, elle n'arrivait pas à le maintenir sur un fauteuil. Il était comme elle nous l'avait dit grand et costaud, elle avait donc beaucoup de mal à le maintenir. Là elle pensa que tout espoir s'envolait. Elle voyait son fils vraiment fou pour la première fois. Elle lui fit prendre deux médicaments calmants pour réussir à le coucher et se débrouilla pour joindre le médecin traitant. Elle appela l'hôpital, elle fut soulagée, son médecin habituel était là. Elle lui décrivit le tableau. Elle pensait que son fils décompensait en ce moment sa maladie. Son médecin lui répondit :

— Faites ses pansements.
— Ils sont déjà faits lui dit-elle, ce n'est pas pour cela que j'appelle.
— Alors laissez-le, je vais en week-end, nous verrons lundi ce qu'il y aura à faire.

Bella raccrocha, appela son mari qui lui dit ceci :
— Reste avec lui, je fais annuler mes rendez-vous et j'arrive le plus vite possible.

Le téléphone sonna, il ajouta :

— J'ai eu Pierre au téléphone (Leur ami psychiatre) Franck a dû avaler quelque chose, fouille sa chambre, fouille les poubelles, pendant ce temps j'appelle une ambulance et on le conduit à l'hôpital.

Ciel ! Elle qui lui fit prendre des médicaments en plus pour réussir à le calmer et à le coucher ! C'était leur ami qui avait vu juste. Franck avait avalé cinq boites de comprimés dont une boite de diurétiques, c'était la raison pour laquelle il ne pouvait plus s'arrêter de faire pipi. Elle n'avait pas pensé un seul instant à une tentative de suicide. Elle avait imaginé un comportement de fou ce qui n'était pas du tout le cas. Elle qui devait reprendre le travail à quatorze heures avec un sourire en tranche de papaye se trouvait dans une situation terrible. Elle n'avait rien compris, rien deviné. Quel malheur ! Quelle horreur ! Tomi rentré s'occupa du départ de Franck, elle retourna à son travail comme si rien ne s'était passé. Une voisine vint la voir en lui disant :

— Votre fils a l'appendicite, c'est pour cela que l'ambulance est venue ?

— Oui, il a l'appendicite. Répondit-elle.

Sa collègue de travail fut la première à lui dire que s'ils étaient les concierges du coin, des gens sans aucune formation dans le domaine de la santé, ils auraient suivi les directives du psychiatre traitant et leur enfant serait mort. Le soir après le travail ils allèrent dans le service de réanimation. Franck était dans le coma. Là ils étaient à deux doigts de le perdre. Elle avertit son frère et sa belle-sœur. Ils se mirent à prier. C'était la seule chose en leur pouvoir. Franck resta trois jours dans le coma. A son réveil il fut de nouveau placé en psychiatrie. Ils ne revirent jamais son médecin traitant. C'est un interne du service qui leur donna des nouvelles le lundi matin.

Il fallait d'urgence trouver une solution Ils ne pouvaient plus prendre de tels risques, ils avaient encore une fois frôlé la catastrophe. Ils appelèrent la clinique Allemande et expliquèrent leur cas. Mais l'obstacle de la langue était primordial même si Franck était excellent en Allemand, au niveau d'une thérapie il est préférable d'utiliser la langue maternelle. Elle en était convaincue d'ailleurs, une insulte dans une langue qui n'est pas la vôtre n'a pas du tout le même impact… La personne au bout du fil leur conseilla de prendre contact avec un psychiatre ayant travaillé chez eux et exerçant en France. C'est ce qu'ils firent. A partir du moment où ils se tournèrent dans cette direction, une porte s'ouvrit devant eux. Ils demandèrent à Franck de consulter d'abord seul ce médecin. Lorsque la relation fut établi, ce fut le thérapeute qui demanda à les rencontrer. Et, à compter de cette date ils trouvèrent un soutien qui leur permit de franchir les obstacles qui leur semblaient auparavant insurmontables. Il leur conseilla lorsqu'ils se trouvaient devant une demande qui leur semblait aberrante de dire à leur fils de s'adresser à son médecin d'une part, d'autre-part lorsqu'eux-mêmes étaient embarrassés par un problème à résoudre de s'adresser à lui. Quel soulagement, enfin quelqu'un sur qui ils pouvaient compter… Sur la vingtaine de psychiatres qu'ils consultèrent ils ne trouvèrent que trois ayant cette attitude de soutien familial…Les autres avaient plutôt tendance à rejeter les parents. Du moins ce fut leur sentiment, leur ressenti… A compter de ce moment, les choses prirent une toute autre tournure. Franck en médecine allopathique, avalait « une page de médicaments » on lui faisait aussi une piqûre de neuroleptiques par mois. Comme psychologiquement un parent ne doit pas piquer son enfant, car il joue alors un rôle de « bourreau » ils faisaient venir un infirmier à la maison lorsque leur enfant était grabataire et Franck se rendait à l'infirmerie lorsqu'il pouvait marcher… Le jeune médecin qui prenait maintenant en charge leur fils ne connaissait pas les détails de son passé médical… Il se fiait à ce qu'ils disaient en tant que parents et à ce que pouvait raconter Franck en tant que patient. Il n'eut aucun contact avec les psychiatres antérieurs. Il trouvait Franck en assez bon état et avait du mal à imaginer le passé. Mais son devoir était de considérer que les choses étaient graves. Quoiqu'il en soit, il leur proposa deux choses :

Premièrement :

Il enlevait toute thérapeutique allopathique du matin et du midi, la remplaçant par de l'homéopathie buvable et injectable en sous-cutané, piqûres que le patient effectuait lui-même après un apprentissage, chaque jour et gardait un neuroleptique pour le soir. Là un problème se posa, dans la clinique allemande où il travaillait, les médecins utilisaient le L avec d'excellents résultats. Cette molécule n'était pas commercialisée chez nous. Elle était en expérimentation dans les hôpitaux psychiatriques et interdite en « ambulatoire ». Le médecin de Franck s'adressa au laboratoire en demandant l'autorisation de prescrire ce médicament, en précisant bien que la famille était au courant du danger lors de la prise de cette substance. En effet, il était indispensable d'effectuer une numération de la formule sanguine chaque semaine car le produit pouvait provoquer une aplasie médullaire irréversible. Le médecin de Franck appela Bella pour lui dire :
— La réponse du laboratoire c'est « Niet » mais si vous voulez essayer vous-même peut-être qu'en tant que mère vous y arriverez.

Faisant face depuis plus de cinq ans à des difficultés insurmontables, à ce qu'elle appelait le plus grand malheur du

monde, Bella sans aucun doute mit dans ses paroles tout son cœur, car la réponse fut :
— Oui.

Donc, leur nouveau médecin prépara le dossier demandé, reçut le médicament, remit en mains propres à Franck la quantité nécessaire pour un mois de traitement, avec l'intention dès le départ de diminuer les doses le plus possible.

Deuxièmement :

Il leur demanda de chercher une famille différente de la leur qui accepterait de prendre leur fils en pension et de lui faire effectuer un travail manuel : jardinage, menuiserie, poterie, etc… ou un travail dans une ferme. Figurez-vous que cela fut très difficile à trouver. Ils mirent tous leurs amis et relations dans la confidence ainsi qu'un cousin installé dans le midi et susceptible de les aider. Ils cherchèrent dans tout le pays. Il paraît qu'en Allemagne cela se pratique couramment, si bien que les médecins peuvent fournir aux parents une liste de familles d'accueil… Ils faisaient entièrement confiance à ce thérapeute. Cela faisait maintenant tant d'années qu'ils se battaient pour essayer de sortir leur fils des ténèbres, et l'éloigner de la mort qu'ils étaient prêts à tout tenter. En attendant de trouver cette famille salvatrice, le médecin de Franck l'encouragea à exercer différents métiers : Franck fit un remplacement d'aide-soignant dans une clinique. Bella donnait de l'argent à la clinique pour qu'elle paie leur enfant… Il travailla chez Mc Macdonald comme serveur. Il fit un stage rémunéré de tailleur de pierre, d'une durée de trois mois, malheureusement trop court donc pas formateur… Il effectua un travail de terrassier pour un terrain de golf. Il fit aussi du ramassage de poubelles. C'était du travail temporaire, mais ils étaient fiers de leur fils, car il ne baissait pas les bras. Tout se passait très bien, Franck était courageux et s'adaptait à tous les milieux. Tout cela somme toute, c'était de l'ergothérapie. Leur fils n'était plus grabataire, il s'intégrait à la société, il n'était plus perçu comme un malade. Entre deux emplois il remettait sa chambre en état. Il refit tout : peintures, papier peint… Son médecin savait le motiver. Ils sentaient qu'ils étaient en train de franchir un cap. Des amis travaillant au ministère de l'Agriculture effectuaient des recherches de leur côté. Plusieurs fois ils obtinrent des adresses de centre de travail à la ferme, mais très souvent ces centres accueillaient des drogués et ils étaient très conscients de la difficulté à ce niveau. Ils étaient persuadés que dans l'état dans lequel se trouvait leur enfant il eut été facile de le mener à la drogue. Il n'était vraiment pas obligatoire d'ajouter ce problème à tous ceux qu'ils collectionnaient… Grâce à un client de son cabinet médical Tomi trouva une famille habitant la campagne, susceptible d'héberger et de s'occuper de la formation de leur fils en menuiserie. Franck rendit visite à cette famille composée du père, de la mère et d'une fillette de dix ans. Il y séjourna pour un essai et leur donna son accord. La famille leur indiqua le prix de la pension et Franck s'intégra parfaitement à leur milieu. Ces gens firent tout ce qui était en leur pouvoir pour sortir le jeune qui leur était confié du « rien faire ». Ils s'occupèrent de son dossier d'inscription à la préparation du CAP de menuiserie. Ils surveillaient son travail à la maison comme s'il s'agissait de leur enfant. Ils lui faisaient pratiquer du sport : vélo, judo, jogging, équitation. Ils ne savaient pas comment cela se passait exactement, Franck ne racontait pas sa vie, loin de là, c'était le silence complet. Au bout de quelques mois le père de famille souhaita les rencontrer. Il vint avec Franck leur rendre visite. Lorsqu'en fin de journée Bella vit son fils repartir, suivre cet homme et s'en aller, ses yeux se remplirent de larmes, elle se retînt pour ne pas éclater en sanglot. Son fils ne voulait plus du foyer qu'elle lui avait offert, un autre homme faisait office de père, son père biologique quant à lui avait fait de son mieux. Et chose incroyable, extraordinaire, formidable pour eux, après une année passée loin de chez eux, ils retrouvèrent comme par enchantement le jeune homme impeccable qui sept ans plus tôt avait basculé dans la maladie.

AMAZING

Lorsque l'on survit à de telles épreuves, lorsque l'on passe par des chemins de vie aussi difficiles, on en sort sans nul doute plus fort, grandi, et, on acquiert un mental de champion. On n'a plus peur de rien, on devient invincible. Je suis sûre que c'est ce mental forgé dans la lutte contre l'adversité, la souffrance, le combat au quotidien, qui permit à ma belle-mère de vivre plus de vingt ans auprès de Magic John, qui avait lui aussi, à ses yeux, des troubles psychiatriques. Bella disait souvent :

— J'aime les fous !

Bella, avait une piètre opinion de moi, elle ne m'aimait pas et me rendit la monnaie de ma pièce. Moins d'un an après la croisière cauchemardesque qu'elle fit en ma compagnie, mon père décéda. Elle était enfin véritablement chez elle, refusant de me revoir et, encore moins de me recevoir, après les funérailles sous prétexte que ma présence ravivait trop sa douleur, et son chagrin, elle disparut de ma vie.

Aujourd'hui, veuve, toujours optimiste, Bella tournée vers l'avenir regarde droit devant. Elle ne fut pas du tout surprise en lisant les éloges écrits sur le registre de condoléances au moment du décès de papa car ceux qui s'exprimaient n'avaient jamais vu sa face cachée. On pouvait lire ceci :

— Un grand Monsieur nous a quittés et c'est aussi une belle âme que le monde a perdue.
— Tu vas nous manquer. Ton rire et ton sourire nous manquent déjà. Merci de nous avoir accueilli dans ton cœur, de nous avoir fait partager ta joie de vivre si contagieuse.
— Je pense que votre vie ensemble fut un beau voyage et nous t'adressons nos meilleures pensées pour que tu poursuives le

chemin avec de beaux souvenirs qui nous l'espérons adouciront ta peine.
— Je garde de lui le souvenir d'un homme très agréable et très accueillant, aimant la vie et sachant faire partager son sourire et sa bonne humeur à son entourage.
— Il était l'illustration du bonheur, de la belle vie, du positivisme, de la générosité, d'un humour permanant, son sourire accompagnait tous nos échanges.
— Une libération des plus beaux côtés de la vie, une libération d'ondes positives à tout instant.
— Les moments passés en sa compagnie étaient des bouffées d'air frais, des îlots de pur bonheur. Ces moments sont gravés en nous comme une référence.
— Son rayonnement et son sourire continueront à nous accompagner et nous montrent, haut en exemple, la voie à suivre.

Magic John était un homme for-mi-da-ble. C'est pour cette raison que Bella l'aimait. Hormis « la belle âme » elle était d'accord avec presque tout ce qui était écrit. Son chagrin fut immense elle perdait son Aladin et surtout sa lampe merveilleuse elle oubliait l'envers du décor... Elle vécut auprès d'un homme qui en presqu'un siècle n'avait jamais dit : Au temps pour moi, je me suis trompé, « mea culpa ». Magic John beaucoup plus âgé que Bella lui disait souvent :

— Quand l'un de nous deux disparaîtra Je ferai...

Comme il se croyait éternel, il pouvait tout envisager mais jamais il n'aurait pensé qu'après sa mort Bella mènerait tambour battant ce qu'elle appela sa troisième vie avec beaucoup de dynamisme, et une ouverture extraordinaire sur le monde.

A peine avais-je quitté la maison de mon père que Bella alla mettre son nom de naissance sur sa boite aux lettres et fit les démarches pour devenir visiteuse de prison... A son grand dam elle constata qu'elle avait atteint la limite d'âge soixante-quinze ans et pensa mettre en branle les réseaux sociaux et militer pour prolonger ce droit jusqu'à quatre-vingts ans. Elle avait appris à aimer inconditionnellement, elle n'attendait des autres ni remerciements, ni reconnaissance, ni bonjour, ni au revoir, elle était vraiment libre, prête pour ce bénévolat… Elle trouva les démarches trop longues, et renonça à ce projet.

Elle n'avait pas connu la torture ou l'esclavage, pas vécu sur les champs de bataille. Elle avait juste connu le combat pour sa vie, et celle de son enfant, vie simple, rangée et banale aux yeux de tous… Mais son regard à elle était tout autre. Lorsque le 11 septembre 2001 les Twins Towers de New-York furent abattues le 43ème Président des États-Unis Georges W. Busch se trouvait dans une classe d'une école élémentaire d'une petite ville de l'Etat de Floride : Sarasota elle imagina que dès cet instant, lui-même et tout son peuple, l'Amérique toute entière, se trouvaient ébranlés à tout jamais. L'accumulation des échecs de sa vie lui firent cet effet-là, le sol s'était dérobé sous ses pieds, son monde s'était écroulé : Son premier mariage s'était soldé par un échec, divorce tardif après trente années de vie commune, mettant en exergue son aveuglement. Elle n'eut qu'un enfant et par malchance il fut gravement malade. De plus, elle était sans feu ni lieu, elle était au stade du « Viens chez moi, j'habite chez une copine »…
À cinquante ans elle touchait le fond du gouffre et perdit toute sa superbe. A soixante-quinze ans pouvait-elle encore se redresser, effacer ses blessures, atteindre quelques-uns de ses objectifs, réaliser au moins un de ses rêves ? Peut-on croire réellement à une existence banale ? Qu'était-ce qu'une existence banale ? Anonyme, seule dans la foule, Bella se posait toutes ces questions. Elle décida de tout mettre en œuvre pour embellir sa vie et réaliser ses rêves. Logiquement plus rien ne devait la surprendre, hors-mis elle-même et c'est ce qui se produisit. Elle n'est pas encore revenue de ce qu'elle put entreprendre seule à plus de soixante-seize ans C'était comme si une « nouvelle page » de sa vie débutait, une étape grandiose, elle allait être enfin elle-même : Pour commencer Bella s'installa devant son bureau, prit une grande feuille de papier, écrivit la liste de ses rêves et se dit : Je dois réaliser tout cela très vite, mes années sont comptées… Sa liste était incroyable, pêlemêle on pouvait lire la chose la plus

simple pour tout un chacun mais qui lui fut impossible en ayant son Magic John comme compagnon : Passer Noël avec mes petits-enfants pour la première fois de ma vie, puis des choses bien plus complexes, sauter en parapente, ce qu'elle fit en s'élançant de huit cents mètres d'altitude, aller en Inde, plus spécialement à Auroville, en profiter pour visiter Pondichéry et Madras – Chennai – souvenirs du livre de géographie de son enfance en école primaire, faire un pèlerinage à Compostelle, rendre visite à ses amis de Bangkok, trouver une fumerie d'opium dans le triangle d'Or et faire un essai, vivre quelques semaines auprès de son frère bien-aimé et de sa belle-sœur (qu'elle estimait beaucoup), prendre contact avec une ONG pour du bénévolat en zone de malnutrition, effectuer un vol en ULM pendulaire survoler un champ de lavande en Montgolfière, aller à Lisbonne et étudier la possibilité de s'y installer, monter à dos d'éléphants, manger du crocodile et des serpents avant de devenir végan… des idées les plus farfelues les unes que les autres à mes yeux. Figurez-vous qu'elle écrivit une vingtaine de lignes, et qu'elle réalisa tout cela et bien plus encore. Sa liste était très longue elle se disait que le temps était compté, qu'elle devait agir au plus vite.

Son premier objectif : Exposer ses tableaux à Paris car son hobby était la peinture, cet art lui permettait de s'évader, d'oublier toutes les vicissitudes de sa vie. Elle participa à la sélection pour le Salon Art Shoping au Carrousel du Louvre et fut acceptée. Elle loua son stand qui portait le numéro B52 nom d'un cocktail. Sa composition : Kahlua, Baileys, Cointreau. Les ingrédients se séparent en trois couches bien délimitées et on ne peut qu'admirer le résultat et déguster. Elle dit :

— C'est un bon présage !

En effet nommé en hommage au bombardier B-52 mis en service par Boeing en 1955, l'un des plus gros avions de combat en service dans le monde, ravitaillable en vol, cet avion est toujours utilisé. Son exposition à elle, fit l'effet d'une bombe ! Sa famille, ses amis et relations ne savaient pas qu'elle peignait. Seule, à son âge, elle transforma sa voiture en break, effectua le chargement, prit la route vers Paris. Elle fut hébergée par une amie de longue date qui l'aida, sa filleule s'est jointe à elles. Toutes les trois, marteaux et clous en mains, installèrent les tableaux sur le stand dans les temps. Elle avait choisi un cadre on ne peut plus grandiose, il faisait beau. Ce fut un véritable succès elle eut à titre privé cinquante-deux visiteurs (B52 coïncidence) toutes ses connaissances firent le déplacement. Les copains et copines de Metz, de Paris, de Nice, de Cannes et même du Sénégal. Elle fut enchantée, ravie. Elle vendit trois tableaux. Lorsque le week-end se termina et que tout fut rangé elle déclara :

— Je ne rentre pas chez moi, je vais faire le tour de France et dire au revoir ou peut-être adieu à mes proches, à tous ceux que j'aime.

Elle prit la route, Normandie, Bretagne, Charente, sans oublier l'Aveyron où elle fit étape pour visiter à Rodez le musée Soulages. Elle disait que la peinture avait embelli sa vie… Elle aurait tout aussi bien pu faire le tour de France des musées… Elle continua vers le Languedoc et ce furent les intempéries dans le Sud qui lui firent regagner son domicile un peu plus tôt que prévu.

Autre chose : Bella s'intéressait beaucoup à l'ésotérisme, elle n'avait pas encore trente ans lorsqu'elle entendit parler de la création près de Pondichéry d'une cité nouvelle et expérimentale décrite comme essayant de fonctionner sans politique, sans religion, sans hiérarchie, sans police, sans prison, sans argent circulant : Auroville, qui cette année-là justement lorsqu'elle fut prête pour ce voyage fêtait son cinquantenaire. Cité utopique, essayant d'instaurer des rapports différents entre les humains, recherchant plus de simplicité et d'authenticité, mettant fin à l'exploitation de l'homme par l'homme, ignorant le racisme, créant une vraie fraternité sans guerre où on ne devient jamais propriétaire du sol où l'on a décidé de vivre. Somme toute un embryon de création d'un monde nouveau. A peine rentrée chez elle, Bella organisa son voyage en Inde. Elle fit Nice-Dubaï-Chennai par Emirates. Elle aimait voyager seule, affronter l'inconnu, c'était stimulant pour elle qui détestait la routine. Après six heures de vol confortablement allongée et endormie sur quatre sièges disponibles elle profita de l'escale de trois heures à Dubaï pour faire du shopping en duty-free tous les magasins étant ouverts vingt-quatre heures sur vingt-quatre. Sa gourmandise : les dates enrobées de chocolat noir. Puis quatre heures de vol pour Chennai. Elle était heureuse, le Madras de ses rêves à portée de mains. Au débarquement un contrôle d'identité et de visa sévères, très longs, avec photos prises sur place et empreintes manuelles pour quelques-uns retarda la sortie des passagers. Après quoi elle alla chercher ses bagages. Il fallut compter deux heures en tout. Elle trouva tout de suite son accompagnateur : Direction taxi et deux heures et demie de route pour Auroville. Et quelle route ! Dans son Madras tant rêvé, souvenir du livre de géographie de son enfance, toute l'Inde rassemblée, embouteillages monstres, on roulait partout sur la chaussée, à gauche, à droite, au milieu à vingt kilomètres heure, en évitant tous les heurts possibles. Petit à petit ils s'éloignèrent du centre-ville, firent trois cents kilomètres en évitant les motos surchargées, les chèvres, les vaches sacrées, tous ceux qui arrivaient en face en klaxonnant sans arrêt. Elle logea au Mango Hill Hôtel extérieur à Auroville son côté « vieille colonie » lui plaisait. Le lendemain dès six heures les corbeaux et les coqs la réveillèrent. C'était la fin novembre, les derniers jours de la mousson, il pleuvait des cordes mais Bella s'en fichait elle appela un taxi et se fit conduire au Visitor's Center d'Auroville. Elle étudia la géographie des lieux, regarda les vidéos sur le site, organisa le programme de chacune de ses journées et déjeuna sur place. Auroville communauté en constante expansion qui compte plus de trois mille résidents fut fondée par Sri Aurobindo un Indien de Calcutta qui participa à l'indépendance de l'Inde et une Française d'origine Egyptienne Mirra Alfassa. Cette citée utopique basée sur un rêve de paix et d'harmonie entre les hommes fêtait donc cette année-là ses cinquante ans, Bella voulait se faire une idée personnelle du mode de vie de tous ces gens réunis malgré leurs différentes origines vers un même objectif, faire que les relations entre eux ne soient pas fondées sur la concurrence mais sur la collaboration et une réelle fraternité entre une cinquantaine de nationalités rassemblées autour du Matrimandir bâtiment central qu'elle souhaita tout d'abord visiter : Une immense sphère dorée de trente-six mètres de diamètre surélevée, resplendissante sous le soleil, visible de toute part, symbolise la naissance d'une nouvelle conscience. Elle ne put y entrer il y avait trop de monde ce jour-là, une queue immense s'étendait sur des centaines de mètres. Elle adopta tout de suite Prakash son tuk-tuk driver comme guide pour, dès à présent faire un tour de ville, se promener dans les environs, prendre quelques photos et préparer la suite de sa visite. Les gens étaient d'une amabilité sidérante, des enfants lui parlaient, souhaitaient prendre des photos avec elle, tout ce que Bella voyait et entendait l'intéressait. Au Farm Fresh Café elle déjeuna, la nourriture indienne lui convenait parfaitement, elle retrouvait le parfum des épices de son enfance, le curcuma, la cardamone, le carvi… Prakash chaque jour se présenta au Mango Hill à l'heure dite et ce durant vingt jours pour la conduire dans tous les lieux qu'elle souhaitait connaître. Le lendemain sa visite du Matrimandir fut programmée. Prakash la déposa au Visitor's Center où se rassemblaient les touristes venus de toute part. Ils étaient une cinquantaine de personnes occupant deux navettes. Il y avait déjà du monde sur place. A l'entrée du parc les gens se plaçaient en file indienne pour déposer leurs sacs, appareils photos, téléphones, car, pour y entrer on se débarrasse de tout ce que l'on possède, pièce d'identité, carte bancaire, c'était la première fois qu'elle déposait toutes ses affaires à l'étranger, elle eut quelques appréhensions et se dit la prochaine fois j'installerai sous mes habits une poche intérieure pour les documents importants. Elle n'imaginait pas cela : consigne obligatoire, gratuit, en lieu ouvert. Ici le silence est de rigueur on parcourt des allées magnifiquement entretenues, des carrés de gazon poussant entre les dalles de couleur donnent l'illusion d'un pavage vert et rouge. Bella descendit d'abord sous la sphère qui s'avère être un assemblage d'énormes coupes de céramique dorée. L'architecte Français Roger Anger ami de Sri Aurobindo fit réaliser là un magnifique et énorme travail qui dura près de quarante ans, tout fut fait manuellement par une population motivée. Avec les autres visiteurs elle déposa ses chaussures le long des murs et descendit vers une fontaine-bassin où l'eau s'écoule en pente douce du bord vers le centre en suivant des plaques de marbre blanc décrivant des pétales. Tout le monde s'installa en cercle autour de cette fleur de marbre. Ceux qui le pouvaient prenaient la posture du lotus, les autres s'asseyaient, tous méditèrent (Chaque jour des bénévoles organisent ces visites, tout est ordonné et minuté). Au bout d'un quart d'heure chacun se leva pour prendre la même direction toujours silencieusement, un guide indiquait la voie vers l'hémisphère supérieur du Matrimandir. Cela prit étrangement et subitement une allure solennelle un bénévole récupéra la carte verte remise individuellement à l'entrée sur laquelle on donne ces consignes : Garder le silence, sortir si vous avez envie de tousser ou de vous moucher, ne pas chanter ou psalmodier, ne pas se mettre à exercer ses talents de yogi, qi-gong, tai-chi etc… ne pas s'allonger et s'endormir. On commença alors à monter les escaliers le long de la paroi du globe pour entrer dans la sphère éblouissante de lumière et de blancheur, immense rotonde aux murs recouverts de marbre blanc et au sol gris et blanc. C'était le premier niveau tous étaient invités à s'asseoir et à enfiler des chaussettes mises à disposition car on va marcher sur une épaisse moquette blanche. Tout en haut douze colonnes de marbre blanc délimitent un cercle on prend place sur des tapis et coussins blancs de méditation, au centre le regard se focalise sur un énorme globe de cristal qui reçoit un rayon de soleil provenant d'une ouverture au sommet. Tout l'espace est lumière. On médite au milieu de cette blancheur. Aucune fleur, pas d'encens, pas d'image, pas de chants. Chacun arrive là avec sa foi ou ses idées, ce qui n'est pas vraiment l'objectif, car la méditation doit amener à la vacuité du mental, délivré des pensées, des émotions, et de tous les mouvements de la conscience ordinaire… chacun fait ce qu'il peut. Tout se passe en silence. C'est un lieu de paix de sérénité que l'on n'a pas envie de quitter. Le temps de présence est cependant compté. Tout d'un coup la grande porte du fond s'ouvrit Bella suivit le groupe, descendit la spirale en pente douce, laissa ses chaussettes, retrouva le carrelage, les escaliers puis ses chaussures. En sortant chacun peut se recueillir sous le banian qui était le seul arbre existant au moment de la création de la ville, maintenant entièrement boisée. Elle reprit ses affaires à la consigne sans difficulté aucune. Prakash l'attendait à la sortie et la conduisit sur une plage privée du golfe du Bengale.

— Il n'est pas possible de se rendre sur une plage publique. Lui dit-il. Ce n'est pas beau du tout, c'est trop sale et mal fréquenté. Il n'y a pas de politique concernant la voierie dans notre pays. Mais à Auroville c'est très propre.

Que dire ? Elle invita Prakash à déjeuner. Il hésita, elle insista, il finit par accepter et ils parlèrent de lui. Il porte un uniforme marron pour son travail mais aussi une écharpe de couleur jaune-orange qui indique son appartenance à la religion qu'il pratique dans un temple où il se rend régulièrement. Il a une enfant et proposa à Bella, qui l'accepta bien sûr, d'aller la chercher à la sortie de l'école. Il devint son chauffeur au quotidien. Chaque jour il recevait les consignes de Bella, la déposait le plus souvent devant le Visitor's Center où elle aimait déjeuner, faire des achats dans les boutiques mettant en vente des productions artisanales, artistiques, agricole et elle lui donnait rendez-vous pour ses autres déplacements. C'est une ville où la vente d'alcool est interdite et a fortiori la vente de stupéfiants, mais personne ne viendra vérifier ce que vous avez dans vos bagages… Dans les cafétérias elle demandait toujours un café froid qui en fait était une boisson délicieusement chocolatée. Elle constata que Prakash se contentait de l'attendre en somnolant dans son tuk-tuk, elle fut une rente pour lui durant son séjour et se dit : J'espère qu'après mon départ il trouvera une autre rente ! Elle souhaita prendre contact avec un représentant français, à Auroville, chaque pays possède son pavillon, un délégué y accueille ses compatriotes, mais le bureau était fermé Henri absent pour raison de santé. Bella décida de se rendre au Unity Pavillon pour savoir comment s'y prendre pour devenir un travailleur bénévole à Auroville. Elle aurait bien aimé remplacer ce monsieur durant son congé de maladie. Les choses ne peuvent plus se faire simplement comme autrefois. Avant de demander un visa de trois mois il faut prendre son ordinateur, se rendre sur le site d'Auroville, voir quelles sont les possibilités, si cela correspond à ce que l'on souhaite y faire, ensuite préparer son dossier en vue d'obtenir un agrément. C'est l'administration Indienne qui gère tout cela aujourd'hui lui dit-on. En attendant elle poursuivait ses investigations. Elle se rendit au Laboratory of Evolution le bâtiment est une bibliothèque à deux niveaux. Au rez-de-chaussée on peut consulter sur place des ouvrages concernant l'architecture d'Auroville : La ville a la forme d'une galaxie, son centre est le Matrimandir. Quatre zones : Culturelle, de travail, d'habitation et internationale sont déterminées. On trouve aussi des ouvrages sur la signification spirituelle des fleurs, en effet les fondateurs de la cité ont répertorié et photographié des centaines de plantes, donné leur nom latin, et une signification liée au divin…

À l'étage sont rassemblés des ouvrages surtout ésotériques. Elle va y passer du temps, les ouvrages présentés sont très beaux et très intéressants. L'appellation de ce bâtiment lui paraissait pompeuse. Bella se demandait pourquoi ? De loin on dirait un pigeonnier normand blanchi à la chaux. Elle n'a toujours pas compris ce que le mot laboratoire venait faire là… Cela contrastait beaucoup avec les autres constructions très proches géographiquement, magnifiques. En sortant elle se laissa emporter par un air qui la guida vers un auditorium splendide où un pianiste jouait du Chopin. Un peu plus loin une dame de soixante-douze ans professeur de peinture créait avec ses élèves une très belle affiche et rassemblait leurs œuvres en vue de les présenter dans un magnifique complexe dénommé le Bharat Nivas, pavillon Indien. Cette bâtisse est belle, le carrelage au sol est de marbre, le bureau d'accueil est vaste, les couloirs et escaliers immenses, la luminosité éclatante. L'architecture bien étudiée, en coquille d'escargot permet de tourner autour des tableaux, de circuler avec aisance et plaisir. Le contraste est tellement saisissant avec le Laboratory of Evolution qu'elle venait de visiter qu'elle en fut sidérée. Plus loin le Savitri Bhavan est superbe, aussi élégant vu de l'intérieur que de l'extérieur il est à la gloire de Sri Aurobindo dont la statue orne le jardin. L'ensemble est magnifique et immense, pour y entrer non seulement on ôte ses chaussures mais comme au Matrimandir on dépose toutes ses affaires cette fois sur un muret et sans surveillance, personne ne s'en occupe. A gauche on peut lire les textes du Maître et voir les dessins et peintures correspondants faits par Mirra, sa compagne, que l'on dénomme la Mère. A droite une immense salle en rotonde présente la vie de Mirra, son parcours exceptionnel pour une femme de son époque qui dès l'âge de cinq ans avait compris qu'elle aurait un destin hors du commun. C'est un centre d'éducation spirituelle lieu où on peut assister à des conférences, des ateliers, on y étudie les textes philosophiques, les poèmes du maître. Un amphithéâtre en plein air complète les installations.

A la sortie Prakash lui annonça qu'il allait faire trois jours de marche en montagne pour rejoindre le temple où il pratique sa religion et lui donna les coordonnées de son collègue chauffeur. Le lendemain ce dernier la conduisit en zone industrielle pour visiter le SVARAM. Lieu de recherche sur les sons, et de création d'instruments de musique extraordinaires, un Russe exposait des gongs qui émettaient des sons de cloches d'églises, un Japonais présentait un instrument en pierre, magnifique sculpture de corps de femme qui émettait une musique étrange. Au fond de l'atelier des tambourins de toutes tailles étaient utilisés pour le bruitage de films, bruit du tonnerre, du vent, des vagues, de la pluie, formidable !

Le lendemain Bella profita de l'absence de Prakash pour se rendre en taxi à Pondichéry, elle demanda un City tour. Tout d'abord son chauffeur lui montra l'Hôtel ou elle devait séjourner le week-end suivant. Rien à voir avec l'aspect colonial et vieillot de Mango Hill qu'elle adorait malgré son manque de confort : Eclairage insuffisant : La lampe de chevet s'éteint toute seule et se rallume comme par magie, le matelas posé sur une estrade de béton vous fait un lit en continuité avec le sol, elle trouvait cela astucieux, ne l'avait vu nulle part ailleurs… Est-ce un lit du début de l'Empire colonial ? À Pondichéry elle eut le sentiment de circuler au milieu de mille voitures, mille motos, mille scooters, mille piétons, tout arrivait de toutes part à droite, à gauche, et si elle fermait les yeux sur sa tête…Il y en avait partout…

Elle lut : Rue de la Compagnie et pensa à l'île de la Réunion aux bâtiments blancs de la Compagnie des Indes identiques à ceux qu'elle voyait ici, aux grandes portes encadrées de belles pierres de taille grises apparentes. Plus loin : Rue de la Cathédrale c'était la même chose, mais c'était aussi tellement différent, une autre atmosphère. Ils roulaient maintenant sur la promenade le long du golfe, elle descendit et prit une photo elle se trouvait devant un tableau qui menait ses pensées vers Rothko : De bas en haut des bandes tirées au cordeau beige-marron le sable, noire les rochers, gris clair la mer, un gris plus foncé le haut d'une vague, et une belle bande de gris clair le ciel. Au total trois nuances de gris du noir et du beige : Trop bien… Vite entourée par les marchands de bonbons et de fleurs à mettre dans ses cheveux, elle s'échappa et rejoignit son taxi. Il faisait de toute façon trop chaud pour se promener en bord de mer : Vite dans la voiture climatisée. Le taxi s'arrêta devant toutes les églises, ici on ôte ses chaussures pour entrer dans un édifice public, elle pria pour ses proches, laissa des oboles et n'arrêta pas de donner des billets aux mendiants. Ces églises catholiques petit à petit et certainement tout à fait naturellement sont décorées à la mode du pays. Des guirlandes de fleurs multicolores entourent le cou des Saints, de la Vierge Marie, du Christ. Des tissus de couleurs vives entourent les statues. Un autre monde… Elle suivit une queue interminable et fit une halte et une prière dans l'Ashram de Sri Aurobindo qui occupe un ensemble donnant sur deux rues. Elle demanda au taximan de lui trouver une banque pour un retrait d'espèces. Rien à voir avec nos établissements bancaires, riches, ayant beau pignon sur rue, magnifique entrée, vigile en uniforme. Ici on entre dans un couloir sombre pour un retrait d'espèces et là sans aucun document on fait du change à la tête du client. Durant son séjour elle n'obtint jamais un seul bordereau de change, et aucune attestation même auprès des distributeurs de billets très officiels, il était partout affiché que les documents ne pouvaient être imprimés. Ce fut une journée très vite passée et elle rentra épuisée et ravie à son hôtel.

Aujourd'hui son chauffeur King Radja remplaçait encore Prakash il la déposa à son cours d'Anglais et partit. Grande déception le professeur était absent, mais voilà que les autres élèves, des jeunes d'une vingtaine d'années lui proposèrent de se rendre avec eux au Matrimandir pour méditer. Ils étaient tous en deux roues, et : Hop ! à son âge la voici en selle derrière un jeune en scooter en route pour une aventure particulière. Pour elle, monter sur une moto à l'étranger pour se rendre à titre privé à une méditation, c'était une démarche nouvelle et peu banale. Elle déposa comme tout le monde toutes ses affaires à la conciergerie, se dirigea vers un bureau où sont disposés douze paquets de cartes de couleurs différentes correspondant à douze qualités humaines qui sont des objectifs à atteindre. En effet en périphérie du globe central se trouvent douze salles formant, vue du ciel, les pétales d'une fleur gigantesque. Chaque pétale est un espace de méditation de la couleur de la carte que vous avez entre les mains, parmi tous les cartons disposés à l'entrée : humilité vert foncé, gratitude vert clair, persévérance jaune, Bella choisit le rouge où était écrit « Progress » cela lui convenait bien. Les gens suivirent les flèches, se dirigèrent vers la zone choisie en tournant autour du globe, lorsque Bella vit le mot correspondant à sa fiche elle descendit vers le centre de la sphère, à mi-parcours arrêtée par un garde (l'entrée des salles se fait sur les côtés) elle ôta ses chaussures, reçut des chaussettes, le bénévole lui ouvrit la porte. Le nombre de personnes par salle est limité. Elle s'installa sur un coussin de méditation, une chaise est destinée à celui qui ne peut pas prendre la posture, au centre sur le mur une œuvre d'Art de la couleur choisie donne le ton et l'éclairage est de la même teinte. Elle utilisa les pratiques apprises lors de ses séances d'hypnose pour méditer, sans entrainement, sans formation ce n'est pas facile de s'accorder une demi-heure d'introspection dans le silence le plus complet. Le carton rouge fut récupéré à la sortie, elle retrouva tous ses copains dehors sous une pluie battante. Ils coururent vers la grille d'entrée. King Radja était là qui l'attendait, car tout se sait ici, Bella regagna son hôtel, trempée mais ravie.

Étrangement surprise par ce que l'Etat Indien accepta comme ville expérimentale sur son sol, Bella trouvait tout cela extraordinaire. Avec quels moyens faisait-on fonctionner cet ensemble ? Auroville est une cité ésotérique. Pour bon nombre d'entre-nous certaines personnes croisées ici peuvent passer pour des illuminées. Les gens sont minces ou maigres, souvent végan, on peut en voir un qui marche avec son verre d'eau et ses graines germées au fond, il y a des coiffures pour tous les goûts, l'un parmi eux serait un membre de votre famille vous seriez peut-être inquiet, cependant ce sont des exceptions, au total les gens sont comme partout ailleurs, tout à fait dans la norme, aimables que dis-je, adorables. De plus tout est propre et entretenu, on peut consommer l'eau du robinet, elle est plus que potable, elle est dynamisée et porte en elle des messages pour le bien-être de l'humanité (Pour ceux qui ont entendu parler de la Mémoire de l'eau) elle est gratuite et on utilise des gobelets et des pailles en carton, pas de plastique. Au cours de ses journées passées à Auroville Bella rencontra beaucoup de gens et s'informa. Ce serait une erreur de venir ici en avril car il y fait trop chaud. Dès la mi-mars il est recommandé de partir. Elle adore Mango Hill, son hôtel colonial sent bon le comptoir des Indes, il n'est pas climatisé il garde ses vieilles pales de libellules au plafond, elles brassent l'air sans arrêt, son carrelage rouge ne glisse pas, même mouillé, son lit en béton ne risque pas d'être mangé par les termites ou d'héberger un insecte, son matelas qui n'a rien à voir avec ceux qu'elle connaît lui donne l'impression de flotter sur un nuage. Ici elle est bien sur terre et même sur pierre, elle disait : J'ai un rocher en guise de lit ! Sa salle d'eau la surprend chaque jour, pas de rideau, en fait pas d'espace délimité pour la douche, le sol en pente douce permet à l'eau de s'évacuer d'où qu'elle vienne, le climat chaud permet cela, tout sera sec dans quelques minutes.

Bella ajoutait à ses visites des cours de yoga, des massages ayurvédiques, des consultations dans les différents centres de santé. Souhaitant connaître le mode de vie dans cette ville, elle avait des journées très chargées. Elle prit rendez-vous au « Quiet Healing Center » Prakash étant absent ce fut encore King Radja qui vint la chercher. Ce centre de santé est en bord de mer. Quand on passe le portail c'est un autre monde, tout est beau dans un jardin tropical bien entretenu, par chance, pour la première fois le ciel est bleu et la mer aussi, d'un bleu qui reste sur la ligne d'horizon peinant à avancer vers la plage, l'eau gris perle est tremblotante, entre les cocotiers sont suspendus des hamacs, à droite dans des ilots de verdure parsemés de palmiers des petits pavillons de briques rouges très mignons forment une barre délimitant le domaine. Son impression en arrivant fut si agréable qu'elle souhaita prendre une location dans ce lieu idyllique et tout d'un coup assez curieusement elle se mit à rêver de pouvoir construire en Lozère, région de France qu'elle aime tout particulièrement, son atelier de peinture plein sud semblable à ces bungalows… Bella enchantée avança vers la réception et prit des photos qui donnent envie à tout un chacun de s'arrêter là. Une jeune femme lui présenta une liste de dix-huit soins ce sont des thérapies douces classées en médecines parallèles. Elle choisit un massage complet en piscine le « watsu » on lui explique que l'on retrouve là les sensations du fœtus dans le liquide amniotique, l'eau est à trente-cinq degrés, le patient lové dans les bras du thérapeute est massé en douceur. Elle se dirigea vers le bassin prévu pour cela où déjà une jeune femme se faisait traiter. Bella fut très contente des soins en immersion totale mais vraiment déçue par la vétusté des installations. Il faudrait refaire les cabines de douche, les toilettes (il y a encore des WC à la turque) mettre des panneaux solaires, repeindre la piscine, nettoyer sérieusement les chaises. Elle se dit qu'il serait nécessaire d'avoir une direction qui contrôle tout cela et exige la propreté. Il faudrait surtout beaucoup de moyens financiers pour remettre les choses en état. Dommage !

Prakash est revenu, il est ce matin dans le hall de l'hôtel tout content de retrouver Bella et ce fut réciproque. Pour son pèlerinage il se fit couper les cheveux, raser la barbe, aujourd'hui vêtu d'une belle chemise à carreaux et d'un jean c'est un autre homme qui se présente, il signala à Ma (c'est le nom qu'il donna durant tout son séjour à cette vieille française qui pourrait être sa grand-mère) qu'il va être obligé de porter son uniforme. Fini les fantaisies. Cette fois il conduisit « Ma » au « Medical Center ». Deux médecins Russes exercent ici en médecine allopathique, elle prit rendez-vous avec Denis un Français qui pratique l'hypnose et elle se lança. Bella toujours satisfaite de ce qu'elle entreprenait, sortit de là avec toute une série d'exercices à pratiquer…

Le fera-t-elle ? De retour au « Visitor's Center » elle fit du shopping, acheta des huiles essentielles, des écharpes de coton, de soie, des robes d'été ce sont les coloris joyeux, jaune, orangé, rouge, rose, violet, cela changeait de ses petites robes noires. Dans les boutiques comme aux terrasses des cafés elle posait des questions aux uns et aux autres, c'est ainsi qu'elle sut que tout Aurovillien reçoit un salaire minimum, est logé gratuitement, même les travaux de leurs intérieurs sont pris en charge, les repas sont gratuits, l'électricité, fournie par une société qui s'occupe des éoliennes, est gratuite dans toute la ville. Mais qui paie tout cela ? Elle ne put le savoir. Votre véhicule et l'essence sont à vos frais. Ici on ne prend pas sa retraite on effectue un travail désintéressé jusqu'au bout. On regarde la vie sous deux aspects de l'unité humaine : le côté spirituel avec le yoga et la méditation, le côté ludique et moderne surtout mis en route par les jeunes avec le folklore des différents pays représentés, la musique, les danses, les projets culturels. Comme il n'y a pas de hiérarchie, toutes les décisions sont prises en groupe. À la Mairie il n'y a pas de Maire, il n'y a pas de mariage, on procrée c'est tout…On n'est pas propriétaire de son logement, même si on l'a entièrement construit de ses mains. Elle rencontra à Pondi une jeune femme qui lui dit :

— Moi je suis une Auro-Vilaine, après cinq années à Auroville je pris son indépendance. Je me suis installée à Pondi car on est Aurovillien de son plein grès, nul ne vous oblige y à rester.

Le lendemain elle demanda à Prakash de la conduire au « Far Beach Retreat » restaurant de plage conseillé par Amber sa voisine de chambre. Ce que cette dernière décrivait comme un lieu de rêve : magnifique piscine, lieu très propre, lui fit l'effet d'un endroit négligé, le chiendent envahissait les parterres, des corbeaux déposaient leurs fientes partout, c'était l'Inde même si les tables étaient d'un beau granit gris, même si le banian vous donnait une ombre agréable, ce n'était pas propre, pas bien entretenu. On lui proposa de la cuisine italienne, on lui apporta : Fish and chips. Rire. Elle partagea son repas avec un chiot sous la table qui mangea le poisson et une dizaine de corbeaux au-dessus qui mangèrent les frites. Prakash lui avait bien dit qu'elle ne resterait pas longtemps dans ce lieu. Mais en sortant du café-restaurant par un sentier on pouvait accéder à la plage, entièrement libre et propre. Un cyclone passait au Nord, il y avait de grosses vagues, et des courants lui dit-on, la mer était dangereuse, mais elle put tremper ses pieds puis s'asseoir sur le sable pour contempler les flots. À quinze-heures Prakash vint la chercher en chemin ils achetèrent des cacahuètes crues, des goyaves délicieuses. Elle rentra au Mango Hill, commanda un taxi et se fit conduire à Pondichéry ce soir elle dînera avec Kalinathi le jeune homme qui s'occupait de ses réservations, en effet elle souhaitait passer un week-end en ville, à Pondi. Lorsqu'elle arriva Kali était déjà là, ils disposaient de deux bonnes heures avant le dîner. Il installa le Wi-Fi sur son portable, lui proposa une promenade à pied, ce qu'elle n'osait faire seule. Il l'aida surtout à acheter une valise car les souvenirs : vêtements, tissus, instruments de musique, huiles essentielles, épices, envahissaient sa chambre. Elle souhaitait marcher sur les trottoirs, il lui montra que c'était impossible. Il n'était jamais allé en Europe mais lui dit :

— Ici ce n'est pas comme chez vous, les trottoirs sont dangereux, ornières, décalages, ordures, chiens errants, mendiants…

Oh là là ! Il faut avancer sur la chaussée en évitant les piétons, les vélos, les motos, les voitures aussi bien en stationnement que circulant, ce n'était pas vraiment mieux… Ils s'arrêtèrent chez un marchand qui connaissait Kali, elle choisit une valise rose et assez curieusement à cet instant précis elle se dit je change de couleur de valise car je suis moi-même en train de changer mentalement et physiquement. Je vais changer de look avoir une apparence plus en accord avec mon moi intérieur qui évolue chaque jour depuis que je suis dans ce pays. Comment expliquer ce qui se passait en elle impossible de le dire, c'était un ressenti, un sentiment de légèreté, de plénitude, l'impression de déposer sur le sol sa vieille peau, d'être un être nouveau. Kali semblait heureux d'être en sa compagnie et c'était réciproque. Ils rentrèrent à l'hôtel, mirent au point l'organisation de son retour et se donnèrent rendez-vous pour le dîner. Le soir fut vite arrivé. Kali est à l'heure ils furent les premiers à entrer dans la salle de restaurant et se trouvèrent devant un énorme buffet d'entrées froides, de plats chauds, de desserts. Devant ses hésitations Kali lui dit :

— Ne craignez rien, l'hygiène est parfaite, tout est contrôlé, vous ne serez pas malade.

Il l'encouragea à goûter à toutes ces choses colorées présentées dans de très élégants ramequins. Ils mangèrent du riz cuit de différentes façons, des poissons, des viandes, des mets succulents. Au moment du dessert ils goûtèrent à tout. Ils ne demandèrent pas d'alcool. Après le dîner elle proposa à Kali par curiosité d'entrer dans le lounge bar qui jouxtait le restaurant. Il était splendide, il y avait de l'alcool à gogo ils s'offrirent un B52 Ia nuit était très avancée lorsqu'ils se séparèrent.

Bella a la faculté de créer très facilement des liens avec son entourage, quel qu'il soit, elle rencontra Eva en faisant des achats dans une épicerie où elle trouva toutes sortes de biscuits épicés et des confiseries. Eva avait une boutique à Pondi elle y conduisit sa nouvelle copine et cliente qui acheta des chemisiers de soie multicolores qui allaient de retour en Europe prolonger mentalement son séjour Indien.

Prakash savait que la fin du séjour de Ma en Inde approchait et il l'aimait beaucoup. La veille de son départ après leurs courses en ville tous les deux s'installèrent à une terrasse devant un café Indien déjà sucré et son tuk-tuk driver lui offrit un beau stylo à bille en lui disant :

— Je vois que vous écrivez beaucoup. C'est un cadeau. J'espère que vous reviendrez l'an prochain…

Bella fut très emue et aussi très contente son stylo l'avait lâchée la veille.

Elle n'avait qu'une envie revenir…

Son retour vers l'Europe se fit sans encombre après un week-end à Chennaï.

Elle continua sur sa lancée, elle multiplia les voyages, je ne saurais dire tout ce qu'elle fit mais le plus marquant, elle le réalisa au Cambodge avec une ONG qui a son siège dans le Sud de l'Angleterre. Elle atteignait enfin son objectif : Partir comme bénévole dans le domaine de la santé en Asie. Comme d'habitude elle voyagea seule et voici ses étapes : Nice, Dubaï, Bangkok, et enfin Phnom-Penh. Dès le départ, dans l'aérogare de Nice elle apprit que sa compagnie aérienne avait trois heures de retard. Comment avertir son comité d'accueil qui le lendemain dimanche devait venir la chercher à l'aéroport. Elle eut une idée, regarda si les personnes chargées de la réceptionner avaient WhatsApp et Bingo ! Elle avait deux noms de jeunes aux titres ronflants Piseth Project Manager et Phealay General Assistant elle envoya un message à chacun d'eux en se disant : Il y en aura bien un qui va répondre… Les deux répondirent. Tout fut résolu le « Pick up team » ne viendra pas à l'aéroport inutilement. Le voyage fut aisé, très organisé, à Dubaï les voyageurs à destination de Bangkok suivirent un guide, à peine installée Bella dormit en enviant ceux qui à l'arrière avaient quatre sièges pour eux tout seul ! Leur retard chamboula la donne, son avion n'était plus disponible à l'atterrissage. Emirates organisa tout encore une fois : Une hôtesse lui remit un voucher pour le repas, lui donna les coordonnées d'une compagnie Thaïlandaise elle eut largement le temps d'aller chercher sa nouvelle carte d'embarquement. Elle arriva à Phnom Penh à dix-huit heures trente. Il faisait nuit. Elle passa au guichet pour le visa, les quatre photos qu'elle apporta ne furent pas nécessaires, ce qui importait c'était les trente-cinq dollars US. Dès lors elle put prendre sa valise et sortir. Phealay était là tout sourire. C'était un dimanche mais sans problème elle acheta une nouvelle carte Sim, l'installa elle avait son nouveau numéro et les voilà en route vers La Maison. C'est une sorte de grande auberge de jeunesse encadrée dans la partie bétonnée de la cour par deux petites maisons aux esprits remplies d'offrandes : bananes, pommes, oranges, eau car les esprits ont soif aussi, et des billets de banque que l'on achète par liasses sur les marchés. Bella installée seule dans une chambre prévue pour trois était ravie. Il n'y avait pas d'eau chaude, comme souvent sous les tropiques la salle de douche ne comportait pas de rideau, l'eau s'en ira là où vous l'envoyez, elle s'évacuera en suivant la pente et tout sera sec à votre retour. Elle dormit sur ses deux oreilles, se leva à six heures et demie, petit-déjeuna à sept heures pour être opérationnelle à huit heures.

Son travail débuta un lundi. A l'heure dite leur groupe de dix personnes occupait trois tuk-tuks et ils se rendirent en file indienne en centre-ville dans les bureaux de leur ONG, parmi de beaux immeubles, dans un quartier résidentiel. Toutes les directives leurs furent données. Elle nota que leurs passeports et visas étaient mis à l'abri dans un coffre, ils avaient sur eux des photocopies. Déjà midi, ils déjeunèrent en groupe tout le monde sympathisait. Ils s'occupèrent du change, ici la monnaie c'est le Riel mais tous les prix sont affichés en Dollars US. Il est préférable d'en avoir sur soi. Il n'y a pas de pièces le plus petit billet est de cent Riels et ne vaut pas grand-chose… Le repas terminé ils firent un city-tour puis se rendirent au Marché Central au cœur de la vieille ville, les architectes Français Jean Desbois, puis Louis Chauchon et Wladimir Kandaouroff construisirent ce bel édifice art-déco de 1935 sur un ancien lac. C'est immense ce qui surprit Bella ce furent les étals de couleur des pierres précieuses le rouge des rubis, le vert des émeraudes, vrai ou faux, ou semi-précieuses et les bijoux, il y en avait à foison. Ils étaient tous tentés et faisaient déjà des achats. L'heure passait il était temps de rentrer. A dix-neuf heures tous les bénévoles furent réunis pour le repas. Trois cuisinières posèrent les plats sur une grande table c'était du self-service. Il y avait du riz, des légumes sautés, une viande et un poisson. Au dessert des fruits tropicaux : papayes, mangues, bananes, pitayas.

Fatiguée Bella se coucha tôt et dormit d'un trait jusqu'à six heures et demie. Et là elle ne traîna pas, petit-déjeuner et départ. A huit heures ils montèrent dans leurs trois tuk-tuks et se rendirent dans une école de banlieue défavorisée, qui servait de dispensaire. Ils étaient attendus et furent chaleureusement reçus. Tout d'abord on s'occupa des enfants de maternelle, petites chaises et petites tables pour tout le monde. Ils examinèrent les oreilles, la bouche, les mains, les pieds, et nettoyèrent les plaies. On distribua des vitamines. Ensuite arrivèrent les adultes Kim leur médecin distribuait les tâches : Le premier prend les mensurations du patient, hauteur, tour de taille, tour de bras, le second note toutes les données, le troisième prend sa tension, ainsi de suite on mesure la glycémie, le taux d'acide urique. Bella constata que c'était le pôle Santé qui attirait le plus de jeunes bénévoles, elle en parla au médecin qui faisait le même constat, dans la branche scolarité il n'y avait qu'une bénévole, dans le groupe où se trouvait Bella on pouvait voir une canadienne, une Hollandaise, une Australienne, deux Anglaises, une Américaine. Pourquoi étaient-elles là ? Était-ce simplement pour aider ? Pour apprendre ? Pour choisir leur avenir ? Ce qui était sûr, ces jeunes n'étaient pas des professionnels de santé, l'une d'entre-elle à l'écoute d'un interrogatoire lui demanda : Que signifie « insomnia » ? Ce jour-là deux consultantes avaient des tensions supérieures à vingt. Les patients furent nombreux, beaucoup plus de femmes que d'hommes se présentèrent. On leur distribua les médicaments. Le temps passa vite, à midi ils rentrèrent déjeuner et à quatorze heures ils étaient de nouveau sur le terrain. A seize heures il fallait partir pour rentrer avant la nuit. Bella était fatiguée, elle s'endormit sur le chemin du retour dans ce tuk-tuk pétaradant, elle avait cette faculté de pouvoir dormir n'importe où. Cependant lorsqu'ils arrivèrent devant la Maison elle demanda au tuk-tuk driver s'il pouvait la conduire à la pharmacie la plus proche. Elle voulait acheter du fil dentaire et des boules EAR, elle aurait mieux fait d'attendre le lendemain… Elle n'oubliera pas de sitôt sa mésaventure… Il lui répondit qu'ils étaient tous occupés à cette heure de sortie de bureau et lui conseilla de faire appel à un autre chauffeur. Il héla un collègue de passage, Bella précisa qu'il s'agissait d'un aller-retour son chauffeur devra l'attendre devant la pharmacie qui est assez éloignée. Elle changea donc de tuk-tuk et ils partirent, à la sortie de l'officine elle constata que la circulation se faisait plus dense et que la nuit commençait à tomber, après un trajet de quelques minutes son chauffeur ralentit et lui dit :

Je ne sais plus où je vous ai prise en charge ! Est-ce ici ?

My God ! Elle non plus ne savait pas ?

Elle était arrivée la veille dans cette ville, elle ne connaissait même pas son adresse, elle ne reconnaissait rien ni la rue ni la Maison. Elle n'avait pas eu le temps de prendre une photo de la façade de sa demeure, surtout la photo du portail, dans cette ville les propriétés sont cachées par de hauts murs et on ne voit rien de la cour intérieure. Elle se dit je n'ai sûrement pas à faire à une flèche, ne pas se souvenir du lieu où l'on a pris un client c'est un comble pour un taxi !!! Elle avait des documents dans son sac et montra l'adresse fournie par Project Abroad au conducteur… Au lieu de lui dire, mais madame cela n'a rien à voir avec le secteur où vous étiez il continua sa route et ils se retrouvèrent devant le bureau central de l'ONG ! Bella comprit qu'elle ne s'en sortirait pas seule avec son tuk-tuk driver phénoménal elle appela le General Assistant lui raconta son histoire, il parla directement au chauffeur et lui donna l'adresse exacte : Numéro cinquante-quatre, rue six cent huit. Et les voilà repartis ! Et là tenez-vous bien : Bella paya grassement son chauffeur : vingt mille riels (soit environ quatre Euros) qui s'en alla très content, elle se dirigea vers le portail, ce n'était pas le bon numéro, elle était devant le soixante-quatorze ! Il faisait maintenant nuit noire… Elle marcha dans un sens et dans l'autre et s'aperçut que les numéros n'étaient pas fiables. Elle se dirigea vers un hôtel-restaurant remarquablement signalé, par deux palmiers tout enluminés de rouge, elle raconta de nouveau son histoire au vigile en se disant je finirai peut-être la soirée et la nuit dans cet hôtel ? Et rappela le « General Assistant » qui lui dit :

— Où êtes-vous précisément ? Je viendrai vous chercher. Et là, elle rendit grâce au smartphone, grand soulagement, elle photographia la façade du restaurant et surtout les beaux palmiers rouges l'adressa par WhatsApp à Phealay, qui ajouta :
— Restez là, j'en aurai pour dix minutes.

C'est très long quand on est seule dans la rue en pleine nuit, en pays étranger, pour ne pas voir passer le temps, Bella attendit en bavardant avec le voiturier du restaurant et au bout d'environ un quart d'heure devinez ce qu'elle vit ? Une grosse moto arriva en trombe et freina devant elle c'était Phealay. Elle ne fit ni une ni deux, enjamba le siège en se disant mais bon sang où que ce soit, en Inde ou au Cambodge, je suis amenée à mon âge à chevaucher les deux roues de jeunes inconnus. Sans casque bien entendu, ses cheveux blancs flottant au vent elle rit toute seule en pensant à ses vieilles copines qui resteraient interloquées si elles la voyaient… Mais bon, vivre c'est prendre des risques ! Cette fois elle paya plus que grassement Phealay vingt dollars et cinq dollars au portier-gardien de nuit…Trop contente d'être au bercail ! Son fil dentaire finissait par lui coûter cher !

Aujourd'hui grande expédition ils allaient travailler sur Silk Island. En plus du chargement habituel : sacs et cartons de médicaments ils ajoutèrent la nourriture pour toute l'équipe, le pique-nique du midi : Marmites de riz, de légumes, de viande. Ils roulèrent jusqu'à l'embarcadère sur le Mékong, les tuk-tuks empruntèrent le bac en même temps qu'eux Bella avait le privilège de faire le trajet avec Kim le jeune médecin, son Anglais est tellement mauvais qu'elle ne pouvait pas suivre les conversations à bâton rompu des jeunes anglophones, c'était trop rapide pour elle, de plus elle devenait de plus en plus sourde, certains mots lui échappaient même en français. (Elle va devoir faire quelque chose pour améliorer son audition en rentrant chez elle.) A neuf heures ils s'installèrent dans la cour de l'école et furent rapidement opérationnels. Cette fois il y avait trop de patients, ils ne s'occupèrent que des adultes. Le rituel fût le même : mensurations, prise de tension, glycémie, dosage de l'acide urique. A midi tout le monde partit, ils rassemblèrent les tables, installèrent les marmites, se servirent et mangèrent de bon appétit. Bella observa dans un récipient des boules marron mélangées à de la viande, elle se dit ce sont des pommes de terre mais elles ont des formes bien régulières et devinez quoi ? C'étaient des œufs tellement cuits que le blanc était difficile à couper ! Après le repas ils se couchèrent sur des nattes à même le sol et la chaleur aidant ils dormirent. Les consultations reprirent à quatorze heures et l'après-midi fut efficace et convivial à la fois. Sur le chemin du retour ils purent observer cette population de « silk workers » pauvres, des enfants nus couchés à même le sol le long de la route, des chiens installés avec eux, comme eux, et au milieu de tout ça un petit bonhomme de quatre ou cinq ans ayant fière allure, tout nu au milieu de la rue poussait son vélo, sa tête dépassait son engin qui semblait l'habiller ils avaient tous les deux la même couleur brun doré. C'était trop drôle, inoubliable… Ils allaient vers l'embarcadère leur magnifique bateau blanc et rouge, inoubliable lui aussi, les attendait. Fatiguée, elle se coucha tôt.

Le lendemain les trois tuk-tuks s'arrêtèrent à l'entrée d'un quartier très défavorisé de Phnom Penh. Ils allaient faire une consultation en bidonville. Ils marchèrent en file indienne dans des ruelles très étroites, entre des cases de tôle ondulée adossées à un mur en dur, les gens : enfants, femmes et hommes sont couchés à même le sol de terre battue, tout est délabré et sale, il y a-t-il seulement de l'eau courante quelque part ? Dans un espace d'environ neuf mètres carrés à l'air libre ils étalèrent des nattes, l'équipe s'installa. Cette fois arriva tout un peuple de miséreux, il y eut beaucoup plus d'hommes à la consultation, des aveugles, des alcooliques, des femmes très âgées, deux mères avec leurs nourrissons. Tout d'un coup une mère sortit son sein et le donna à téter à son bébé, Karl le seul garçon de leur groupe de bénévoles n'avait jamais vu cela, très gêné il détourna la tête et rougit jusqu'aux oreilles, les filles rirent de bon cœur et se moquèrent de lui. La consultation continua, une petite vieille toute menue se jeta dans les bras de Bella qui la berça longuement sur sa poitrine, cela leur fit du bien à toutes les deux… A midi ils rentrèrent à la maison, il ne fallait pas rêver de cuisine chinoise : Canard laqué, porc laqué, riz cantonnais non non non ! Ici c'était plutôt nul… Mais personne n'était venu là pour la gastronomie. Une heure plus tard ils étaient de nouveau sur le terrain. Aucun d'eux n'osa prendre des photos, c'était trop triste…

Le soir Bella eut un rendez-vous pour une séance de méditation au Wat Lang Ka, un temple en centre-ville non loin du monument de l'Indépendance. Elles n'étaient que deux à y aller leur tuk-tuk driver les déposa et promit de revenir les chercher dans une demi-heure. Elle appliqua la méthode d'hypnose de Betty Erickson ; après s'être installée confortablement, elle fixa un objet remarquable et mit en éveil trois sens la vue, l'ouïe, le toucher. Maintenant elle savait pratiquer cela par cœur presque sans réfléchir. Elle vit trois choses, entendit trois bruits, ressentit trois sensations sur sa peau, puis reprit le même circuit pour deux choses, puis pour une seule chose et elle commença à planer, elle pensa à toute sa famille et tout son petit monde flotta dans un bleu magnifique, sa copine la toucha, il fallait se lever c'était l'heure de sortir. Il faisait nuit. Ils rentrèrent à La Maison.

Dernier jour de la semaine de travail. Tout se passa dans les bureaux : Bella se joignit aux jeunes qui assis en rond au sol préparaient des affiches explicitant les signes et les traitements des trois pathologies qu'ils avaient le plus souvent rencontrées : hypertension artérielle, diabète de type II (le diabète de type I est dû à une absence de sécrétion d'insuline par le pancréas, le II plus tardif est lié au mode de vie : surpoids, sédentarité, hypertension) hyperuricémie c'est-à-dire la goutte. Ces affiches illustrées et colorées deviendront des flyers à distribuer à la population. Ils rentrèrent à la maison pour déjeuner. Leur après-midi libre était bien mérité. Certains se reposèrent, d'autres allèrent au marché central, Bella alla faire une razzia de tous les fruits ou légumes secs présentés comme biscuits apéritifs dans un supermarché. Demain dimanche les jeunes pensaient se rendre à Udong Mountain visiter le temple accessible après quatre cent vingt marches. Oh là là ! Bella avait depuis longtemps remarqué qu'en Asie pour gagner le ciel il fallait grimper, vraiment faire beaucoup d'efforts : monter des escaliers sans fin ! Elle qui compte les marches partout où elle va, et rends l'âme bien avant cent marches ne va pas s'y risquer, c'est beaucoup trop pour elle, à vingt ans ce n'était déjà pas possible, à bientôt quatre fois vingt encore moins. Elle resta seule et s'organisa pour visiter le musée Albert Sarraut qui présente de magnifiques sculptures khmères. Elle se rendit ensuite au Aeon Mall grand centre commercial construit par des Japonais, dégusta un Brown Sugar Matcha latte Pearl après ses sushis, elle aime goûter à toutes ces boissons colorées thés, cafés ou sodas qu'elle découvre à l'étranger. En soirée ses copains revinrent de Udong les mollets en compote ! Le lendemain elle trouva une copine ravie de l'accompagner pour la visite du Palais Royal et de la Pagode d'Argent tous deux dans la même enceinte. Fabuleuse visite, elle fut aussi agréablement surprise par la beauté des arbres qui sont tous étiquetés et nommés. Son préféré le « canon ball tree » qu'elle avait vu pour la première fois à l'aéroport de Ko Samui, avec ses fruits si parfaits, même si leur puanteur à maturité fait fuir tout le monde, lui semblait extraordinaire !

Deuxième semaine, branle-bas de combat, ils allaient faire deux cent cinquante kilomètres vers Sihanoukville au sud de Phnom Penh pour travailler durant quatre jours sur King Island. Kim ravi lui déclara :

— Vous avez de la chance, cette expérience ne se fait qu'une fois l'an.

Quand Bella vit le tableau ! Elle réalisa encore mieux que ce qui était une chance pour les uns pouvait être l'horreur pour les autres… Il n'y avait aucun doute : A chacun sa vérité… En attendant ils préparèrent un sac à dos, prirent leur gourde, laissèrent tout le reste dans leur chambre, montèrent dans un van et en route ! Les gens roulaient à droite, à gauche, en face, faisaient des appels de phare, ce n'est pas l'Inde c'était peut-être pire car il y avait énormément de poids lourds. Ils s'arrêtèrent pour déjeuner dans une zone commerciale sympathique et Bella demanda un « pine-apple fried rice » excellent. Ils reprirent la route qui se termine en piste finissant au bord du golfe de Thaïlande. Et Qu'est-ce qu'elle vit ??? Ni port, ni embarcadère, rien !!! Elle n'en revenait pas ! Il faut charger les deux barques qui les attendaient de cartons de médicaments, de victuailles, elle endossa son gilet de sauvetage et les voilà partis pour King Island. La traversée fut très courte et le débarcadère : Une catastrophe ! Les barques accostèrent devant une échelle branlante, il fallut monter, la jetée était en fait la maison, comme toutes ces cases sur pilotis que l'on voit en Asie ! Il y avait là trois jeunes européens qui y vivent à l'année, que font-ils ? Elle se le demanda, et se le demande encore ! Ils débarquèrent donc dans la salle à manger ! Bob leur fit visiter les lieux : il y avait tout ce qu'il faut dans un lieu vétuste, et leur présenta la cuisinière locale qui prépare les repas et dresse la table. Derrière se trouvaient les dortoirs filles et garçons séparés et on sortait de la maison pour entrer dans trois salles de douche et toilettes. Elle se demanda si elle allait pouvoir les utiliser : Si cela se trouve ce sera quatre jours de diète, de non-toilettes, de non-hygiène… Se dit-elle ! A voir ! Elle mit son téléphone à charger dans leur chambre de huit avec des lits superposés, pour elle, plus minable ça n'existe pas ! C'était la vie d'un Robinson Crusoé moderne avec Wi-Fi… Elle posa ses affaires sur son lit multiusages : bureau, armoire, couchette et pensa aux Chinois qui vivent dans vingt-cinq mètres carrés et aux Californiens qui louent des sortes de boites pour la nuit…Elle avait lu quelque part que cette île n'était pas destinée aux enfants et aux personnes âgées, Qu'est-ce qu'elle faisait là ? Ils s'installèrent comme ils purent et se demandèrent s'ils allaient pouvoir dormir avec deux ventilateurs ronflants comme des soudards alcoolisés.

Autour de la grande table avec la mer sous leurs pieds ils dînaient de bonne heure, riz, soupe, des œufs marrons qu'elle n'avait jamais vus ailleurs que dans ce pays et de la pastèque. Pour laver leur vaisselle ils s'approchaient de la limite de ta terrasse, puisaient de l'eau à l'aide d'une casserole dans une barrique la versaient dans leurs assiettes et jetaient les débris alimentaires à la mer. La cuisinière faisait ensuite la vaisselle dans un véritable évier. Ils se couchèrent tous épuisés… Et voilà une nuit de passée, Bella se leva à trois heures pour aller aux toilettes, personne ne l'entendit et à six heures et demie elle eut de l'eau pour se doucher. Le matin au petit-déjeuner on leur proposa du « jack-fruit » et tout ce que l'on peut souhaiter thé, café… A huit heures et demie, départ pour une école maternelle, ils distribuèrent des pochettes contenant dentifrice, brosses à dents, vitamines et des flyers comportant des conseils d'hygiène avec de beaux dessins : lavage des mains, brossage des dents, douches. Ils demandèrent aux enfants :

— Combien de douches prenez-vous par jour ?

Réponse :

— Trois.

On se demanda s'ils comprirent la question.

Ils s'inquiétaient du suivi de ceux qui avaient des plaies, des dents en mauvais état, que pouvaient-ils pour eux ?

Ces populations défavorisées, ne voyaient pas de médecins, habitaient trop loin des villes… L'après-midi fut consacré à une consultation pour adultes. Bella mit douze heures pour réaliser qu'elle allait vivre comme les gens d'ici. Alors qu'elle se demandait si leur chambre était à moitié sur l'eau comme la salle à manger deux filles vinrent lui dire au revoir, elles ne pouvaient supporter les conditions de vie, elles rentraient à Phnom Penh. Ici c'était non seulement la vétusté, mais aussi la saleté, se laver les mains c'était déjà un problème ! Heureusement qu'elle avait sur elle du « hand gel ». Les trois cabines de douche sont lamentables, les robinets tournent à droite, à gauche dans le vide, le plus souvent sans eau on n'y comprenait rien. Quand elle prenait sa douche elle ne voyait même pas l'écoulement des eaux simplement il fallait y croire, on avait de l'eau c'était déjà ça ! Evidemment l'eau du robinet n'était pas potable, on buvait de l'eau en bouteille, elle remplissait sa gourde pour se brosser les dents. Les WC étaient encore autre chose, pas de chasse d'eau mais un grand bac où on plonge une casserole et on verse l'eau dans la cuvette, où vont les déchets ? A la mer surement. De toute façon sous les planches un vrai dépotoir flotte sur l'eau : bouteilles, sachets, barquettes, bouchons…L'horreur quoi !

Pour avoir une boisson fraîche ils allaient dans la seule rue de l'ile bordée de petits commerces. King Island n'avait de royal que son nom, et lorsqu'elle entendit le jeune médecin déclarer qu'il aimait venir ici pour se resourcer elle se dit : Il faut de tout pour faire un monde ! En effet sur cette ile qui est un tas d'immondices un jeune Européen prit la peine de décorer un panneau mural : Il peignit une ile, un palmier, et écrivit que c'était là le Paradis. Sans doute avant la venue de l'homme… Tout ce que Bella avalait lui faisait peur, elle se disait pourvu que je ne sorte pas de là avec la tourista ! Mais elle buvait quand même un verre de jus de canne à sucre pressée dans sa machine à bras par la petite marchande du bord du chemin. Les glaçons cassés au marteau lui rappelaient son enfance. Je la soupçonne d'avaler des antiseptiques intestinaux chaque jour… Elle ne fut jamais malade. Sa deuxième nuit fut meilleure, elle avait une capacité d'adaptation qui me sidérait. Elle ne se leva qu'une fois, se rendit aux toilettes remarqua qu'il était écrit d'y entrer pieds nus et pensa, heureusement car c'est déjà sale, et elle nettoya le sol à la douche, en pleine nuit ! Elle vivait dans la saleté et s'en accommoda, ses pieds étaient sales, ses chaussettes aussi, elle faisait comme les autres, enfilait ses chaussures propres sans aucun état d'âme… La maniaque de la propreté, assumait ses choix, elle voulait vivre cela, elle y était. Malgré tout elle comptait les jours.

Ce matin consultation sur une terrasse privée, ici ce sont ces quelques mètres carrés de planches sur pilotis qui prolongent l'habitat. Vingt-trois personnes se rassemblèrent, ils distribuèrent les flyers, les grandes affiches préparées à Phnom Penh furent déployées et un véritable cours en Cambodgien sur les trois pathologies courantes dans le pays commença. Ces gens misérables, nu pieds, abimés par la malnutrition et perclus de douleurs articulaires, se sentaient-t-ils concernés ? En tous cas ils écoutaient attentivement.

Le lendemain jeudi fut leur dernier jour de travail, aussi Kim décida de rassembler son petit groupe le soir pour une promenade d'adieu, destination l'extrémité ouest de King Island. Il n'y a heureusement pas de voitures sur cette ile, les gens utilisent des deux-roues à moteur et il est courant de voir de jeunes enfants évidemment sans permis, les conduire. Tous ensemble, ils longèrent à pied les maisonnettes qui bordaient l'artère principale, s'arrêtèrent en chemin dans l'épicerie du coin pour acheter des collations elle offrit à Kim un Spy c'était le premier alcool qu'elle buvait depuis son départ d'Europe, on lui parlait de bière mais cela lui faisait plutôt l'effet d'un vin Italien de cinq degrés un peu pétillants, d'un Lambrusco. Cette unique rue se terminait en sentier menant en bordure de mer. On ne pouvait pas parler de plage, il y avait peu de sable, il fallait sauter de rocher en rocher pour progresser. Rassemblés sur un énorme bloc basaltique, chacun une bouteille à la main, Ils assistèrent au coucher du soleil à l'extrémité de cette île, C'était une autre vision de ce monde un moment d'extase et de plénitude, une image de carte postale d'énormes blocs noirs se découpaient sur la mer d'un bleu magnifique, les silhouettes de palmiers s'élançaient sur un ciel qui tout d'un coup devint flamboyant. Elle oublia tout, effaça tout le reste, ce fut merveilleux. Ils revinrent avant la nuit noire.

Aujourd'hui il n'y avait pas d'école, tous les enfants de l'ile défilaient devant eux ce matin. La distribution des pochettes contenant des vitamines, un stylo à bille, un shampooing, un bain-douche, une brosse à dents, du dentifrice attirait tout le monde. En fin de matinée ils portèrent des sacs de riz aux plus défavorisés. Pour clore leur séjour Kim leur proposa une sortie en mer avec escale sur une ile déserte bordée de longues plages de sable fin. Bella y alla même si elle n'était pas équipée pour la baignade, à son âge elle aimerait porter un burkini pour deux raisons, d'une part ne pas montrer sa vieille peau d'autre part éviter de l'exposer au soleil par crainte des kératoses et des cancers… Inutile de vous dire qu'ici rien n'était pratique et confortable, tout demandait un effort et faisait prendre des risques. Le chien de la maison monta sur le bateau avec eux. La navigation dura une demi-heure, ils jetèrent l'ancre à une cinquantaine de mètres du rivage. Bella resta à bord les autres se jetèrent à l'eau. Pendant que tout ce petit monde nageait, faisait du paddle, se promenait sur l'ile Bella prit des photos puis s'allongea sur une banquette et fit une sieste. Le retour avant la nuit était magnifique tout le monde profita encore une fois de la splendeur du soleil couchant. Mais le débarquement fut épique pour éviter que notre bateau ne heurte son voisin, ici pas de pare-battage, l'un de nos hôtes sauta d'une barque à l'autre, il failli tomber à la mer, sa jambe heurta violemment le bastingage il eut un mal de chien. On fit ce que l'on put pour lui, ils avaient tous sur eux des antalgiques et devinez ce qu'il plaça sur sa jambe meurtrie un sac de petits pois surgelés, Bella se dit : J'espère qu'ils ne vont pas recongeler ces légumes…

Pour leur dernière nuit, l'apothéose fut la panne de courant. Après le repas toujours aussi nul, sans aucun goût, Bella alla se coucher de bonne heure. Les jeunes sortirent fumer et boire à l'extérieur quand tout à coup elle se trouva dans le noir complet. Elle entendit à peine le retour des autres qui entrèrent à tâtons dans leur lit. A minuit elle fut réveillée par un bruit infernal c'était le générateur qui se remettait en route. Il carburait un max ! Impossible de se rendormir, à deux heures du matin : Eclairage général évidemment ! Bella se leva pour éteindre toutes les lumières, les autres semblaient dormir sur leurs deux oreilles. Était-ce possible ? A peine commença-t-elle à fermer l'œil que les coqs se mirent à chanter juste après ce furent les chiens qui aboyèrent ! Voilà, ce fut la fin.

On se préparait à quitter King Island.

Le retour sembla long, tout le monde était fatigué. A l'étape elle demanda du poisson au gingembre, malheureusement trop cuit. Ils avaient hâte de rentrer au cinquante-quatre, rue six cent huit à Phnom Penh. Elle retrouva les copains qui avaient choisi leur bénévolat dans le secteur scolaire, ou autre, raconta ses expériences autour d'un bon café glacé. Ils sortirent, firent des achats de tout ce qui leur semblait étrange en supermarché : billes de noix de coco moelleuses et fondantes, fruits secs : jacques, bananes, papayes, durians. Ils dînèrent ensemble très nostalgiques car ils allaient se quitter. Bella devait se rendre à Siem Reap les autres regagnaient leurs pays. Bella ne voulait pas quitter le Cambodge sans visiter Angkor. Elle avait pris sur un vol intérieur, un billet pour Siem Reap et réservé un hôtel pour une semaine. Avant de quitter Phnom Penh elle invita à dîner au Riverside Bistro deux jeunes français bénévoles dans d'autres secteurs que la santé, pour un excellent repas, après un bon cocktail. Ils profitèrent ensemble de l'ambiance qui règne le soir au bord du fleuve endroit où le Tonle Sap se jette dans le Mékong. C'était sa première sortie de nuit dans les rues très animées envahies par les tuk-tuks et grouillant de monde, elle adorait ça. Ici pas de fermeture le dimanche, tout bouge… Ils parlaient de tout et de rien, ils constataient surtout que l'usage du français disparaissait au profit de l'Anglais personne ne s'exprima en français hormis ses compatriotes. La présence de la France au Cambodge depuis 1863 semblait n'avoir pas laissé beaucoup d'empreinte, pourtant durant le protectorat français les langues officielles étaient le khmer et le français. Au moment de l'indépendance proclamée en 1953 le khmer uniquement fut adopté comme langue officielle dans l'administration, la politique, la communication. Cependant comme partout et de plus en plus dans le monde, l'Anglais prédominait et était parlé par tous les jeunes qu'elle rencontra. Ce soir-là ils firent un festin chinois : poisson au gingembre, pigeons laqués, canard laqué, porc laqué, riz, nouilles et, tout et tout, un festival de tous les plats qui leur faisaient envie, vin et alcool de riz. C'était son au revoir ou peut-être son adieu à Ponh Penh.

Bella se coucha tard, mais se leva de bonne heure, elle revoyait la photo des racines de Tetrameles ou Faux Fromagers à l'assaut des énormes blocs de pierre d'un temple d'Angkor dans son livre de classe élémentaire, elle voulait ressentir dans sa chair cette sensation d'emprise qu'elle imaginait enfant et son rêve allait se réaliser bientôt. Elle se hâta de partir. Elle utilisa GRAB (application Cambodgienne sur son smartphone) pour avoir un tuk-tuk et direction : Aéroport. Elle était en avance, s'installa pour une collation, modifia ses photos, envoya ses mails. Le temps passa vite. Elle voyagea sur une ligne intérieure l'avion était complet. Epuisée elle s'endormit et ne se rendit compte ni du décollage, ni de l'atterrissage. Elle fut réveillée par le signal de l'hôtesse. La capacité d'endormissement de Bella phénoménale étonnait toujours son entourage, elle n'avait à ma connaissance jamais fait usage d'un somnifère, elle s'endormait n'importe où, dès qu'elle le décidait…

Elle sortit de l'aérogare toute contente, espérant trouver à l'extérieur le porteur d'une pancarte à son nom ou au nom de l'hôtel quel avait choisi, rien du tout… Elle s'adressa à un tuk-tuk driver, il n'était pas libre, les autres non plus. Elle fit appel à un responsable des voyageurs étrangers et tout s'arrangea, il précisa ce sera douze ou treize dollars. En arrivant à l'hôtel son chauffeur lui réclama vingt dollars, elle lui annonça le tarif indiqué à l'aéroport, il répondit donnez-moi ce que vous voulez, elle lui remit quinze dollars. Elle s'installa confortablement et décida de dîner sur place chaque soir pour ne pas prendre de risques, ne pas être une femme seule en ville à la nuit tombée. Auprès de la réception elle organisa sa visite d'Angkor et réserva son tuk-tuk, son chauffeur sera Sareth. Le lendemain à neuf heures ils se rendirent au bureau de vente pour acheter un Angkor Pass on lui remit une carte individuelle où figurait sa photo. Ce Pass devait être présenté non seulement à la porte d'entrée du site mais aussi pour accéder à chaque temple. Le contrôle était très sévère. Bella prit un Pass pour trois jours. Dès l'instant elle prit conscience de l'aspect majestueux, grandiose, phénoménal de cette ville du douzième siècle. Le trajet en tuk-tuk la ravit, elle adorait se savoir dans cette jungle et sentir l'air frais du matin sur son visage. Elle admira un alignement de tuk-tuks qui lui fit l'effet de gros insectes colorés. Un petit trou dans son Pass et ils commencèrent la visite, contemplèrent les visages géants de Bayon sculptés dans la pierre, tous ces faciès composés de blocs taillés admirablement, d'une régularité parfaite, immenses, il y en a parait-il deux cent seize ! Est-ce possible ? Une telle géométrie, une telle coordination. Elle était admirative et photographiait tout ce qu'elle voyait. Ils continuèrent vers Pre Rup Temple, c'était magnifique ! Mais combien de marche fallait-il monter ? Bella était enthousiaste la couleur de la pierre, la hauteur des temples, leur élégance, leur agencement elle ne se lassait pas de les observer. Elle visita aussi les petites constructions annexes, ravie par tout cela. Elle regagna son tuk-tuk, ils prirent la direction de Mebon Temple beaucoup moins élancé que le précédent malgré ses trois élégants stupas, il y a forcément beaucoup moins de marches à grimper. Elle commença à monter, mais déchanta car les marches sont trop hautes pour elle… Eh ! Elle n'avait plus vingt ans, consciente de cela elle ne prit pas de risques, rejoignit Sareth et ils continuèrent vers Ta Som, ici ce sont des ruines tous azimuts, les blocs de pierres taillées s'amoncellent, la jungle a pris le dessus une porte est complètement encastrée dans un tronc d'arbre.

Il s'en dégage une étrange atmosphère d'emprisonnement, d'étouffement et aussi de chaos, un singe lui saisit sa jambe, elle eut peur, mais lui ôta la patte sans difficulté. Sous un porche en partie brisé elle photographia un énorme yoni, il y a bien longtemps que le lingam a été volé, elle examina cet objet en se demandant quels pouvaient être les sacrifices autour de ce sexe stylisé… Ils continuèrent la route vers Neak Poan Temple, elle traversa une grande étendue d'eau pour atteindre des petits temples au milieu de bassins tout était mystérieux et grandiose. En sortant elle proposa à Sareth de consommer une noix de coco, il faisait déjà chaud. Pour ne pas abîmer la sellerie neuve du tuk-tuk ils prirent leur boisson assis confortablement sous un fromager avant de repartir vers le cinquième temple de leur journée Preah Khan. On y arrivait par une belle avenue ornée de bornes sculptées. Ce temple devait être splendide, le pavillon d'entrée de l'enceinte extérieure comportait trois passages chacun orné d'une tour conique coiffée d'une double couronne de fleurs de lotus, l'entrée du milieu était réservée aux éléphants. Ils utilisèrent un chemin aujourd'hui envahi par la jungle pour atteindre une terrasse ornée de serpents et de lions, le temple proprement dit se trouvait après un deuxième rempart sa galerie a disparu les bâtiments restants sont somptueusement décorés de scènes bouddhistes, d'épopées indiennes, de déesses, de danseuses. Les arbres géants enracinés dans les murs, les blocs de pierres de taille éparpillés tout cela concourt à des sensations étranges où s'entremêlent : Admiration, grandeur, tristesse, effroi toutes ces émotions entremêlées. Elle rejoignit Sareth, fatiguée, ils rentrèrent à l'hôtel. Bella fut enchantée par sa première journée.

Le lendemain ils quittèrent l'hôtel à cinq heures, il faisait nuit noire l'objectif était d'assister au lever du soleil sur le site d'Angkor. Ils arrivèrent sur place une demi-heure plus tard. Au premier contrôle il y avait déjà une queue immense, des bus entiers de touristes, des taxis, des tuk-tuks, Sareth la déposa devant l'entrée du temple et elle suivit le flot des gens, certains ont des torches sur le front, elle utilisa son smartphone pour voir où elle posait ses pieds tout en suivant les spots lumineux latéraux prévus mais insuffisants, passa le deuxième contrôle continua à suivre la foule sans rien voir aux alentours, ils marchèrent un long moment et s'arrêtèrent près d'un bassin, tous les regards tournés vers l'Est.

Petit à petit le jour se leva et la magie opéra, le temple se dessina comme par miracle sur fond d'abord rose, puis jaune, puis rouge et flamboyant d'un seul coup les cinq stupas se dessinent comme des merveilles de symétrie, d'harmonie, de grandeur, de splendeur sur le ciel lumineux. Elle photographiait sans arrêt sous un angle trois tours, sous un autre les cinq tours de l'édifice, le rêve merveilleux de son enfance devenu réalité. Tout le monde était ravi, heureux, devant ce spectacle grandiose, éphémère cependant, le soleil continua sa progression les couleurs pâlirent au fur et à mesure et on vit monter le disque solaire tout entier, le bleu envahit l'espace… C'était la splendeur du monde. Après cela, tout doucement, dans un calme stupéfiant, comme religieusement, cette foule reprit le chemin du retour. Bella comprit pourquoi un bruit étrange accompagnait ses pas à l'aller, ils marchaient sur un pont en plastique : solide assemblage d'un puzzle rectangulaire géant flottant. Elle se dirigea vers la sortie, regarda à droite, à gauche, ne vit pas le tuk-tuk de Sareth. Mince alors ! Se dit-elle. Où peut-il être ? Comment faire pour le retrouver ? Elle progressa vers l'avenue et un chauffeur lui adressa la parole :
— Voulez-vous un tuk-tuk ?
— Non, je cherche le mien.
— Où vous a-t-il déposé ? A l'Est ou à l'Ouest il y a deux entrées.

— C'est bien là le problème ! Je n'en sais rien…
— Si vous voulez pour un dollar je vous conduis à l'Est et je vous aide à trouver votre tuk-tuk. Vous connaissez son nom ?
— Non, mais le tuk-tuk est vert.
— OK, allons-y.

Bella se disait : Dans ce pays j'ai l'art de me perdre !

Cet homme sympathique (mais ils le sont tous) la conduisit vers l'entrée Est et roula lentement pour qu'elle puisse bien observer autour d'elle. Arrivés à destination, toujours rien. Bella dit à son chauffeur sur un ton légèrement interrogatif :
— Je descends ici ?

Il répondit :
— Non, je vais vous aider, c'est un tuk-tuk de votre hôtel, on va le trouver.

Et ils firent le tour de l'immense parking. Voilà, enfin un tuk-tuk vert, Sareth était garé devant l'entrée Est du temple. Son guide méritait bien son dollar. Bella était déjà épuisée, étais-ce la chaleur, Était-ce une poussée d'adrénaline due au stress ? Elle transpirait de la tête aux pieds. Quoiqu'il en soit, elle dit à Sareth :
— Nous continuons notre circuit, mais je ne descends plus du tuk-tuk, on s'arrête, je photographie et on repart.

Tout le long du trajet, ce jour-là les singes leur firent la fête : D'abord devant la porte des éléphants une mère surveillait ses petits qui sautaient d'une statue à l'autre, grimpaient partout. Plus loin une autre portait un tout petit sous son ventre, par ici un petit sur le dos, tous couraient et s'amusaient, un vrai spectacle et bientôt ce fut une ribambelle de singes qui traversa leur route, ne craignant rien. Là ils sont dans leur domaine, ce sont eux les Rois. Ils regagnèrent l'hôtel, elle était encore épuisée mais ravie.

Troisième et dernier jour pour Bella qui avait pleinement conscience que cette visite était très importante pour elle. Elle souhaita revoir Angkor Wat. Elle était vigilante. Tout observer, tout garder en mémoire. Ils passèrent le premier contrôle où son billet reçut le troisième et dernier poinçon. Puis Sareth se dirigea vers l'entrée Sud. Elle descendit et fit attention à tout ce qui jalonnait son trajet à pied pour ne pas s'égarer au retour. Elle se retrouva sur ce pont de plastique curieusement fait de blocs flottant sur l'eau et reliés solidement entre eux, elle imagina qu'ils pouvaient être des ponts à utiliser en temps de guerre. Et la voilà de nouveau dans Angkor Wat. Elle prit le temps d'admirer l'architecture : Voutes, colonnes, sculptures, fresques, elle aurait pu y passer des heures et des heures. Mais accablée par la chaleur, dégoulinant de sueur, elle retrouva Sareth. Elle lui offrit un Ice Coffee et ils continuèrent la visite en tuk-tuk. Elle lui demanda un tour de ville puis ils rentrèrent à l'hôtel. Rendez-vous fut pris pour la visite du : Angkor National Museum, le lendemain. Le billet ne s'achète pas au musée mais dans un bureau en centre-ville, douze dollars, sur internet elle avait lu trente et un dollars... Bella se demanda si la différence de tarif était étudiée pour que la population locale paie un peu moins...C'était cher pour le pays. Ils s'arrêtèrent dans le jardin devant un beau bâtiment récent. En entrant on déposait toutes ses affaires ici, placées en lieu sûr, on lui remit une sacoche où garder son téléphone, ses lunettes, quelques petites choses et la clé du coffre qui lui fut attribué. Une spirale en pente douce la mena à l'étage vers un bassin intérieur, est-ce une réserve d'eau pour incendie, possible, non Bella n'y était pas du tout : C'est une piscine réfléchissante utilisée dans les cérémonies officielles de l'eau. La visite commença par la salle aux mille Bouddhas. Ici sont rassemblées des sculptures khmères, magnifiques, la présentation est remarquable, les plus petits bouddhas sont dans des niches et les murs en sont recouverts, les plus gros sont au centre, sculptés en pierre dont le jade, en bois, ils ont tous été trouvés sur le site d'Angkor. Des vidéos expliquent ce qui est important pour chaque collection. Des galeries réparties sur deux étages retracent l'histoire de la civilisation khmère. Elle avait donné rendez-vous à midi à Sareth, dommage elle y serait bien restée une heure de plus... Bella rentra se reposer, elle ne résista pas longtemps à la chaleur et s'endormit.

Pour son dernier jour à Siem Reap elle choisit de visiter les Ateliers des Artisans d'Angkor où on peut assister au travail hautement qualifié des artistes locaux, tailleurs de pierres, sculpteurs sur bois, observer ceux qui travaillent l'argent, la laque, la soie (du cocon au tissage), et aussi l'artisanat fabriqué par des jeunes en difficultés et encadrés. En quittant ces ateliers on se dirige vers une grande boutique très attractive, avec une salle pour les vêtements et accessoires de soie, une salle pour l'art de la table : porcelaine fine et objets laqués, une salle de décoration d'intérieur, fontaines de pierres, sculptures… On a envie de tout acheter… Et Bella qui rêvait tout le temps pensa : Je reviendrai tout acheter ici pour ma nouvelle maison ! Incroyable elle va avoir quatre-vingts ans ! Mais ce n'est pas possible ça, elle n'avait pas les pieds sur terre, elle ne pensait pas un seul instant à son cercueil ! Elle choisissait toujours l'action… Elle se souvenait d'un de ses amis Bouddhiste croyant qui lui disait :

— Le Bouddha n'est pas un objet de décoration. L'art asiatique est essentiellement religieux.

Elle avait répondu :

— L'art occidental a aussi été durant des siècles essentiellement religieux.

Peu après son séjour au Cambodge, rentrée en Europe, Bella fit face, avec l'humanité toute entière, à la pandémie de Covid et résista. Ces voyages dépaysants et surtout riches d'expériences, n'avaient pas mis fin à ses rêves bien au contraire, elle se donnait un autre objectif et avançait vers sa « rencontre du troisième type » en ayant le sentiment d'être revenue de tout, mais n'ayant jamais perdu espoir, elle ne voulait pas finir sa vie sans un nouvel amour, elle regardait toujours la lumière au bout du tunnel avec pour objectif, connaître la tendresse avant l'heure de la mort, pouvoir dire à celui qui sera près d'elle : J'ai apprécié tout ce que vous venez de dire. J'ai aimé vos paroles et je vous aime… Savoir qu'il sera capable d'apaiser tous vos tourments par un simple regard, une simple pression de main, une caresse sur votre épaule. Oui, cela existait, il suffisait de chercher… Il n'était jamais trop tard… Et elle allait le faire en disant :

— Je me suis mariée deux fois, je me marierai une troisième fois, je trouverai l'amour, le bonheur je l'ai déjà, je réalise mes rêves.

Elle avait une incroyable confiance en l'avenir.

Savez-vous où se trouve Bella maintenant que la Covid est moins agressive ? Elle attend son tour pour un vol en ULM pendulaire, ce n'est pas encore aujourd'hui que vous la verrez assise devant son écran de télévision.

Sara Sota

Achevé d'imprimer chez SoBook le 09-06-2023

Linselles - France

N° impression : 847 276